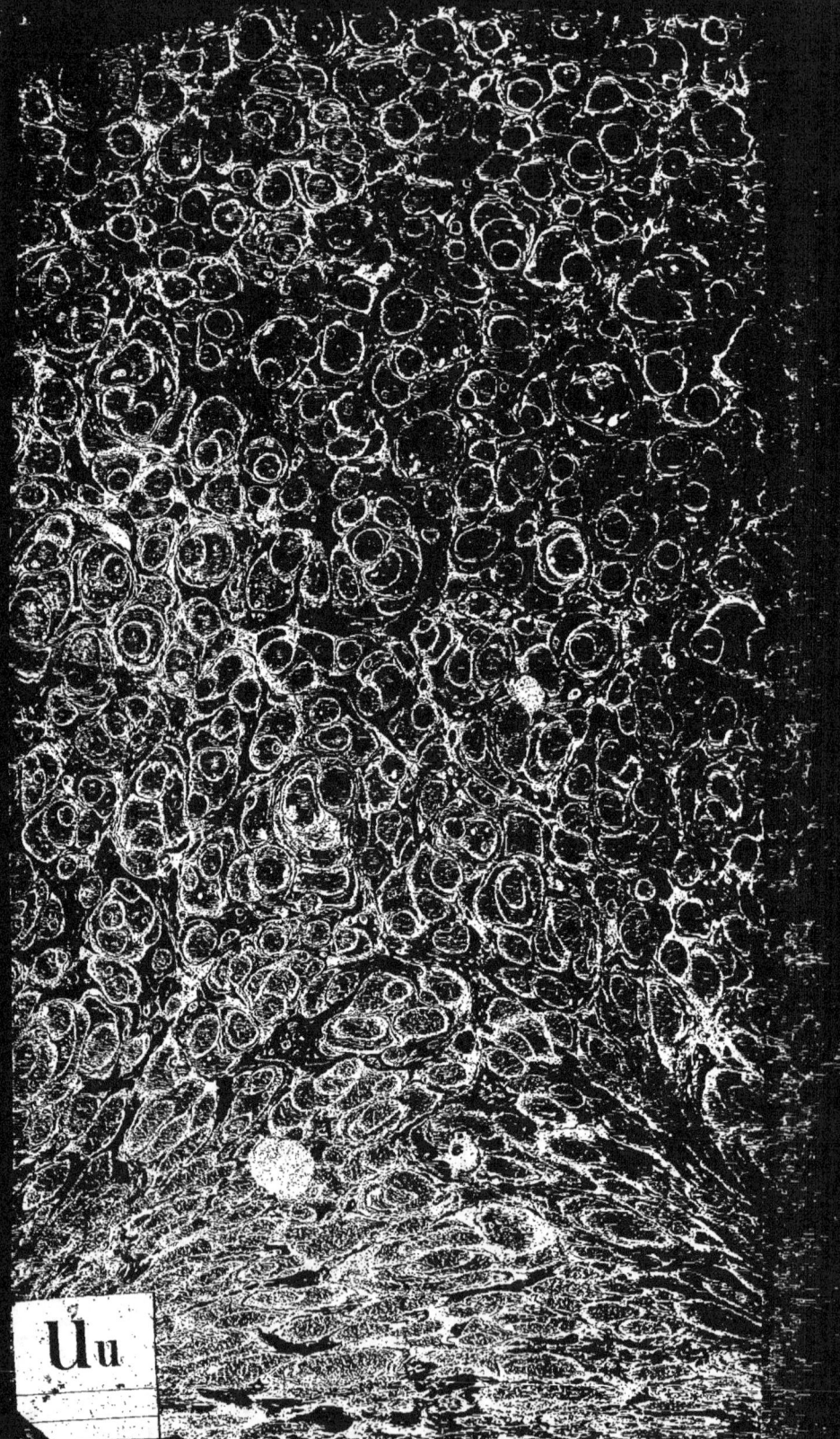

U u

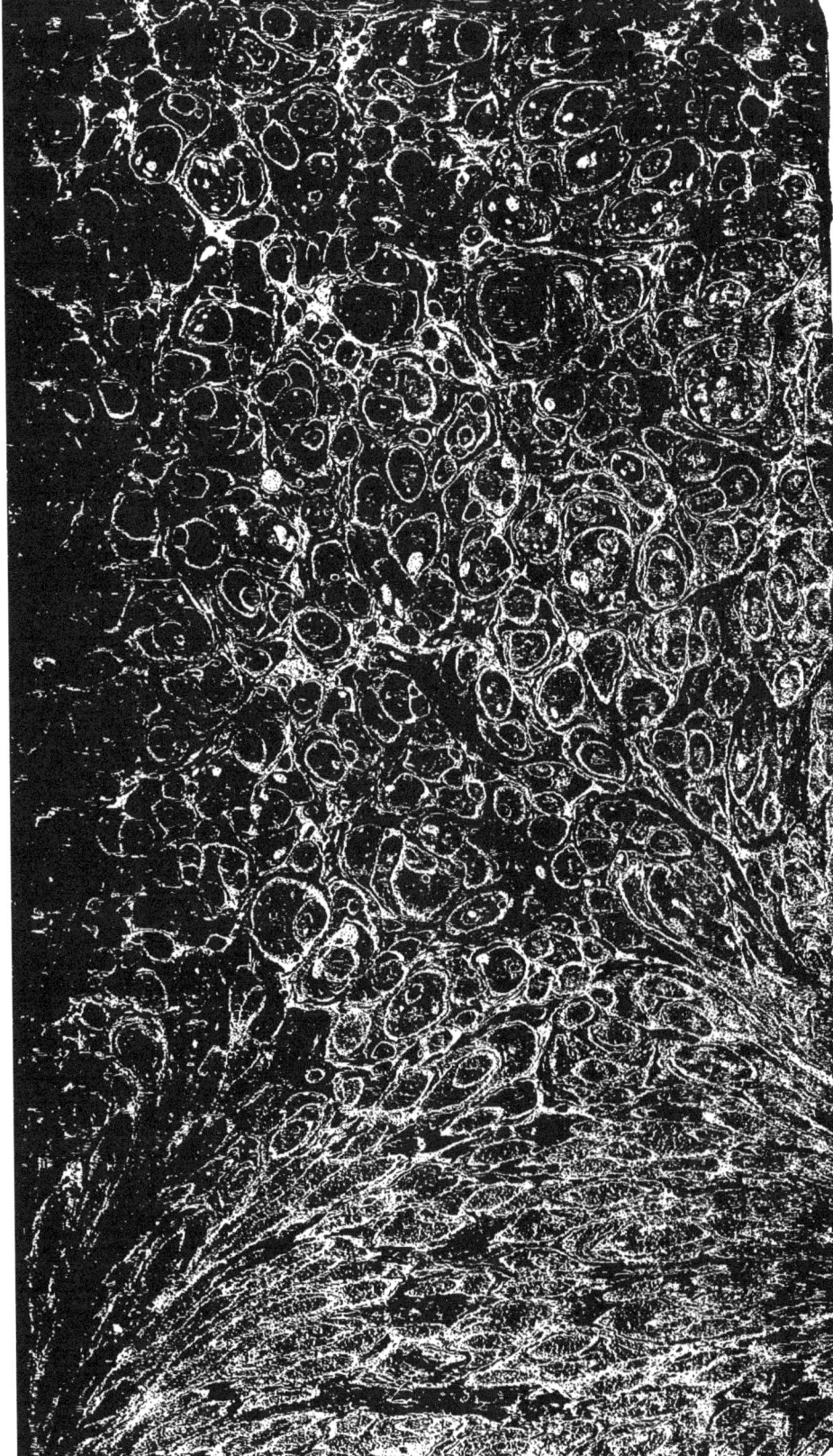

ŒUVRES

DE

P.-L. COURIER.

CAMPAN, *éditeur*, rue de la Madelaine.

FOUBERT, *éditeur*, Place de la Monnaie.

IMPRIMERIE DE TENCÉ FRÈRES,

RUE DE SCHAERBEEK.

OEUVRES

COMPLÈTES

DE P. L. COURIER,

ORNÉES DU PORTRAIT DE L'AUTEUR.

——

TOME QUATRIÈME.

BRUXELLES,

A LA LIBRAIRIE PARISIENNE,

FRANÇAISE ET ÉTRANGÈRE,

RUE DE LA MADELAINE, SECTION 8, N° 438.

——

1828.

LETTRES INÉDITES,

ÉCRITES

DE FRANCE ET D'ITALIE.

(1787 à 1812.)

4.   I

LETTRES INÉDITES,

ÉCRITES

DE FRANCE ET D'ITALIE.

(1787 à 1812.)

A MONSIEUR JEAN COURIER,

SON PÈRE.

Paris, le 28 avril 1787.

VIVAT ! mon cher père, vivat ! Voilà des lettres comme je les demande ; voilà ce qui s'appelle écrire. En vérité, vous auriez eu une belle querelle si je n'eusse pas reçu de lettres de vous. Mais le succès a passé mes espérances, et je n'aurais pas osé pousser mes vœux jusque-là. Une seule chose m'a mis en colère, c'est que vous ayez pu soupçonner que vos lettres m'ennuyassent, après tout ce que je vous ai dit... après..... J'allais m'échauffer, mais quatre pages de mon père suffisent pour me calmer.

J'ai retrouvé mon serin ; et s'il eût été perdu sans retour, je ne me serais pas allé pendre, mais j'aurais volontiers consenti à une plus grande perte pour recevoir des consolations comme les vôtres. Je ressemble aux amoureux pleins de chaleur qui ne peuvent se consoler de leurs pertes que dans les bras de leur maîtresse.

Nous n'avons pas plus eu de nouvelles de M. de la Frenaye que s'il n'eût jamais existé. M. Vetour a trouvé assez singulier qu'après l'avoir prié de lui garder une place il n'ait pas reparu du tout. C'est une chose faite pour étonner que ces gens qui vous paraissent occupés d'une affaire à n'en jamais sortir, et qui, l'instant d'après, ne s'en souviennent plus du tout.

J'ai fait, mardi dernier, le voyage de Sceaux, où j'ai vu de beaux jets d'eau, de belles statues et de beaux arbres bien taillés. Je crois que tout cela est parfaitement inutile à celui qui le possède; et s'il y avait du froment ou des pommiers cela ne serait pas si beau, mais cela vaudrait mieux.

Le même jour j'ai pris ma première leçon de mathématiques.

Courier reçut ses premières leçons de M. Callet, mathématicien connu par plusieurs ouvrages, mais ce savant le quitta dès l'année suivante pour aller occuper à Vannes la place de professeur des élèves de la marine.

Cependant il n'abandonnait pas l'étude du grec, et s'y livrait au contraire avec une passion marquée, sous la direction d'un professeur du collége royal nommé Vauvilliers. Il eut en même temps un maître de dessin et un maître de danse, mais ce dernier fut bientôt abandonné.

En 1789 Courier avait dix-sept ans. Sa santé était tout-à-fait affermie. Leste et infatigable, il s'adonnait avec ardeur aux exercices du corps, tels que la course ou la paume, et leur consacrait tout le temps qui n'était pas réclamé par les études.

Le 14 juillet, lors de l'enlèvement des armes aux Invalides, il se trouvait aux Champs-Élysées, jouant au ballon. La curiosité lui fit bientôt quitter sa partie, et se mêlant aux flots du peuple, il pénétra dans l'hôtel d'où il rapporta un pistolet.

Cependant son père, qui l'avait destiné à servir dans le corps du génie, lui faisait continuer l'étude des mathématiques ; à M. Callet avait succédé un autre savant nommé Labbey. Le jeune élève conçut pour son nouveau professeur un attachement très vif qui aida ses progrès, car malgré sa capacité pour ce genre d'étude, ce n'était jamais sans regret qu'il quittait les poètes et les philosophes grecs pour s'occuper d'algèbre ou de géométrie.

A SON PÈRE,

Paris, le 29 septembre 1791.

HIER mercredi, je me suis rendu à mon ordinaire chez
M. Labbey. Il a reçu en ma présence une lettre du ministre par laquelle on lui annonce que le roi vient de le
nommer à la place de professeur de mathématiques dans
l'école d'artillerie qui s'établit maintenant à Châlons. Il
a paru assez sensible aux regrets que j'ai témoignés fort
expressivement et tout aussi sincèrement de me le voir
enlever. Après quelques réflexions, qui n'ont duré qu'un
instant, j'ai pris sur-le-champ mon parti, et en lui faisant entendre qu'il ne m'était pas possible de me séparer
de lui, je lui ai déclaré, d'un air qui n'a pas paru lui
déplaire, que s'il le trouvait bon, je le suivrais partout
où il irait. Il m'a répondu d'abord fort obligeamment, et
m'a dit que, n'ayant ni amis ni connaissances en Cham-
pagne, il entrait dans son plan d'emmener avec lui quelqu'un de ses élèves. Nous nous sommes séparés là-dessus,
et il m'a dit, en me reconduisant, qu'on pourrait faire
ses réflexions. — Les miennes sont déjà faites, et l'ont
été à l'instant même où j'ai su sa nomination. Rien ne
serait, ce me semble, plus avantageux pour moi que de
me trouver avec lui dans un pays où nous serions pres-

que seuls, et où ses occupations lui laisseraient sans
doute assez de temps pour me faire travailler utilement.
Ainsi, je ne pense pas que vous blâmiez mon projet. Il
est encore à remarquer que là je me trouverais nécessairement plusieurs fois sous les yeux de mes examinateurs,
au centre des mathématiques, perpétuellement environné
des maîtres les plus habiles et d'élèves plus ardents au
travail qu'aucun de ceux que je voyais autrefois. Peut-
être même que s'il se rencontrait des obstacles imprévus
dans la carrière du génie, si des circonstances qui pourraient alors naître m'offraient plus d'avantages ou plus
de facilités en prenant parti ailleurs, peut-être dans ce
cas pourrais-je tourner mes idées d'un autre côté, et faire
servir ma science à demander quelque autre place militaire ; ce que je dis toutefois sans avoir changé de projet.
En un mot si vous pensez comme moi, il ne tient qu'à
M. Labbey de m'emmener à Châlons.

Maintenant je sacrifie tout à mon dessein principal,
mais je ne renonce pas pour cela totalement aux poètes
grecs et latins. C'est un effort dont ma vertu n'est pas
capable. D'un autre côté, moins je me livre à cette étude,
plus je le fais avec plaisir toutes les fois qu'il m'est permis de quitter un instant les rochers d'Euclide *silvestri-
bus horrida dumis* pour descendre dans des plaines se-
mées de fleurs et entrecoupées de ruisseaux.

Le projet dont cette lettre rend compte fut exécuté, et
Courier suivit son professeur à Châlons.

A SA MÈRE,

A PARIS.

Châlons, le 30 mars 1793.

Vous n'avez pas d'autre parti à prendre que de vous rendre en Touraine; votre vie y sera plus heureuse qu'à Paris. Elle serait certainement pour nous trois aussi heureuse qu'elle peut l'être si nous étions réunis, mais il faut s'en interdire jusqu'à l'idée. Cependant, voici comme j'imagine que nous pourrons du moins nous voir pour quelque temps : l'examen sera indubitablement avancé et peut-être plus qu'on ne croit; il est possible que tout soit terminé dans cinq ou six semaines; alors il dépendra de moi d'aller à Paris, j'irai vous trouver, je demanderai à être envoyé vers l'Espagne, et, vos arrangements étant pris, nous partirons ensemble pour la Touraine, d'où je me rendrai, au temps prescrit, à mon régiment. Il se présente encore une autre manière de nous réunir, toujours dans la supposition que je serai employé sur la frontière d'Espagne : vous pouvez vous rendre la première en Touraine, et moi m'y rendre d'ici. De quelque manière que les choses tournent, il me devient nécessaire de vous embrasser l'un et l'autre avant la campagne, et j'espère que j'en viendrai à bout; mais il faut bien vous garder de venir à Châlons, où je ne pourrais passer avec vous qu'une petite partie de la journée, sans parler des autres inconvénients, qui sont sans nombre.

La tristesse de votre ame ne me surprend pas; il n'est personne, je crois, qui pût supporter la solitude où vous êtes, jointe à une mauvaise santé. Le séjour de Paris ne conviendrait guère plus à mon père qu'à vous. J'espère dans peu être à portée de raisonner avec vous deux de tout cela. Vous savez bien que ma plus grande joie est de rencontrer des occasions de pouvoir vous procurer quelque consolation, et de répandre quelque agrément sur votre vie.

L'époque de l'examen approchant, Courier se mit au travail, mais le temps lui manqua. Lorsque M. Delaplace en vint aux questions d'hydrostatique, il lui répondit naïvement : Monsieur, je ne sais rien sur cette matière, mais si vous m'accordez quelques jours je m'en informerai. Ce peu de temps passé, il se présenta de nouveau et donna à l'examinateur une si haute idée de son intelligence qu'il en obtint d'être classé avantageusement parmi les autres élèves. Nommé lieutenant à la date du 1er. juin 1793, il vint d'abord pour embrasser ses parents, et se rendit ensuite à Thionville, où sa compagnie tenait garnison.

Au mois d'août de 1792, M. Courier subit un premier examen, à la suite duquel il fut admis en qualité d'élève sous-lieutenant d'artillerie à la date du 1er. septembre.

Mais l'extrême agitation qui régnait alors à Châlons par

l'effet de la présence de l'armée du roi de Prusse dans le voisinage, avait interrompu le cours des études ; les élèves étaient employés à la garde des portes de la ville, où on avait placé quelques pièces de canon. Ce ne fut donc qu'au mois d'octobre et après la retraite des ennemis que l'école reprit son régime habituel.

M. Courier ne s'y distingua pas par son application : les auteurs grecs avaient repris sur lui tout leur empire, et les mathématiques étaient abandonnées ; la discipline de l'école paraissait d'ailleurs fort dure à un jeune homme vif et passionné, qui jusque-là avait joui d'une liberté presque entière, et n'avait même jamais été renfermé dans un collége. Aussi lui arrivait-il souvent d'oublier le soir l'heure à laquelle les portes de l'école se fermaient, et d'y rentrer en grimpant pardessus les murs.

A SA MÈRE,

Thionville, le 10 septembre 1793.

TOUTES vos lettres me font plaisir et beaucoup, mais
non pas toutes autant que la dernière, parce qu'elles ne
sont pas toutes aussi longues, et parce que vous m'y
racontez en détail votre vie et ce que vous faites. C'est une
vraie pâture pour moi que ces petites narrations dans
lesquelles il ne peut guère arriver que je n'entre pour
beaucoup.

Il n'y a aucune apparence qu'on nous tire d'ici cette
année ni peut-être la suivante, en sorte que je n'en partirai que quand je me trouverai lieutenant en premier,
car il me faudra peut-être passer dans une autre compagnie, ce qu'à Dieu ne plaise. Mon camarade est employé
à Metz aux ouvrages de l'arsenal. Il m'a quitté ce matin,
et son absence, qui cependant ne saurait être longue,
me donne tant de goût pour la solitude, que je me sens
déjà tenté de me chercher un logement particulier. Mon
travail souffre un peu de notre société, et c'est le seul
motif qui puisse m'engager à la rompre, car du reste je
me suis fait une étude et un mérite de supporter en lui
une humeur fort inégale, qui avant moi a lassé tous ses
autres camarades. J'ai fait presque comme Socrate, qui

avait pris une femme acariâtre pour s'exercer à la patience, pratique assurément fort salutaire, et dont j'avais moins besoin que bien des gens ne le croient, moins que je ne l'ai cru moi-même. Quoi qu'il en soit, je puis certifier à tout le monde que mon susdit compagnon a, dans un degré éminent, toutes les qualités requises pour faire faire de grands progrès dans cette vertu à ceux qui vivront avec lui.

Si vous n'avez pas encore fait partir mes livres qui sont achetés, joignez-y celui-ci, qui me sera fort utile à ce que me disent les ingénieurs d'ici, *OEuvres diverses de Bélidor* sur le génie et l'artillerie. Ces ingénieurs sont de rudes gens : ils ont en manuscrit des ouvrages excellents sur leur métier ; je les ai priés de me les communiquer, ils m'ont refusé sous de mauvais prétextes ; ils craignent apparemment que quelqu'un n'en sache autant qu'eux.

Cherchez parmi mes livres deux volumes in-8°, c'est-à-dire du format de l'Almanach royal, brochés en carton vert ; l'un est tout plein de grec et l'autre de latin ; c'est un Démosthènes qu'il faut m'envoyer, avec mes autres livres. Ces deux volumes sont assez gros l'un et l'autre, et assez sales aussi.

Mes livres font ma joie, et presque ma seule société. Je ne m'ennuie que quand on me force à les quitter, et je les retrouve toujours avec plaisir. J'aime surtout à relire ceux que j'ai déjà lus nombre de fois, et par là j'acquiers une érudition moins étendue mais plus solide.

A la vérité je n'aurai jamais une grande connaissance de
l'histoire, qui exige bien plus de lectures, mais je gagnerai autre chose qui vaut autant, selon moi, et que
je n'ai guère l'envie de vous expliquer, car je ne finirais
pas si je me laissais aller à je ne sais quelle pente qui
me porte à parler de mes études. Je dois pourtant ajouter qu'il manque à tout cela une chose dont la privation
suffit presque pour en ôter l'agrément à moi, qui sais
ce que c'est; je veux parler de cette vie tranquille que
je menais auprès de vous. Babil de femmes, folies de
jeunesse, qu'êtes-vous en comparaison! Je puis dire ce
qui en est, moi qui, connaissant l'un et l'autre, n'ai
jamais regretté dans mes moments de tristesse que le
sourire de mes parents, pour me servir des expressions
d'un poète.

A SA MÈRE,

Thionville, le 6 octobre 1793.

Je viens de recevoir une lettre qui m'apprend que je vais être bientôt premier lieutenant. Je n'ai donc plus que six semaines ou deux mois à rester ici. La saison sera bien avancée alors, et selon toute apparence la compagnie où j'irai sera en quartier d'hiver, ce qui me console un peu de me voir arraché d'ici. Si la chose tournait autrement, et qu'il me fallût camper au milieu de l'hiver, comme cela est possible, ce serait pour moi un apprentissage un peu rude.

J'ai reçu, il y a quelques jours, la caisse que vos lettres me promettaient. Tout y est admirablement bien. Mon camarade, qui assistait à l'ouverture, fut d'abord surpris de la beauté des étoffes. A mesure que nous avancions ses éloges augmentaient; les livres en eurent leur part; c'était bien, quant à moi, ce que j'estimais le plus. Mais lorsque nous arrivâmes aux rubans et aux autres petits paquets dont il y avait un grand nombre, tous accompagnés de billets et arrangés de manière qu'un aveugle y eût reconnu, je crois, la main maternelle, nos réflexions à tous les deux se portèrent en même temps sur vous dont la tendresse paraissait moins par vos présents, quelque beaux qu'ils fussent, que par les attentions délicieuses dont ils étaient comme ornés. Un soupir lui échappa, et je vis bien alors que le pauvre garçon, qui est sans parents, m'enviait, non pas ce qu'il avait sous les yeux, mais ma mère.

J'ai été invité ces jours-ci à la noce d'un de mes sergents, et je m'y suis rendu, quoique j'eusse bien mal à la tête, comme cela m'arrive assez fréquemment depuis un certain temps. Je ne pouvais y être que triste, aussi l'ai-je été. Je n'ai presque bu ni mangé; et, quand on a parlé de danser, je me suis refusé à toutes leurs instances. J'en ai dit la vraie raison, mais cela ne les a pas contentés, et ils ont cru que je les dédaignais. Il est certain que rien ne m'a plus humilié et fait enrager depuis quelques années que de n'avoir pas su danser, et cela par ma faute.

A SA MÈRE,

Thionville, 25 février 1794.

Avec tout autre que vous je pourrais être embarrassé à expliquer le silence dont vous vous plaignez; mais je me tire d'affaire tout d'un coup en vous disant simplement la vérité, quelque peu favorable qu'elle me soit dans cette occasion. Sachez donc que, ce qui, depuis assez long-temps, m'empêchait de vous écrire ce n'était pas mes travaux, comme vous l'avez pu croire. Je ne saurais dire non plus que ce fussent mes plaisirs, car je n'en eus jamais moins qu'à présent. C'étaient les coteries auxquelles je me trouve livré aujourd'hui, sans savoir comment, beaucoup plus que je ne voudrais. Quoique je ne puisse pas dire m'y être amusé trois fois autant que je le fais quand je veux avec mes livres, cependant je vois chaque jour qu'il m'est impossible de manquer une seule de leurs assemblées. C'est une chose que je ne puis prendre sur moi, et qui pourtant devient de jour en jour plus nécessaire, car presque toutes mes soirées du mois dernier (mon temps le plus précieux) ont été employées de la sorte. Ce qui vous surprendra sans doute, c'est qu'au milieu de tout cela j'ai contracté je ne sais quelle tristesse habituelle que tout le monde remarque et qu'il m'est aussi difficile de cacher que d'expliquer. Je vois qu'il faut enfin reprendre mon ancienne vie, qui est la seule qui me convienne. Mais, hélas! en cela même il m'est impossible de suivre les goûts que la nature m'a donnés et que les circonstances, l'étude et les conversations ont fortifiés pour mon malheur. Cependant, j'espère avoir dans la suite plus de facilités pour m'y livrer, et je crois que l'hiver prochain sera tout entier à ma disposition. C'est alors que je me garderai bien de faire des connaissances d'aucune espèce, règle que je compte observer rigoureusement à l'avenir dans quelque pays que je me puisse trouver.

Mon père regarde comme mal employé le temps que je donne aux langues mortes, mais j'avoue que je ne pense pas de même. Quand je n'aurais eu en cela d'autre but que ma propre satisfaction, c'est une chose que je fais entrer pour beaucoup dans mes calculs, et je ne regarde comme perdu, dans ma vie, que le temps où je n'en puis jouir agréablement, sans jamais me repentir du passé ni craindre pour l'avenir. Si je puis me mettre à l'abri de la misère, c'est tout ce qu'il me faut; le reste de mon temps sera employé à satisfaire un goût que personne ne peut blâmer, et qui m'offre des plaisirs toujours nouveaux. Je sais bien que le grand nombre des hommes ne pense pas de même, mais il m'a paru que leur calcul était faux, car ils conviennent presque tous que leur vie n'est pas heureuse. Ma morale vous fera peut-être sourire, mais je suis persuadé que vous prendrez tout ce que je viens

4.

d'écrire pour mes véritables sentiments, auxquels ma pratique sera conforme.

Vous ne sauriez imaginer ce qu'il m'en a coûté de peines et de mortifications pour n'avoir pas su danser, je n'en suis pas encore délivré; combien on est sensible sur l'article de la vanité! J'espère pourtant me mettre au-dessus de ces petites puérilités. A quoi donc m'auraient servi mes livres si mon cœur était encore sensible à ces atteintes, qui ne peuvent passer que pour de légères piqûres, en comparaison de ce qui m'attend par la suite? J'ai pourtant pris un maître qui me trouve toutes les dispositions du monde, mais que j'abandonnerai sans doute comme j'ai déjà fait vingt fois.

———

Au printemps de cette année 1794, Courier quitta la garnison de Thionville pour être employé à l'armée de la Moselle, qu'il joignit au camp de Blies-Castel. Ce fut alors que pour la première fois il vit la guerre et apprit à coucher au bivouac à côté de ses canons.

Après l'occupation de Trèves, qui eut lieu le 9 août, il fut appelé au grand parc de l'armée, et chargé d'organiser un atelier pour la réparation des armes. Il s'établit à cet effet dans un vaste monastère que les moines avaient abandonné, et prit pour lui le logement de l'abbé; c'était un appartement magnifique, meublé de tout ce que le luxe et la commodité peuvent rassembler. Il usa de tout avec discrétion, et veilla à ce que ses soldats ne commissent aucun désordre. Il serait curieux de lire les lettres qu'il a pu écrire de ce lieu , mais on n'a pu en retrouver aucune.

A la fin de juin 1795 , Courier , nommé capitaine, se trouvait au quartier-général de l'armée campée devant Mayence , lorsqu'il reçut la nouvelle de la mort de son père. Cet événement inattendu fit sur lui une impression si vive, qu'oubliant tout et ne pensant qu'à la douleur de sa mère , retirée à la Véronique près de Luines , il résolut d'aller se réunir à elle , et partit aussitôt sans prévenir personne, et sans attendre aucun congé. Chemin faisant , il visita son abbaye près de Trèves , et eut le déplaisir de la trouver complètement dépouillée par les soins des commissaires du gouvernement.

Arrivé à Paris , Courier eut besoin d'employer le crédit de ses amis pour faire oublier la manière brusque dont il avait quitté l'armée. Ils obtinrent qu'il serait envoyé dans le midi de la France, ce qui lui donnait le moyen de prolonger son séjour à la Véronique. Enfin au mois de septembre il arriva à Alby , où il passa quelques mois , chargé de recevoir des boulets fournis aux magasins de l'artillerie par les forges des environs. Il vint ensuite à Toulouse.

Cependant, dès son arrivée à Alby , il avait repris ses études favorites ; il s'y occupa spécialement de Cicéron , et traduisit la harangue *pro Ligario*. A Toulouse , le basard lui fit rencontrer chez un libraire M. Chlewaski , Polonais distingué par son érudition et dont les goûts se trouvèrent parfaitement d'accord avec les siens , ce qui amena entre eux une liaison fort intime. Ils s'enfermaient ensemble pendant des journées entières ; après ces longues conférences , M. Courier faisait sa toilette et se rendait au bal. Il faut se rappeler ici les années 1796 et 1797, remarquables par le goût effréné de plaisir qui s'empara de toute la France, à la suite des jours sombres de la révolution. Toulouse reçut la mode de Paris et s'y conforma. M. Courier sentit alors la nécessité de reprendre un maître de danse, et se livra avec tant d'ardeur à cet exercice, qu'il fut bientôt en état d'en donner lui-même des leçons. Il eut des dames parmi ses élèves, et montra tant de zèle pour l'une d'elles, qu'il lui fallut, un matin du mois de décembre, quitter précipitamment la ville, sans pouvoir dire adieu à son ami Chlewaski. Il se rendit d'abord à la Véronique, près de sa mère, puis à Paris, d'où, au printemps de 1798, on l'envoya joindre les troupes qui se rassemblaient en Bretagne sous le nom d'armée d'Angleterre. Après avoir parcouru les côtes du Nord à la suite d'un général d'artillerie, il vint séjourner à Rennes, où profitant d'un moment de loisir il rouvrit ses livres, et fit la première ébauche de son éloge d'Hélène.

Enfin, de nouveaux ordres le dirigèrent sur le pays qu'il a depuis préféré à tous les autres; il quitta Paris à la fin de novembre pour se rendre à Milan et de là à Rome.

A M. CHLEWASKI,

A TOULOUSE.

Lyon, le 4 décembre 1798.

Si jamais lettre m'a fait plaisir, c'est celle que j'ai
reçue de vous, Monsieur; et si jamais j'ai maudit le vacarme de Paris, les affaires, les plaisirs, les voyages,
c'est lorsqu'ils m'ont ôté le repos et la liberté d'esprit que
j'ai toujours désirés pour m'entretenir avec vous. Votre
aimable lettre me fut remise à Rennes peu de jours avant
mon départ, et je l'emportai à Paris, où je comptais y
répondre, croyant qu'il ne me faudrait pour cela que de
l'encre et du papier. Ce fut le temps qui me manqua,
chose rare en ce pays-là, où l'on en perd plus qu'ailleurs.

De Paris je suis venu ici, où les premiers moments que
je puis arracher à des affaires odieuses et à des conversations humiliantes pour un homme accoutumé à causer
avec vous, je les emploie, non à vous répondre (c'est un
plaisir que je me réserve de goûter à mon aise et sans
distraction), mais à vous apprendre que je m'y prépare;
que bientôt je serai hors de l'enfer que je traverse, et
qu'alors mes lettres, loin de se faire attendre, provoque-
ront les vôtres et vous importuneront peut-être. Si cette
phrase est embrouillée, vous saurez bien certainement y

démêler ma pensée, qui est : que rien au monde ne peut me faire plus de plaisir qu'une correspondance comme la vôtre qui, en flattant mon amour-propre, εὐφραίνει ψυχὴν autant par la satisfaction que j'éprouve à recevoir de vos nouvelles, que par le souvenir des heures agréables que j'ai passées dans votre entretien.

J'aime fort le récit que vous me faites de vos courses dans les Pyrénées; mais pourquoi faut-il que l'idée de ce charmant voyage vous soit venue si tard? Je ne vous cacherai pas que d'abord je vous en ai voulu un peu d'avoir attendu, pour aller à Bagnères, que j'en fusse revenu, et, qui pis est, hors d'état d'y retourner avec vous; mais il m'en coûtait trop de me plaindre long-temps de vous, et je vous ai bientôt pardonné en faveur de votre lettre, de vos observations, et du plaisir que j'ai à me vanter que tout cela m'est adressé. Ainsi, je m'en prends à mon étoile, et j'accuse les dieux, qui, pour quelques raisons que nous ignorons, ne veulent pas apparemment nous voir ensemble si près d'eux, non plus que Castor et Pollux.

C'est tout ce que je veux vous dire quant à présent sur cet article, me réservant à payer bientôt vos descriptions des Pyrénées, d'une histoire de mes voyages, *accidents, fortunes diverses* depuis Rennes jusqu'à Rome, où je vais par ordre du ministre. Je pars demain en même temps que cette lettre, et peut-être quand vous la lirez, *sublimi feriam sidera vertice* tandis que *Juppiter hibernas canâ nive conspuet Alpes,* c'est-à-dire que je grimperai sur le Mont-Cenis.

Me pardonnerez-vous toutes ces citations, et suis-je excusable en effet de vous envoyer une misérable rapsodie brodée ou bordée de la pourpre d'Horace, au lieu d'une lettre décente que je vous devais pour vous remercier de la vôtre, pour justifier mon silence et pour vous bien prier de ne pas me punir en m'imitant? mais sachez, Monsieur, que je vous écris *stans pede in uno* dans une maudite auberge, entouré de bruit et d'importuns. Est-ce dans une pareille situation de corps et d'esprit qu'on peut causer avec vous? Aussi, serait-ce un pur hasard s'il se trouvait dans ce griffonnage quelque chose qui eût le sens commun, à moins que ce ne soit l'assurance de l'attachement que je vous ai voué. Je compte (moi qui devrais avoir appris à ne compter sur rien) rester à Milan cinq ou six semaines. J'inonderai le premier papier qui me tombera sous la main d'un déluge d'observations dont je charge pour vous ma mémoire depuis que j'ai reçu votre lettre. Lectures, voyages, spectacles, bals, auteurs, femmes, Paris, Lyon, les Alpes, l'Italie, voilà l'Odyssée que je vous garde. Mes lettres vous pleuvront une page pour une ligne, et dans peu vous en aurez *haut comme cela*, c'est-à-dire par-dessus la tête. J'espère bien recevoir des vôtres à Milan, sans quoi je vous croirais fâché, et fâché injustement, car il est très-vrai que depuis mon départ de la Bretagne je n'ai pu jusqu'à ce moment trouver ni même espérer un peu de repos pour vous écrire, et que je n'ai cessé d'y songer.

A M. CHLEWASKI,

A TOULOUSE.

Rome, le 8 janvier 1799.

Monsieur, après vous avoir annoncé que je m'arrête-
rais à Milan, je vous écris de Rome encore tout étourdi
de me voir lancé si loin de l'heureux pays où vos lettres
pouvaient me parvenir en huit jours. Je ne sais comment
cela s'est fait, mais me voilà décidément redevenu soldat,
par conséquent *sine sede*, vivant à la mode des Scythes.
Et pour avoir de vos lettres, qui me sont devenues nécessaires depuis que vous m'avez fait goûter d'une si
bonne, je me trouve un peu embarrassé à vous donner
mon adresse, car nous autres conquérants, emportés par
la victoire, nous ne savons guère aujourd'hui où nous
serons, ni si nous serons demain. En cherchant la gloire
nous trouvons la mort. Je m'arrête tout court sur cette
phrase, car je sens qu'un pareil style m'emporterait haut
et loin. N'allez pas conclure de tout ceci que ce n'est
pas la peine d'écrire à des gens dont l'existence même est
toujours douteuse, et sans vous inquiéter si je suis des
morts ou des vivants adressez-moi bientôt une lettre dans
ce monde-ci *au quartier-général de l'armée de Rome*, et
comptez que si on ne me donne pas d'autre emploi que

celui que j'exerce, elle me trouvera bien sain et me fera bien aise.

Ce laurier qu'Horace appelle *morte venalem* est ici à meilleur marché. Ceux dont se charge ma tête ne me coûtent guère, je vous assure. J'en prends maintenant à mon aise, et je laisse fuir les Napolitains, qui sont, à l'heure où je vous écris, de l'autre côté de Garigliano : je ne fais pas tant de chemin pour trouver des ennemis, et ceux-là ne valent pas la peine qu'on coure après eux. Vous aurez vu sans doute dans les papiers publics l'histoire de leur déconfiture.

Je m'en tais donc ici de crainte de pis faire.

Ce que je pourrais vous en apprendre, bon à dire sous les peupliers qui bordent notre canal, ne vaut rien à mettre dans une lettre.

Par une raison semblable, je ne vous dirai rien de Lyon, où j'ai passé deux semaines sans plaisir et sans peine, bonnes par conséquent selon les stoïques, mauvaises au dire d'Épicure.

Milan est devenu réellement la capitale de l'Italie depuis que les Français y sont maîtres. C'est à présent, *delà les monts,* la seule ville où l'on trouve du pain cuit et des femmes françaises, c'est-à-dire nues, car toutes les italiennes sont vêtues, même l'hiver, mode contraire à celle de Paris. Quand nos troupes vinrent en Italie, ceux qui usèrent sans précaution des femmes et

du pain du pays, s'en trouvèrent très-mal. Les uns
crevaient d'indigestion, les autres coulaient des jours
fort désagréables (expression que me fournit bien à
propos le style moderne)

Ils ne mouraient pas tous, mais tous étaient frappés

comme les animaux de La Fontaine : ce que voyant, la
plupart des nôtres prirent le parti de s'accommoder aux
usages du pays; mais ceux qui n'ont pu s'y faire, et
auxquels il faut encore de la croûte (vous me passez
ces détails puisque *charta non erubescit*, selon Cicéron,
qui en écrivait de bonnes), ceux-là donc font venir de
France des femmes et des boulangers. Voilà comment et
pourquoi madame M..... passa les Alpes. Sachez, Monsieur, que madame M.... est la femme d'un commissaire
envoyé par le gouvernement à Malte, où il n'a pu aller;
mais ce qu'il eût fait à Malte, il le fait ici, de même que
sa femme, qui est sans contredit la plus jolie de toute
l'armée. Tous deux écorchent l'italien, comme disait
Mazarin, mais de différentes manières, *illa glubit mag-
nanimos Remi nepotes;* le mari est agent des finances
de l'armée française, charge de l'invention de Bonaparte,
mais changée depuis *son règne,* en ce qu'elle dépend
peu de ses successeurs, bien moins puissants que lui.
La dame fut prise à Viterbe lors de la retraite des
Français, et reprise avec la place. Il y a dans son histoire
quelque chose de celle d'Hélène, peut-être dans sa per-

sonne, mais plus sûrement dans le rôle que joue son mari, qui est un plaisant Ménélas, court, lourd et sourd, d'ailleurs ébloui, on peut même dire aveuglé par les charmes de la princesse. Puisque me voilà sur cet article, madame Pepe est dans le petit nombre des femmes françaises qui voient ici un très-petit nombre de maisons romaines : la seconde pour la beauté, la première à d'autres égards ; elle donne tout-à-fait dans le bel-esprit, et veut passer pour connaisseur en peinture et en musique. Vient ensuite madame Bassal, femme d'un consul, non romain, mais français ; tout cela se rassemble avec beaucoup d'hommes chez les princesses Borghèse et Santa-Croce, et chez la duchesse de Lante. Joignez-y une marquise de Cera (maison piémontaise), figure très-agréable, gâtée par des mines et par des airs d'enfant qui ont pu plaire en elle à seize ans, et il y a seize ans.

Je voudrais, au reste, pouvoir vous donner une idée de ces cercles, ou être sûr que ce tableau vous intéresserait. Mais vous en parler sérieusement, cela vous ennuierait, et pour vous le peindre en ridicule, c'est trop dégoûtant. Quelques grands seigneurs d'Italie qui prêtent leurs maisons, et qui font, pour bien vivre avec les Français, des bassesses souvent inutiles, sont des gens ou mécontents des gouvernements que nous avons détruits, ou forcés par les circonstances de paraître aimer le chaos qui les remplace, ou assez ennemis de leur propre pays pour nous aider à le déchirer, et pour se jeter sur les lambeaux que nous leur abandonnons. Tels sont à Milan les Serbelloni, ici les Borghèse et les Santa-Croce; la princesse de ce nom *famosissima mulier*, femme connue de tous ceux qui ont voulu la connaître, et beaucoup au-dessous de sa réputation, du moins quant à l'esprit, a lancé son fils dans les troupes françaises. Il s'est fait blesser, et le voilà digne d'être adjudant-général. Les deux Borghèse, qui ont acheté moins cher des honneurs à peu près pareils, sont deux polissons incapables d'être jamais des laquais supportables, aussi maladroits que plats et grossiers dans les flatteries qu'ils prodiguent à des gens qui les méprisent.

Le reste ne vaut pas l'honneur d'être nommé:

J'ai pourtant trouvé ici une connaissance fort agréable, et cela sans recommandation, chose difficile pour un Français. Un jour que j'étais allé voir seul ce qui reste du Musée et de la bibliothèque du Vatican, j'y trouvai l'abbé Marini, autrefois archiviste ou garde des Archives de la chambre apostolique, homme assez savant dans les langues anciennes, mais surtout fort versé dans la science des inscriptions, dont il a publié des ouvrages estimés. Son nom, que j'entendis prononcer, me faisant soupçonner ce qu'il pouvait être (car j'avais vu ses ouvrages cités dans je ne sais quelle préface latine d'un auteur allemand), je me décidai à l'aborder. Il se trouva heureusement qu'il parlait assez français. Il me répondit avec honnêteté ; et , après une conversation de quelques minutes, me conduisit chez lui , où je trouvai une bibliothèque excellente , dont je dispose à présent, un cabinet d'antiquités , force tableaux , dessins , estampes , cartes , etc. Je suis aujourd'hui de ses intimes , et comme dit Sénèque , *primæ admissionis*, ce qui contribue surtout à me rendre agréable le séjour de Rome.

Il m'a prêté , outre ses livres , je veux dire ceux qu'il a composés, auxquels je n'entends pas grand'chose, d'autres dont j'avais besoin pour me remettre un peu de la fatigue des *conversazioni* franco-italiennes , et m'a conté différentes choses assez curieuses de plusieurs personnages célèbres qu'il a vus de près , car il a été fort considéré de plusieurs ministres , cardinaux , et autres puissants d'alors, et même il passe pour avoir eu quelque crédit auprès des deux derniers papes. Je regrette de ne pouvoir ou de n'oser mettre ici tout ce qu'il m'a dit de l'abbé Maury, qu'il a bien connu et jugé. Mais *forsan et hæc olim meminisse juvabit* , si le ciel accorde à mes prières de vous revoir quelque jour.

En attendant , soyez témoin des premiers pas que je fais , guidé par lui dans les ténèbres des anciennes inscriptions, où, bien loin de porter la lumière, j'obscurcis ce qui paraissait clair , ou pour mieux dire , je m'aperçois que ceux qui pensaient m'éclairer ne voient goutte eux-mêmes. Regardez s'il vous plaît l'inscription que j'encadre ici comme un véritable et studieux antiquaire que je suis.

AP. CLAVDIVS. AP. F. AP. N. AP. PRN.
PVLCHER. Q. QVAE. PR.

Elle se trouve à la villa Borghèse sur un beau vase
d'albâtre. Les abréviations qu'elle renferme m'étant tou·
tes connues, hors une, par les suscriptions en usage
dans les lettres de Cicéron, je crus que celle que j'ignorais me serait facilement expliquée par mon oracle l'abbé
Marini; mais quand je la lui présentai, copiée bien exactement, *il demeura stupide* comme le Cinna de Cor-
neille. Cependant, après quelques réflexions il courut à
ses livres, et me montra la même inscription écrite tout
différemment dans Winckelmann et d'autres auteurs qui
l'ont publiée. La différence consiste en ce que, après le
mot *Pulcher*, ils écrivent en toutes lettres *quæsitor*, et
expliquent ainsi le tout : *Appius Claudius, Appii Filius,
Appii Nepos, Appii Pronepos, Pulcher Quæstor, Quæsitor, Prætor.* Voilà ce qu'ils ont imaginé pour se tirer,
sans qu'il y parût, de l'embarras où les jetait ce Q. Ce Q
met à la torture l'esprit de mon abbé.

J'ai su lui préparer des travaux et des veilles.

Il cherche, il rêve, il feuillette ses livres, *dentibus
infrendens.* Ne puis-je pas m'appliquer ce que disait Cicéron (*conturbavi græcam gentem*) ayant proposé, et
même je crois aux antiquaires de son temps, quelque
nœud qu'ils ne pouvaient résoudre. Pour moi, *je vous*

l'avoue avec quelque pudeur, j'ai assez pris goût à cette science, qui est une espèce de divination, et, en style sentimental, je pourrais vous dire que je me plais parmi les tombeaux.

Dites à ceux qui veulent voir Rome qu'ils se hâtent, car chaque jour le fer du soldat et la serre des agents français flétrissent ses beautés naturelles et la dépouillent de sa parure. Permis à vous, Monsieur, qui êtes accoutumé au langage naturel et noble de l'antiquité, de trouver ces expressions trop fleuries ou même trop fardées, mais je n'en sais pas d'assez tristes pour vous peindre l'état de délabrement, de misère et d'opprobre où est tombée cette pauvre Rome que vous avez vue si pompeuse, et de laquelle à présent on détruit jusqu'aux ruines. On s'y rendait autrefois, comme vous savez, de tous les pays du monde. Combien d'étrangers qui n'y étaient venus que pour un hiver, y ont passé toute leur vie! Maintenant il n'y reste que ceux qui n'ont pu fuir, ou qui, le poignard à la main, cherchent encore, dans les haillons d'un peuple mourant de faim, quelque pièce échappée à tant d'extorsions et de rapines. Les détails là-dessus ne finiraient pas, et d'ailleurs, dans plus d'un sens, il ne faut pas tout vous dire. Mais par le coin du tableau dont je vous crayonne le trait, vous jugerez aisément du reste.

Le pain n'est plus au rang des choses qui se vendent ici. Chacun garde pour soi ce qu'il en peut avoir au péril de sa vie. Vous savez le mot *panem et circenses:* ils se passent aujourd'hui de tous les deux et de bien d'autres choses. Tout homme qui n'est ni commissaire, ni général, ni valet ou courtisan des uns ou des autres, ne peut manger un œuf. Toutes les denrées les plus nécessaires à la vie sont inaccessibles aux Romains, tandis que plusieurs Français, non des plus huppés, tiennent table ouverte à tous venants. Allez! nous vengerons bien *l'univers vaincu!*

Les monuments de Rome ne sont guère mieux traités que le peuple. La colonne Trajane est cependant à peu près telle que vous l'avez vue, et nos curieux, qui n'estiment que ce qu'on peut emporter et vendre, n'y font heureusement aucune attention. D'ailleurs, les bas-reliefs dont elle est ornée sont hors de la portée du sabre, et pourront par conséquent êtres conservés. Il n'en est pas de même des sculptures de la villa Borghèse, et de la villa Pamphili, qui présentent de tous côtés des figures semblables au Deïphobe de Virgile. Je pleure encore un joli Hermès enfant que j'avais vu dans son entier, vêtu et encapuchonné d'une peau de lion, et portant sur son épaule une petite massue. C'était, comme vous voyez, un Cupidon dérobant les armes d'Hercule, morceau d'un travail exquis, et grec si je ne me trompe. Il n'en reste que la base, sur laquelle j'ai écrit avec un crayon : *Lugete, Veneres Cupidinesque,* et les morceaux dispersés qui feraient mourir de douleur Mengs et Winckelmann, s'ils avaient eu le malheur de vivre assez long-temps pour voir ce spectacle.

Tout ce qui était aux Chartreux, à la villa Albani, chez les Farnese, les Honesti, au Muséum Clementi, au Capitole, est emporté, pillé, perdu ou vendu. Les Anglais en ont eu leur part, et les commissáires français, soupçonnés de ce commerce, sont arrêtés ici. Mais cette affaire n'aura pas de suite. Des soldats, qui sont entrés dans la bibliothèque du Vatican, ont détruit, entre autres raretés, le fameux Térence du Bembo, manuscrit des plus estimés, pour avoir quelques dorures dont il était orné. Vénus de la villa Borghèse a été blessée à la main par quelques descendants de Diomède, et l'hermaphrodite, *immane nefas,* a un pied brisé.

A M. CHLEWASKI,

A TOULOUSE.

Rome, 27 février 1799.

MONSIEUR, je vous promets de m'informer de toutes les personnes dont vous me demandez des nouvelles ; mais ce ne peut être que dans quelque temps, parce que pour le présent je ne vois presque personne, je ne sors point, et je ferme ma porte. Je sais pourtant déjà, et je puis vous assurer, que l'ex-jésuite Rolati n'est plus vivant.

L'Anténor dont vous me parlez est une sotte imitation de l'Anacharsis, c'est-à-dire d'un ouvrage médiocrement écrit et médiocrement savant, soit dit entre nous. Il faut être bien pauvre d'idées pour en emprunter de pareilles. Je crois que tous les livres de ce genre, moitié histoire moitié roman, où les mœurs modernes se trouvant mêlées avec les anciennes font tort aux unes et autres, donnent de tout des idées fausses, et choquent également le goût et l'érudition. La science et l'éloquence sont peut-être incompatibles ; du moins je ne vois pas d'exemple d'un homme qui ait primé dans l'une et dans l'autre. Ceci a tout l'air d'un paradoxe ; la chose pourtant me paraît fort aisée à expliquer, et je vous l'expliquerais *par raison démonstrative,* comme le maître d'armes de M. Jourdain, si je vous adressais une dissertation et non pas ma lettre, et si je n'avais plus envie de savoir votre opinion que de vous prouver la mienne. Au reste, l'histoire du manuscrit prétendu trouvé parmi ceux d'Herculanum n'est pas moins pitoyable que l'ouvrage même. Tout cela prouve qu'il faut au public des livres nouveaux (car celui-ci n'a pas laissé d'avoir quelque succès) et que notre siècle manque non de lecteurs mais d'auteurs, ce qui se peut dire de tous les autres arts.

Puisque me voilà sur cet article, je veux vous bailler ici quelque petite signifiance de ce que j'ai remarqué de la littérature actuelle pendant mon séjour à Paris. Je me suis rencontré quelquefois avec M. Legouvé, dont le nom vous est connu. Je lui ai ouï dire des choses qui m'ont étonné à propos d'une pièce dont on donnait alors les premières représentations. Par exemple il approuvait fort ce vers prononcé par un amant qui, ayant cru d'abord sa maîtresse infidèle, se rassurait sur les serments qu'elle lui faisait du contraire :

Hélas ! je te crois plus que la vérité même.

Cette pensée, si c'en est une, fut extrêmement applaudie, non-seulement par M. Legouvé, mais par tous les spectateurs, sans m'en excepter. Je sus bon gré à l'auteur d'avoir voulu enchérir sur cette expression naturelle, mais déjà hyperbolique, *je t'en crois plus que moi-même, plus que mes propres yeux*, et je compris d'abord qu'il ne serait pas facile à ceux qui voudraient quelque jour pousser plus loin cette idée de dire quelque chose de plus fort. Mais M. Legouvé me fit remarquer que, comme on ne croit pas toujours la vérité mais ce qu'on prend pour elle, l'auteur, qui est un de ses amis, eût bien voulu dire, *je te crois plus que l'évidence*, mais qu'il n'avait pu réussir à concilier ce sens avec la mesure de ses vers. Je me rappelai alors une historiette où la même pensée se trouve bien moins subtilisée ou vola-tilisée, comme parlent les chimistes : il s'agit pareille-ment d'une amante et d'un amant : la première, infidèle, et surprise dans un état qui ne permettait pas d'en dou-ter, nie le fait effrontément. Mais, dit l'autre, ce que je vois….—Oh ! cruel, répond la dame, tu ne m'aimes plus ! si tu m'aimais, tu m'en croirais plutôt que tes yeux !

Cette pièce, dont je vis avec M. Legouvé la première représentation, était intitulée *Blanche et Montcassin*. Je voudrais pouvoir vous dire toutes les remarques qu'il nous fit faire. Je vis bien alors, et depuis je l'ai encore mieux connu, que ses idées sont tout-à-fait dans le goût, je veux dire dans le genre à la mode, et je ne doute pas que ce genre ne règne dans ses ouvrages, lesquels d'ail-leurs je n'ai point lus.

On me mena quelque temps après à une autre pièce, que peut-être vous connaissez, *Macbeth*, de Ducis, imitée, à ce que je crois, de Shakespeare, et toute rem-

plie de ces beautés inconnues à nos ancêtres. Je vis là
sur la scène ce que Racine a mis en récit :

Des lambeaux pleins de sang et des membres affreux

et ce qu'il n'a mis nulle part, des sorcières, des rêves,
des assassinats, une femme somnambule qui égorge un
enfant presque aux yeux des spectateurs, un cadavre à
demi découvert et des draps ensanglantés; tout cela,
rendu par des acteurs dignes de leur rôle, faisait compassion à voir, selon le mot de Philoxène. Je n'ai pas
assez l'usage de la langue moderne et des expressions
qu'on emploie en pareil cas pour vous donner une idée
des talents que tout Paris idolâtre dans Talma. C'est un
acteur dont sans doute vous aurez entendu parler. J'ai
senti parfaitement combien son jeu était convenable
aux rôles qu'il remplit dans les pièces dont je vous parle.
Partout où il faut de la force et des sentiments ; je vous
jure qu'il ne s'épargne pas, et dans les endroits qui ne
demandent que du naturel , vous croyez voir un homme
qui dit : *Nicole, apporte-moi mes pantoufles* ; en quoi il
suit ses auteurs et me paraît à leur niveau. On a en effet
aboli ces anciennes lois; *le style le moins noble*

(*Le reste manque.*)

———

Courier était arrivé à Rome à la fin de l'année 1798, peu
de jours après la retraite de l'armée napolitaine ; il y fut laissé
pour le service de l'artillerie, auquel , si on en juge d'après les

lettres qui précèdent, il n'était cependant pas obligé de consacrer tout son temps.

Cependant la forteresse de Cività-Vecchia, qui avait relevé
l'étendard papal pendant la courte occupation de Rome par
les Napolitains, refusait de se soumettre, et soutenait depuis
plus d'un mois une espèce de blocus. On résolut enfin d'employer la force pour la réduire, et Courier y marcha à la fin de
février 1799 avec quelques canons; à peine arrivé, il fut envoyé avec un officier de dragons et un trompette pour faire
aux habitants insurgés une dernière sommation. La facilité avec
laquelle il s'exprimait en italien lui avait valu cette commission, dont il comptait d'ailleurs profiter pour s'approcher
sans péril de la place, et la mieux reconnaître. Les trois cavaliers étaient à peu de distance de la porte lorsque Courier
s'aperçut qu'un rouleau de louis qu'il portait dans la poche de
son habit y avait fait trou, et ne s'y trouvait plus. Il mit pied
à terre pour le chercher, et après quelques perquisitions inutiles il allait remonter à cheval pour rejoindre ses compagnons,
lorsqu'il entendit le bruit d'une décharge de fusils, et vit
bientôt accourir à lui le trompette tout seul: l'officier avait
été tué. Il ne s'arrêta pas un instant de plus pour chercher son
argent, et se consola bientôt d'une perte à laquelle peut-être il
devait la conservation de sa vie. Enfin le 3 mars, à trois heures
du matin, on tenta d'enlever Cività-Vecchia de vive force et
escalade, cette entreprise ne réussit pas; mais elle servit du moins
à intimider les assiégés, qui se rendirent le 10 par capitulation.

Courier, de retour à Rome, fut logé chez un vieux seigneur
du nom de Chiaramonte, qui le prit en amitié; il donnait à
cette société une partie de ses soirées seulement, car le temps

dont il pouvait disposer pendant le jour , il le passait à la bibliothèque du Vatican.

Cependant, l'armée qui avait conquis Naples se repliait vers
le nord de l'Italie sous la conduite de Macdonald , et ses derniers bataillons traversaient Rome le 18 mai. Il restait à peine
six mille Français , aux ordres du général Garnier , pour la
défense de la nouvelle république romaine. Ces troupes se sou-
tinrent pendant quatre mois contre tous les efforts des insurgés , des Napolitains et des Autrichiens même ; mais il fallut
enfin céder , et consentir à un arrangement d'après lequel elles
furent transportées en France. Le 29 septembre , les Français
se retirèrent au château Saint-Ange , et les Napolitains prirent
possession de Rome. Courier voulut faire ses adieux à la bibliothèque du Vatican , et n'en sortit qu'à la nuit , lorsqu'il ne
restait plus un seul Français dans la ville. Il fut reconnu à la
lumière d'une lampe allumée devant une madone : on cria
sur lui au *Giaccobino* , et un misérable lui tira un coup de
fusil. La balle ne le toucha pas ; mais ricochant contre la mu-
raille , elle alla frapper une femme qui marchait à quelque
distance en avant. Les cris de celle-ci firent une espèce de
diversion dont il profita pour prendre la fuite et se réfugier
dans son logement, qui était peu éloigné ; il y passa la nuit ,
et le lendemain le vieux Chiaramonte le fit monter dans sa
propre voiture , et le conduisit au château de Saint-Ange.

Enfin , la division française fut embarquée à Cività-Vecchia
le 6 octobre , conduite par le commodore anglais Trow-
bridge jusqu'à Marseille , où elle entra le 27 du même mois.

Courier se rendit presque aussitôt à Paris , dont il avait
besoin de respirer l'air natal pour remettre sa santé altérée.

AU MINISTRE

DE LA GUERRE.

Paris, le 2 janvier 1800.

JE vous transmets ci-joint la feuille de route qui m'a été délivrée à Marseille, en vertu d'un congé de convalescence de trois mois, lequel congé m'a été pris sur la route avec mes effets par les brigands qui ont pillé la voiture publique. Je vous prie de vouloir bien en conséquence de ladite feuille de route, qui ne peut laisser aucun doute sur la légitimité de mon séjour ici, ordonner le paiement des appointements qui me sont dus depuis le 18 juin 1799.

Salut et respect.

————

Courier était attaqué d'un crachement de sang, maladie dont il s'est ressenti plusieurs fois, et qui faillit l'enlever en 1817. Il garda la chambre pendant quatre mois, et y reçut les soins du docteur Bosquillon. Aucun médecin ne convenait autant au malade, car il était en même temps professeur de langue et de philosophie grecque.

A peine rétabli, il fut employé à la suite de la direction d'artillerie de Paris ; ce qui lui laissa le loisir de reprendre ses études ordinaires. Il s'occupa en particulier de Cicéron, et traduisit ses Philippiques.

Au printemps de 1801, il eut une rechute qui lui valut un nouveau congé de convalescence. Il en profita pour se rendre à la Véronique : sa mère, à laquelle il était tendrement attaché, y terminait ses jours, et il eut la douleur de lui fermer les yeux.

Après avoir réglé quelques affaires, il s'empressa de revenir à Paris : le séjour de cette ville lui était devenu très-agréable depuis qu'il s'était mis en rapport avec les hommes les plus distingués dans la connaissance des anciens ; cependant il préférait la solitude de la Véronique toutes les fois qu'il voulait se livrer à quelque étude sérieuse.

Ce fut Bosquillon qui fit connaître à Courier M. Clavier, à l'époque de la maladie dont il est question.

A M. CLAVIER,

A PARIS.

De la Véronique, près Langeais, 18 octobre 1801.

Monsieur, je suis parti de Paris si précipitamment que je n'ai eu le temps de voir personne; je crains que vous et monsieur Caillard n'ayez besoin des livres que vous avez bien voulu me prêter : je prends des mesures pour qu'ils vous soient remis.

Mon séjour dans ce pays pouvant être plus long que je ne le voudrais, je vous demande en grace de me donner quelquefois de vos nouvelles et de celles de votre Pausanias : j'ai écrit au *clarissime*, dont j'ai lu la dissertation avec grand plaisir; j'en aurais au moins autant si vous m'envoyiez la vôtre sur la traduction de Gail; je suis bien fâché de n'avoir pu vous prêter ma main pour le grec.

Je vous écris sur un tonneau, entouré de tant de bruit et si obsédé de mes bacchantes (c'est ainsi que j'appelle mes vendangeuses un peu crottées) qu'il faut que je vous quitte malgré moi; j'aurai l'honneur, une autre fois, de vous écrire moins succinctement, si je reçois de vos nouvelles, comme je l'espère.

Tandis que Courier partageait ainsi son temps entre ses études et le soin de ses récoltes, le ministre de la guerre, qui n'oubliait pas le capitaine d'artillerie, l'envoya joindre sa compagnie à Strasbourg. Il arriva dans cette ville à la fin de novembre de la même année 1801. On pourra juger par la lettre suivante du genre de vie qu'il y mena.

A M. CLAVIER,

A PARIS.

Strasbourg, le 2 mai 1802.

MONSIEUR, j'ai vu M. Exter, qui est à la tête de l'imprimerie Bipontine; il se chargera volontiers de Pausanias, qu'il a déjà dû imprimer avec des notes de M. Heyne; mais il voudrait joindre au texte un commentaire perpétuel, ainsi qu'il l'appelle. D'ailleurs, ayant déjà beaucoup de travaux entrepris, comme je crois vous l'avoir dit, il ne peut encore penser à celui-là que pour l'avenir, et c'est la réponse qu'il m'a prié de vous faire au sujet de l'Erosianus de M. de la Rochette, qui aura, m'a-t-il dit, tout le temps de préparer ses notes; je crois même qu'il balance à joindre cet auteur aux romans déjà imprimés, ne sachant pas trop s'il en vaut la peine, et M. Schweighæuser, auquel il s'en rapporte, ne paraît pas faire grand cas d'Érosien. Envoyez-moi ici votre échantillon de corrections sur Pausanias, si elles sont imprimées. Je ne lis point de journaux, et elles pourraient bien passer dans le magasin encyclopédique sans que je m'en doutasse. J'en ai déjà vu quelques-unes, qui me rendent fort curieux de tout ce que vous ferez en ce genre.

Il y a eu véritablement des paroles portées à M. Schweig-

hæuser pour un Démosthène qu'on voudrait imprimer
en Angleterre. Il s'en chargerait tout comme d'Athénée,
mais rien n'est décidé; il pense, je crois, à Stobée, que
les Bipontins veulent donner. M. Jacobs fait aussi des
propositions pour continuer ou recommencer l'édition
interrompue, donnée, je crois, par un Danois. Ces deux
champions, à eux seuls, peuvent tenir en haleine tout
ce qu'il y a d'imprimeurs et de lecteurs pour le grec en
Allemagne et en France.

A propos de l'Athénée, savez-vous que je me suis
chargé, moi, d'en rendre compte dans le journal de
M. Millin? Je travaille maintenant à cela par occasion;
je donnerai des conjectures, explications et corrections de certains passages qui n'ont été entendus ni de
M. Schweighæuser, ni même de Casaubon, tout Casaubon qu'il est. Pour parler plus exactement, je ne prétends pas pouvoir expliquer ce que Casaubon n'a point
entendu; mais j'ai pu avoir des idées qui ne lui sont pas
venues dans un travail aussi vaste et aussi admirable que
le sien; il y a de ces idées dont je suis tenté d'être content; mais il faut voir le jugement que vous en porterez.

Je vous adresserai le cahier, si vous voulez vous charger de le remettre à M. Millin : au reste, je ne sais comment cela se pratique, et si on lui adresse ces choses-là
directement. Vous me ferez un grand plaisir, Monsieur,
de vous en informer et de me marquer ce que vous en
savez. Par exemple, vous pourriez demander à M. Millin
à quelle époque il faut que je lui envoie mon travail, et

les bornes que j'y dois mettre. Mes notes sont fort concises et ne peuvent être autrement, étant faites sans livre, *su due piedi*, comme disent les Italiens ; mais je ne laisse pas d'en avoir un bon nombre, sur les trois premiers livres seuls, qui sont ceux dont je parlerai.

Je me promets de jolies choses de votre inscription d'Oropus : j'ai grande foi à votre oracle pour ce genre de divination. A quoi tient-il que vous ne m'en envoyez une copie ? je la montrerais aux adeptes, s'il y en a en ce pays-ci, et elle pourrait aller plus loin, ou demeurer entre mes mains, selon que vous le jugeriez convenable.

Je suis tenté en vérité de vous féliciter de n'avoir point obtenu cette place que vous demandiez, et d'avoir malgré vous tout le temps de vous livrer à des études qui vous font honneur et plaisir. Croyez-moi, Monsieur, tout le monde peut être juge, administrateur, ou pis que cela ; mais peu de gens peuvent, comme vous, être chargés de dévoiler et de rétablir dans leur beauté primitive ces beaux modèles de l'antiquité. Voilà l'emploi qui vous convient, et, encore un coup, je me réjouis, pour vous et pour nous, que l'autre, quel qu'il pût être, vous ait échappé. Si pourtant vous en êtes fâché, il faudra bien que je le sois aussi.

Je n'espère pas pouvoir me rendre à Paris avant l'automne prochain, à moins de certains évènements, possibles, mais peu probables, qui me feraient changer de garnison. Mais si je vis dans quatre mois, je serai certainement à Paris, où le grand plaisir que je me promets,

c'est de causer avec vous, monsieur, et de rendre mes
devoirs à madame Clavier. Si je pouvais croire qu'elle
pensât quelquefois à moi, je serais bien heureux, car il
est doux de l'occuper, même de cent lieues. Je me pros-
terne aux pieds de madame de Vinche : sûrement elle ne
pense plus au voyage de Saint-Domingue ; que ferait-elle
de ses nègres qui ont perdu l'habitude d'obéir aux jolies
femmes ? Et pour avoir des esclaves faut-il qu'elle aille
si loin ? J'ai grande envie que madame Pipelet se souvienne un moment de moi : pour cela il faut, s'il vous
plaît, que vous preniez la peine de l'assurer de mon respect. C'est par vous seul que je puis avoir de ses nouvelles,
car notre ami Schweighæuser, quelque sommation que
je lui fasse, ne m'en dit mot dans tout ce qu'il écrit.

La paix dont on jouissait alors dans toute l'Europe, permit
à Courier d'obtenir un congé de semestre, dont il profita pour
se rendre à Paris ; il y arriva le 10 septembre 1802.

On imprimait alors dans le Magasin encyclopédique (cahier
de fructidor , an X), l'article dont il est fait mention dans la
lettre qui précède, sur la nouvelle édition d'Athénée, donnée
par M. Schweighæuser ; il était suivi de 20 pages de notes sur le
texte grec.

Il ne put alors passer que peu de jours à Paris, il se rendit à
la Véronique où des affaires d'intérêt réclamaient sa présence.

A M. LE GÉNÉRAL DUROC,

A PARIS.

De la Véronique, près Langeais, 6 octobre 1802

MON général, en apprenant de quelle façon vous avez bien voulu recommander ma demande au général ***, je voudrais bien être à Paris pour vous exprimer de vive voix toute ma reconnaissance. Mais puisque de maudites affaires, aussi fâcheuses qu'indispensables, me privent de ce plaisir, trouvez bon, mon général, que je vous témoigne ici combien je suis sensible à une marque d'intérêt si flatteuse et en même temps si honorable pour moi. La moitié seulement de cette bonté m'aurait attaché à vous pour la vie. Mais c'était une affaire faite, et chez moi l'inclination, permettez-moi de vous le dire, avait précédé le devoir et la reconnaissance.

Dans la solitude de la Véronique, Courier s'occupait de diverses compositions qu'il nous a laissées : l'une d'elles est le récit du voyage entrepris par Ménélas, pour aller à Troie redemander Hélène : cet ouvrage n'a point été terminé.

Il retoucha à la même époque l'éloge d'Hélène qu'il avait ébauché en 1798 ; il y ajouta une dédicace pour madame Pipelet, depuis, princesse de Salm-Dik, et l'apporta à Paris au commencement de 1803, pour le faire imprimer, ce qui eut lieu à la fin de mars.

A M. SCHWEIGHÆUSER,

A PARIS.

Paris, 12 mars 1803.

Je vous envoie, mon cher ami, un livre que m'a prêté M. Boissonnade. Je ne puis retrouver son adresse pour le lui raporter moi-même : j'ai la plus grande envie de causer avec vous avant mon départ, mais je ne puis vous donner de rendez-vous à cause des affaires qui m'occupent dans le peu de temps que j'ai encore à rester ici.

Je ne connais point Coupé, mais je ne crois pas que son ouvrage puisse avoir rien de commun avec le mien (1). Si l'épisode de Thésée est sans intérêt aujourd'hui, j'ai manqué mon but. En cet endroit comme dans tout le reste, je n'ai presque rien pris d'Isocrate. Vous ne vous êtes pas aperçu que je voulais donner un ouvrage nouveau sous un titre ancien. C'est tout le contraire de ce que font les auteurs actuels. Vous m'étonnez -bien davantage en m'apprenant que l'autre épisode à la louange de la beauté est assez connu. Je le croyais de mon invention. Du reste, toutes vos critiques sont justes, et vous avez découvert les endroits où j'ai bronché. Je ne me rends pas cependant à ce que vous dites sur le mot

(1) L'Éloge d'Hélène.

4.

4

créature. Toutes ces fautes ne sont pas aussi aisées à corriger que vous croyez, et mon imagination refroidie ne me fournit rien qui vaille. Je ne voudrais pas qu'on jugeât par ces échantillons de ce que je puis faire aujourd'hui, car c'est, comme je vous l'ai dit, une vieille composition retouchée à froid, méthode qui ne produit rien de bon. Bref, il y a fort peu d'endroits où je ne voulusse rien changer : c'est beaucoup qu'il se trouve là-dedans quelque chose d'agréable.

Marquez-moi si je puis encore compter sur votre libraire. Il m'ennuierait fort d'en chercher un autre.

Après avoir prolongé son congé de semestre autant qu'il lui fut possible, Courier fut enfin obligé de partir à la fin de juillet, et de se rendre à Douai, où sa compagnie avait été envoyée. Il trouva là madame Pigalle, sa cousine, dans la maison de laquelle il fut reçu comme un ami. Mais, malgré l'agrément qu'il y trouvait, il ne put tenir à Douai plus de deux mois, au bout desquels il revint à Paris.

Les généraux Duroc et Marmont s'employaient alors en sa faveur, et il dut à leur crédit d'être nommé chef d'escadron, le 27 octobre 1803. Il fallait partir sans délai et joindre à Plaisance le premier régiment d'artillerie à cheval, aux ordres du colonel d'Anthouard : le déplaisir de quitter Paris fut compensé par l'idée de retourner en Italie, et l'espérance de revoir Rome, la ville de son choix ; cependant il ne se pressa pas beaucoup, et n'arriva à Plaisance que le 18 mars 1804, après avoir passé un mois en Touraine.

A. M. N.

A Plaisance , le ... mai 1804.

Nous venons de faire un empereur, et pour ma part je
n'y ai pas nui. Voici l'histoire : Ce matin d'Anthouard
nous assemble et nous dit de quoi il s'agissait, mais bonnement, sans préambule ni péroraison. — Un empereur
ou la république, lequel est le plus de votre goût? comme
on dit rôti ou bouilli, potage ou soupe, que voulez-vous?
Sa harangue finie, nous voilà tous à nous regarder, assis
en rond. — Messieurs, qu'opinez-vous? Pas le mot. Personne n'ouvre la bouche. Cela dura un quart d'heure ou
plus, et devenait embarrassant pour d'Anthouard et pour
tout le monde, quand Maire, un jeune homme, un lieutenant que tu as pu voir, se lève et dit : S'il veut être empereur qu'il le soit, mais, pour en dire mon avis, je ne
le trouve pas bon du tout. — Expliquez-vous, dit le colonel, voulez-vous, ne voulez-vous pas? — Je ne le veux
pas! répondit Maire. — A la bonne heure. Nouveau silence. On recommence à s'observer les uns les autres
comme des gens qui se voient pour la première fois.
Nous y serions encore si je n'eusse pris la parole. Messieurs, dis-je, il me semble, sauf correction, que ceci
ne nous regarde pas : la nation veut un empereur, est-ce
à nous d'en délibérer? Ce raisonnement parut si fort, si
lumineux, si *ad rem*..... que veux-tu, j'entraînai l'as-

semblée. Jamais orateur n'eut un succès si complet : on
se lève, on signe, on s'en va jouer au billard. Maire me
disait : Ma foi, commandant, vous parlez comme Cice-
ron : mais pourquoi voulez-vous donc tant qu'il soit empereur, je vous prie? — Pour en finir et faire notre partie
de billard. Fallait-il rester là tout le jour? Pourquoi ne
le voulez-vous pas? — Je ne sais, me dit-il, mais je le
croyais fait pour quelque chose de mieux. Voilà le propos
du lieutenant, que je ne trouve point tant sot. En effet,
que signifie, dis-moi...., un homme comme lui, Bonaparte, soldat, chef d'armée, le premier capitaine du
monde, vouloir qu'on l'appelle majesté? être Bonaparte
et se faire sire! *Il aspire à descendre :* mais non, il croit
monter en s'égalant aux rois. Il aime mieux un titre
qu'un nom. Pauvre homme, ses idées sont au-dessous de
sa fortune. Je m'en doutai quand je le vis donner sa petite sœur à Borghèse, et croire que Borghèse lui faisait
trop d'honneur.

La sensation est faible : on ne sait pas bien encore ce
que cela veut dire ; on ne s'en soucie guère, et nous en
parlons peu. Mais les Italiens..... tu connais Mandelli,
l'hôte de Demanelli..... *Questi son salti! questi son voli!
un alfiere, un caprajo di Corsica che balza imperatore!
Poffariddio, che cosa! sicchè dunque, comandante, per
quel che vedo un Corso ha castrato i Francesi.*

Demanelli (1), je crois, ne fera pas d'assemblée. Il

_____

(1) Colonel d'un régiment d'artillerie à pied.

envoie les signatures avec l'enthousiasme, le dévouement à la personne, etc.

Voilà nos nouvelles; mande-moi celles du pays où tu es, et comment la farce s'est jouée chez vous. A peu près de même sans doute.

> Chacun baise en tremblant la main qui nous enchaîne.....

Avec la permission du poète cela est faux. On ne tremble point, on veut de l'argent, et on ne baise que la main qui paie.

Ce César l'entendait bien mieux, et aussi c'était un autre homme. Il ne prit point de titres usés, mais il fit de son nom même un titre supérieur à celui de roi.

Adieu, nous l'attendons ici.

———

A M. LEJEUNE,

A SAUMUR.

Barletta, le 24 mai 1805.

MONSIEUR, depuis environ six mois que je suis à cette armée (1), je n'ai point reçu de lettre qui m'ait fait autant de plaisir que la vôtre. Vous êtes assuré de m'en faire beaucoup toutes les fois que vous me donnerez de vos nouvelles.

Ayant reçu ordre à Plaisance de me rendre ici pour commander l'artillerie à cheval de cette armée, j'achetai trois beaux et bons chevaux de selle, et je partis avec mon domestique (2). Je m'arrêtai quinze jours à Parme, où je trouvai une belle bibliothèque : j'y travaillai sur Xénophon. Je vis la Virginie, peinte par Doyen, et ce tableau, qui n'est pas trop bon, me rappela mes ancien-nes études de dessin. De Parme j'allai à Modène en passant par Reggio, jolie ville où je trouvai un poète de mes amis (3). Bologne, où j'allai ensuite, est une ville vrai-

---

(1) L'armée française, qui occupait alors Tarente et la Pouille, commandée par le général Gouvion-Saint-Cyr.

(2) Le 14 septembre 1804.

(3) Lamberti.

ment belle ; les pluies qui y sont fréquentes , comme dans toute cette partie de l'Italie , n'empêchent pas qu'on ne puisse parcourir toute la ville sans être mouillé , parce que dans toutes les rues il y a des galeries latérales comme au Palais-Royal, qui , outre la commodité , forment une perspective extrêmement agréable ; je m'y arrêtai deux ou trois jours à copier des inscriptions ; j'en partis le 4 octobre , et j'arrivai le 11 à Ancône. Je trouvai , en passant à Fano et à Sinigaglia, des inscriptions très-curieuses , mais je ne pus les copier toutes parce que la saison s'avançait , et que je craignais d'être arrêté par les torrents, si j'attendais plus tard à passer les montagnes des Abruzzes. Après avoir traversé Lorette, j'arrivai le 19 à Giulia. Nova est le premier village du royaume de Naples ; j'y arrivai le 19 octobre ; je fus fort bien logé et nourri chez les cordeliers , dont le couvent est la seule maison habitable de l'endroit : j'ai été traité de la même manière dans tout le royaume , toujours logé dans la meilleure maison et servi aussi bien que l'endroit le comportait. Tout le pays est plein de brigands par la faute du gouvernement, qui se sert d'eux pour vexer et piller ses propres sujets. J'en ai rencontré beaucoup ; mais, comme ils ne voulaient pas alors se brouiller avec l'armée française , ils me laissèrent passer. Figurezvous que dans tout ce royaume une voiture ne peut se hasarder en campagne sans une escorte de cinquante hommes armés , qui souvent dévalisent eux-mêmes ceux qu'ils accompagnent. J'arrivai à Pescara le 20 ; cette ville passe pour la plus forte de cette partie du royaume de Naples,

quoique la fortification en soit très-mauvaise. La maison
où je fus logé avait été saccagée comme toute la ville par
les bandits du cardinal Rufo, après la retraite des Français
il y a cinq ans : ceux qui se distinguèrent alors par leur
brigandage sont aujourd'hui les favoris du gouvernement,
qui les emploie à lever des contributions. La canaille est
le parti du roi, et tout propriétaire est jacobin : c'est le
haro de ce pays-ci. Le 22 je fus logé à Ortona chez le comte
Berardi, qui me raconta que le gouverneur de la province
était un certain Carbone, d'abord maçon, puis galérien,
ensuite ami du roi lors de la retraite des Français, aujour-
d'hui *pacha*. Ce Carbone lui envoya, peu de jours avant
mon arrivée, un ordre de payer douze mille ducats ; il en
fut quitte pour la moitié. Voilà comme ce pays est gou-
verné : c'est la reine qui mène tout cela ; elle affiche la haine
et le mépris pour la nation qu'elle gouverne. Le 24, à
Lanciano, je trouvai un régiment français de chasseurs
à cheval : un des officiers me vendit pour dix louis une
paire de pistolets que je jugeai à propos d'ajouter à mon
armement. Le colonel me donna un guide pour me rendre au Vasto ; mais le guide m'égara, et nous manquâmes
être tués dans un village dont les paysans, sortant de la
messe et animés par leurs prêtres, voulurent faire la
bonne œuvre de nous assassiner : bien m'en prit d'entendre leur langue et de ne pas mettre pied à terre. Le 29
je trouvai au Vasto un petit détachement d'infanterie
légère avec lequel je poussai jusqu'à Termoli ; je fus logé
dans la meilleure maison de ce bourg, mais au milieu de

la nuit la populace vint m'arracher de mon lit, et en un moment ma chambre et toute la maison furent remplies de cette canaille armée. Ils me montrèrent un homme auquel, disaient-ils, un soldat avait volé son manteau; je leur demandai s'ils connaissaient le voleur; ils me dirent que oui, et qu'ils savaient la maison où il était logé; je leur dis de m'y conduire. Arrivé à cette maison, au milieu des hurlements, je trouvai un soldat ivre qu'on me dit être le voleur; mais, comme rien n'indiquait qu'il eût dérobé, je crus qu'ils prenaient ce prétexte pour nous chercher querelle, et je n'étais guère en état de leur résister; mes sept ou huit compagnons étaient dispersés en autant de maisons. Je fis entendre aux braillards que je soupçonnais quelque autre, et les priai de me conduire à la maison où logaient le sergent et le caporal du détachement; arrivé là je les fis lever et armer, ayant l'air de les menacer; mais dans le fait je leur disais de tâcher d'assembler leurs hommes : deux qui demeuraient vis-à-vis sortirent et se joignirent à nous. Je prêchais toujours mes hurleurs, qui criaient : Mort aux jacobins! Mais nous commencions à être en force. Enfin nous arrivâmes à une maison où logaient deux autres soldats; l'un d'eux me dit que l'homme ivre avait en effet volé un manteau, et qu'il devait l'avoir caché quelque part. Nous retournâmes à l'ivrogne, que nous trouvâmes couché sur le manteau volé; nous soupçonnâmes que si nous ne l'avions pas trouvé d'abord, c'était parce que l'hôte avait volé le voleur, et remis ensuite le manteau sous lui, crainte des recherches : sans cela nous aurions été obligés d'en venir aux mains avec beaucoup de désavantage.

Le Vasto, dont je vous ai parlé, est un endroit assez joli au milieu d'une forêt d'oliviers : j'y logeai chez les pères *della Madre di Dio*. Le propriétaire auquel appartiennent tous les bourgs des environs est un grand seigneur descendant du fameux marquis del Vasto (du Guast, dans nos historiens), qui prit François Ier à Pavie. A Termoli je quittai la mer, et vins le 31 à Serra Capriola, jolie petite ville dans les terres. Là, comme on ne voulait pas loger mes chevaux avec moi, j'essayai de faire un peu de bruit et menaçai d'enfoncer la porte de l'écurie; mais je n'étais pas assez fort pour soutenir ce langage. L'hôte, qui paraissait un homme d'importance, me dit : J'ai là cinquante Albanais bien armés, ne nous cherchez point de querelles. Je vis en effet ces Albanais, qui sont des coupe-jarrets enrôlés; ils me servirent à table la dague au côté : ils causaient avec moi fort amicalement. On voulut m'en donner une escorte à mon départ, je la refusai; ils me dirent que leur patron les payait 6 carlini par jour, environ 55 sous de France. J'allai le 1er novembre à San-Severino, où je logeai chez les célestins, ensuite à Foggia le 2. Je marchais au milieu de plus de cent mille moutons qui descendaient des montagnes de l'Aquila pour passer l'hiver dans les plaines de la Pouille; je causai avec leurs bergers, qui sont des espèces de sauvages. Il y avait aussi de grands troupeaux de chèvres : tout cela est au roi. Mon hôte, don Celestino

Bruni, me donna le lendemain 4 sa voiture dans laquelle je vins à Civignola, où Gonsalve de Cordoue livra une fameuse bataille ; je passai sur le pont que Bayard défendit seul contre les Espagnols : il est long, et si étroit que deux voitures ne peuvent y passer de front.

Enfin, le 5 novembre, j'arrivai à Barletta où je trouvai le quartier-général. C'est une ville de vingt mille amés, passablement bâtie, sans promenades ni ombrages, dans une plaine aride. On ne connaît point ici de maisons de campagne ni de villages, parce que les brigands rendent la campagne inhabitable ; il n'y a de cultivé que les environs des villes : le sol est très fertile, et produit, presque sans travail, une grande quantité de blé qui, avec l'huile, forme tout le commerce du pays ; commerce sujet à des avanies continuelles, tant de la part du gouvernement que des Barbaresques. Quoique ce soit un port, on ne peut y avoir de poissons, parce que les pêcheurs sont enlevés jusque sur la côte.

Voilà l'histoire de mon voyage. Ma position actuelle est fort agréable : mon emploi de chef de l'état-major de l'artillerie me donne quelques avantages ; je suis bien avec le général Saint-Cyr, qui commande l'armée ; j'ai reçu le ruban rouge des mains du maréchal Jourdan, à Plaisance. Je m'aperçois que mes quatre pages ne répondent pas à votre lettre. Je vous félicite de votre bonne santé qui fait que je vous ai toujours regardé comme un homme fort heureux ; la mienne est assez bonne : ce pays-ci et le genre de vie que je mène me conviennent fort. Je n'ai pas renoncé à mes anciennes études; j'entretiens des correspondances avec plusieurs savants, auxquels j'envoie des inscriptions; votre pays de Saumur est bon, mais je ne crois pas que je m'y fixe jamais; je suis devenu Italien, et si le royaume d'Italie s'établit, j'aurai de grands avantages à m'y fixer. Au reste, je ne fais point de projets, je m'abandonne à la fortune sans pourtant avoir d'ambition. Le général en chef m'a promis de me conduire à Milan pour le couronnement du roi d'Italie, mais selon les apparences il ne pourra lui-même y aller. Nous sommes menacés de tous côtés; la flotte partie d'Angleterre avec des troupes de débarquement pourrait bien être destinée pour ce pays-ci. Unie avec l'armée russe, elle nous donnerait de la besogne; les brigands du pays nous tourmenteraient fort. Nous avons aussi à craindre la peste qui règne partout aux environs. Malgré tout cela je vais bientôt faire une tournée dans toutes les places où nous avons des troupes, telles que Brindisi, Tarente, Gallipoli, Otrante, Leccia.... ; j'ai été ces jours-ci à Canosa qui offre les ruines d'une ville immense. On ne peut y fouiller qu'on ne trouve des ruines magnifiques, aussi est-ce défendu : on y déterre des tombeaux des anciens Étrusques, avec des vases bien conservés; tout cela est fort curieux. Adieu encore une fois; je vous embrasse.

A M. DANSE DE VILLOISON,

A PARIS.

Barletta, 8 mars 1805.

Vous me tentez, Monsieur, en m'assurant qu'une traduction de ces vieux *mathematici* me couvrirait de gloire : je n'eusse jamais cru cela ; mais enfin vous me l'assurez, et je saurai à qui m'en prendre si la gloire me manque après la traduction faite ; car je la ferai, chose sûre. J'en étais un peu dégoûté, de la gloire, par de certaines gens que j'en vois couverts de la tête aux pieds et qui n'en ont pas meilleur air ; mais celle que vous me proposez est d'une espèce particulière, puisque vous me dites que moi seul puis cueillir de pareils lauriers. Vous avez trouvé là mon faible : à mes yeux, honneurs et plaisirs, par là même qu'ils semblent s'exclure, acquièrent un plus grand prix. Ainsi me voilà décidé ; quelque part que ce livre me tombe sous la main, je le traduis, pour voir un peu si je me couvrirai de gloire.

Quant à quitter mon *vil métier,* je sais ce que vous pensez là-dessus, et moi-même je suis de votre sentiment. Ne voulant ni vieillir dans les honneurs obscurs de quelque légion, ni faire une fortune, il faut laisser cela ; sans doute c'est mon dessein. Mais je suis bien ici, où

j'ai tout à souhait : un pays admirable, l'antique, la nature, les tombeaux, les ruines, la grande Grèce. Que de
choses ! Le général en chef est un homme de mérite,
savant, le plus savant dans l'art de massacrer que peut-
être il y ait ; bonhomme au demeurant, qui me traite en
ami ; tout cela me retient. D'ailleurs je laisse faire à la
fortune, et ne me mêle point du tout de la conduite de
ma vie ; c'est là ma politique, je m'en trouve bien, et je
n'aperçois pas que ceux qui se tourmentent tant soient
plus heureux que moi. Ne croyez pas, au reste, que je
perde mon temps ici ; j'étudie mieux que je n'ai jamais
fait, et du matin au soir, à la manière d'Homère, qui
n'avait point de livres ; il étudiait les hommes : on ne les
voit nulle part comme ici. Homère fit la guerre, gardez-
vous d'en douter : c'était la guerre sauvage ; il fut aide-
de-camp, je crois, d'Agamemnon, ou bien son secrétaire. Ni Thucydide non plus n'aurait eu ce sens si vrai,
si profond ; cela ne s'apprend pas dans les écoles. Com-
parez, je vous prie, Salluste et Tite-Live ; celui-ci parle
d'or, on ne saurait mieux dire ; l'autre sait de quoi il parle.
Et qui m'empêcherait quelque jour....? car j'ai vu, moi
aussi ; j'ai noté, recueilli tant de choses, dont ceux qui
se mêlent d'écrire n'ont depuis long-temps nulle idée,
j'ai bonne provision d'esquisses ; pourquoi n'en ferais-je
pas des tableaux où se pourraient trouver quelque air de
cette vérité naïve qui plaît si fort dans Xénophon ? Je
vous conte mes rêves. — Que voulez-vous dire, que
nous autres soldats, nous écrivons peu, et qu'une ligne

nous coûte? ah! vraiment voilà ce que c'est : vous ne
savez de quoi vous parlez! Ce sont là de ces choses dont
vous ne vous doutez pas, vous, messieurs les savants.
Apprenez que tel d'entre nous écrit plus que tout l'Institut, qu'il part tout les jours, des armées, cent voitures
à trois chevaux, portant chacune plusieurs quintaux d'é-
criture ronde et batarde, faite par des gens en uniforme,
fumeurs de pipes, traîneurs de sabres : que moi seul, ici,
cette année, j'en ai signé plus, moi qui ne suis rien et ne
fais rien, plus que vous n'en liriez en toute votre vie; et
mettez-vous bien dans l'esprit que tous les mémoires et
les histoires de vos académies, depuis leur fondation, ne
sont pas en volume le quart de ce que le ministre reçoit de
nous chaque semaine régulièrement. Allez chez lui, vous
y verrez des galeries, de vastes bâtiments remplis, com-
blés de nos productions, depuis la cave jusqu'au faîte :
vous y verrez des généraux, des officiers qui passent leur
vie à signer, parapher, couverts d'encre et de poussière,
accuser réception, apostiller en marge les lettres à répondre et celles répondues. Là, des troupes réglées d'é-
crivains expédient paquets sur paquets, font tête de tous
côtés à nos états-majors, qui les attaquent de la même
furie. Voilà vos paresseux d'écrire; allez, Monsieur, il
serait aisé de vous démontrer, si on voulait vous humi-
lier, que de tous les corps de l'état, c'est l'académie qui
écrit le moins aujourd'hui, et que les plus grands travaux
de plume se font par les gens d'épée.

Je réponds, comme vous voyez, non-seulement à tous

les articles, mais à chaque mot de votre lettre ; et je vous
dirai encore, en style de maître François, qu'une nation,
dont on fait ce qu'on veut, n'est pas une *cire* mais une....
et qu'on n'en saurait rien faire qui ne soit fort dégoûtant.
Aristophane doit l'avoir dit. Ainsi la métaphore ne vous
surprendra pas. Au reste, *nous portons les sottises qu'on
porte.* C'est tout le compliment que je trouve à vous faire
sur ces nouveaux brimborions, qu'assurément vous honorez. Pour moi, j'ai été élevé dans un grand mépris de
ces choses-là ; je ne saurais les respecter, c'est la faute de
mon père.

— Eh bien ! qu'en dites-vous ? suis-je si paresseux,
moi qui vous fais, pour quelques lignes que vous m'écrivez, trois pages de cette taille ? Vous vous piquerez d'honneur, j'espère, et ne voudrez pas demeurer en reste avec
moi.

A votre loisir, je vous prie, donnez-moi des nouvelles
de la Grèce, dont je ne suis pas transfuge, comme il
vous plaît de le dire ; vous m'y verrez reparaître un jour,
quand vous y penserez le moins, et faire acte de citoyen.
Je vous avoue que je ne connais pas du tout M. Weiske,
et ne sais comme il a pu découvrir que je suis au monde,
si ce n'est pas vous qui lui avez appris ce secret. Je souhaite fort qu'il nous donne un bon Xénophon : l'entreprise est grande. Aurons-nous à la fin cette anthologie de
M. Chardon de la Rochette ? Et vous qui accusez les autres
de paresse, me voulez-vous laisser si long-temps sans
rien lire de votre façon, que ces articles de journal, ex-

cellens, mais toujours trop courts, comme les ïambes d'Archiloque, dont le meilleur était le plus long. *Ah! que ne suis-je roi pour cent ou six-vingts ans*, je vous ferais pardieu travailler; il ne serait pas dit que vous êtes savant pour vous seul; je vous taxerais à tant de volumes par an, et ne voudrais lire autre chose.

———

A M. CLAVIER,

A PARIS.

Barletta, juin 1805.

. . . . Vous n'avez pas tort non plus de croire que tous ces faits, ces grands événements qui tiennent le monde en suspens, méritent bien peu l'attention d'un homme sensé, et que c'est sottise de méditer sur ce qui dépend des digestions de Bonaparte : mais je vous dis, moi, qu'on a beau être philosophe, la peinture des passions et des caractères, soit histoire ou roman, intéresse toujours, et plus un philosophe qu'un autre. La difficulté c'est de peindre, et c'est où les anciens excellent et où nos auteurs font pitié, j'entends nos historiens; ils ne savent saisir aucun trait. Pour représenter une tempête, ils se mettent à compter les vagues : un arbre, ils le font feuille à feuille, et tout cela copié fidèlement ressemble bien moins au vrai que les inventions d'un homme qui joint à quelque étude le sentiment de la nature. Il y a plus de vérité dans Joconde que dans tout Mézeray.

Un morceau qui plairait, je crois, traité dans le goût antique, ce serait l'expédition d'Égypte. Il y a là de quoi faire quelque chose comme le Jugurtha de Salluste, et mieux, en y joignant un peu de la variété d'Hérodote, à

quoi le pays prêterait fort ; scène variée, événements divers, différentes nations, divers personnages ; celui qui
commandait était encore un homme ; il avait des compagnons ; et puis, notez ceci, un sujet limité, séparé de tout
le reste, c'est un grand point selon les maîtres, peu de
matière et beaucoup d'art. Mon dieu, comme je cause et
comme je vous conte mes rêves ; que vous êtes bon, si
vous écoutez ce babil ! mais que vous dirais-je autre chose ?
je ne vois *que du fer*, *des soldats*, rien qui puisse vous
intéresser.

Sur mon sort à venir, ce que je pourrai faire, ce que
je deviendrai, quand je vous reverrai, je n'en sais pas là-
dessus plus que vous. Nous sommes ici dans une paix
profonde, mais qui peut être troublée d'un moment à
l'autre ; tout tient au caprice de deux ou trois bipèdes
sans plumes qui se jouent de l'espèce humaine. — Présentez, je vous prie, mon respect à M. et à Mme de Sainte-
Croix, et conservez-moi une place dans votre souvenir.

A M. ***

Lecce, le .. septembre 1805.

Mon colonel, j'ai à vous rendre compte d'un événement bien triste. Nous venons d'enterrer le capitaine Tela, qui fut hier assassiné par son hôte don Joseph Rao. Depuis quelque temps don Joseph, imaginant une intrigue entre sa femme et le capitaine, cherchait à les surprendre ensemble. Cela lui fut aisé, ils ne se cachaient point, et selon l'apparence, n'en avaient nulle raison. Tela n'était point un galant : cette femme d'ailleurs, très-sage, ne le voyait que rarement, lorsqu'il fallait quelque service des personnes de la maison. Il n'y avait là rien de ce que le mari supposait ; les trouvant ensemble, il les tua. Ce n'était pas qu'il fût jaloux, il se souciait peu de sa femme et ne vivait point avec elle, ayant d'autres liaisons connues ; mais quelques discours et la peur d'être appelé *becco cornuto* lui avaient tourné la cervelle. Voilà le point d'honneur de cette partie de l'Italie. Ce *becco cornuto* est pour eux la plus terrible des injures ; c'est pis que voleur, assassin, fourbe, sacrilége, parricide.

Tela, comme par inspiration, voulut, il y a trois semaines, quitter cette maison ; son hôte l'y retint à force d'instances et de caresses ; avait-il dès lors son dessein ?

On ne sait ; les avis là-dessus sont partagés. Hier, il voit sa femme entrer dans la chambre du capitaine, pour lui remettre quelque linge qu'on avait lavé ; il la suit, et lui porte trois coups de poignard. Elle eut pourtant encore la force de se sauver chez ses parents, où elle est morte cette nuit. Tela, frappé au cœur, mourut à l'instant même. Mais une chose à remarquer, c'est le sang-froid de l'assassin. Venant de faire cette expédition, il rencontre sur l'escalier le colonel Stuard, qui lui demande : le capitaine est-il ici ? montez, dit-il, vous le verrez ; et il paraissait aussi calme que si rien ne fût arrivé.

La ville est consternée ; on craint les vexations auxquelles cela peut donner lieu de la part de gens habiles à saisir tous les prétextes. Nous cherchons fort le meurtrier ; mais les malins disent que nous le cherchons partout où nous sommes sûrs de ne pas le trouver. L'affaire s'accommodera, et l'on n'y pensera plus. Voilà pourtant trois hommes que nous perdons ainsi de l'artillerie seulement, et sans qu'il en soit autre chose. Nulle punition, nulle plainte à ce *governaccio* de Naples. On se soucie peu des vivants et point du tout des morts.

———

A cette époque, les préparatifs militaires de l'Autriche donnant lieu de craindre une nouvelle guerre, Napoléon négocia avec le roi de Naples un traité de neutralité, en conséquence duquel les troupes qui occupaient Tarente et la Pouille furent rappelées vers le nord pour former la droite de l'armée d'Italie.

Le général en chef, Gouvion Saint-Cyr, partit de Barletta le 9 octobre : Courier y demeura quelques jours encore, et joignit ensuite vers Pescara le quartier-général, avec lequel marchaient ses équipages confiés aux soins d'un sous-officier d'artillerie à cheval.

A M. COSTOLIER,

MARÉCHAL-DES-LOGIS DE LA 2e. COMPAGNIE.

Barletta, le 15 octobre 1805.

Mon cher Costolier, comme vous avez soin de mon cheval, j'ai soin ici de votre maîtresse. Peu après que vous fûtes parti (bien malgré moi, je fis ce que je pus pour l'empêcher; mais on le voulait), peu après, il y eut ordre à toutes les femmes de quitter l'armée, de s'en aller comme elles pourraient. Le général dit qu'il n'en veut plus, il renvoie la sienne. Cent cinquante se sont embarquées à Bari sur d'assez mauvais bâtiments : le diable sait ce qu'elles deviendront. J'ai fait rester votre Julie en qualité de vivandière : elle marche avec nous, je vois qu'on rôde autour d'elle, mais ma foi elle ne se laisse pas ferrer à tout le monde ; elle vous aime : et aussi toutes les femmes ne sont pas ce que bien des gens disent.

Ce n'est pas la peine de faire faire une housse à mon cheval, il ira bien tout nu ; faites-lui faire plutôt un mors, comme celui de ma jument grise, par notre éperonnier qui va aller vous joindre ; qu'on le mène par la longe, mon cheval s'entend ; donnez-lui peu de foin, de l'orge plutôt que de l'avoine, et du chiendent partout où vous en trouverez. Adieu.

A M. LEDUC AINÉ.

De Bologne, le 14 novembre 1805.

JE t'ai écrit trois fois depuis notre départ de la Pouille. Je te marquais de m'adresser tes lettres à Rome, mais je n'ai pu y passer; ainsi je suis sans nouvelles de toi depuis le 10 août, date de ta dernière par laquelle j'ai su que ta fille est hors d'affaire. J'espère qu'elle court à l'heure qu'il est et saute mieux que jamais, *più pazzarella che mai;* j'en fais mon compliment à madame sa mère, et voudrais être là pour vous embrasser tous.

Nous marchons vers Ferrare. Le général Salvat (1) a trouvé à Ancône une Vénitienne égarée, dont il s'est emparé, ou c'est elle qui l'a pris et le mène par le nez; je la vois tous les jours, elle mange avec nous, je suis le seul qui puisse lui parler : eux ne savent pas trois mots d'italien. Te dire les conversations d'elle à moi, les *spropositi,* les folies qui ne finissent point, ou finissent par des *risate sgangherate sbudellate....* Il n'est pas possible de voir une meilleure pâte de fille, une créature plus gaie, plus folle, plus ce qu'on appelle bonne enfant : son Vénitien est quelque chose qui vraiment me ravit. Salvat nous gêne un peu; il n'entend pas un mot et veut

---

(1) Général d'artillerie.

qu'on lui explique tout, mais les explications sont belles !
nous avons mille inventions pour le dérouter, des noms
de guerre..... Lui, Salvat, est *stentarello;* elle a baptisé
le secrétaire *fa la nanna,* cela le peint ; l'aide-de-camp,
elle l'appelle *madama coccola;* jamais nom ne fut mieux
appliqué, c'est la femme-de-charge du général : il sera
maréchal du palais, si Salvat devient empereur. Tout
cela me divertit, et nous passons ensemble des heures
sans ennui ; mais j'ai peur de n'en avoir pas long-temps
le plaisir, car on dit que notre ménage ne plaît pas du
tout à Saint-Cyr, et qu'il a trouvé fort mauvais l'équipage
de la princesse, et les chevaux, et la voiture..... On est
contrarié en ce monde.

Monval me quitte et m'a conté une affaire vive à la
Caldiera (1) ; les nôtres auraient eu du dessous. D'Anthouard et Demanelli sont tués ; on aura fait là quelque
bêtise qui nous mettrait ici en mauvaise posture. Mais
ces gens ne profitent jamais de leurs avantages ; ils sont
persuadés que nous devons les battre, et quand nous avons
l'air de nous laisser frotter, c'est une ruse ; ils nous devi-
nent. Au reste on ne sait rien encore : je ne serai bien
informé que quand nous aurons rejoint le quartier-général. Adieu.

P. S. L'autre jour en lisant une pétition de quelqu'un
qui protestait de son *dévouement à la personne de l'empereur,* nous trouvâmes que cette nouvelle formule ne con-

(1) Le 30 octobre.

tient guère plus de vérité que le *très-humble serviteur*, et que, pour être exact, il faudrait se dire dévoué à *la caisse du payeur*. Qu'en penses-tu ? qu'en dit madame ? tu peux lui lire ceci, mais non le reste de ma lettre, elle me croirait plus vaurien que je ne suis.

Le général Saint-Cyr était arrivé à Padoue depuis le 15 novembre : ses troupes occupaient les environs ; le 23 il eut connaissance de l'arrivée à Bassano d'une division autrichienne qui, poussée de Bavière en Tyrol par le corps du maréchal Ney, cherchait un refuge à Venise ; le prince de Rohan la commandait et espérait gagner cette ville sans obstacle, en passant derrière l'armée du maréchal Masséna, qui avait déjà passé l'Isonzo ; mais le général Saint-Cyr l'attaqua le 24, à Castel-Franco, et l'obligea de se rendre avec tout son monde. Courier fut présent à cette affaire.

A M. POYDAVANT,

COMMISSAIRE-ORDONNATEUR.

De Strale, le 25 novembre 1805.

Aimé va vous conter notre petite drôlerie. Ce qu'il vous en pourra dire c'est qu'il dormit fort ce jour-là. Je ne sais quelle heure il pouvait être lorsqu'il apprit dans son lit qu'on s'était battu. Il se leva en grande hâte, s'habilla, ou, comme disent ces messieurs, se fit habiller, et fut choisi pour vous porter l'heureuse nouvelle de l'affaire où il s'est distingué. Nous verrons cela dans la gazette avec la croix et l'avancement. Voilà ce que c'est d'être frère d'un valet-de-chambre du fils d'un châtreur de cochons des environs de Tonneins. Rappelez-vous Sosie.

Je dois, etc.

Nous avons pris des *Quinze reliques* une division tout entière, des chevaux bons à écorcher, et un prince émigré, qui, je crois, n'est bon à rien; il a un coup de fusil dans le ventre; on s'occupe très-peu de lui; on le laisse là, tout blessé qu'il est et Français. Nous n'aimons pas les émigrés; à Paris on les honore fort. L'empereur les chérit et révère; c'est sans doute qu'il n'en peut faire, comme il fait des comtes et des princes.

Vous voyez bien, mes chers amis, qu'après vous on trouve à glaner, mais de la gloire seulement; nous voudrions quelque autre chose plus substantielle, plus palpable. Cela ne se peut derrière vous; vous faites partout place nette. Il faut se payer de lauriers qui heureusement coûtent peu. Pour moi, j'en quitte ma part, j'ai de la gloire *in culo*, comme disent les Italiens, ou plus poliment *in tasca,* depuis que j'entendis quelqu'un de notre connaissance dire : *je suis couvert de gloire*, et les courtisans répéter : *il est couvert de gloire.*

Adieu, nous ne voulons toujours point être sous vos ordres (1). En attendant une décision, nous méditons sur la carte. Nous espérons qu'on pourra bien se casser le nez à Saint-Polten ou ailleurs, et, comme vous pouvez croire, alors nous prendrions un autre ton.

(1) Allusion au général Saint-Cyr, qui désirait que les troupes continuassent à former un corps séparé.

A M. ***

Padoue, le 13 décembre 1805.

Vous êtes de mauvais plaisants, et votre conte ne vaut rien ; voici, en toute vérité, comme la chose s'est passée :

Dès qu'il eut les talons tournés, je voulus aller dire un mot à la belle ; il l'enferme, comme tu sais ; mais elle a une double clef. Je fus me poster dans cette niche obscure sur l'escalier, comptant qu'on m'ouvrirait. Elle dit, elle jure ne m'avoir rien promis, et peut-être en effet m'étais-je trompé sur un signe qu'elle me fit : je croyais avoir un rendez-vous. Enfin j'attendais, depuis une heure ou plus, le fortuné moment ; mais porte close, rien ne bougeait dedans ni dehors. Je commençais à perdre patience ; quelqu'un monte ; c'était M. le secrétaire : sans tousser ni frapper, sans faire aucun signal, il arrive, on lui ouvre, il entre en homme que l'on attendait. Loin de m'en fâcher, j'en ai ri de bon cœur : ne voulant point du tout les troubler, je m'en allai rejoindre mon *animalaccio* à la revue.

Voilà tout, et c'est bien assez pour vous divertir quelque temps, messieurs, à mes dépens.

Mais le lendemain, j'eus ma revanche, et c'est ce qu'on ne vous a pas dit. Sous les arcades, le lendemain je la vis *in baulta,* qui se dérobait dans l'ombre et courait. Je la suivis : elle entra où demeure le colonel d'Estrées; et moi, aussitôt à mon embuscade, sûr de n'attendre pas inutilement cette fois. Au bout d'un quart d'heure je la vois, toute *affannata,* toute rouge, monter les degrés quatre à quatre. Sans m'apercevoir, elle ouvrit, et moi, en deux pas et un saut me voilà entré avec elle : grand débat, scène de théâtre; elle veut me chasser; je reste, elle se désolait, je riais :

Pianse, pregò, ma in vano ogni parola sparse.

Salvat pouvait venir; il venait même; c'était l'heure, le danger augmentait à chaque instant. Je lui dis, sans finesse et sans fleur de langage, le prix que je mettais à ma retraite. — *Dunque fa presto,* dit-elle : je fis presto et je partis. J'en pourrais prendre désormais avec elle tant que j'en voudrais, car elle est à ma discrétion; ou bien lui faire quelque noirceur, et vous autres vauriens vous n'y manqueriez pas. Mais vous savez que je ne me pique pas de vous imiter : je la vois, je lui parle tout comme auparavant; même ton, mêmes manières; à table pas un mot qui puisse l'embarrasser; seule, pas la moindre liberté : son secret, je le garde comme si elle me l'eût confié. Un pareil procédé la touche, lui semble rare et nouveau. Elle n'avait vu jusqu'ici que des gens de votre espèce, qui abusent insolemment de tous leurs avantages.

Que parlez-vous d'ennemis? y a-t-il des ennemis? Nous n'en avons nulle nouvelle depuis la dernière affaire.

De nos chevaux de prise le meilleur ne vaut guères; je t'en enverrai dix si tu veux les nourrir. Michel (1) en chevauche un qu'il a choisi entre tous, mais long, d'une longueur dont on ne voit pas la fin. Son dos paraît fait pour une file, ou pour les quatre fils Aymon. Michel y est comme isolé : enfin c'est une bête à porter tout l'état-major du génie et tout le génie de l'état-major.

Quand nous verrons-nous? je ne sais; j'ai déjà cent choses à te dire, qu'assurément je n'écrirai point. C'est dommage, car bien des traits dont je suis témoin tous les jours en vaudraient la peine, et cela vous divertirait. Mais, pour moi, écrire c'est ma mort, et puis je ne finirais jamais.

Tanto vi ho da dire che incomminciar non oso (2).

C'est le secrétaire qui a fait faire pour cette belle une fausse clef de sa prison. C'est lui qui l'a mariée au général Salvat, c'est lui qu'elle aime d'amour; bonne créature au fond, comme toutes les coquines. Adieu, je vous embrasse tous.

Après la paix qui suivit la victoire d'Austerlitz, Napoléon chargea le maréchal Masséna de tirer vengeance du roi de

(1) Michel, chef de bataillon du génie.
(2) Vers de Pétrarque.

Naples, qui avait violé la neutralité promise ; le général Saint-Cyr retourna en Pouille , mais Courier ne l'accompagna plus , et obtint d'être attaché au corps d'armée du général Reynier , qui marchait directement sur la capitale.

Il partit donc de Bologne le 1ᵉʳ janvier 1806 , et joignit son général à Spoleto , le 15. On ne rencontra d'obstacle nulle part : Capoue capitula le 12 février , et le 14 les Français entrèrent à Naples ; après quelques jours de repos , le corps de Reynier fut envoyé en Calabre ; une petite affaire d'avant-garde eut lieu à Lago-Negro , le 6 mars , et le 9 , l'armée napolitaine fut entièrement défaite à Campo-Tenese ; le même jour le général coucha à Morano.

———

A M. ***

OFFICIER D'ARTILLERIE, A NAPLES.

Morano, le 9 mars 1806.

BATAILLE! mes amis, bataille! Je n'ai guère envie de vous la conter. J'aimerais mieux manger que t'écrire; mais le général Reynier, en descendant de cheval, demande son écritoire. On oublie qu'on meurt de faim : les voilà tous à griffonner l'histoire d'aujourd'hui; je fais comme eux en enrageant. Figurez-vous, mes chers amis, qui avez là-bas toutes vos aises, bonne chère, bon gîte et le reste, figurez-vous un pauvre diable non pas mouillé, mais imbibé, percé jusqu'aux os par douze heures de pluie continuelle, une éponge qui ne sèchera de huit jours; à cheval dès le grand matin, à jeun ou peu s'en faut au coucher du soleil : c'est le triste auteur de ces lignes qui vous toucheront si quelque pitié habite en vos cœurs. Buvez et faites *brindisi* à sa santé, mes bons amis, le ventre à table et le dos au feu. Voici en peu de mots nos nouvelles.

Les Napolitains ont voulu comme se battre aujourd'hui, mais cette fantaisie leur a bientôt passé. Ils s'en vont et nous laissent ici leurs canons, qui ont tué quelques hommes du 1er d'infanterie légère par la faute d'un

4.   6

butor : tu devines qui c'est. Je t'en dirai des traits quand nous nous reverrons. — N'ayant point d'artillerie (car nos pièces de montagne c'est une dérision), je fais l'aide-de-camp les jours comme aujourd'hui, afin de faire quelque chose; rude métier avec de certaines gens! quand, par exemple, on porte des ordres de Reynier au susdit, il faut d'abord entendre Reynier, puis se faire entendre à l'autre, être interprète entre deux hommes dont l'un s'explique peu, l'autre ne conçoit guère. Ce n'est pas trop, je t'assure, de toute ma capacité.

On doit avoir tué douze ou quinze cents Napolitains, les autres courent, et nous courrons demain après eux, bien malgré moi. — Remacle a une grosse mitraille au travers du corps. Il ne s'en moque pas autant qu'il le disait. A l'entendre, tu sais, il se souciait de mourir comme de..... mais point du tout, cela le fâche : il nomme sa mère et son pays.

On pille fort dans la ville et l'on massacre un peu. Je pillerais aussi, parbleu, si je savais qu'il y eût quelque part à manger. J'en reviens toujours là, mais sans espoir! L'écriture continue, ils n'en finiront point. Je ne vois que le major Stroltz qui au moins pense encore à faire du feu; s'il réussit, je te plante là.

Ton ami Cérisier s'est distingué comme à son ordinaire : fais-toi conter cela par L....., qui fut témoin. Il était en avant avec quelques compagnies de voltigeurs : tout-à-coup le voilà qui accourt à Dufour : Colonel! je suis tourné, je suis coupé, j'ai là toute l'armée ennemie.

L'autre d'abord lui dit : Quoi! vous prenez ce moment pour quitter votre poste? On y va, il n'y avait rien.

Je me donne au diable si le général veut cesser d'écrire! Que te manderai-je encore? J'ai un cheval enragé que mes canonniers ont pris. Il mord et rue à tout venant ; grand dommage, car ce serait un joli poulain calabrois, s'il n'était pas si misanthrope, je veux dire sauvage, ennemi des hommes.

Nous sommes dans une maison pillée ; deux cadavres nus à la porte ; sur l'escalier, je ne sais quoi ressemblant assez à un mort. Dans la chambre même, avec nous, une femme violée, à ce qu'elle dit, qui crie, mais qui n'en mourra pas, voilà le cabinet du général Reynier; le feu à la maison voisine, pas un meuble dans celle-ci, pas un morceau de pain! Que mangerons-nous? Cette idée me trouble. Ma foi, écrive qui voudra, je vais aider à Stroltz. Adieu.

Après le combat de Campo-Tenese, Reynier continua de poursuivre les Napolitains, qui se dispersèrent entièrement et n'opposèrent aucune résistance : de toute leur armée, deux mille hommes seulement parvinrent à passer en Sicile. Cosenza fut occupé le 13 mars; le 29 du même mois les Français entrèrent à Reggio et parurent en vue de Messine ; Courier accompagnait le général Reynier.

Joseph Bonaparte, qui avait le commandement supérieur de toutes les troupes envoyées contre Naples, quitta cette capitale le 3 avril, pour aller visiter les Calabres et la Pouille ; il arriva le 12 à Cosenza, et reçut le 13, à Bagnara, l'ordre de prendre le titre de roi des Deux-Siciles : il fut reçu en cette qualité à Reggio, d'où il partit le 20 pour achever sa tournée en passant par Tarente.

A MADAME ***.

A Reggio , en Calabre , le 15 avril 1806.

Pour peu qu'il vous souvienne , madame , du moindre
de vos serviteurs, vous ne serez pas fâchée , j'imagine ,
d'apprendre que je suis vivant à Reggio , en Calabre , au
bout de l'Italie , plus loin que je ne fus jamais de Paris et
de vous , madame. Pour vous écrire , depuis six mois que
je roule ce projet dans ma tête , je n'ai pas faute de matière , mais de temps et de repos : car nous triomphons
en courant , et ne nous sommes encore arrêtés qu'ici , où
terre nous a manqué. Voilà , ce me semble , un royaume
assez lestement conquis , et vous devez être contente de
nous. Mais moi , je ne suis pas satisfait. Toute l'Italie
n'est rien pour moi , si je n'y joins la Sicile. Ce que j'en
dis est pour soutenir mon caractère de conquérant , car
entre nous , je me soucie peu que la Sicile paie ses taxes
à Joseph , ou à Ferdinand ; là-dessus , j'entrerais facilement en composition , pourvu qu'il me fût permis de la
parcourir à mon aise ; mais en être venu si près , et n'y
pas pouvoir mettre le pied , n'est-ce pas pour enrager ?
Nous la voyons en vérité , comme des Tuileries vous
voyez le faubourg Saint-Germain ; le canal n'est ma foi
guère plus large ; et , pour le passer , cependant nous
sommes en peine. Croiriez-vous que ce peu d'eau salée

nous arrête? S'il ne nous fallait que du vent, nous ferions comme Agamemnon; nous sacrifierions une fille :
Dieu merci, nous en avons de reste. Mais pas une seule
barque, et voilà l'embarras : il nous en vient, ou du
moins on le dit; tant que j'aurai cet espoir, ne croyez
pas, madame, que je tourne jamais un regard en arrière,
vers les lieux que vous habitez, quoiqu'ils me plaisent
fort. Je veux voir la patrie de Proserpine, et savoir pourquoi le diable a pris femme en ce pays-là. Je ne balance
point, madame, entre Syracuse et Paris; tout badaud
que je suis, je préfère Aréthuse à la fontaine des Innocents.

Ce royaume que nous avons pris n'est pourtant pas à
dédaigner : c'est bien, je vous assure, la plus jolie con-
quête qu'on puisse jamais faire en se promenant. J'admire surtout la complaisance de ceux qui nous le cèdent;
s'ils se fussent avisés de le vouloir défendre, nous l'eus-
sions bonnement laissé là; nous n'étions pas venus pour
faire violence à personne. Voilà un commandant de
Gaëte, qui ne veut pas rendre sa place; eh bien, qu'il la
garde! si Capoue en eût fait de même, nous serions encore à la porte, sans pain ni canons. Il faut convenir que
l'Europe en use maintenant avec nous fort civilement.
Les troupes en Allemagne nous apportaient leurs armes,
et les gouverneurs leurs clefs, avec une bonté adorable.
Voilà ce qui encourage dans le métier de conquérant; sans
cela on y renoncerait. Tant y a que nous sommes au fin
fond de la botte, dans le plus beau pays du monde et assez
tranquilles, n'était la fièvre et les insurrections, car le

peuple est impertinent; des coquins de paysans s'attaquent aux vainqueurs de l'Europe! Quand ils nous prennent, ils nous brûlent le plus doucement qu'ils peuvent.
On fait peu d'attention à cela: tant pis pour qui se laisse
prendre. Chacun espère s'en tirer avec son fourgon plein,
ou ses mulets chargés, et se moque de tout le reste.

Quant à la beauté du pays, les villes n'ont rien de re-
marquable, pour moi du moins; mais la campagne, je
ne sais comment vous en donner une idée : cela ne ressemble à rien de ce que vous avez pu voir. Ne parlons
pas de bois d'orangers et de haies de citronniers, mais
tant d'autres arbres et de plantes étrangères que la vi-
gueur du sol y fait naître en foule, ou bien les mêmes
que chez nous, mais plus grandes, plus développées,
donnent au paysage un tout autre aspect. En voyant ces
rochers, partout couronnés de myrte et d'aloès, et ces
palmiers dans les vallées, vous vous croyez au bord du
Gange ou sur le Nil, hors qu'il n'y a ni pyramides ni
éléphants; mais les buffles en tiennent lieu et figurent fort
bien parmi les végétaux africains, avec le teint des habitants, qui n'est pas non plus de notre monde. A dire vrai,
les habitants ne se voient plus guère hors des villes ; par
là ces beaux sites sont déserts, et l'on est réduit à imaginer ce que ce pouvait être, alors que les travaux et la
gaieté des cultivateurs animaient tous ces tableaux.

Voulez-vous, madame, une esquisse des scènes qui
s'y passent à présent? Figurez-vous sur le penchant de
quelque colline, le long de ces rochers décorés comme

je viens de vous le dire, un détachement d'une centaine
de nos gens, en désordre; on marche à l'aventure, on
n'a souci de rien; prendre des précautions, se garder, à
quoi bon? Depuis plus de huit jours il n'y a point eu de
troupes massacrées dans le canton. Au pied de la hauteur
coule un torrent rapide qu'il faut passer pour arriver sur
l'autre montée : partie de la file est déjà dans l'eau, partie en deçà, au delà. Tout-à-coup se lèvent de différents
côtés mille tant paysans que bandits, forçats déchaînés,
déserteurs, commandés par un sous-diacre, bien armés,
bons tireurs; ils font feu sur les nôtres avant d'être vus;
les officiers tombent les premiers : les plus heureux meu-
rent sur la place; les autres, durant quelques jours, servent de jouet à leurs bourreaux.

Cependant le général, colonel ou chef, n'importe de
quel grade, qui a fait partir ce détachement sans songer
à rien, sans savoir, la plupart du temps, si les passages
étaient libres, informé de la déconfiture, s'en prend aux
villages voisins; il y envoie un aide-de-camp avec cinq
cents hommes : on pille, on viole, on égorge, et ce qui
échappe va grossir la bande du sous-diacre.

Me demandez-vous encore, madame, à quoi s'occupe
ce commandant dans son cantonnement? s'il est jeune,
il cherche des filles; s'il est vieux, il amasse de l'argent;
souvent il prend de l'un et de l'autre : la guerre ne se fait
que pour cela. Mais, jeune ou vieux, bientôt la fièvre le
saisit : le voilà qui crève en trois jours entre ses filles et
son argent. Quelques-uns s'en réjouissent; personne

n'est fâché; tout le monde en peu de temps l'oublie, et son successeur fait comme lui.

On ne songe guère, où vous êtes, si nous nous massacrons ici; vous avez bien d'autres affaires : le cours de l'argent, la hausse et la baisse, les faillites, la bouillotte : ma foi votre Paris est un autre coupe-gorge, et vous ne valez guère mieux que nous. Il ne faut point trop détester le genre humain, quoique détestable; mais si l'on pouvait faire une arche pour quelques personnes comme vous, madame, et noyer encore une fois tout le reste, ce serait une bonne opération. Je resterais sûrement dehors, mais vous me tendriez la main ou bien un bout de votre châle, sachant que je suis et serais toute ma vie, madame....

———

Le général Reynier, voulant armer les côtes qui font face à la Sicile, et les châteaux de Crotone et de Sylla, avait obtenu du roi la permission de faire prendre à Tarente l'artillerie nécessaire. Courier, qui connaissait cette ville, reçut en conséquence l'ordre de s'y rendre : il se mit en route le 21 avril, et vint à Crotone, où il monta, avec le capitaine d'artillerie Monval et quatre canonniers, sur une barque chargée d'oranges qu'il trouva prête à mettre à la voile pour Tarente; le temps était beau, et la traversée semblait devoir être heureuse, mais, à l'entrée de la nuit, le vent de nord-ouest s'élevant, excita une furieuse tempête; les oranges furent jetées à la mer; le patron, qui avec un seul matelot formait tout l'équipage,

pleurait et se recommandait à la madone, tandis que les Français, tourmentés par le mal de mer, étaient comme indiffé-
rents au péril qui les menaçait. Enfin, vers la pointe du jour,
le vent les jeta sur la côte, près de Gallipoli, à vingt lieues
à l'est de Tarente, où ils se rendirent par terre.

Courier s'occupa aussitôt de remplir sa commission ; mais
il éprouva beaucoup de retards et d'embarras, causés par la
présence du nouveau roi qu'il n'avait devancé que de quelques
jours.

A M. LE GÉNÉRAL DULAULOY, [1]

A NAPLES.

Tarente, le 28 mai 1806.

Il y a trois semaines, mon général, que les ordres du roi seraient exécutés, s'il ne s'en fût mêlé. Le passage de Sa Majesté est tombé au milieu de mon opération, et a mis de telles barres dans mes roues que rien ne marche à présent. Je faisais quelque chose des Tarentins, et pendant huit jours j'en obtins tout ce que j'en voulus : on allait au-devant de mes demandes ; on travaillait comme des forçats, sur le port et à l'arsenal. Mais sitôt que le roi parut, il ne fut plus question que de lui baiser la main, et, ceux qui l'avaient baisée la voulant baiser encore, il n'y eut ni maire ni adjoint, pas un ouvrier de la ville, du port, de l'arsenal, que je pusse faire démarrer de l'antichambre ou de l'escalier, tant qu'a duré ici le séjour de Sa Majesté. Un bon usage à faire du sceptre en cette occasion, c'eût été d'en casser le nez à tous ces friands du *leccazampa*. Mais point ; tout le monde, hors moi, prenait plaisir à cette sottise ; j'eus beau crier, jurer, me plaindre ; le baise-main l'emporta toujours sur

(1) Commandant de l'artillerie de l'armée.

une misère comme était celle d'armer toutes les places
et les côtes de la Calabre. Le roi s'en allant à la fin, je
me croyais quitte de niaiseries et de tracasseries de cour,
mais c'eût été trop bon marché; en partant on acheva de
me rompre bras et jambes. Vous savez que je n'ai pas un
sou, et qu'il me faut tout arracher par réquisition. Eh
bien, on me défend toute réquisition ! je ne m'en suis
pas moins emparé, aujourd'hui encore, de vingt paires
de mulets, bœufs ou buffles, que je ne rendrai qu'à bonnes enseignes, et qui enfin feront mes transports. On me
dénoncera, mais vous êtes là et vous empêcherez que je
ne sois livré aux bêtes pour avoir fait, malgré le roi, ce
que le roi veut, et qui importe au salut de l'armée.

Voici bien une autre chose vraiment : lisez, lisez,
mon général, une lettre ci-jointe, de M. Jamin, aide-
de-camp du roi : lisez-la, quelque affaire que vous ayez.
Je ne vous ferai sur cela aucun commentaire, la chose
crie ; vous en serez révolté comme moi, et vous approuverez le parti que j'ai pris, d'envoyer promener
M. l'aide de-camp (qui n'est pas, me dit-il, aide-de-camp
d'un général de brigade) et d'aller mon droit chemin.
Lisez s'il vous plaît ma réponse ; il parle fort de sa
mission : de tels missionnaires ne sont bons qu'à me
faire donner au diable. Pour *accélérer* cette besogne,
depuis un mois tant de soins n'étaient pas nécessaires :
le roi n'avait seulement qu'à tenir sa main dans sa poche,
la cour s'aller faire f…. et me laisser agir. Je compte sur
vous, mon général, pour empêcher que tout ceci ne

tourne contre moi. Vous savez si j'ai d'autres vues que le bien du service , et on met ma patience à de cruelles épreuves. Entre nous, tout dans l'armée est conduit de cette manière : projets dont aucun ne s'exécute, secrets que tout le monde sait , ordres que personne n'écoute ; je suis convaincu, je jurerais qu'à Messine on a su mon départ de Reggio et le pourquoi , avant que je fusse en chemin ; je vis le roi à minuit et partis le matin. Grand mystère ! ame ne devait le savoir.... Comme je montais à cheval , prenant congé de mon hôte , il me dit : Vous allez chercher de l'artillerie à Tarente. Je pensai tomber de mon cheval et rester , c'était le mieux ; car il fallait deux choses pour ce que j'allais faire , secret et prompt-titude ; le premier manquant d'abord, il était clair que l'autre... Non , je ne pouvais pas deviner le baise-main.

Je sais bien que Dieu est pour nous, qu'avec le génie de l'empereur nous vaincrons toujours partout, quelques fautes que nous puissions faire ; mais un peu de bon sens, d'ordre , de prévoyance, ne nuirait à rien , ce me semble.

J'ai reçu votre billet joli et trop aimable , auquel je ne réponds pas maintenant , parce que , en vérité, je suis d'une humeur de dogue : ce sera pour demain , si vous le trouvez bon. Cependant, croyez-moi, vos affaires ne vont point si mal. On vous écoute ; c'est beaucoup : femme qui prête l'oreille prêtera bientôt autre chose.

COPIE DE LA RÉPONSE

FAITE A M. JAMIN,

AIDE - DE - CAMP DU ROI.

Tarente, le 28 mai 1806.

MONSIEUR,

Il n'y a point, que je sache, *de discussion* entre moi et le directeur de l'artillerie ; mais s'il s'en élevait une, vous n'en seriez pas le juge. J'ignore quelle est votre *mission*, et ce qu'elle peut avoir de commun avec la mienne, dont je ne dois de compte qu'au général commandant en chef l'artillerie. Si le colonel Torre-Bruna veut bien dépendre de vous, il a sans doute des motifs que je ne partage point. Comme aide-de-camp du roi, vous pourriez m'apporter les ordres de Sa Majesté, si j'étais d'un grade à recevoir cet honneur. Mais en votre propre nom, je ne vois pas ce que vous pouvez commander ici, et l'espèce de menace que contient votre lettre n'a rien pour moi de fort alarmant.

J'espère, monsieur, que ce langage ne vous offensera pas de la part d'un homme qui ne cherchera jamais qu'à mériter votre estime.

(Voir ci-après la lettre de Cassano du 12 août.)

A M. CHLEWASKI,

Tarente, le 8 juin 1806.

Monsieur, j'apprends que vous êtes encore à Toulouse, et je m'en félicite, dans l'espoir de vous y revoir quelque jour; car j'irai à Toulouse, si je retourne en France. Deux amis, dans le même pays, m'attirent par une force que rien ne pourra balancer; mais en attendant, j'espère que vous voudrez bien m'écrire, et renouveler un commerce trop long-temps interrompu; commerce, dont tout le profit, à vous dire vrai, serait pour moi; car vous vivez en sage, et cultivez les arts; sachant unir, selon le précepte, l'utile à l'agréable, toutes vos pensées sont comme infuses de l'un et de l'autre. Mais moi, qui mène, depuis long-temps, la vie de Don Quichotte, je n'ai pas même comme lui des intervalles lucides; mes idées sont toujours plus ou moins obscurcies par la fumée de mes canons; vous, observateur tranquille, vous saisissez et notez tout; tandis que je suis emporté dans un tourbillon qui me laisse à peine discerner les objets. Vous me parlerez de vos travaux, de vos amusements littéraires, de vos efforts unis à ceux d'une société savante pour hâter les progrès des lumières, et ralentir la chute du goût.

Moi, de quoi pourrai-je vous entretenir? de folies, tantôt barbares, tantôt ridicules, auxquelles je prends part sans savoir pourquoi; tristes farces, qui ne sauraient vous faire qu'horreur et pitié, et dans lesquelles je figure comme acteur du dernier ordre.

Toutefois, il n'est rien dont on ne puisse faire un bon usage; ainsi, professant l'art de massacrer, comme l'appelle Lafontaine, j'en tire parti pour une meilleure fin, et d'un état en apparence ennemi de toute étude, je fais la source principale de mon instruction en plus d'un genre. C'est à la faveur de mon harnais que j'ai parcouru l'Italie, et notamment ces provinces-ci, où l'on ne pouvait voyager qu'avec une armée. Je dois à ces courses des observations, des connaissances, des idées que je n'eusse jamais acquises autrement; et, ne fût-ce que pour la langue, aurai-je perdu mon temps, en apprenant un idiome composé des plus beaux sons que j'aie jamais entendu articuler! Il me manque à présent d'avoir vu la Sicile; mais j'espère y passer bientôt, et aller même au-delà, car ma curiosité, entée sur l'ambition des conquérants, devient insatiable comme elle, ou plutôt, c'est une sorte de libertinage qui, satisfait sur un objet, vole aussitôt sur un autre. J'étais épris de la Calabre, et, quand tout le monde fuyait cette expédition, moi seul j'ai demandé à en être; maintenant je lorgne la Sicile, je ne rêve que les prairies d'Enna, et les marbres d'Agrigente; car il faut vous dire que je suis antiquaire, non des plus habiles, mais pourtant de ceux qu'on attrape le moins, je n'achète rien, j'imite le comte de Haga, *che tutto vede*, *poco compra e meno paga*. Cette épigramme ou cette rime fut faite par les Romains, le plus malin peuple du monde, contre le roi de Suède, qui passait chez eux sous le nom du comte de Haga. Je n'emporterai de l'Italie que des souvenirs et quelques inscriptions.

C'est tout ce que l'on trouve ici. Tarente a disparu, il n'en reste que le nom, et l'on ne saurait même où elle fut, sans les marmites dont les débris, à quelque distance de la ville actuelle, indiquent la place de l'ancienne. Vous rappelez-vous à Rome *Monte Testaccio* (qui vaut bien Montmartre), formé en entier de ces morceaux de vases de terre, qu'on appelait en latin *testa*, ce que je puis vous certifier, ayant été dessus et dessous. Eh bien! Monsieur, on voit ici, non pas un *Monte Testaccio*, mais un rivage composé des mêmes éléments, un terrain fort étendu, sous lequel en fouillant on rencontre, au lieu de tuf, des fragments de poteries, dont la plage est toute rouge. La côte qui s'éboule, en découvre des lits immenses; j'y ai trouvé une jolie lampe; rien n'empêche que ce ne soit celle de Pythagore. Mais dites-moi, de grâce, qu'étaient donc ces villes dont les pots cassés formaient des montagnes? *Ex ungue leonem.* Je juge les Anciens par leurs cruches, et ne vois chez nous rien d'approchant. Prenez garde cependant qu'on ne connaissait point alors nos tonneaux, les cruches en tenaient lieu; partout où vos traducteurs disent un tonneau, entendez une cru-

4.   7

che. C'était une cruche qu'habitait Diogène, et le cuvier de La Fontaine est une cruche dans Apulée. Dans les villes comme Rome et Tarente, il s'en faisait chaque jour un dégât prodigieux; et leurs débris, entassés avec les autres immondices, ont sans doute produit ces amas que nous voyons. Que vous semble, Monsieur, de mon érudition? Vous seriez-vous imaginé qu'il y eût eu tant de cruches autrefois, et que le nombre en fût diminué?

Je vois tous les jours le Galèse, qui n'a rien de plus merveilleux que notre rivière des Gobelins, et mérite bien moins l'épithète de noir, que lui donne Virgile :

Qua niger humectat flaventia culta Galesus.

Il fallait dire plutôt :

Qua piger humectans arentia culta Galesus.

Au reste, les moissons sur ses bords ne sont plus blondes, mais blanches; car c'est du coton qu'on y recueille. Le *dulce pellitis ovibus Galesi,* est devenu tout aussi faux; car on n'y voit pas un mouton. Je crois que le nom de ce fleuve a fait sa fortune chez les poètes, qui ne se piquent pas d'exactitude, et pour un nom harmonieux donneraient bien d'autres soufflets à la vérité. Il est probable que Blanduse, à quelques milles d'ici, doit aux mêmes titres sa célébrité, et, sans le témoignage de Tite-Live, je serais tenté de croire que le grand mérite de Tempé fut d'enrichir les vers de syllabes sonores. On a remarqué, il y a long-temps, que les poètes vantent partout Sophocle, rarement Euripide, dont le nom n'entrait guères dans les vers, sans rompre la mesure. Telle est leur bonne foi entre eux; pour flatter l'oreille et gagner ce juge superbe, comme ils l'appellent, rien ne leur coûte; ainsi, quand Horace nous dit qu'il faut à tout héros, pour devenir immortel, un poète, il devrait ajouter et un nom poétique; car, à moins de cela, on n'est inscrit qu'en prose au temple de mémoire; c'est le seul tort qu'ait eu Childebrand.

Lorsque vous m'écrivez, Monsieur, dites-moi, s'il vous plaît, une chose : allez-vous toujours prendre l'air, le soir, dans cette saison-ci, par exemple, sous ces peupliers au bord du canal? Ah! quelles promenades j'ai faites en cet endroit-là! quelles rêveries quand j'y étais seul! et avec vous quels entretiens! d'autant plus heureux alors que je sentais mon bonheur. Les temps sont bien changés, pour moi du moins. Mais quoi! nul bien ne peut durer toujours, c'est beaucoup d'avoir le souvenir de pareils instants, et l'espoir de les voir renaître. Un jour, et peut-être plus tôt que nous ne le croyons, vous et moi nous nous retrouverons ensemble au pied de ces pauvres Phaétuses! Saluez-les un peu de ma part, et donnez-moi bientôt, je vous en prie, de leurs nouvelles et des vôtres.

———

Cependant Courier avait expédié de Tarente plusieurs bâtiments chargés d'artillerie, qui étaient arrivés à Crotone, et, jugeant sa mission finie , il se décida à revenir lui-même. Il s'embarqua donc dans la nuit du 10 au 11 juin avec le capitaine Monval et deux canonniers sur une polaque qui portait un dernier chargement de douze pièces de gros canon et d'autant d'affûts. Au jour , il reçut la chasse d'un brick anglais qui le gagnait de vîtesse. Se voyant alors dans l'impossibilité de sauver le bâtiment , il ordonna au capitaine de faire ses dispositions pour le couler et se jeta dans la chaloupe avec l'équipage. Mais l'effet ne répondit pas à son attente ; et , avant de gagner la terre , il eut le déplaisir de voir les Anglais s'emparer du navire abandonné. La chaloupe aborda à l'embouchure du Crati , près de l'ancienne Sybaris ; les quatre Français se dirigèrent vers la petite ville de Corigliano , qu'on voyait deux lieues au-delà sur une hauteur. Mais avant d'y arriver ils tombèrent entre les mains d'une bande de ces Calabrais qu'à juste titre alors on appelait brigands. Ceux-ci, après leur avoir enlevé les armes , l'argent et même les vêtements , se disposaient à les fusiller. Un des canonniers pleurait et montrait une frayeur qui augmentait encore le danger. Courier, élevant alors la voix , lui dit : Quoi ! tu es soldat français, et tu crains de mourir ? Dans ce moment arriva le syndic de Corigliano avec quelques hommes. Ne se trouvant pas assez fort pour imposer aux brigands , il feignit de partager leur rage ; et , paraissant plus acharné qu'eux-mêmes : Camarades, dit-il , point de grâce à ces coquins de Français , mais conduisons-les en ville , afin que le peuple ait le plaisir d'assouvir lui-même sa vengeance. Il obtint ainsi qu'on lui remît les prisonniers, et les fit jeter dans un cachot : mais , dès la nuit suivante , il les fit sortir , et leur donna un guide qui , par des chemins de traverse, les conduisit à Cosenza, où il y avait garnison française.

Courier séjourna quelques jours dans cette ville, et un de ses camarades qui s'y trouvait le pourvut de vêtements; il en partit le 19 juin pour rejoindre le quartier-général, et coucha le même jour à Scigliano. Le lendemain, sur les hauteurs de Nicastro, il fit encore rencontre de brigands : trois hommes de son escorte furent tués, et il perdit une partie des nippes qui lui avaient été données.

Enfin, le 21 juin, il arriva à Monte-Leone, où se trouvait le général Reynier, qui avait déjà connaissance de la perte du dernier convoi d'artillerie; la lettre suivante rend compte de son entrevue avec le général.

A M. ***

OFFICIER D'ARTILLERIE , A COSENZA.

Monte-Leone , le 22 juin 1806.

J'ARRIVE : sais-tu ce qu'il me dit en me voyant : — Ha!
ha! c'est donc vous qui faites prendre nos canons? Je fus
si étourdi de l'apostrophe, que je ne pus d'abord répondre; mais enfin la parole me vint avec la rage, et *je lui
dis bien son fait.* — Non ce n'est pas moi qui les ai fait
prendre ; mais c'est moi qui vous fais avoir ceux que
vous avez. Ce n'est pas moi qui ai publié un ordre dont
le succès dépendait surtout du secret; mais je l'ai exécuté
malgré cette indiscrétion, malgré les fausses mesures et
les sottes précautions, malgré les lenteurs et la perfidie
de ceux qui devaient me seconder, malgré les Anglais
avertis, les insurgés sur ma route, les brigands de toute
espèce, les montagnes, les tempêtes, et par-dessus tout
sans argent. Ce n'est pas moi qui ai trouvé le secret de
faire traîner deux mois cette opération, presque terminée au bout de huit jours; quand le roi et l'état-major
me vinrent casser les bras! Encore , si j'en eusse été quitte
à leur départ; mais on me laisse un aide-de-camp pour
me surveiller et me hâter, moi qu'on empêchait d'agir
depuis deux mois, et qui ne travaillais qu'à lever des

obstacles qu'on me suscitait de tous côtés; moi qui, après avoir donné de ma poche mon dernier sou, ne pus obtenir même la paie des hommes que j'employais : et où serais-je à présent, si je n'eusse d'abord envoyé promener mon surveillant, trompé le ministre pour avoir la moitié de ce qu'il me fallait, et méprisé tous les ordres contraires à celui dont j'étais chargé? Ce ne fut pas moi qui dispensai la ville de Tarente de faire mes transports; mais ce fut moi qui l'y forçai, malgré les défenses du roi. En un mot, je n'ai pu empêcher qu'on ne livrât, par mille sottises, douze pièces de canons aux ennemis; mais ils les auraient eues toutes, si je n'eusse fait que mon devoir.

Voilà, en substance, quelle fut mon apologie, on ne peut pas moins méditée; car j'étais loin de prévoir que j'en aurais besoin. Soit crainte de m'en faire trop dire, soit qu'on me ménage pour quelque sot projet dont j'ai ouï parler, il se radoucit. La conclusion fut que je retournerais pour en ramener encore autant, et je pars tout-à-l'heure. Cela n'est-il pas joli? Par terre tout est insurgé; par mer les Anglais me guettent; si je réussis, qui m'en saura gré? si j'échoue, *haro sur le baudet*. Ne me viens point dire : tu l'as voulu; j'ai cru suivre un ami et non un protecteur, un homme et non une excellence; j'ai cru, ne voulant rien, pouvoir me dispenser d'une cour assidue, et, dans le repos dont on jouissait, goûter à Reggio quelques jours de solitude, sans mériter pour cela d'être livré aux bêtes. Mais enfin m'y voilà : il faut

faire bonne contenance et louer Dieu de toutes choses ,
comme ton *zoccolante.*

Toi, cependant, tu fais l'amour à ton aise : j'en ferai
autant quand j'y serai, en bon lieu, comme toi, s'entend ; maintenant je suis démonté de toute manière.
Adieu , Guérin te remettra ceci , fais pour lui ce que tu
pourras.

———————

Courier partit donc de Monte-Leone , le 24 juin , et alla
coucher à Catanzaro ; le lendemain à Crotone , où il resta quelques jours attendant une occasion pour passer par mer à
Tarente. Il remarqua à Crotone , que le commandant se nom-
mait Milon.

AU MÊME.

Crotone , le 25 juin 1806.

J'arrive de Tarente et j'y retourne ; bonheur ou malheur, je ne sais lequel. Je t'ai marqué dans une lettre que Guérin te remettra, s'il ne la perd, comme on m'a reçu. Il m'a fallu livrer bataille, sans quoi on me campait sur le dos la perte des douze canons. Cela arrangeait tout le monde, si j'eusse été aussi benêt qu'à mon ordinaire ; mais j'ai refusé la charge et regimbé au grand scandale de toute la cour. *L'animal à longue échine en a fait, je m'imagine*, de belles exclamations avec ses fidèles ; je sais bien la règle, sans humeur sans honneur. Mais enfin, il faut faire le moins de bassesses possible ; celle-là n'eût servi de rien, car ma disgrâce est sans retour ; et après tout, je ne suis pas venu sur ce pied-là, pouvant rester à Naples et me donner du bon temps ; je suis venu ici comme ami ; j'en ai eu le titre et les honneurs ; je ne veux pas déroger.

C'est vraiment une plaisante chose à voir que cette cour, et comme tout cela se guinde peu à peu. Les importants sont D***, plus chéri que jamais, Milet, et à présent Grabenski, qui commence à piaffer. Mais d'où vient donc, dis-moi, que, quelque part qu'on s'arrête, en Calabre ou ailleurs, tout le monde se met à faire la révérence, et voilà une cour? C'est instinct de nature; nous naissons valetaille; les hommes sont vils et lâches, insolents, quelques-uns par la bassesse de tous, abhorrant la justice, le droit, l'égalité; chacun veut être, non pas maître, mais esclave favorisé. S'il n'y avait que trois hommes au monde, ils s'organiseraient; l'un ferait la cour à l'autre, l'appellerait monseigneur, et ces deux unis forceraient le troisième à travailler pour eux; car c'est là le point.

Au reste on ne lui parle plus! il y a des heures, des rendez-vous, des antichambres, des audiences; il interroge et n'écoute pas, se promène, rêve, puis tout à coup il se rappelle que vous êtes là; il cherche les grands airs et n'en trouve que de sots; ce n'est pas un sot cependant; mais un petit zéphyr de fortune lui tourne la tête comme aux autres.

Pendant que Courier retournait à Tarente, six mille Anglais débarquaient près de Maïda, dans le golfe de Sainte-Euphémie : le général Reynier rassembla aussitôt les troupes les plus voisines, au nombre de quatre mille hommes, et vint les attaquer le 4 juillet. Il fut battu, et se retira le soir même à Marcellinara ; il campa le lendemain à Catanzaro, sur les bords de la mer Ionienne. Le général Verdier occupait alors Cosenza, avec une petite brigade : après s'y être défendu quelque temps contre les insurgés, que le débarquement des Anglais avait

fait lever de toutes parts , il fit sa retraite vers le nord , et ne
s'arrêta qu'à Matera , à quarante lieues de distance. Courier
vint l'y joindre , sa mission à Tarente n'ayant plus d'objet depuis ces événements.

La nouvelle du combat de Sainte-Euphémie étant parvenue
à Naples , le général Reynier reçut du roi l'ordre de marcher à
Cassano , au-devant d'un corps de six mille hommes que le
maréchal Masséna conduisait lui-même à son secours. Il quitta
donc Catanzaro le 26 juillet , saccagea les villes qui s'opposèrent
à son passage ; Strangoli le 30 juillet , Corigliano le 2 août , et
arriva le 4 à Cassano , où il fut joint le 7 par le général Verdier , que Courier accompagnait. Le 10 toutes les troupes , au
nombre de treize mille hommes , se trouvèrent réunies , sous
les ordres du maréchal Masséna , entre Cassano et Castro-
Villari.

A M.***

OFFICIER D'ARTILLERIE, A NAPLES.

Cassano, le 12 août 1806.

Sɪ Maisonneuve (1) t'a remis ma lettre de Matera, tu sais comment je suis venu ici. — J'ai rejoint Reynier. Enfin nous l'avons retrouvé avec les débris de sa grandeur, les Milet (2), les Sénécal, (Clavel (3) est tué ; je te l'ai marqué) tous en piteux équipage et de fort mauvaise humeur, eux du moins, car pour lui, le voilà raisonnable, abordable. On lui parle ; il écoute à présent, et de tous c'est lui qui fait meilleure contenance. Il renonce de bonne grâce à la vice-royauté ; mais eux, après le rêve, ils ne sauraient souffrir d'être Gros-Jean comme devant, et ils s'en prennent à lui du bien qu'il n'a pu leur faire. Ceux qu'il produisait, qu'il poussait, lui jettent la première pierre : c'est un homme faible, irrésolu, tête étroite, courte vue ; il devait faire ceci, ne pas faire cela. Chacun après le dé vous montre comment il fallait jouer. S'il n'eût pas attaqué, il n'y aurait qu'un cri ; Lebrun dirait : Quoi ! voir des Anglais, et ne pas tomber sur eux !

(1) Aide-de-camp du général Verdier.
(2) Aide-de-camp du général Reynier.
(3) Commandant d'un bataillon suisse, blessé seulement.

Maintenant, ce n'était pas son avis. Sotte chose en vérité, pour un homme qui commande, d'avoir sur les épaules un aide-de-camp de l'empereur, un monsieur de la cour, qui vous arrive en poste, habillé par Walter, et portant dans sa poche le génie de sa majesté. Reynier s'est trouvé là comme moi à Tarente, avec un surveillant chargé de rendre compte. La bataille gagnée, c'eût été l'empereur, le génie, la pensée, les ordres de là-haut; mais la voilà perdue, c'est notre faute à nous. La troupe dorée dit : L'empereur n'était pas là; et comment se fait-il que l'empereur ne puisse former un général ?

L'aventure est fâcheuse pour le pauvre Reynier. Nulle part on ne se bat; les regards sont sur nous. Avec nos bonnes troupes et à forces égales, être défaits en si peu de minutes ! cela ne s'est point vu depuis la révolution.

Reynier a tâché de se faire tuer, et il court encore comme un fou partout où il y a des coups à attraper. Je l'approuverais s'il ne m'emmenait; moi, je n'ai pas perdu la bataille, je ne voulais point être vice-roi, et tout nu que me voilà je me trouve bien au monde. Les fidèles nous laissent aller, et survivent très-volontiers à leurs espérances. Que les temps sont changés depuis Monte-Leone, en quinze jours ! Au lieu de cette foule, de ce cortége, c'est à qui se dispensera de l'accompagner; il n'y va plus que ceux qui ne peuvent l'éviter. Je les trouve de bon sens, et je ferais comme eux. Je le pourrais, je le devrais, et je le veux même quelquefois, quand je me rappelle sa cour et ses airs; mais dans le malheur il est bon homme, nos humeurs se conviennent au fond ; l'ancienne belle passion se rallume et *joint le malheureux Sosie au malheureux Amphitryon*. Bien entendu qu'au moindre vent qui le gonflerait encore, nous ferions bande à part, comme la première fois. Ne me trouves-tu pas habile ? si je m'attache aux gens, c'est seulement tant qu'ils sont brouillés avec la fortune. Le résultat de tout ceci, c'est qu'il perd et son ancienne réputation qu'on n'avait pu lui ôter, et un crédit naissant dans ce nouveau tripot ; il revenait sur l'eau, et le voilà noyé.

Morel a une blessure de plus, qu'il ne donnerait pas pour beaucoup : c'est une balle au-dessus du genou ; il admire son bonheur. En effet, la croix, s'il l'obtient, aurait pu lui coûter plus cher, et c'est bon marché, certes, quand on n'a pas d'aïeux.

Masséna, et les nobles, et tous les gens bien nés sont à six milles d'ici, à Castrovillari ; sa troupe dorée à Morano. M. de Colbert aussi est là, qui trouve dur de suivre le quartier-général sans sa voiture bombée. Il a bien fallu la laisser à Lago Negro et faire trois journées à cheval. Il prétend, pour tant de fatigues et de périls, qu'on le fasse officier de la légion, et je trouve sa prétention bien modérée pour un homme qui s'appelle M. de Colbert.

Le trait de ton Dedon (1) est bon : je le savais déjà. Tu crois que le scandale de l'affaire lui pourra nuire ?

---

(1) Commandant l'artillerie de l'armée devant Gaëte.

Ah! s'il a soin des fusils de chasse, et qu'il conte toujours de petites histoires, c'est bien cela qui l'empêchera de devenir un gros seigneur. Il y a ici un colonel Grabinski qui a fait pis, s'il est possible, et qui n'en sera pas moins général avant peu, car c'est un bon *serviteur*, un homme qui sait ce qu'on doit à ses chefs, un homme enfin qui ira loin, je t'en réponds, sans risquer sa peau. Au fait, ces choses-là ne font nul tort, pourvu qu'on serve bien, d'ailleurs, dans l'antichambre, et surtout quand on a l'avantage d'être connu pour un sot. C'est bien là le cas de ton Dedon, et je te conseille de lui faire ta cour.

J'ai reçu ta dernière lettre, comme tu vois; tout de bon, cela est trop drôle! Salvat, qui meurt réellement et en vérité de la peur, Dedon qui en est bien malade, l'autre qui se tient loin; voilà de ces choses qu'on ne peut savoir à moins d'être du métier. En lisant la gazette, personne n'imagine qu'à travers tant de guerres on puisse parvenir aux premiers emplois de l'armée sans être en rien un homme de guerre. Ma foi, quant au reste du monde, je ne t'en saurais que dire; mais j'ai vu deux classes dans ma vie, gens de lettres et gens d'épée. Non! la postérité ne se doutera jamais combien, dans ce siècle de lumières et de batailles, il y eut de savants qui ne savaient pas lire et de braves qui faisaient dans leurs chausses! Combien de Laridons passent pour des Césars, sans parler de César Berthier!

Nous partons demain pour Cosenza, où nous devons joindre Masséna. Nous ne faisons rien, comme vous dites; de petits pillages dans des villages. Adieu ; tu peux m'écrire maintenant par la poste , si poste il y a.

Nous avons trois Franceschi, dont deux généraux et un colonel aide-de-camp de Masséna, assez mal plaisant animal ; des deux généraux l'un est un petit bancal, plein de feu, intrépide, donnant tête baissée partout. L'autre est un ci-devant procureur de Bastia , et né pour toujours l'être. A dire vrai , il l'est toujours , et n'a guère changé que d'habit. Adieu encore une fois ; ce long volume te prouve combien nous sommes peu occupés.

A M. LE GÉNÉRAL DULAULOY,

A NAPLES.

Cassano, 12 août 1806.

Mon général, rien ne pouvait me faire plus de plaisir et d'honneur que de vous voir approuver ma conduite dans la sotte opération (1) que j'avais prise tant à cœur, par amitié pour un homme qui après cela m'a fait la mine. Vous saurez tout, quand je vous verrai. Un rayon de prospérité donne d'étranges vapeurs. Moi, d'abord, je fus fâché de la perte des canons; mais ici je vois que personne n'y pense, et je serais bien bon de m'en faire un chagrin, quand tout le monde s'en moque.

On nous dit que vous êtes en faveur près de madame G... Parbleu! vous devriez bien, dans vos bons moments, vous souvenir de moi, qui depuis six mois n'ai guère eu de bon temps, et me faire un peu revenir à Naples. J'y ai bien à faire autant que vous; j'y ai la nue-propriété d'un des plus beaux objets qui soient sortis des mains de la nature. Je ne connais point votre madame; tout le monde dit qu'elle a de jolies choses. Si vous aimez toujours le change, nous pourrions faire quelque affaire :

(1) Sa mission à Tarente. Voir la lettre du 28 mai.

4. 8

vous me devriez certainement du retour; mais à cause de vous, et pour aller à Naples, je ferais des sacrifices. Si vous aviez la moindre idée de ce que je vous propose, vous m'enverriez l'ordre de partir sur-le-champ et en poste.

———

Le 13 août le général Verdier marcha à Tarsia, et le 14 à Cosenza, où le maréchal Masséna se trouvait déjà. Courier fut ensuite détaché de divers côtés pour faire rentrer les insurgés dans l'ordre. Il en battit une bande le 18 en sortant de Cosenza, et s'avança le jour même jusqu'à Scigliano. Il fut ensuite dirigé sur la Mantea, place maritime, vers laquelle le général Verdier marchait par Fiume-Freddo.

A M. ***

OFFICIER D'ARTILLERIE, A NAPLES.

Scigliano, le 21 août 1806.

Ton patron nous écrit : *j'ai reçu une lettre du général, comme vous, pas trop honnête.* Il veut dire : *comme celle que vous avez reçue.* Tout le reste est de ce style : ce garçon-là ira loin.

Or, écoutez, vous qui dites que nous ne faisons rien ; nous pendîmes un capucin à San Giovanni in Fiore, et une vingtaine de pauvres diables qui avaient plus la mine de charbonniers que d'autre chose. Le capucin, homme d'esprit, parla fort bien à Reynier. Reynier lui disait : Vous avez prêché contre nous ; il s'en défendit ; ses raisons me paraissaient assez bonnes. Nous voyant partis en gens qui ne devaient pas revenir, il avait prêché pour ceux à qui nous cédions la place. Pouvait-il faire autrement ? Mais si on les écoutait, on ne pendrait personne. Ici nous n'avons pu pendre qu'un père et son fils, que l'on prit endormis dans un fossé. Monseigneur excusera ; il ne s'est trouvé que cela, pas une ame dans la ville ; tout se sauve, et, dans les maisons, il n'est resté que les chats.

Nous rencontrons, par-ci par-là, des bandes qui n'o-sent pas même tenir le sommet des montagnes ; leur plus grande audace fut à Cosenza (1) où l'Anglais les amena (2). Il les fit venir jusqu'à la porte du côté de Scigliano, et ils y restèrent toute une nuit, sans que personne dedans s'en doutât. S'ils fussent entrés tout bonnement (car de gardes aux portes, ah! oui, c'est bien nous qui pensons à cela!), ils prenaient au lit monseigneur le maréchal avec la femme du major; l'Anglais fut tué là. Le matin nous autres déconfits qui venions de Cassano, traversant Cosenza, nous sortîmes par cette porte à la pointe du jour, et les trouvâmes là dans les vignes. Il s'était avancé, lui; mais sa canaille l'abandonna. Je le vis environné; il jeta son épée en criant : *prisonnier!* mais on le tua; j'en fus fâché, j'aurais voulu lui rendre un peu les bons traitements que j'ai reçus de ses compatriotes. C'était un bel homme, équipé magnifiquement; on le dépouilla en un clin d'œil. Il avait de l'or beaucoup.

Nous allons à la Mantea, mais si nous trouvons porte close, je ne sais comment nous ferons. Verdier a, je crois, quelques canons; nous *pandours*, nous n'avons que des cordes.

———

A Ajello, entre Scigliano et la Mantea, Courier faillit encore tomber entre les mains des brigands. Le canonnier d'ordon-

(1) Le 18 août.
(2) Chef de bande.

nance qui l'accompagnait fut tué, et il perdit son porte-
manteau.

L'entreprise sur la Mantea n'ayant pas eu de suite, le général Reynier revint à Scigliano le 26, d'où il marcha le 31 à
Soveria. Le 1er septembre il descendit à Nicastro : le 5 il vint
à Maida, où le commandant Clavel fut retrouvé presque guéri
de ses blessures. Enfin le 7 il s'établit à Mileto, d'où son quartier-général ne sortit pas pendant les deux mois que Courier
passa encore à ce corps d'armée.

A MADAME MARIANNA DIONIGI,

A ROME.

Mileto, le 7 septembre 1806.

MADAME, Dieu veuille que ma dernière lettre ne vous soit pas parvenue! Je serais bien fâché vraiment que ce que je vous demandais fût parti; c'étaient des papiers et des livres. Quant à mes habits, je ne les ai pas reçus; mais je sais qui les a reçus pour moi, ce sont les Anglais. Vous aurez appris que nous perdîmes contre eux, il y a deux mois, une bataille et toute la Calabre : nous regagnerons peut-être la Calabre, mais non la bataille. Ceux qui sont morts, sont morts; tout ce que nous pourrons faire, ce sera de leur tuer autant de monde qu'ils nous en ont tué; bientôt, selon toute apparence, nous aurons cette consolation, ou pis que la première fois. Quoi qu'il en soit, la guerre m'occupe tout entier, et je ne pourrai de long-temps penser à autre chose; ainsi, Madame, je souhaite que, jusqu'à mon retour, vous conserviez chez vous les petits effets dont vous avez bien voulu vous faire dépositaire.

Je remets au temps où j'aurai l'honneur de vous voir, Dieu aidant, le détail de nos désastres. C'est une histoire qui commence mal, et dont peu de nous verront la fin.

Je ne suis pas des plus à plaindre, puisque j'ai encore tous mes membres; mais la chemise que je porte ne m'appartient pas; jugez par-là de nos misères.

Si, en conséquence de ma dernière lettre, vous m'aviez adressé quelque paquet à Naples, ayez la bonté de m'envoyer les renseignements nécessaires pour le réclamer. Je resterai ici tant qu'on y fera la guerre; mais si l'on cesse de se battre, je cours aussitôt à Rome, et tous mes maux ne finiront que quand j'aurai le bonheur de vous revoir.

Permettez, madame, que je vous prie de présenter mon respect à madame votre mère, à mademoiselle Henriette, et à monsieur d'Agincourt, que vous voyez sûrement quelquefois; me donner de leurs nouvelles et des vôtres, c'est le plus grand plaisir que vous puissiez me faire de si loin.

A. M. LE GÉNÉRAL MOSSEL.

Mileto, le 10 septembre 1806.

J'AI reçu, mon général, la chemise dont vous me faites présent; Dieu vous la rende, mon général, en ce monde-ci ou dans l'autre. Jamais charité ne fut mieux placée que celle-là; je ne suis pourtant pas tout nu, j'ai même une chemise sur moi, à laquelle il manque, à vrai dire, le devant et le derrière, et voici comment : on me la fit d'une toile à sac que j'eus au pillage d'un village, et c'est là encore une chose à vous expliquer. Je vis un soldat qui emportait une pièce de toile ; sans m'informer s'il l'avait eue par héritage ou autrement, j'avais un écu et point de linge; je lui donnai l'écu, et je devins propriétaire de la toile, autant qu'on peut l'être d'un effet volé. On en glosa; mais le pis fut que, ma chemise faite et mise sur mon maigre corps par une lingère suivant l'armée, il fut question de la faire entrer dans ma culotte, la chemise s'entend, et ce fut là où nous échouâmes, moi et ma lingère. La pauvre fille s'y employa sans ménagements, et je la secondais de mon mieux, mais rien n'y fit; il n'y eut force ni adresse qui put réduire cette étoffe à occuper autour de moi un espace raisonnable. Je ne vous dis pas, mon général, tout ce que j'eus à souffrir de ces tentatives, malgré l'attention et les soins de ma femme de chambre, on ne peut pas plus experte à pareil service. Enfin nécessité, mère de l'industrie, nous suggéra l'idée de retrancher de la chemise tout ce qui refusait de loger dans mon pantalon, c'est-à-dire le devant et le derrière, et de coudre la ceinture au corps même de la chemise, opération qu'exécuta ma bonne couturière avec une adresse merveilleuse et toute la décence possible. Il n'est sorte de calembourgs et de mauvaises plaisanteries qu'on n'ait faits là-dessus; et c'était un sujet à ne jamais s'épuiser, si votre générosité ne m'eût mis en état de faire désormais plus d'envie que de pitié. Je me moque à mon tour des railleurs, dont aucun ne possède rien de comparable au don que je reçois de vous.

Il n'y avait que vous, mon général, capable de cette bonne œuvre dans toute l'armée; car, outre que mes camarades sont pour la plupart aussi mal équipés que moi, il passe aujourd'hui pour constant que je ne puis rien garder, l'expérience ayant confirmé que tout ce que l'on me donne va aux brigands en droiture. Quand j'échappai nu de Corigliano, Saint-Vincent (1) me vêtit et m'emplit une valise de beaux et bons effets, qui me furent pris huit jours après sur les hauteurs de Nicastro (2). Le général Verdier et son état-major me firent une autre pacotille, que je ne portai pas plus loin que la

(1) Depuis colonel d'artillerie.
(2) Le 20 juin.

Mantea, ou Ajello (3), pour mieux dire, où je fus dépouillé pour la quatrième fois. On s'est donc lassé de
m'habiller et de me faire l'aumône, et on croit généralement que mon destin est de mourir nu, comme je suis
né. Avec tout cela, on me traite si bien, le général Reynier a pour moi tant de bonté, que je ne me repens point
encore d'avoir demandé à faire cette campagne, où je
n'ai perdu, après tout, que mes chevaux, mon argent,
mon domestique, mes nippes et celles de mes amis.

(1) Le 24 août.

A M. DE SAINTE-CROIX,

A PARIS.

Mileto, le 12 septembre 1806.

MONSIEUR, depuis ma dernière lettre, à laquelle vous répondîtes d'une manière si obligeante, il s'est passé ici des choses qui nous paraissent à nous de grands événemens, mais dont je crois qu'on parlera peu dans le pays où vous êtes. Quoi qu'il en soit, Monsieur, si l'histoire de la grande Grèce durant ces trois derniers mois, a pour vous quelque intérêt, je vous envoie mon journal (1), c'est-à-dire un petit cahier, où j'ai noté en courant les hommes et les bouffonneries les plus remarquables, dont j'ai été le témoin. Il est difficile d'en voir plus, en si peu de temps et d'espace. C'est M. de la Ch..... qui se charge de vous faire parvenir ce paquet, que j'ai mis sous enveloppe avec mon cachet. Je vous demande en grace que cela ne soit vu de personne.

Si les traits ainsi raccourcis de ces exécrables farces ne vous inspirent que du dégoût, je n'en serai pas surpris. Cela peut piquer un instant la curiosité de ceux qui connaissent les acteurs. Les autres n'y voient que la honte de l'espèce humaine. C'est là néanmoins l'histoire, dé-

(1) Ce journal ne s'est pas retrouvé.

pouillée de ses ornements. Voilà les canevas qu'ont bro-
dés les Hérodote et les Thucydide. Pour moi, m'est avis
que cet enchaînement de sottises et d'atrocités qu'on appelle histoire ne mérite guère l'attention d'un homme
sensé. Plutarque, avec

> L'air d'homme sage,
> Et cette large barbe au milieu du visage,

me fait pitié de nous venir prôner tous ces donneurs de
batailles dont le mérite est d'avoir joint leurs noms aux
événements qu'amenait le cours des choses.

Depuis notre jonction avec Masséna nous marchons
plus fièrement et sommes un peu moins à plaindre. Nous
retournons sur nos pas, formant l'avant-garde de cette
petite armée et faisant aux insurgés la plus vilaine de
toutes les guerres. Nous en tuons peu, nous en prenons
encore moins. La nature du pays, la connaissance et
l'habitude qu'ils en ont, font que, même étant surpris,
ils nous échappent aisément; non pas nous à eux. Ceux
que nous attrapons, nous les pendons aux arbres; quand
ils nous prennent, ils nous brûlent le plus doucement
qu'ils peuvent. Moi qui vous parle, Monsieur, je suis
tombé entre leurs mains : pour m'en tirer, il a fallu plusieurs miracles. J'assistai à une délibération (1) où il
s'agissait de savoir si je serais pendu, brûlé ou fusillé. Je
fus admis à opiner. C'est un récit dont je pourrai vous

(1) A Corigliano, le 12 juin.

divertir quelque jour. Je l'ai souvent échappé belle dans le cours de cette campagne ; car, outre les hasards communs, j'ai fait deux fois le voyage de Reggio à Tarente, allée et retour, c'est-à-dire, plus de quatre cents lieues à travers les insurgés, seul ou peu accompagné, tantôt à pied, tantôt à cheval, quelquefois à quatre pattes, quelquefois glissant sur mon derrière ou culbutant du haut des montagnes. C'est dans une de ces courses que je fus pris par nos bons amis. Il n'y a ni bois ni coupe-gorge dans toute la Calabre où je n'aie fait de ces promenades, et pourquoi? ah ! c'est cela qui vous ferait pitié. Une fois, de sept hommes que j'avais pour escorte, trois furent tués avec quatre chevaux par les montagnards (1). Nous avons perdu et perdons chaque jour de cette manière une infinité d'officiers ou de petits détachements. Une autre fois, pour éviter pareille rencontre, je montai sur une petite barque, et, ayant forcé le patron à partir malgré le mauvais temps, je fus emporté en pleine mer. Nos manœuvres furent belles! Nous nous mîmes à genou, nous fîmes des oraisons : nous promîmes des messes à la Vierge et à saint Janvier, tant qu'enfin me voilà encore.

Depuis, sur une autre barque je passai près d'une frégate anglaise qui, m'ayant tiré quelques coups, tous mes rameurs se jetèrent à l'eau et se sauvèrent à terre. Je restai seul comme Ulysse, comparaison d'autant plus juste que ceci m'arriva dans le détroit de Charybde, à la vue

(1) A Nicastro, le 20 juin.

d'une petite ville qui s'appelle encore Scylla, et où je ne
sais quel dieu me fit aborder paisiblement. J'avais coupé
avec mon sabre le cordage qui tenait ma petite voile latine, sans quoi j'eusse été submergé.

J'avais sauvé, du pillage de mes pauvres nippes, ce que
j'appelais mon bréviaire. C'était une Iliade de l'imprimerie royale, un tout petit volume que vous aurez pu voir
dans les mains de l'abbé Barthélemy; cet exemplaire me
venait de lui (*quam dispari domino!*), et je sais qu'il
avait coutume de le porter dans ses promenades. Pour
moi, je le portais partout; mais l'autre jour, je ne sais
pourquoi, je le confiai à un soldat qui me conduisait un
cheval en main. Ce soldat fut tué et dépouillé. Que vous
dirai-je, Monsieur? J'ai perdu huit chevaux, mes habits,
mon linge, mon manteau, mes pistolets, mon argent.
Je ne regrette que mon Homère, et pour le ravoir, je
donnerais la seule chemise qui me reste. C'était ma société, mon unique entretien dans les haltes et les veil-
lées. Mes camarades en rient. Je voudrais bien qu'ils
eussent perdu leur dernier jeu de cartes pour voir la mine
qu'ils feraient.

Vous croirez sans peine, Monsieur, qu'au milieu de
pareilles aventures je n'aie eu garde de penser aux antiquités : s'il s'est trouvé sur mon chemin quelques monuments, à l'exemple de Pompée, *ne visenda quidem putavi*.
Non que j'aie rien perdu de mon goût pour ces choses-là,
mais le présent m'occupe trop pour songer au passé : un
peu aussi le soin de ma peau, et les Calabrais me font

oublier la Grande Grèce. C'est encore aujourd'hui *Cala-
bria ferox*. Remarquez, je vous prie, que, depuis Annibal, qui trouva ce pays florissant, et le ravagea pendant
seize ans, il ne s'est jamais rétabli. Nous brûlons bien
sans doute, mais il paraît qu'il s'y entendait aussi. Si
nous nous arrêtions quelque part, si j'avais seulement le
temps de regarder autour de moi, je ne doute pas que ce
pays, où tout est grec et antique, ne me fournît aisément
de quoi vous intéresser et rendre mes lettres dignes de
leur adresse. Il y a dans ces environs, par exemple, des
ruines considérables, un temple qu'on dit de Proserpine.
Les superbes marbres qu'on en a tirés sont à Rome, à
Naples et à Londres. J'irai voir, si je puis, ce qui en reste,
et vous en rendrai compte, si je vis, et si la chose en
vaut la peine.

Pour la Calabre actuelle, ce sont des bois d'orangers,
des forêts d'oliviers, des haies de citronniers. Tout cela
sur la côte et seulement près des villes : pas un village,
pas une maison dans la campagne ; elle est inhabitable,
faute de police et de lois. Mais comment cultive-t-on, direz-vous? Le paysan loge en ville et laboure la banlieue ;
partant tard le matin, il rentre avant le soir. Comment oserait-on coucher dans une maison des champs?
On y serait égorgé dès la première nuit. Les moissons
coûtent peu de soins; à ces terres soufrées il faut peu
d'engrais ; nous ne trouvons pas à vendre le fumier de
nos chevaux. Tout cela annonce la richesse. Cependant
le peuple est pauvre, misérable même. Le royaume est

riche ; car, produisant de tout, il vend et n'achète pas.
Que font-ils de l'argent? Ce n'est pas sans raison qu'on
a nommé ceci l'Inde de l'Italie. Les bonzes aussi n'y
manquent pas. C'est le royaume des prêtres, où tout
leur appartient. On y fait vœu de pauvreté pour ne manquer de rien, de chasteté pour avoir toutes les femmes.
Il n'y a point de famille qui ne soit gouvernée par un
prêtre jusque dans les moindres détails ; un mari n'achète
pas des souliers pour sa femme sans l'avis du saint homme.

Ce n'est point ici qu'il faut prendre exemple d'un bon
gouvernement, mais la nature enchante. Pour moi je ne
m'habitue pas à voir des citrons dans les haies. Et cet air
embaumé autour de Reggio! on le sent à deux lieues au
large quand le vent souffle de terre. La fleur d'orange est
cause qu'on y a un miel beaucoup meilleur que celui de
Virgile : les abeilles d'Hybla ne paissaient que le thym,
n'avaient point d'orangers. Toutes choses aujourd'hui
valent mieux qu'autrefois.

Je finis en vous suppliant de présenter mon respect à
madame de Sainte-Croix et à M. Larcher. Que n'ai-je ici
son Hérodote, comme je l'avais en Allemagne! Je le per-
dis justement comme je viens de faire mon Homère, sur
le point de le savoir par cœur. Il me fut pris par des
hussards. Ce que je ne perdrai jamais, ce sont les sentiments que vous m'inspirez l'un et l'autre, dans lesquels
il entre du respect, de l'admiration, et, si j'ose le dire,
de l'amitié.

A M. ***

OFFICIER D'ARTILLERIE, A NAPLES.

Mileto, le 16 octobre 1806.

J'AVAIS déjà ouï dire que ce pauvre Michaud (1) s'était fait égorger. Je ne m'en étonne pas; il avait perdu la tête : ce n'est pas une façon de parler. Je le vis à Cassano, son esprit était frappé; il voyait partout des brigands. Ce que cela produit, c'est qu'on se jette dans le péril qu'on veut éviter. Il y a une autre chose qui fait périr ces gens-là, c'est l'argent qu'ils portent avec eux, comme Sucy et mille autres que la *chère cassette* a conduits à mal. Au reste, il n'était pas le seul à qui la peur eût troublé le sens. Je n'en pourrais dire autant de plusieurs *qui ont fait la guerre, qui savent bien, qui ont été partout.* Il faut convenir aussi que nos aventures n'étaient pas gaies. Voici celle de Cassano : elle fut assurément des moins tragiques pour nous, mais elle fit du bien, à cause du miracle dont on t'a parlé.

Après avoir saccagé sans savoir pourquoi la jolie ville de Corigliano, nous venions (non pas moi, j'étais avec Verdier; mais j'arrivai trois jours après); nos gens mon-

(1) Commissaire des guerres.

4.   9

taient vers Cassano (1), le long d'un petit fleuve ou torrent qu'on appelle encore le *Sibari*, qui ne traverse plus
Sibaris, mais des bosquets d'orangers. Le bataillon suisse
marchait en tête, fort délabré comme tout le reste, commandé par Muller, car Clavel a été tué à Sainte–Euphé-
mie. Les habitants de Cassano, voyant cette troupe
rouge, nous prennent pour des Anglais : cela est arrivé
souvent (2). Ils sortent, viennent à nous, nous embras-
sent, nous félicitent d'avoir bien frotté ces coquins de
Français, ces voleurs, ces excommuniés. On nous parla,
ma foi, sans flatterie cette fois-là. Ils nous racontaient
nos sottises et nous disaient de nous pis encore que nous
ne méritions. Chacun maudissait les soldats de *maestro
Peppe*, chacun se vantait d'en avoir tué. Avec leur pantomime, joignant le geste au mot : *j'en ai poignardé six;
j'en ai fusillé dix*. Un disait avoir tué Verdier; un autre
avait tué moi! ceci est vraiment curieux. Portier, lieutenant du train, je ne sais si tu le connais, voit dans les
mains de l'un d'eux ses propres pistolets, qu'il m'avait
prêtés, et qu'on me prit quand je fus dépouillé. Il saute
dessus : *A qui sont ces pistolets?* L'autre, tu sais leur
style : *Monsieur, ils sont à vous*. Il ne croyait pas dire si
vrai. *Mais, de qui les avez-vous eus ? D'un officier français que j'ai tué*. Alors, moi et Verdier, on nous crut
bien morts tous deux; et, quand nous arrivâmes, trois

(1) Le 4 août.
(2) En particulier à Marcellinara le soir du combat de Maida.

jours après, on était déjà en train de ne plus penser à nous.

Tu vois comme ils se recommandaient et arrangeaient leur affaire. On reçut ainsi toutes leurs confidences, et ils ne nous reconnurent que quand on fit feu sur eux, à bout touchant. On en tua beaucoup; on en prit cinquante-deux, et le soir on les fusilla sur la place de Cassano. Mais un trait à noter de la rage de parti, c'est qu'ils furent expédiés par leurs compatriotes, par les Calabrais nos amis, les bons Calabrais de Joseph, qui demandèrent comme une faveur d'être employés à cette boucherie. Ils n'eurent pas de peine à l'obtenir; car nous étions las du massacre de Corigliano. Voilà les fêtes de Sibaris! Tu peux garantir à tout venant l'exactitude de ce récit. Le miracle fameux fut que peu de jours après, dans un village voisin, on égorgea cinquante-deux de nos gens, ni plus ni moins, qui pillaient sans penser à mal. La Madona, comme tu peux croire, eut part à cette bonne affaire, dont les récits furent embellis et propagés à la gloire de la *santa fede*.

La scène de Marcellinara est du même genre. Nous fûmes pris pour des Anglais, et comme tels, reçus dans la ville. Arrivés sur la place, la foule nous entourait. Un homme chez lequel avait logé Reynier le reconnaît et veut s'enfuir. Reynier fait signe qu'on l'arrête, on le tue; la troupe tire toute à la fois; en deux minutes la place fut couverte de morts. On trouva là six canonniers du régiment, dans un cachot, demi-morts de faim, entièrement nus. On les gardait pour un petit *auto-da-fé* qui devait avoir lieu le lendemain.

L'aventure du grand-amiral est sans doute merveilleuse, on ne peut l'échapper plus belle. Cependant, nous t'en citerions qui n'en doivent guère à celle-là. Il n'y a pas encore quinze jours que nous décrochâmes un de nos hommes mal pendu et mal poignardé, qui mange et boit maintenant comme toi. On tue tant, on est si pressé, qu'on ne fait les choses qu'a moitié. Tout cela n'est rien auprès de l'histoire de Mingrelot; tu dois la savoir, puisqu'il est à Naples. Il t'aura pu conter aussi ce qui arriva à Maréchal, de son régiment, fusillé deux fois et vivant.

Mer, l'aide-de-camp de Saint-Cyr, n'a pas été si heureux : il est mort. Il fut blessé à la cuisse dans une embuscade, et achevé par les chirurgiens à Castro-Villari. Alquier et Lejeune, chef de bataillon du même régiment, ont péri à Scigliano. Gasselet fut tué à Sainte-Euphémie. Compère (1) a un bras coupé et une jambe qui ne vaut guère mieux.

Pour moi, je n'ai garde de me plaindre; j'ai perdu plus que tous les autres en chevaux et en effets; mais ma peau est entière, et j'ai le compte de mes membres. Je me suis vu quelquefois assez mal à mon aise; mais plus souvent j'ai eu du bon. Presque toujours bien avec le patron (2); ma disgrace a duré autant que sa prospérité,

(1) Général de brigade.
(2) Le général Reynier.

ce que durent les roses. Avant tout ceci on n'eût daigné abaisser un regard jusqu'à moi; l'infortune l'humanise, et nous voilà de nouveau bons amis.

Les gens qui ne réfléchissent point, à la tête desquels tu peux me mettre, trouvent encore ici de bons moments; on y mange, on y boit. Parmi toutes ces diableries, on y fait l'amour comme ailleurs et mieux, car on ne fait que cela. Le pays fournit en abondance de quoi satisfaire tous les appétits, poil et plume, chair et poisson; du vin plus qu'on n'en peut boire, et quel vin ! des femmes plus qu'on n'en veut. Elles sont noires dans la plaine, blanches sur les montagnes, amoureuses partout. Calabraise et braise c'est tout un. Les *vertus* que nous avons amenées ont eu de furieux assauts, prises et reprises par les Anglais, les Siciliens, les Calabrais et toujours rendues sans tache. Madame Grabinski, madame Peyri, madame François ont été fort respectées des Anglais, à ce qu'elles disent; elles se louent moins des Napolitains, qui auraient eu plus d'attentions pour un de nos petits tambours. Madame Grabinski est un ange de douceur et de complaisance; je la vis un jour à Palmi; je dînai avec eux. Comme il n'entend guère l'italien, j'eus toute la commodité de parler à la belle. Je lui contai bonnement comme je l'avais manquée d'un quart d'heure à Bologne, chez madame Williams, où l'on ne payait qu'en sortant. Je me plaignis fort du tour que m'avait joué Grabinski, et à nous tous, de l'enlever ainsi pour la mettre en chartre privée; que n'était-il venu un quart-d'heure plus tard ou vous plus tôt, me dit-elle.

Ces gens de Palmi me contèrent des merveilles de Michel (1). Dans Scylla, qu'ils voient en plein de leurs montagnes, il a fait pendant vingt-trois jours tout ce qui se pouvait humainement. C'était un feu d'enfer par mer et par terre. Si je t'enfile encore celle-là, tu n'en seras jamais quitte. Dors-tu? moi je vais me coucher. Adieu.

(1) Chef de bataillon du génie.

A M. LEDUC,

OFFICIER D'ARTILLERIE, A PARIS.

Mileto, le 18 octobre 1806.

ON croit généralement ici que la guerre recommence en Allemagne : j'ai les plus fortes raisons pour souhaiter d'y être employé, et de quitter ce pays-ci, où il ne me reste rien à faire, ni à voir, ni à espérer. Ne pourrais-tu pas m'obtenir ce changement de destination ? N'as-tu aucune relation avec ceux qui règlent ces sortes de choses, auxquels il doit être assez indifférent que je me fasse tuer ici ou là-bas, par un sous-diacre embusqué derrière une haie, ou par un hussard prussien ? Cette demande, en elle-même, est peu de chose, puisqu'il ne s'agit ni d'argent ni d'avancement. Ton amitié que j'implore, et sur laquelle je me fonde, ferait pour moi plus que cela ; tire-moi de ce purgatoire où je suis sans avoir péché, dupe de ma bonne volonté et de l'envie que j'ai eue de servir utilement. Écoute ma déconvenue : avant la dernière campagne d'Allemagne, lorsque tout était en paix, je voulus venir dans ce royaume, parce qu'il y avait une armée que l'on croyait destinée à le conquérir ou à quelque autre expédition ; ce fut ainsi que je n'allai pas à la grande armée ; si ce fut pour moi bonheur ou malheur, Dieu le sait, mais enfin j'aurais pu là me distinguer tout comme un autre. Tandis que l'empereur entrait à Vienne, nous vînmes près de Venise battre le corps de monsieur de Rohan ; la paix faite, nous retournâmes sur nos pas, sous les ordres du prince Joseph, aujourd'hui roi.

Arrivé à Naples, où j'aurais pu rester, je demandai à faire partie de l'expédition de Calabre, dont personne ne voulait être. Dans cette campagne, une des plus diaboliques qui se soient faites depuis long-temps, j'ai eu beaucoup plus que ma part de fatigues et de dangers ; j'ai perdu huit chevaux pris ou tués, mes nippes, mon argent, mes papiers, le tout évalué douze mille francs, par la discrétion du perdant ; une petite pacotille que m'avaient faite mes amis, après m'avoir habillé, vient de m'être prise comme la première ; mon domestique est crucifié quoique indigne (1), et je reste avec une chemise qui ne m'appartient pas. Cependant mes camarades qui n'ont pas bougé de Naples, ou qui peut-être ont passé dix jours devant Gaëte où nous avons perdu en tout dix hommes de l'artillerie, ont eu tous de l'avancement et des faveurs. Il n'est qu'heur et malheur ! ceux-là ont pris Gaëte ! on ne demande pas comment, ni en combien de temps, ni quelle défense a faite la place ? Nous, on nous a rossés (2) ; pouvions-nous ne pas l'être ? c'est ce qu'on n'examine

(1) Chappuy. Il avait été pris à Reggio et débarqué par les Anglais à Gênes.

(2) A Sainte-Euphémie, le 4 juillet.

point; mais par Dieu! ce ne fut pas la faute de l'artillerie qui toute s'est fait massacrer ou prendre, et de fait se trouve détruite, sans pouvoir être remplacée.

Maintenant nous faisons la guerre ou plutôt la chasse aux brigands, chasse où le chasseur est souvent pris. Nous les pendons, ils nous brûlent le plus doucement possible, et nous feraient même l'honneur de nous manger. Nous jouons avec eux à cache-cache, mais ils s'y entendent mieux que nous. Nous les cherchons bien loin lorsqu'ils sont tout près. Nous ne les voyons jamais, ils nous voient toujours. La nature du pays et l'habitude qu'ils en ont font que, même étant surpris, ils nous échappent aisément, non pas nous à eux. Te préserve le ciel de jamais tomber en leurs mains, ainsi qu'il m'est arrivé! Si je m'en suis tiré sans y laisser la peau, c'est un miracle que Dieu n'avait point fait depuis l'aventure de Daniel dans la fosse aux lions. Bien m'a pris de savoir l'italien, et de ne pas perdre la tête! J'ai harangué; j'ai déployé, comme tu peux croire, toute mon éloquence (1). Bref, j'ai gagné du temps et l'on m'a délivré. Une autre fois, pour éviter pareil ou pire inconvénient, je partis dans une mauvaise barque par un temps encore plus mauvais, et fus trop heureux de faire naufrage sur la même côte où peu de jours auparavant on avait égorgé l'ordonnateur Michaud avec toute son escorte. Une autre fois, sur une autre barque, je rencontrai une frégate anglaise qui me tira trois coups

(1) A Corigliano, le 12 juin.

de canon. Tous mes marins se jetèrent à l'eau et gagnèrent la terre en nageant. Je n'en pouvais faire autant. Seul, ne sachant pas gouverner ma petite voile latine, je coupai avec mon sabre les chétifs cordages qui la tenaient, et les zéphyrs me portèrent, moins doucement que Psyché, près d'une habitation d'où, aux signaux que je fis, on vint me secourir et me tirer de peine.

Que peut faire, dis-moi, dans une pareille guerre un pauvre officier d'artillerie, sans artillerie (car nous n'en avons plus)? distribuer des cartouches à messieurs de l'infanterie, et les exhorter à s'en bien servir pour le salut commun. C'est où en sont réduits tous mes camarades, et le général Mossel (1) lui-même. Ce service ne me convenant pas, pour être quelque chose je suis officier d'état-major, aide-de-camp, tout ce qu'on veut : toujours à l'avant-garde, crevant mes chevaux, et me chargeant de toutes les commissions dont les autres ne se soucient pas. Mais tu sens bien qu'à ce métier je ne puis gagner que des coups, et me faire estropier en pure perte. Jamais, dans l'artillerie, on ne me tiendra compte d'un service fait hors du corps, et les généraux auprès desquels je sers, assez empêchés à se soutenir eux-mêmes, ne sont pas en passe de rien faire pour moi. J'aimerais cent fois mieux commander une compagnie d'artillerie légère à la grande-armée que d'être ici général comme

(1) Commandant l'artillerie en Calabre depuis l'arrivée du maréchal Masséna.

l'est Mossel, c'est-à-dire garde-magasin des munitions
de l'infanterie. Je n'ai pas de temps à perdre : si cette
campagne-ci se fait encore sans moi, comme celle d'Austerlitz, où diable veux-tu que j'attrape de l'avancement?
Avancer est chose impossible dans la position où nous
nous trouvons. Cela est vrai, moralement et géographi-
quement parlant. Confinés au bout de l'Italie, nous ne
saurions aller plus loin, et nous n'avons ici non plus de
grades à espérer que de terre à conquérir. Par pitié ou
par amitié tire-moi de ce cul-de-sac. Ote-moi d'une
passe où je suis déplacé, et où je ne puis rien faire. In-
voque, s'il est nécessaire pour si peu de chose, ton patron et le mien, le général Duroc. Parle, écris, je t'avoue-
rai de tout, pourvu que tu m'aides à sortir de cette botte,
au fond de laquelle on nous oublie. Si cela passe ton
pouvoir, si l'on veut à toute force me laisser ici officier
sans soldats, canonnier sans canons, s'il est écrit que je
dois vieillir en Calabre, la volonté du ciel soit faite en
toute chose !

On trouve ici tout, hors le nécessaire : des ananas, de
la fleur d'orange, des parfums, tout ce que vous voulez,
mais ni pain ni eau.

A MADAME PIGALLE,

A LILLE.

Mileto , le 25 octobre 1806.

Vous aurez de ma prose, chère cousine, tant que vous en voudrez, et du style à vingt sous, c'est-à-dire du meilleur, qui ne vous coûtera rien que le port; si je ne vous en ai pas adressé plus tôt, c'est que nous autres, vieux cousins, nous n'écrivons guère à nos jeunes cousines sans savoir auparavant comment nos lettres seront reçues, n'étant pas, comme vous autres, toujours assurés de plaire. Ne m'accusez ni de paresse ni d'indifférence; je voulais voir si vous songeriez que je ne vous écrivais pas. Depuis près de deux ans, vous n'aviez aucun air de vous en apercevoir; moi, piqué de cela, j'allais vous quereller, quand vous m'avez prévenu fort poliment : j'aime vos reproches, et vous avez mieux répondu à mon silence que peut-être vous n'eussiez fait à mes lettres.

On me mande de vous des choses qui me plaisent beaucoup : vous parlez de moi quelquefois, vous faites des enfants, et vous vous ennuyez; *vivat*, cousine. Voilà une conduite admirable ! De mon côté je m'ennuie aussi, tant que je puis, comme de raison. Ne nous sommes-nous pas promis de ne point rire l'un sans l'autre? pour moi, je ne sais ce que c'est que manquer à ma parole, et je garde mon sérieux, comptant bien que vous tenez le vôtre. Je trouverais fort mauvais qu'il en fût autrement, et si quelqu'un vous amuse, à mon retour qu'il prenne garde à lui; passe pour des enfants, mais point de plaisir, ma cousine, point de plaisir sans votre cousin.

Hélas! pour tenir ma promesse je n'ai besoin que de penser à cinq cents lieues qui nous séparent, à deux longues, longues années écoulées sans vous voir, et combien encore à passer de la même manière. Ces idées-là ne me quittent point, et me donnent une physionomie de *misanthropie et repentir*. Jeux innocents, petits bals, et soirées du jardin, qu'êtes-vous devenus? Non, je ne suis plus le cousin qui vous amusait; ce n'est plus le temps de dom Bedaine, de madame Ventre-à-terre et de la dame empaillée. En me voyant maintenant vous ne me reconnaîtriez pas, et vous demanderiez encore : *Où est le cousin qui rit?* Voilà ce que c'est de s'éloigner de vous; on s'ennuie, on devient maussade, on vieillit d'un siècle par an. Pour être heureux, il faut, ou ne pas vous connaître, ou ne jamais vous quitter.

Je n'ai guère bâillé près de vous, ni vous avec moi, ce me semble, si ce n'est peut-être en famille aux visites de nos chers parents; eh bien, depuis que je ne vous vois plus, je bâille du matin au soir. La nature, vous le savez, m'a doué d'un organe favorable à cet exercice; je bâille en vérité comme un coffre; vous, à cause de mon absence là-bas, vous devez bâiller aussi, comme une petite tabatière. Quelle différence entre nous! vous n'oseriez assurément vous comparer, vous mesurer..... Bêtise, oui bêtise, j'en demeure d'accord, c'est du style à deux liards.

Mais savez-vous ce qui m'arrive de ne plus rire? je deviens méchant. Imaginez un peu à quoi je passe mon temps. Je rêve nuit et jour aux moyens de tuer des gens que je n'ai jamais vus, qui ne m'ont fait ni bien ni mal; cela n'est-il pas joli? Ah! croyez-moi, cousine, la tristesse ne vaut rien, reprenons notre ancienne allure; il n'y a de bonnes gens que ceux qui rient; rions toutes les fois que l'occasion s'en présentera, ou même sans occasion. Moi, quand je songe à votre enflure, à la mine que vous devez faire avec ce paquet, et surtout à la manière dont cela vous est venu; ma foi, tout seul ici, j'éclate comme si vous étiez là; il ne se donne pas un bal que vous n'enragiez, cela me réjouit encore plus.

Pendant que je vous fais ces lignes très-sensées, voici une drôle d'aventure; la maison tremble (1), un homme qui écrivait près de moi se sauve en criant *tremoto !* moi je répète *tremoto*, c'est-à-dire tremblement de terre, et me sauve aussi dans la cour. Là je vis bien que la secousse avait été forte, ou *sérieuse*, comme vous diriez, cousine, ou même *conséquente*, comme dit Voisard. Un bâtiment non achevé, dont le toit n'est pas encore couvert, sem-

---

(1) A Sinopoli, près de Scylla, dans les premiers jours d'octobre.

blait agité par le vent; la charpente remuait, craquait.
La terre a souvent ici de ces petits frissons qui renverse-
raient une ville comme un jeu de quilles, si les maisons
n'étaient faites exprès, à l'épreuve du *tremoto*, peu élevées et larges d'en bas. Aucune n'est tombée cette fois;
mais l'église a écrasé je ne sais combien de bonnes ames
qui sont maintenant en paradis; voyez quelle grace d'en
haut! nous autres vauriens, nous restons dans cette vallée de misères.

Vous demandez ce que nous faisons? Peu de choses ici:
nous prenons un petit royaume pour la dynastie impériale. Qu'est-ce que la dynastie? Meot vous le dira. Le
fameux traiteur Meot est cuisinier du roi, qui s'amuse
souvent à causer avec lui; le seul homme, dit-on, pour
qui sa majesté ait quelque considération. Meot, lui dit le
roi, tu me pousses ta famille, tes nièces, tes cousins, tes
neveux, tes fieux; tu n'as pas un parent à la mode de
Bretagne, marmiton, gâte-sauce, qu'il ne faille placer
et faire gros seigneur! Sire, c'est ma dynastie, lui répondit Meot. Voilà un joli conte que vous ferez valoir en
le contant avec grace : vous ne pouvez autrement.

Quant au temps où nous nous reverrons, la réponse
n'est pas si aisée. J'en meurs d'envie, vous pensez bien,
mais il faut achever de conquérir ce royaume, et puis
voir les antiquités; il y en a beaucoup de belles; vous
savez ma passion, je suis fou de l'antique.

Vous présenterai-je mon respect? Voulez-vous que
j'aie l'honneur d'être.....? Non, je vous embrasse tout

bonnement..... Mon Dieu! que vous êtes grosse! Moi qui vous ai vue comme un jonc, maintenant vous me paraissez une des tours de Notre-Dame. Ah! mamselle Sophie, qu'avez-vous fait là? Que monsieur votre mari ne s'attende pas à mes compliments pour vous avoir mis dans ce bel état.

Encore une fois je vous embrasse.

Le vieux cousin qui ne rit plus.

A MADAME PIGALLE,

A PARIS.

Mileto, le 30 octobre 1806.

Je vous envoie, chère cousine, une lettre pour M. Gas-sendi ; ayez la bonté de la lui faire tenir. Ce que je demande dépend de lui, mais, tout mon ami qu'il se dit, je ne compte que médiocrement sur sa bonne volonté. Si vous le voyez, chère cousine, ou, pour mieux dire, s'il vous voyait, je le connais et vous aussi, vous lui feriez faire ce que vous voudriez. Je ne vous demande point de ces efforts qui coûtent trop à la vertu : cela est bon lorsqu'il s'agit de la tête d'un mari comme dans le conte de Voltaire. Mon placet réussira si vous l'appuyez seulement d'un regard et d'un sourire. Que vous êtes heureuses, vous autres belles, de faire des heureux à si peu de frais !

Ce que vous me marquez de mon affaire avec Arnou ne me rassure pas autant que vous l'imaginez. Je ne puis le voir, lui, parce qu'il est à Naples ; c'est-à-dire à cent lieues de moi, et ces cent lieues sont plus difficiles à faire que mille en tout autre pays, à cause des voleurs qui se sont établis sur toutes les routes, en sorte que nul ne

4.   10

passe s'il n'est plus fort qu'eux. On n'y arrête pourtant jamais ni diligences ni chaises de poste , je vous laisse à deviner pourquoi.

Si mademoiselle Eugénie a déjà pris un autre nom par-devant notaire, je lui en fais mon compliment, et bien plus encore à celui qui a cueilli cette jolie rose. Mes respects, s'il vous plaît, à madame Audebert. Vous savez que je fus toujours son admirateur, mais elle ne le sait peut-être pas, il est temps de le lui apprendre.

Excusez le chiffon sur lequel je vous écris. Rien n'est plus rare que le papier en ce pays-ci, où tout se trouve hors le nécessaire.

A M. COURIER.

CHEF D'ESCADRON D'ARTILLERIE, A NAPLES.

Hanovre, le 8 novembre 1806.

MON COMMANDANT,

Vous m'excuserez si je prends la liberté de vous écrire, c'est pour vous demander un certificat concernant mes actions devant mon ennemi, si vous vous rappelez le 17 août que nous avons été attaqués par les brigands. Le général Reynier a demandé après les pièces de canon, les mulets ne pouvant pas passer j'en ai pris une sur mon épaule et je l'ai portée à l'emplacement où elle devait être mise en batterie. Le général Reynier a demandé mon nom, mais comme tout le monde était occupé à voir la pleine déroute des brigands, dans le même moment le général a commandé de mettre les pièces sur les mulets et de descendre dans le village, où il y avait un drapeau blanc sur le clocher.

Mon commandant, si vous voulez bien vous rappeler du terrible passage de Corigliano lorsque nous y avons été pris par les brigands, que le sort de notre vie ne tenait plus à rien. Rappelez-vous aussi du passage de Corigliano à Tarente pour la première fois que nous avons

été débarqués à Gallipoli. Rappelez-vous aussi qu'à Matera le parc d'artillerie m'a été confié sous ma main, en
outre ma diligence faite pour les mulets et les caisses
nécessaires pour le transport des munitions d'infanterie,
le nombre en était de cent soixante mille cartouches qui
ont été rendues en juste compte à Cassano à notre arrivée
à la division du général Reynier.

Vous m'excuserez si je me permets de vous demander
tout ceci, c'est que dans ce moment on a demandé les
certificats de tous ceux qui sortent des différents corps
d'artillerie.

Signé LEFAIVRE,

Canonnier dans la 5ᵉ compagnie de l'artillerie
de la garde impériale.

———

Courier quitta, dans les premiers jours de novembre, la
division du général Reynier, et fut appelé à Naples, où il
arriva le 14.

AU MINISTRE DE LA GUERRE,

A PARIS.

Naples, le 1er janvier 1807.

MONSEIGNEUR, après une campagne pénible dans la Calabre, je me trouve à Naples sans rien faire, parce qu'il n'y a rien à faire. Cette oisiveté dont j'ai perdu l'habitude, jointe à la mollesse du climat, détruit ma santé. Je suis malade, Monseigneur, et ne puis me rétablir, à moins que Votre Excellence ne daigne me tirer d'ici. Les médecins, tout d'une voix, assurent qu'il faut pour me guérir un air moins tiède que celui-ci et une vie plus active : je vous supplie donc, si cela peut s'accorder avec le bien du service, de me faire passer à la grande-armée.

Courier ne passa que deux mois à Naples, après lesquels il fut envoyé à Foggia, dans la Pouille, pour veiller à une levée de chevaux et de mulets qui se faisait dans cette province pour le service de l'artillerie. Force lui fut de partir avant d'avoir pu remonter son équipage, et sans avoir obtenu la moindre indemnité des pertes qu'il avait éprouvées en Calabre. Il obtint 1,900 francs en août seulement.

Pendant ce court séjour dans la capitale il avait repris ses études littéraires et établi des rapports intimes avec plusieurs érudits. Ceux-ci lui procurèrent la connaissance du marquis Tacconi, qui mit à sa disposition une riche bibliothèque.

A M. LE GÉNÉRAL REYNIER,

Foggia, le 7 février 1807.

Mon général, avec le tableau de mes misères, que vous pouvez voir ci-joint, je vais depuis trois mois de porte en porte, implorant le secours d'un chacun ; mais la charité est éteinte, on me dit : Dieu vous assiste, et on me tourne le dos.

Quelqu'un pourtant me fait espérer (car il y a encore de bonnes ames), si vous voulez certifier que par votre ordre j'ai pris la poste pour aller et revenir de Reggio à Tarente, voyage que je fis deux fois, comme vous savez; sur ce certificat on dit qu'on me paiera quelque chose. Il est très-vrai, mon général, que vous m'avez donné cet ordre; mais quand cela serait faux, comme il s'agit d'une aumône et de soulager un malheureux, ce seul motif sanctifie tout, et vous ne devriez vous faire aucun scrupule de mentir par charité : pour donner aux pauvres, saint François volait sur les grands chemins.

Notez, je vous prie, mon général, que ce certificat sera d'accord avec un autre certificat de vous, qui atteste fort inutilement que j'ai perdu trois chevaux laissés à Reggio parce que j'étais parti *en poste* pour Tarente. Bon dieu! que de certificats! et quel style! Je devrais bien recommencer tout ceci pour vous écrire plus décemment et plus intelligiblement, mais je compte à la fois sur votre indulgence et sur votre pénétration : deux choses dont je vous puis donner de bons certificats.

———

À cette lettre se trouvait joint un *État de pertes*, imprimé à Naples en janvier 1807 : nous le plaçons après la lettre qui suit, relative au même objet.

Le général Reynier observa que le sieur Courier était le seul officier qui eût demandé à venir en Calabre, et le seul qui n'eût jamais demandé à en sortir.

A M.***

MINISTRE DE LA GUERRE A NAPLES.

Foggia , le 17 février 1807.

Monseigneur , si Votre Excellence daigne jeter les yeux sur l'état ci-joint, elle y verra que mes pertes réelles dans la dernière campagne montent à 12,247 fr. , valeur d'environ trois années de mes appointements. Mes *États de perte*, réduits à la somme que la loi m'accorde, ont été remis en bonne forme à M. l'ordonnateur en chef de l'armée, il y a plus de six mois. J'ignore ce qu'il en a fait et ce que j'en puis espérer. Peu d'officiers de mon grade ont perdu autant que moi ; nul n'a servi avec plus de zèle. Plusieurs ont été remboursés intégralement. Sans prétendre à la même faveur, j'ose supplier Votre Excellence de vouloir bien considérer :

1° Que mes appointements me sont dus depuis le mois de mars 1806 ;

2° Que depuis le mois de septembre dernier je ne touche aucune ration ni en argent, quoiqu'officier attaché à l'état-major d'artillerie , ni en nature, quoique faisant partie d'un corps ;

3° Que je n'ai encore jamais rien reçu de mon traitement de la légion-d'honneur ;

Qu'enfin mes ressources s'épuisent, et que, loin de pouvoir me remonter de manière à servir utilement, j'ai de la peine à subsister.

Votre Excellence trouvera ci-joint les pièces qui prouvent ces assertions.

ÉTAT des pertes faites dans la dernière campagne par le Sᵗ Courier, chef d'escadron au 1ᵉʳ rég. d'artillerie à cheval.

NATURE DES EFFETS.	PRIX.	OBSERVATIONS.
Un cheval d'escadron acheté à Milan, et payé par le quartier-maître dudit régiment. . . .	1,320	
Un cheval *Idem*, âgé de 7 ans, acheté à Acquaviva.	1,200	Pris à Reggio.
Un cheval de 4 ans, acheté du major du 6ᵉ d'infanterie, payé par le quartier-maître dudit régiment.	720	
Un cheval calabrais, acheté pour moi, et payé par le colonel des hulans polonais. . . .	330	
Un cheval noir de 4 ans. . . .	24	Pris à Ajello, le canonnier qui le conduisait ayant été tué.
Un cheval de 5 ans, acheté pour moi par le colonel du 1ᵉʳ régiment d'artillerie à cheval. . .	1,008	Morts dans la marche sur Naples.
Une jument normande, achetée du colonel du 2ᵉ régiment d'artillerie à pied.	960	
Habits de grand et petit uniformes, linge, manteau, équipages de chevaux à la hussarde, pistolets de Versailles, argent, livres, etc.	4,000	Évaluation fort discrète.
Une ordonnance de 1,200 francs du Ministre de la guerre, du mois de mars 1806.	1,200	L'ordonnateur en chef a connaissance de cet article.
Payé par moi, pour le transport de l'artillerie en Calabre. . .	1,485	Les pièces de dépense ayant été perdues à Corigliano, où je fus pris et dépouillé, j'ai remboursé cette somme à la caisse de l'artillerie, par ordre du général Dedon.
TOTAL. . . .	12,247 fr.	

Dans cet état, ne sont point compris les frais de poste et de bureaux, promis par les généraux Reynier et Dulauloy au sieur Courier, qui, par leur ordre, a toujours voyagé en poste.

On n'a point porté non plus le linge, les habits, capotte, chaussure, etc. donnés au sieur Courier par ses camarades, et pris ensuite par les brigands, tant à Ajello, où le canonnier d'ordonnance qui l'accompagnait périt, que sur les hauteurs de Nicastro, où trois hommes de son escorte furent tués par les brigands.

A M. GUILLAUME,

SOUS-INTENDANT MILITAIRE AU SERVICE DE NAPLES.

Foggia, le 20 mars 1807.

C'est à présent, mon cher sous-intendant, ou pour mieux dire sous-ministre, qu'il faut me protéger tout de bon, et mettre aux pieds de Son Excellence le tableau de mes misères. Il y a de quoi attendrir le cœur même d'un ministre. Mais si votre éloquence appuie mes humbles supplications, je ne doute pas que Monseigneur n'obtienne de Sa Majesté une décision particulière en ma faveur, moyennant quoi on me paiera le montant de mes états de perte, lesquels existent, duement certifiés, visés, enfilés et oubliés dans vos paperasses.

Si c'est vous, comme je crois, qui avez rédigé la lettre de Monseigneur l'ordonnateur en chef à Monseigneur le ministre, relative à mes lamentations, le diable vous puisse emporter! que vous en coûtait-il de convenir que j'étais à plaindre, et digne, autant pour le moins qu'aucun de ceux qu'on a remboursés, de la compassion du roi? Si cela était vrai, comme il l'est, il le fallait attester pour l'amour de la vérité, sinon pour l'amour de moi. Supposons que vous fussiez sur le point de faire un bon mariage, irais-je conter au beau-père vos fredaines galantes. On est ami ou on ne l'est pas. Adieu.

A M. COLBERT,

COMMISSAIRE ORDONNATEUR.

Foggia , le 22 février 1807.

Mon cher ordonnateur, je suppose que vous êtes maintenant à Naples, où l'on vous attendait lorsque j'en suis parti; vous vous divertissez, et ne songez guère à moi qui m'ennuie fort, et pense souvent à vous, bien fâché de ne plus vous voir. Voilà une douceur à laquelle vous ne sauriez vous dispenser de répondre; *c'est donc pour vous dire* que vous m'écriviez. Joignez à votre lettre une petite note de la petite somme que vous avez à moi; chose utile, nécessaire même, en cas de mort ou de départ de votre part ou de la mienne; vous savez ce que c'est que de nous : si on meurt de plaisir ou d'ennui, nous sommes tous deux en grand péril.

Il y avait dans ce pays-ci beaucoup de brigands, même avant que nous y vinssions; le nombre en augmente tous les jours. On détrousse les passants, on fait le contraire aux filles; on vole, on viole, on massacre; cet art fleurit dans la Pouille autant pour le moins qu'en Calabre, et devient une ressource honnête pour les moines supprimés, les abbés sans bénéfices, les avocats sans cause, les douaniers sans fraude et les jeunes gens sans argent; tout voyageur qui en a, ou paraît en avoir, passe mal son temps sur les routes. Pour moi, dont l'équipage fait plus de pitié que d'envie, je prends peu d'escorte, et voyage en ami de tout le monde.

C'est pour vous dire enfin, que je vous embrasse et me recommande à votre bon souvenir. J'embrasse aussi le sous-intendant, et lui souhaite de devenir quelque jour surintendant pour ne point trouver de cruelles.

Jamais surintendant trouva-t-il de cruelles ?

C'est Boileau qui a dit cela, et il parlait, je crois, d'un de vos aïeux qui était surintendant; dont bien vous prend.

De vos nouvelles bientôt, je vous prie, ou si paresse vous lie les doigts, faites-moi écrire par l'ami commun; supposé que les amis comme lui puissent jamais être communs... Au diable le calembourg! Dieu vous garde.

AL SIG.OR FRANCESCO DANIELE ,

PRIVATO BIBLIOTECARIO DEL RE DI NAPOLI , etc.

Foggia, 24 marzo 1807.

Si vales bene est, ego valeo. Valeo si; ma ho avuto
febbri e raffredorì, ed altri incommodi che m'hanno in
sino a questo momento tolto il piacere di potervi scrivere.
Minacciato tuttavia prima che assalito da sì fatti malanni,
ho presto dato di piglio all'usata medicina, mangiare poco
e faticare assai; con questa panacea e l'ajuto di Dio, mi
son guarito di modo che sto come una lasca; e, se sapessi
che di voi fosse lo stesso, sarei contento quanto può essere
un galant'uomo. A Foggia, cioè *in terra latronum,* pul-
lulano i ladri, ed è un' arte il rubar così onorata e profit-
tevole, e senza pericoli, che tutti la voglion fare; chi collo
schioppo, chi colla penna, e meglio anche al tavolino
che alla macchia. Gran fatica si prepara a' futuri Tesei;
ma parliamo d'altro. Questa brutta commissione impos-
tami per commando *regum timendorum in proprios gre-
ges* non va avanti, così non posso più sperar di rivedervi
cum hirundine primâ; anzi dubito e temo di dover più e
più mesi stare lontano da voi, il che non era niente ne-
cessario a farmi gustar la vostra veramente aurea conversazione. Affè di Dio, don Ciccio mio, dacchè vi lasciai

non ho trovato con chi barattar due parole; qui vengo a cercar muli, ma son tutti asini che in vederli mi fanno esclamar : dov'è il caro don Ciccio *qui turpi secernit honestum?* Dov'è il padre abate che dovea venir con me? Ma quanto fù più accorto a non partirsi mai da voi; e don Giuseppe nostro coll'amabile consorte sua; e donna Giulia, tutti vi piango; mi par mille anni di rivedervi tutti. Ma quando sarà, Dio lo sa.

Ora, che vi pare del mio scriver toscano? per me, credo scrivervi cruschevolissimevolmente; ma se a caso, questo mio cicalare non fosse proprio di nessuna lingua per voi intelligibile, basta v'è noto l'affetto mio, e se non troppo m'intenderete, indovinerete almen quanto vorrei; ma non so significarvi meglio. *Vale, fac ut me ames et valetudinem tuam diligentissimè cures.*

RÉPONSE

Non saprei esprimervi con parole, carissimo e stimatissimo amico, il piacere che ho provato con tutta la mia
famiglia in vedere i vostri caratteri; che veramente tutti
siamo stati in pensiere per voi, per lo silenzio che avete
osservato dal momento in cui siete partito. Sento gli incommodi che avete sofferti, e sento ancora con mio contento che n'eravate al fine libero; ma non posso sentire
senza dispiacere che la vostra assenza da Napoli sia pro-
lungata, e che voi stesso non sapete quando ci potremo
rivedere. Tutto sarà tolerabile sempre che voi starete
bene; che è il voto che tutti facciamo.

Io mene stava in Caserta come sapete, e facea conto di
restarvi per sempre, *exosus urbem urbanosque mores*,
quando venni chiamato in Napoli, perchè il Rè mi avea
nominato suo privato bibliotecario, che in sostanza è un
titolo di onore per darmi cento cinquanta ducati al mese.
Posteriormente Sua Maestà ha ristaurata l'academia Er-
colanese con piccola variazione, chiamandola reale Academia d'istoria e di antichità; ed ha nominato me per
segretario perpetuo, e finalmente m'ha dato la direzione
della reale Stamperia. Sin ad ora nè per l'Academia nè
per la Stamperia mi veggo fatto assegnamento alcuno,

4.   II

ma sento che vorranno darmi altri cento ducati. Il Rè poi ha avuto la degnazione di chiamarmi due volte al palazzo, e di trattenersi meco lungamente in una conversazione letteraria; ed avendomi qualche volta veduto al circolo mi ha fatte mille distinzioni; non potete immaginarvi in un paese sciocco come questo, quanto si sia ragionato sopra di me, e quanti ossequj vada alla giornata ricevendo da questi stessi che altra volta mi hanno guardato con disdegno. *Risi, et humanas rideo quoque vices.* Ma questi son gli uomini, cioè animali ridicoli in tutta l'estensione e significazione del vocabolo.

Il padre abate se ne andò a Melfi a predicare, ed ebbe cattivo incontro per istrada; e ora si aspetta di ritorno ma disabattato, poichè in regno è stato abolito il suo ordine; nè questo povero diavolo sa dove si andare. — Donna Giulia *in salicibus suspendit organa sua*, e ci ha privati del piacere di sentire la sua voce che parea proprio quella di Diana, che era riserbata a voi solo. Tutti gli amici ricordano ogni giorno con ambizione il vostro nome; tutti vi salutano. Voi intanto attendete a conservar la vostra preziosa salute, e noi continuerete ad amare, siccome fate. *Vale. Tuissimus*, Daniele.

AL SIG^{OR}. MARCHESE TACCONI,

IN NAPOLI.

Foggia, 10 maggio 1807.

MI spiacque assai, signor marchese, di dovermene andare come feci da Napoli senza vedervi prima, e ringraziarvi delle tante finezze che usaste a me ed al mio Senofonte; ma Dio volle così. Anche i giorni innanzi alla mia precipitosissima partenza, fui più volte da voi, nè mai mi riuscì di trovar voi o gente vostra in casa. Trovai bensì le chiavi dello studio che mi furon al solito date dal guarda-portone; ma per quanto cercassi di voi e del padre Andrès, non mi venne fatto di scoprir nemmeno in che parte vi foste involati dal mondo, nè quando s'aspettasse il vostro ritorno quaggiù. Così mesto e dolente mi convenne partire, lasciando, sulla parete della disabitata, stanza, scritto col mio lapis un lacrimoso *vale*, che ancora forse ci potrete vedere accanto all' orologio, e credo sarà l'*ultimum vale* giacchè posso viver poco, se per la noja si muore.

Fate queste mie scuse, per l'improvisa scappata, m'ho da giustificare di non avervi scritto più presto; di questo poi ne dovete accusare la mia poca salute. Dacchè sciolsi da Napoli l'infausto legno che per la strada naufragò, (maledetti sian tutti i calessi di piazza,) oltre all' indicibile rammarico ch'io provai in dovermi separare dagli amici; presero a farmi guerra e febbri e catarri si pertinacci, che uniti colle fastidiosissime cure del mio brutto carico, non m'han lasciato finora pace nè riposo da poter dar nuove di me a nessuno. Mentre a voi sopratutti mi premeva far presente la grata memoria che ho ed avrò sempre delle vostre amorevoli premure verso di me; non so se dico bene, vorrei che vi fosse noto l'animo mio, la mia riconoscenza; ma siccome straniero e transalpino, poco pratico di quest' idioma, non so trovar le parole che naturalmente ci saranno per ispiegare tali affetti. Voi medesimo dunque, signor marchese, ajutatemi un poco per carità; immaginatevi quanto può esprimer in buon toscano un cuor pieno di gratitudine, e questo sarà appunto quel che vi voglio dire.

A MADAME PAULINE ARNOU,

A PARIS.

Lecce, le 25 mai 1807.

Comment vous portez-vous, madame? voilà ce que je vous supplie de m'apprendre d'abord. Ensuite, marquez-moi, s'il vous plaît, ce que vous faites, où vous êtes, en quel pays et de quelle manière vous vivez, et avec quelles gens. Vous pourrez trouver ces questions un peu indiscrètes, moi je les trouve toutes simples, et compte bien que vous y répondrez avec cette même bonté dont vous m'honoriez autrefois. Monsieur Arnou, que j'ai vu à Naples, m'a donné de votre situation des nouvelles qui, à tout prendre, m'ont paru satisfaisantes. Avec de la santé, de la raison et des amis éprouvés, ce que vous avez sauvé des griffes de la chicane vous doit suffire pour être heureuse. Je ne sais si vous avez besoin qu'on vous prêche cette philosophie; mais moi, qui n'ai pas trop à me louer de la fortune, je ne voudrais qu'être entre vous et madame Colins; je crois que nous trouverions pour rire d'aussi bonnes raisons que jamais.

Dès à présent, si j'étais sûr que vous voulussiez vous divertir, je vous ferais mille contes extravagants, mais véritables, de ma vie et de mes aventures. J'en ai eu de toutes les espèces, et il ne me manque que de savoir en quelle disposition ma lettre vous trouvera pour vous envoyer un récit, triste ou gai, tragique ou comique dont je serais le héros. En un mot, Madame, mon histoire (entendez ceci comme il faut) fait rire et pleurer à volonté. Vous m'en direz votre avis quelque jour; car je me flatte toujours de vous revoir, quoiqu'il ne faille pour cela rien moins qu'un accord général de toutes les puissances de l'Europe. Vous revoir, Madame, vous, madame Audebert, madame Colins, madame Saulty, et ce que j'ai pu connaître de votre aimable famille; cette idée, ou plutôt ce rêve, me console dans mon exil, et c'est le dernier espoir auquel je renoncerai.

Depuis quelques mois nous ne nous battons plus, et s'il faut dire la vérité, on ne nous bat plus non plus. Nous vivons tout doucement sans faire ni la guerre ni la paix; et moi je parcours ce royaume comme une terre que j'aurais envie d'acheter. Je m'arrête où il me plaît, c'est-à-dire presque partout; car ici il n'y a pas un trou qui n'ait quelque attrait pour un amateur de la belle nature et de l'antiquité. Ah! Madame! l'antique! la nature! voilà ce qui me charme, moi; voilà mes deux passions de tout temps. Vous le savez bien, mais je suis plus fort sur l'antique, ou pour parler exactement, l'un est mon fort, l'autre mon faible. Eh bien, qu'en dites-vous? faudrait-il autre chose que cette impertinence pour vous faire rire une soirée dans ce petit cabinet au fond du billard?

Je calcule avec impatience le temps où je pourrai recevoir votre réponse; n'allez pas vous aviser de ne m'en faire aucune. Ces silences peuvent être bons dans quelques occasions; mais à la distance où nous sommes, cela ne signifierait rien. Je ne feindrai point de vous dire aussi que, fort peu exact moi-même à donner de mes nouvelles, je suis cependant fort exigeant, et fort pressé d'en recevoir de mes amis. Voilà la justice de ce monde.

La levée des mulets obligea Courier à parcourir toute la Pouille, et à pousser jusqu'à Bari et à Lecce; il revint enfin à Naples vers la mi-juin. A son arrivée il trouva le général Dedon, commandant de l'artillerie de l'armée, prévenu et indisposé contre lui. Il se défendit peut-être avec trop de vivacité, et fut mis aux arrêts.

A M. LE GÉNÉRAL DEDON,

COMMANDANT L'ARTILLERIE.

Naples , le 25 juin 1807.

MONSIEUR, la supériorité du grade ne dispense pas des procédés, de ceux-là surtout qui tiennent à l'équité naturelle ; les vôtres à mon égard ne sont plus d'un chef, mais d'un ennemi. Je vous croyais prévenu contre moi, et vous ai donné des éclaircissements qui devaient vous satisfaire. Maintenant je vois votre haine, et j'en devine les motifs; je vois le piége que vous m'avez tendu en me chargeant d'une commission où je ne pouvais presque éviter de me compromettre. Vous commencez par me punir; vous m'ôtez la liberté, pour que rien ne vous empêche de me dénoncer au roi, et de prévenir contre moi le public. Ensuite vous me citez à votre propre tribunal, où vous voulez être à la fois mon accusateur et mon juge, et me condamner sans m'entendre, sans me nommer mes dénonciateurs, ni produire aucune preuve de ce qu'on avance contre moi. Vous savez trop combien il me serait facile de confondre les impostures de vos vils espions. Vous pouvez réussir à me perdre; mais peut-être trouverai-je qui m'écoutera malgré vous. Quoi qu'il arrive, n'espérez pas trouver en moi une victime muette. Je saurai rendre la lâcheté de votre conduite aussi publique dans cette affaire qu'elle l'a déjà été ailleurs.

Vingt copies de cette lettre furent distribuées dans l'armée.

A M. ***

COLONEL D'ARTILLERIE, A NAPLES.

Naples, le 27 juin 1807.

Voila qui est bouffon : il me tient bloqué et me demande la paix; c'est l'assiégeant qui capitule. Vous allez voir, mon colonel, si je me pique de générosité. Je ne demande pour moi que la levée de mes arrêts, et de passer à une autre armée; moyennant quoi je me dédis de tout ce que j'ai dit et écrit au général Dedon. Je ne plaisante point : je signerai qu'il est brave, qu'il l'a fait voir à Gaëte, et que ceux qui disent le contraire en ont menti, moi le premier. Un démenti à toute l'armée, que voulez-vous de plus, mon colonel? rédigez les articles et faites-moi sortir. Prisonnier à Naples, il me semble être damné en paradis.

A M. LE GÉNÉRAL DEDON,

COMMANDANT L'ARTILLERIE DE L'ARMÉE.

Naples, le 29 juin 1807.

MON GÉNÉRAL,

J'AI eu le malheur de vous offenser, et je comprends qu'il est difficile que vous l'oubliez jamais. Quand même vous auriez la bonté de ne montrer aucun ressentiment de ce qui s'est passé, ma position n'en serait pas moins désagréable ici, où le moindre incident pourrait rallumer des passions plutôt assoupies qu'éteintes. Vous-même, mon général, ne sauriez conserver sous vos ordres un officier qui, doutant toujours de vos bonnes dispositions à son égard, n'apporterait au service ni confiance ni bonne volonté. Je vous prie donc, mon général, de m'obtenir du roi l'ordre que je sollicite depuis si long-temps, de me rendre à la grande armée.

En attendant l'effet de cette demande, Courier fit sa rentrée dans la bibliothèque du marquis Tacconi. Il y travaillait à la traduction des livres de Xénophon sur le commandement de la cavalerie et sur l'équitation. Cet ouvrage, entrepris dès l'époque de son séjour à Plaisance, et plusieurs fois interrompu, fut à peu près terminé cette année à la fin de novembre. Il n'a été cependant imprimé qu'en 1809 à Paris.

Pour mieux comprendre les préceptes de son auteur sur l'équitation il en faisait l'essai par lui-même et sur son propre cheval. Celui-ci, qu'il avait bridé et équipé à la grecque, n'était point ferré. Il le montait sans étriers, et courait ainsi dans les rues de Naples, sur les dalles qui forment le pavé, à la grande surprise des autres cavaliers, qui n'y marchaient qu'avec précaution.

A M. DE SAINTE-CROIX,

A PARIS.

Naples, le juillet 1807.

MONSIEUR, vous vous moquez de moi. Heureusement j'entends raillerie, et prends comme il faut vos douceurs. Ou si vous parlez tout de bon, sans doute l'amitié vous abuse. Il se peut que je sois capable de quelque chose; mais cela n'est pas sûr comme il l'est que jusqu'à présent je n'ai rien fait.

Ce que je vous puis dire du marquis Rodio, c'est que sa mort passe ici pour un assassinat et pour une basse vengeance. On lui en voulait parce qu'étant ministre, et favori de la reine, il parut contraire au mariage que l'on proposait d'un fils ou d'une fille de Naples avec quelqu'un de la famille. L'empereur a cette faiblesse de tous les parvenus, il s'expose à des refus. Il fut refusé là et ailleurs. Le pauvre Rodio, depuis pris dans un recoin de la Calabre, à la tête de quelques insurgés, quoiqu'il eût fait une bonne capitulation, fut pourtant arrêté, jugé par une commission militaire, et, chose étonnante, acquitté. Il en écrivit la nouvelle à sa femme, à ses amis, et se croyait hors d'embarras, quand l'empereur le fit reprendre et rejuger par les mêmes juges, qui cette fois-

là le condamnèrent. Cela fit horreur à tout le monde,
plus encore peut-être aux Français qu'aux Napolitains.
On le fusilla par derrière, comme traître, félon, et re-
belle à son *légitime* souverain. Le trait vous paraît fort;
j'en sais d'autres pareils. Quand le général V*** commandait à Livourne, il eut l'ordre et l'exécuta, de faire
arrêter deux riches négociants de la ville, dont l'un périt
comme Rodio, l'autre l'échappa belle, s'étant sauvé de
prison par le moyen de sa femme et d'un aide-de-camp.
Le général fut en peine et fort réprimandé. Nous avons
vu ici un courrier qui portait des lettres de la reine,
assassiné par ordre, ses dépêches enlevées, envoyées à
Paris. L'homme qui fit le coup, ou du moins l'ordonna,
je le vois tous les jours. Mais quoi! à Paris même, pour
avoir des papiers, n'a-t-on pas tué dans sa chambre un
envoyé ou secrétaire de je ne sais quelle diplomatie? L'affaire fit du bruit.

Assurément, Monsieur, ces choses-là ne sont ni du
siècle où nous vivons, ni de ce pays-ci. Tout cela s'est
passé quelque part au Japon ou bien à Tombouctou, et
du temps de Cambyse. Je le dis avec vous, les mœurs sont
adoucies; Néron ne régnerait pas aujourd'hui. Cependant, quand on veut être maître.... pour la fin le moyen.
Maître et bon, maître et juste, ces mots s'accordent-ils?
Oui grammaticalement, comme honnête larron, équita-
ble brigand.

Nous sommes fort tranquilles : Je passe ici mes jours,
ces jours longs et brûlants, dans la bibliothèque du mar-

quis, à traduire pour vous Xénophon, non sans peine ;
le texte est gâté. Ce marquis vaut de l'or, c'est la perle
des hommes : il a tous les livres possibles, j'entends
tous ceux que vous et moi saurions désirer. J'en dispose ;
entre nous, quand que je serai parti, je ne sais qui les
lira. Lui, ne les lit point ; je ne pense pas qu'il en ait
jamais ouvert un. Ainsi en usait Salomon avec ses sept
ou huit cents femmes, les aimant par la vue il n'y tou-
chait guère, sage en cela surtout ; peut-être aussi, comme
Tacconi, les prêtait-il à ses amis.

Mais cette paix ne sera pas longue. Tout tient au caprice de deux ou trois bipèdes sans plumes qui se jouent
de l'espèce humaine. Ce que je deviendrai, je le sais aussi
peu que vous, Monsieur. J'ai cent projets et je n'en ai
pas un. Je veux rester ici, dans cette bibliothèque, je
veux aller en Grèce. Je veux quitter mon métier, je le
veux continuer pour avoir des mémoires que j'emploierai quelque jour. Voilà une partie de mes idées : ce qu'il
en sera est écrit aux tablettes de Jupiter. Présentez, je
vous prie, mon respect à madame de Sainte-Croix, et
me conservez une part dans votre souvenir.

A M. ***

OFFICIER D'ARTILLERIE, A AVERSA.

Naples, le   juillet 1807.

J'AI reçu deux lettres de toi, une du 3, l'autre du 8 ; tu ne réponds point à la mienne *d'un mese fa in circa*, par laquelle je te priais de tâcher d'arranger mon compte avec Desgoutins (1). Ce compte me semble un compte de juif ; à dire vrai je n'y connais rien : il s'agit de change, et ce n'est pas mon fort que la banque.

Je suis fort aise que tu aies vu monsieur mon parent : je ne le connais pas et l'en aime bien mieux ; ceux que je connais de mes parents, je les ai tous *in saccoccia*, et ils le méritent. S'ils pensaient, comme disait Lauzun, que j'eusse de l'argent dans les os, ils me les casseraient pour l'avoir. Je me sers d'eux fort bien cependant ; quand j'en veux tirer quelque service, je leur mande que je vais mourir ; je fais mon testament et aussitôt ils trottent. Ils sont tous plus vieux que moi et plus riches, mais quoi ! la rage d'hériter. Ils ont eu bon espoir lorsque j'étais en Pouille ; mes lettres arrivaient percées et vinaigrées, tu t'en souviens ; et depuis, dans la guerre de Calabre ; alors

(1) Quartier-maître du régiment.

ma succession était de l'or en barre. Aussi m'aimait-on fort; mais toujours un peu moins que si j'eusse été mort. Je conçois l'aversion des rois pour leur héritier présomptif. Dans le fait tout cela est mal réglé; j'arrangerais les choses autrement si j'étais législateur. Les héritages se tireraient au sort, et de même les charges et les commandements; tout en irait bien mieux. Je te le prouverais si nous étions à nous promener à la Ruberzau (1), heureux temps !

Tu vois bien que je n'ai pas grand' chose à te marquer. Rien de nouveau; sinon que je quitte cette armée tout de bon; je t'ai conté cela dans une longue lettre à laquelle tu ne réponds guère. Je passerai à Milan. Je n'ai point encore mes ordres ; mais quand je les aurais, je ne me presserais pas; je me trouve bien ici, et si bien que peut-être.... Enfin suffit. Tu peux m'écrire. Le fait est que je suis en paradis. Ce pays n'a point d'égal au monde. Il est cependant du bon ton de s'y plaindre, et de regretter Paris.

Un gueux, qui quand il vint n'avait pas de souliers,

roule carosse ici et trouve tout détestable. *On ne vit qu'à Paris,* où l'an passé peut-être il dînait à vingt sols quand on payait pour lui; et le tout pour faire croire..... J'en aurais trop à dire, *basta.* Quand nous nous reverrons.

(1) A Strasbourg, 1803.

4.   12

A MADAME ***,

Naples, le 3 septembre 1807.

Vous devriez songer, Madame, à ce que je vous ai dit hier, et vous souvenir un peu de moi. Je veux que la chose en elle-même vous soit indifférente; mais le plaisir de faire plaisir, n'est-ce donc rien? Entre nous, allons, j'y consens.... Cela ne vous fait ni chaud ni froid, ni bien ni mal, plaisir ni peine; belle raison pour dire non, quand on vous prie. Fi! n'avez-vous point de honte de vous faire demander deux fois des choses qui coûtent si peu, comme disait Gaussin, et pour lesquelles, après tout, vous n'avez aucune répugnance?

Courier avait, depuis un mois, l'ordre de quitter l'armée et d'aller joindre son régiment à Vérone. Mais au lieu de s'y rendre, il s'établit à Resina, près de Portici, pour terminer dans la solitude sa traduction de Xénophon. Il y demeura deux mois, revint ensuite passer quelques jours à Naples, et partit enfin pour Rome dans les premiers jours de décembre.

A MADAME PIGALLE,

A LILLE.

Resina, près Portici, le 1er novembre 1807.

Vos lettres sont rares, chère cousine; vous faites bien, je m'y accoutumerais, et je ne pourrais plus m'en passer. Tout de bon je suis en colère : vos douceurs ne m'apaisent point. Comment, cousine, depuis trois ans voilà deux fois que vous m'écrivez! en vérité, mamselle Sophie.... Mais quoi! si je vous querelle vous ne m'écrirez plus du tout. Je vous pardonne donc, crainte de pis.

Oui sûrement je vous conterai mes aventures bonnes et mauvaises, tristes et gaies, car il m'en arrive des unes et des autres. *Laissez-nous faire*, cousine, *on vous en donnera de toutes les façons*. C'est un vers de La Fontaine; demandez à Voisard. Mon Dieu! m'allez-vous dire, on a lu La Fontaine; on sait ce que c'est que le Curé et le Mort. Eh! bien pardon; je disais donc que mes aventures sont diverses, mais toutes curieuses, intéressantes; il y a plaisir à les entendre, et plus encore, je m'imagine, à vous les conter; c'est une expérience que nous ferons au coin du feu quelque jour; j'en ai pour tout un hiver. J'ai de quoi vous amuser, et par conséquent vous plaire, sans vanité, tout ce temps-là; de quoi vous atten-

drir, vous faire rire, vous faire peur, vous faire dormir.
Mais pour vous écrire tout, ah! vraiment vous plaisantez:
madame Ratcliff n'y suffirait pas. Cependant je sais que
vous n'aimez pas à être refusée, et comme je suis com-
plaisant, quoi qu'on en dise, voici, en attendant, un
petit échantillon de mon histoire; mais c'est du noir,
prenez-y garde. Ne lisez pas cela en vous couchant, vous
en rêveriez, et pour rien au monde je ne voudrais vous
avoir donné le cauchemar.

Un jour je voyageais en Calabre, c'est un pays de
méchantes gens, qui, je crois, n'aiment personne, et en
veulent surtout aux Français; de vous dire pourquoi,
cela serait long; suffit qu'ils nous haïssent à mort, et
qu'on passe fort mal son temps lorsqu'on tombe entre
leurs mains. J'avais pour compagnon un jeune homme
d'une figure.... ma foi, comme ce monsieur que nous
vîmes au Rincy; vous en souvenez-vous? et mieux encore
peut-être, je ne dis pas cela pour vous intéresser, mais
parce que c'est la vérité. Dans ces montagnes les chemins
sont des précipices, nos chevaux marchaient avec beaucoup de peine; mon camarade allant devant, un sentier
qui lui parut plus praticable et plus court nous égara. Ce
fut ma faute; devais-je me fier à une tête de vingt ans?
Nous cherchâmes, tant qu'il fit jour, notre chemin à
travers ces bois; mais plus nous cherchions, plus nous
nous perdions, et il était nuit noire quand nous arrivâmes près d'une maison fort noire; nous y entrâmes, non
sans soupçon, mais comment faire? Là nous trouvons

toute une famille de charbonniers à table, où du premier
mot on nous invita ; mon jeune homme ne se fit pas prier :
nous voilà mangeant et buvant, lui du moins, car pour
moi j'examinais le lieu et la mine de nos hôtes. Nos hôtes
avaient bien la mine de charbonniers ; mais la maison,
vous l'eussiez prise pour un arsenal ; ce n'étaient que
fusils, pistolets, sabres, couteaux, coutelas. Tout me
déplut, et je vis bien que je déplaisais aussi ; mon camarade, au contraire : il était de la famille, il riait, il causait avec eux ; et par une imprudence que j'aurais dû
prévoir (mais quoi ! s'il était écrit...) il dit d'abord d'où
nous venions, où nous allions, que nous étions Français ;
imaginez un peu ! chez nos plus mortels ennemis, seuls,
égarés, si loin de tout secours humain ! et puis pour ne
rien omettre de ce qui pouvait nous perdre, il fit le riche,
promit à ces gens pour la dépense, et pour nos guides le
lendemain, ce qu'ils voulurent. Enfin, il parla de sa valise, priant fort qu'on en eût grand soin, qu'on la mît
au chevet de son lit ; il ne voulait point, disait-il, d'autre
traversin. Ah ! jeunesse ! jeunesse ! que votre âge est à
plaindre ! Cousine, on crut que nous portions les diamants
de la couronne : ce qu'il y avait qui lui causait tant de
souci dans cette valise, c'étaient les lettres de sa maîtresse.
Le souper fini on nous laisse ; nos hôtes couchaient en
bas, nous dans la chambre haute où nous avions mangé ;
une soupente élevée de sept à huit pieds, où l'on montait
par une échelle, c'était là le coucher qui nous attendait,
espèce de nid, dans lequel on s'introduisait en rampant

sous des solives chargées de provisions pour toute l'année. Mon camarade y grimpa seul, et se coucha tout
endormi, la tête sur la précieuse valise; moi, déterminé
à veiller, je fis bon feu, et m'assis auprès. La nuit s'était
déjà passée presque entière assez tranquillement, et je
commençais à me rassurer, quand sur l'heure où il me
semblait que le jour ne pouvait être loin, j'entendis au-
dessous de moi notre hôte et sa femme parler et se dis-
puter; et prêtant l'oreille par la cheminée qui communi-
quait avec celle d'en bas, je distinguai parfaitement ces
propres mots du mari : *Eh bien enfin voyons, faut-il les
tuer tous deux?* A quoi la femme répondit : *Oui.* Et je
n'entendis plus rien.

Que vous dirai-je? je restai respirant à peine, tout
mon corps froid comme un marbre; à me voir, vous
n'eussiez su si j'étais mort ou vivant. Dieu! quand j'y
pense encore!.... Nous deux presque sans armes, contre
eux douze ou quinze qui en avaient tant! Et mon camarade mort de sommeil et de fatigue! L'appeler, faire du
bruit, je n'osais; m'échapper tout seul, je ne pouvais;
la fenêtre n'était guère haute, mais en bas deux gros
dogues hurlant comme des loups..... En quelle peine je
me trouvais, imaginez-le si vous pouvez. Au bout d'un
quart d'heure, qui fut long, j'entends sur l'escalier quelqu'un, et par la fente de la porte, je vis le père, sa lampe
dans une main, dans l'autre un de ses grands couteaux.
Il montait, sa femme après lui, moi derrière la porte;
il ouvrit; mais, avant d'entrer il posa la lampe, que sa

femme vint prendre; puis il entre pieds nus, et elle de
dehors lui disait à voix basse, masquant avec ses doigts
le trop de lumière de la lampe, *doucement, va douce-*
ment. Quand il fut à l'échelle, il monte, son couteau
dans les dents, et venu à la hauteur du lit, ce pauvre
jeune homme étendu offrant sa gorge découverte, d'une
main il prend son couteau, et de l'autre..... Ah! cousine..... Il saisit un jambon qui pendait au plancher, en
coupe une tranche, et se retire comme il était venu. La
porte se referme, la lampe s'en va, et je reste seul à mes
réflexions.

Dès que le jour parut, toute la famille, à grand bruit,
vint nous éveiller, comme nous l'avions recommandé. On
apporte à manger, on sert un déjeûner fort propre, fort
bon, je vous assure. Deux chapons en faisaient partie,
dont il fallait, dit notre hôtesse, emporter l'un et manger l'autre. En les voyant je compris enfin le sens de ces
terribles mots : *faut-il les tuer tous deux?* Et je vous
crois, cousine, assez de pénétration pour deviner à présent ce que cela signifiait.

Cousine, obligez-moi; ne contez point cette histoire.
D'abord, comme vous voyez, je n'y joue pas un beau
rôle, et puis vous me le gâterez. Tenez, je ne vous flatte
point; c'est votre figure qui nuirait à l'effet de ce récit.
Moi, sans me vanter, j'ai la mine qu'il faut pour les
contes à faire peur. Mais vous, voulez-vous conter? prenez des sujets qui aillent à votre air, Psyché, par exemple.

AU MINISTRE DE LA GUERRE,

A NAPLES.

Naples, le 26 novembre 1807.

MONSEIGNEUR, depuis six mois je redemande à M. Boismon, caissier de l'artillerie, 1,600 fr. que je lui ai confiés à titre de dépôt. Il prétend retenir cette somme par
ordre du général Dedon, à cause de certains frais de
bureau touchés par moi il y a quatre ans, et qui, dit-il,
ne m'étaient point dus. Premièrement je nie le fait. Je
n'ai jamais touché de frais de bureau que sur des ordon-
nances particulières du ministre de la guerre.

Mais quand ce qu'il dit serait vrai, fussé-je débiteur
de cent mille francs à la caisse de l'artillerie, il n'en serait
pas moins obligé de me remettre à ma première réquisition le dépôt dont il s'est chargé. Je ne suis point en
compte avec la caisse. L'autorité du général est nulle
dans cette affaire. En un mot, ce n'est point à la caisse,
mais à M. Boismon que j'ai confié mon argent, et il n'en
doit le compte qu'à moi.

Il allègue une autre excuse qui me paraît plus plau-
sible. Quoiqu'il ait le titre de caissier, la caisse n'est pas
en son pouvoir; elle est, dit-il, chez le général, dans sa
chambre; il en a les clefs; et par conséquent, lui caissier,

ne peut me rendre mon argent, que le général n'y con-
sente, à quoi il n'est pas disposé.

Est-ce ma faute à moi, Monseigneur, si le caissier n'a
pas la caisse? Pouvais-je faire ces distinctions et deviner
que M. Boismon était caissier pour prendre mon argent,
mais non pas pour me le rendre? Je laisse ces subtilités à
ceux qui en ont le profit.

Enfin, vous voyez, Monseigneur, que le général Dedon
couche avec mon argent. Le ravoir à son insu, cela est
fort difficile. J'ai fait ce que j'ai pu, et j'y renonce. Obtenir qu'il me le rende n'est possible qu'à vous, Monseigneur, et je supplie Votre Excellence de vouloir bien
s'employer à cette bonne œuvre.

A M. DE SAINTE-CROIX,

A PARIS.

Naples, le 27 novembre 1807.

MONSIEUR, vous me ravissez en m'apprenant que votre besogne avance, et que vous êtes résolu de ne la point quitter que vous ne l'ayez mise à fin. Voilà parler comme il faut. Vous voulez qu'on vous encourage. J'y ferai mon devoir, soyez-en sûr, me promettant pour moi, de ce nouveau travail, autant de plaisir que m'en fit votre première édition. Il n'y avait que vous, Monsieur, qui pussiez n'en être pas entièrement satisfait, et faire voir au public qu'il y manquait quelque chose.

Ma *petite drôlerie*, dont vous me demandez des nouvelles, est assez dégrossie. J'en suis à l'épiderme. C'est là le point justement où se voit la différence du sculpteur au tailleur de pierre. Ce texte a des délicatesses bien difficiles à rendre, et notre maudit patois me fait donner au diable.

Ne me vantez point votre héros (1); il dut sa gloire au siècle dans lequel il parut. Sans cela, qu'avait-il de plus que les Gengis-Kan, les Tamerlan? Bon soldat, bon ca-

(1) Alexandre-le-Grand.

pitaine, mais ces vertus sont communes. Il y a toujours dans une armée cent officiers capables de la bien commander; un prince même y réussit, et ce que fait bien un prince, tout le monde le peut faire. Quant à lui, il ne fit rien qui ne se fût fait sans lui. Bien avant qu'il fût né, il était décidé que la Grèce prendrait l'Asie. Surtout gardez-vous, je vous prie, de le comparer à César, qui était autre chose qu'un donneur de batailles. Le vôtre ne fonda rien. Il ravageait toujours, et s'il n'était pas mort il ravagerait encore. Fortune lui livra le monde, qu'en sut-il faire? ne me dites pas, *s'il eût vécu!* car il devenait de jour en jour plus féroce et plus ivrogne.

J'ai ici à ma disposition une bonne bibliothèque, et ce m'est un grand secours pour la petite bagatelle que je vous destine, Monsieur. Cependant il me manque encore des outils pour enlever certains nœuds. Il faudrait être à Paris, et y être de loisir, deux choses à moi difficiles.

Vous avez grande raison de me dire, *quittez ce vil métier*. Vous me parlez sagement, et je ne veux pas non plus faire comme Molière, à qui toute sa vie ses amis en dirent autant. Il était, lui, chef de sa troupe, moi je mouche les chandelles. Ne croyez pas pourtant, Monsieur, que j'y aie perdu tout mon temps; j'y ai fait de bonnes études, et je sais à présent des choses qu'on n'apprend point dans les livres. Je me rapproche de vous de deux cents lieues. Je vais bientôt à Milan.

————

A Rome Courier retrouva d'anciens amis, avec lesquels il

demeura quinze jours, M. d'Agincourt. l'abbé Marini, madame Dionigi. Il s'arrêta aussi à Florence pour voir les bibliothèques, et visiter M. Ackerblad, savant suédois dont il sera
question plus tard. Enfin, il arriva à Vérone à la fin de janvier.
On l'y attendait depuis près de six mois, et il y trouva une
lettre du ministre de la guerre qui le mettait aux arrêts et or-
donnait la retenue d'une partie de ses appointements.

A S. E. LE MINISTRE

DE LA GUERRE.

Vérone, le 27 janvier 1808.

MONSEIGNEUR, par votre lettre du 3 novembre vous me demandez l'état de mes services. Ayant été en Calabre une fois pris, et trois fois dépouillé par les brigands, j'ai perdu tous mes papiers. Je ne me souviens d'aucune date. Les renseignements que vous demandez ne peuvent se trouver que dans vos bureaux. Je n'ai d'ailleurs ni blessures ni actions d'éclat à citer. Mes services ne sont rien et ne méritent aucune attention. Ce qu'il m'importe de vous rappeler, c'est que je suis ici aux arrêts par votre ordre, pour avoir dit, à Naples, au général Dedon ce que tout le monde pense de lui.

A M. GÉNÉRAL ***,

A NAPLES.

Mon général, j'ai chargé M. Desgoutins de vous payer en or 945 fr. Je vous prie d'agréer en même temps mes remerciements. Le service que vous m'avez rendu, quoique venant fort à propos, m'a bien moins touché que les manières pleines de bonté dont vous l'accompagnâtes. Je sens qu'en vous rendant votre argent je ne suis pas quitte envers vous, et malheureusement je ne pourrai jamais vous être bon à rien. Mais ma reconnaissance, tout impuissante qu'elle est, ne me pèse point du tout, et je trouve du plaisir à vous être obligé toute ma vie.

A M. HAXO,

CHEF DE BATAILLON DU GÉNIE, A BRESCIA.

Vérone , le 2 février 1808.

J'AI trouvé ici les meilleures gens du monde. Le colonel Faure m'a traité on ne peut pas mieux, et ses arrêts de rigueur me plaisent bien plus que les caresses de certains généraux. Malheureusement il s'en va, et me laisse sous la patte du major, avec lequel je serai peut-être un peu moins à mon aise, surtout si ma retraite (1) finit plus tôt que je ne l'espère : ce service de garnison me donne par avance des nausées.

Je ne suis pas encore établi; j'occupe provisoirement un logement de lieutenant, dans lequel j'aurais bien de la peine à te recevoir : c'est le seul inconvénient que je lui trouve, car mes hôtes sont les meilleures gens du monde, et le soleil ne paraît guère sur l'horizon que je n'en aie quelque rayon. Tes visites sont les seules que j'aime. Depuis que je t'ai quitté je n'ai trouvé personne avec qui causer, et n'ai pas entendu un mot qui me soit resté dans la mémoire. Si tu pouvais venir passer ici quelques jours, nous ferions *mille chiacchiere* , mille

(1) Les arrêts.

promenades aux environs, car je sors tant que je veux,
et n'ai rien à faire, c'est-à-dire aucun service; en un
mot je ne fus jamais plus libre que depuis que je suis
prisonnier. Adieu; donne-moi de tes nouvelles, et ne
soyons plus des siècles sans entendre parler l'un de
l'autre.

A M. D'AGINCOURT,

A ROME.

Florence, le 17 février 1808.

MONSIEUR, j'aurais bien voulu vous donner plus tôt de mes nouvelles, et surtout avoir des vôtres; mais vous allez voir que depuis mon départ de Rome j'ai toujours couru, et que je cours encore, sans savoir où je vais. En vous quittant je vins ici, où je restai quinze jours enfermé avec Xénophon dans cette bibliothèque bâtie par Michel-Ange. Il y faisait grand froid, et je regrettai fort Naples. Du reste, je ne vis rien de Florence, pas même la galerie. J'allai ensuite à Milan. J'y passai huit jours tristement perdus à faire des visites et des révérences. De là on m'envoya à Vérone, mais en chemin je m'arrêtai quinze jours à Brescia, parce que j'y trouvai un de mes amis, officier du génie, qui revenait de Constantinople (1). Lui échappé de Turquie, et moi de la Calabre, je vous laisse à penser que de contes et quels entretiens! Ce temps-là se passa donc fort agréablement. Je ne m'ennuyai point non plus à Vérone, où je fus un mois seul et libre : je vis l'amphithéâtre, je vis le musée Maffei. On en a enlevé pour

(1) Haxo, chef de bataillon du génie.

4.   13

Paris les plus beaux morceaux. Vous crierez à la barbarie ; moi je crois toujours que tout est bien. Enfin , je reçus ordre de me rendre ici avec un général d'artillerie (1). Mais j'y suis venu avant lui , et je l'attends sans impatience , car ce séjour-ci me plaît fort. Je sollicite pourtant , comme je vous ai dit que c'était mon dessein , un congé pour aller en France , chose qui se trouve plus difficile à obtenir que je n'avais cru. Je voudrais, Monsieur , avant de repasser les monts , vous voir encore une fois , et je partirais content. Ce serait trop de dire que je l'espère ; mais je me flatte au moins que cela n'est pas impossible.

Écrivez-moi , je vous prie , autant toutefois que vos yeux vous le permettront. Parlez-moi de votre santé. Vous savoir en bonne santé est la chose du monde que je désire le plus. Je vous ai laissé bien portant , mieux même qu'il y a dix ans. Je n'ai pas fait seul cette remarque , tout le monde l'a observé. Sauvez vos yeux et tout ira bien. Je crois que vous vous serez moqué de la rigueur de cet hiver. Mais moi, Napolitain , transporté tout à coup dans la Gaule cisalpine , je faisais pitié à voir. Permettez que je vous embrasse sans cérémonie.

(1) D'Arancey.

A MADAME DIONIGI,

A ROME.

Florence, le 20 février 1808.

MADAME, de Rome en vous quittant je vins ici, puis j'allai à Milan, de Milan à Vérone, et de Vérone ici, où j'ai enfin trouvé le moment de vous écrire.

Maintenant je ne saurais vous dire sur quel grand chemin je serai quand vous recevrez cette lettre ; mais quelque part que je sois, il se passe peu d'heures que je ne pense à vous, et comptez qu'à l'instant où vous lisez ceci, je me rappelle toutes vos bontés. Vous jugez bien, Madame, que dans ces continuelles courses, si j'ai eu le temps de lire, comme j'ai fait, avec grand plaisir votre ouvrage (1), je n'ai pu songer à le traduire. Ce n'est pas un travail à faire *currente calamo*, moins encore *currente scriptore*. Pour y apporter tout le soin et l'attention nécessaires, il faut du repos, il faut ne penser à autre chose. Puis, vous traduire c'est un plaisir, et tous les plaisirs je les veux goûter à mon aise. Je m'arrêterai bientôt à Pise, à Livourne ou ailleurs, et, dès que j'aurai posé le pied quelque part, j'entrerai en fonctions comme

(1) Ouvrage de madame Dionigi sur la perspective.

votre interprète, et ferai de mon mieux pour transmettre à nos Français vos charmantes leçons.

J'ai vu Lamberti à Milan. Nous causâmes fort de vous; il avait reçu vos lettres, et il voulait que je lui montrasse votre perspective. Je l'aurais satisfait, sachant que c'était votre intention; mais le cahier était dans ma malle, et ma malle était en chemin. Lamberti est bien à cette cour, bien logé, bien payé, bien vu de tout le monde; il doit être heureux, et il le mérite.

Ne tardez point trop, je vous prie, à me donner de vos nouvelles, et si vous êtes paresseuse, comme je le crois, ne vous déplaise, faites-moi écrire par quelqu'un de vos secrétaires. C'est de tous mademoiselle Henriette dont je lis le mieux l'écriture. Ses vers m'y ont accoutumé, car je les lis souvent et je les montre aux gens que je veux étonner. J'espère que ses mains ne souffrent plus, et vont reprendre cette plume dont tous les traits sont divins. Si elle a composé quelque chose de nouveau, employez, je vous prie, votre autorité, pour que cela me soit envoyé.

Voudrez-vous bien, Madame, présenter mon respect à madame Caroline? Il faudrait m'étouffer si j'oubliais jamais le bon traitement qu'elle me fit à Ferentino (1), où j'allais quêtant de porte en porte un peu de pain pour ne pas mourir, comme elle m'apparut, et comme je fus deux heures chez elle, à table jusqu'au ventre, pendant

(1) 1er février 1806, en marchant de Rome sur Naples.

que les excellences, altesses, majestés, enrageaient de
faim avec Méot et quarante cuisiniers. Ce fut elle, après
Dieu, qui me sauva dans cette extrême misère, *per man
mi prese e disse, a questa mensa sarai ancor meco* (1).
Elle sait fort bien que tout cela ne peut sortir de ma
mémoire. Permettez aussi que je me rappelle au souvenir de M. Ottavio, et de M. votre gendre. Écrivez-moi
tous ensemble ou séparément. Rome est le pays du monde
que j'aime le mieux, et dans Rome il n'y a point de maison qui me soit aussi chère que la vôtre.

———

Après l'arrivée du général d'Arancey à Florence le sort de
Courier fut fixé, et on l'envoya résider à Livourne, en qualité
de commandant de l'artillerie. Il s'y rendit le 2 mars.

(1) Pétrarque.

A MONSIGNOR MARINI,

A ROME.

Livourne, le 6 Mars 1808.

MONSEIGNEUR, depuis mon départ de Rome j'ai couru, sans m'arrêter, toute l'Italie, et n'ai trouvé qu'ici où reposer ma tête. Voilà pourquoi j'ai tant tardé à vous donner de mes nouvelles. Maintenant je me crois pour quelque temps à Livourne, et j'y attends vos lettres comme la meilleure chose que je puisse recevoir, quelque part que je sois.

Je n'ai pas voyagé seul, mais avec mon Xénophon, c'est-à-dire en bonne compagnie. A Florence, j'ai collationné trois misérables manuscrits qui ne m'ont payé de ma peine que par la certitude acquise qu'ils ne contiennent rien qui vaille. Un des vôtres et un de Paris sont les seuls qui m'aient fourni quelques bonnes leçons. Avec ce secours et mes conjectures, j'ai rétabli plusieurs passages, et j'en laisse peu à corriger. En un mot, je crois avoir fait tout ce que pouvait faire un soldat, expliquant aux savants ce qu'ils ne peuvent savoir, suivant la loi : *tractent fabrilia fabri*.

Si M. Amati a fini la collection de ce premier livre

de *l'Anabasis* (1), et que vous ayez quelque moyen de me faire parvenir son travail, adressez-le-moi ici, je vous prie, ou à Florence à M. le général d'Arancey, commandant l'artillerie. Par la poste, vous voyez bien que ce serait ma ruine. Si vous ne trouvez point d'autre voie, gardez-moi cela, et je tâcherai de le faire venir à moins de frais.

J'espère que vous ne perdrez rien à tous ces changements qui se font dans votre gouvernement. L'empereur fait profession d'aimer et protéger les lettres, et votre réputation vous garantit de l'oubli de quelque gouvernement que ce soit.

D'ailleurs, vous avez un emploi qu'on ne peut ni supprimer, ni donner à d'autres qu'à vous. Ainsi, *la volonté du ciel, Monseigneur, soit faite en toute chose!* et le ciel ne peut vouloir qu'un homme comme vous soit malheureux dans ce monde-ci, ni dans l'autre.

Écrivez-moi bientôt; informez-moi, je vous prie, de votre santé, de votre état actuel, et de vos espérances pour l'avenir; rien au monde ne m'intéresse plus que ce qui vous touche. Vous fûtes ma première connaissance, lorsque je vins à Rome, et depuis je n'ai rien connu de meilleur, ni à Rome ni ailleurs.

(1) Dont l'avait chargé M. Courier.

A M. LE G^{AL}. LARIBOISSIÈRE,

A PARIS.

Livourne, le 10 avril 1808.

Mon général, M. Pigalle mon parent, qui vous remettra la présente, vous expliquera l'embarras où je me trouve, et l'extrême besoin que j'ai d'un congé, pour des intérêts d'où dépend toute ma petite fortune.

Depuis cinq ans que je suis hors de France, mes affaires vont de mal en pis, et cela, joint aux pertes que j'ai faites dans la dernière campagne, me mène tout doucement à l'hôpital, si mon absence dure davantage. Je vous supplie, mon général, de prendre en pitié un pauvre diable à qui vous avez témoigné autrefois quelque intérêt, et de dire un mot aux gens de qui dépend cette faveur, la plus grande que l'on puisse me faire aujourd'hui.

A M. HAXO,

CHEF DE BATAILLON DU GÉNIE, A MILAN.

Livourne, le 27 juillet 1808.

Ayant éprouvé ta fidélité dans l'ambassade de Vérone, je te nomme, ou pour parler diplomatiquement, nous te nommons notre résident à Milan; et d'abord nous te chargeons d'une négociation importante, difficile, avec des puissances dont les dispositions à notre égard sont suspectes. La lettre ci-jointe t'expliquera de quoi il s'agit. Va voir cet *Orbassan* (1), dis-lui que si je ne vais *au pays* je suis ruiné sans ressource, et cette fois un ambassadeur aura dit la vérité. Tu as dans ce que je t'ai marqué de Florence d'amples instructions; mais le point, après tout, c'est un oui ou un non : veut-il, ne veut-il pas que j'aie ce congé? En lui écrivant par la poste, comme je ne suis pas un grand seigneur, je n'aurais jamais de réponse. Par toi je saurai à quoi m'en tenir.

S'il t'écoute, tu pourras lui dire que sans ma maladie de Naples (qui n'était point le mal de Naples) j'aurais fait il y a six mois cette demande. Tu lui conteras de mes affaires ce que tu sais, et ce que tu ne sais pas pour lui

(1) Le général d'Anthouard, aide-de-camp du vice-roi.

faire entendre que je ne puis, sans perdre tout ce que j'ai au monde, différer davantage à me rendre chez moi. Dis-lui les banqueroutes que j'éprouve, mes gens d'affaires fripons, mes débiteurs sans foi, mes créanciers sans pitié, mes fermiers en prison, mes parents morts ou malades. Hélas! en disant tout cela, tu n'auras pas le mérite de mentir pour un ami. Ajoute que la guerre peut recommencer; qu'on peut m'envoyer outre-mer, en Turquie, à tous les diables, auquel cas je n'aurai plus qu'à déserter ou à me pendre.

Mais s'il ne t'écoute pas, ou s'il est insolent au-delà de ce que l'usage actuel autorise, alors envoie-le faire f..., *car tel est notre plaisir.* Au reste, si tu réussis, comme tu m'auras servi à cette cour je te servirai à Paris. *Sur ce, nous prions Dieu, monsieur l'ambassadeur, qu'il vous ait en sa sainte garde.*

A M. LE G^AL. D'ANTHOUARD,

A MILAN.

Livourne, le 28 juillet 1808.

MON général, monsieur Haxo, chef de bataillon du
génie, et mon intime ami, vous remettra la présente. Il
vous expliquera, mieux que je ne pourrais faire dans une
lettre, les embarras où je me trouve. Il faut que j'aille en
France pour savoir si je suis ruiné. Les gens qui pourraient m'en dire des nouvelles ne m'écrivent plus depuis
long-temps. J'ai demandé un congé, mais on me le refuse, pour me tenir ici à compter de vieux boulets rouil-
lés. Si Son Altesse savait tout cela, elle aurait pitié de
ma peine, et voyant d'un côté à quoi l'on m'occupe ici,
de l'autre combien ma présence est nécessaire chez moi,
elle m'enverrait faire... mes affaires, qui seraient terminées en six semaines. Voilà, mon général, ce que j'espère
obtenir par votre entremise. On sait avec quelle bonté
Son Altesse s'intéresse au sort de tous les officiers, et je
me flatte que si vous voulez bien vous charger de mettre
à ses pieds mes humbles supplications, je serai bientôt
du nombre infini de ceux que la reconnaissance attache
à ce prince. Je ne puis que par vous, mon général, me
faire entendre à Son Altesse. L'amitié dont vous m'hono-

rez fait toute mon espérance ; et, réduit comme je le suis,
à cesser de servir ou à perdre tout ce que j'ai, j'aurais
déjà quitté mon inutile emploi pour sauver mon patri-
moine, si je n'espérais garder l'un et l'autre par les mêmes
bontés dont vous m'avez donné tant de marques.

A M. DE SAINTE-CROIX,

A PARIS.

Livourne, le 3 septembre 1808.

Monsieur, ne sachant si je pourrai jamais mettre la dernière main à ma traduction des deux livres de Xénophon sur la cavalerie, je prends le parti, sauf votre meilleur avis, de la publier telle qu'elle est, avec le texte revu sur tous les manuscrits de France et d'Italie, et des notes que je n'ai pas eu le temps de faire plus courtes : le tout paraîtra sous vos auspices, si vous en agréez l'hommage. Votre amitié me fait trop d'honneur pour que je résiste à l'envie de m'en parer aux yeux du public, et mon nom a besoin du vôtre pour obtenir quelque attention. Je me flatte, Monsieur, que vous verrez avec bonté un essai dont le premier objet fut de vous plaire, et que je n'eusse pas même conduit au point où il est, sans les encouragements que vous m'avez donnés.

Mon dessein est de vous adresser le manuscrit, sous l'enveloppe de M. Dacier, secrétaire perpétuel, etc. Je prendrai des mesures pour qu'il vous parvienne franc de port, à moins que vous ne m'indiquiez vous-même une autre voie.

A M. DE SAINTE-CROIX, [1]

A PARIS.

Portici , le 21 novembre 1807.

Je vous présente ici, Monsieur, un travail dont vous avez approuvé l'idée. Je souhaite qu'il se trouve dans l'exécution quelque chose qui vous satisfasse et qui vous paraisse mériter l'attention des gens instruits. En traduisant, pour vous l'offrir, ce que Xénophon a écrit sur la cavalerie, j'ai suivi d'abord le dessein que j'eus toujours de vous plaire ; et j'ai cru faire en même temps une chose agréable à tous ceux qui s'occupent ou s'amusent de ces antiquités. Vous n'aviez pas besoin sans doute qu'on vous traduisît Xénophon ; mais vous aviez besoin d'un texte plus correct que celui des livres imprimés, et c'est là vraiment le présent que je vous ai destiné. J'ai vu et comparé moi-même la plupart des manuscrits de France et d'Italie, où ayant trouvé beaucoup de vieilles leçons inconnues aux premiers éditeurs de Xénophon, j'ai remis à leur place, dans le texte, celles qui s'y sont pu ajuster exactement, sans aucune correction moderne, laissant aux critiques l'examen de toutes les autres, ou douteuses

---

[1] Lettre qui se trouve en tête de la traduction des deux livres de Xénophon sur la cavalerie.

ou corrompues, que j'ai placées au bas des pages. Je
pense ainsi vous donner ce texte aussi entier que nous
saurions l'avoir aujourd'hui, c'est-à-dire fort mutilé,
comme tous les monuments antiques, mais non refait,
ni restauré, ou retouché le moins du monde, tel en un
mot que nous l'ont transmis les siècles passés. Ma traduction toutefois pourra être utile à ceux même qui
liront ces livres en grec; car il y a, dans de tels écrits,
beaucoup de choses qu'un soldat peut expliquer aux savants. J'ai cherché à la rendre exacte. J'aurais voulu
qu'on y trouvât tout ce qui est dans Xénophon, et non
moins le sens de ses paroles que le sentiment, s'il faut
ainsi dire. Ne pouvant atteindre ce but, qui serait au vrai
la perfection d'un pareil travail, j'en ai approché du
moins autant qu'il était en moi, et même plus heureusement que je ne l'eusse imaginé, en quelques endroits.
Il n'y manque guère qu'une certaine naïveté propre à
cet auteur, charmante et d'un prix infini, mais difficile à
conserver dans quelque version que ce soit. Sur ce point,
ceux qui l'ont voulu imiter en sa langue même, selon moi,
y ont mal réussi. Je n'avais garde d'y prétendre; mais
imputant à bonne fortune tout ce que j'ai pu rencontrer
dans notre français d'expressions qui représentaient assez
bien le grec de mon auteur, partout où je me suis aperçu
que le trait simple et gracieux du pinceau de Xénophon
ne se laissait point copier, j'y ai renoncé d'abord, et
me suis borné à rendre de mon mieux, non sa phrase,
mais sa pensée.

J'aurais fort grossi mes remarques, si sur chaque passage j'eusse voulu noter toutes les erreurs des critiques
et des interprètes, car il n'y a pas une ligne de ces deux
traités qui ne se trouve quelque part mal écrite ou mal
expliquée. Mais on instruit bien peu, ce me semble, le
lecteur en lui apprenant qu'un homme s'est trompé. Ces
fautes, que j'ai connues sans les marquer, m'ont obligé
de donner en beaucoup d'endroits les preuves, autrement
superflues, de mon interprétation. C'est ce qui a produit
les notes sur le texte. Celles qui accompagnent la version
sont le fruit de quelques observations que le hasard m'a
mis à portée de faire. Vous trouverez dans tout cela peu
de lecture, nulle érudition, mais vous n'en serez pas
surpris, et vous n'attendez pas de moi de ces recherches
qui demandent du temps et des livres.

Quant à l'utilité réelle de ces ouvrages de Xénophon,
relativement à l'art dont ils traitent, je ne sais ce que
vous en penserez. Bien des gens croient qu'aucun art ne
s'apprend dans les livres ; et les livres, à dire vrai, n'ins-
truisent guère que ceux qui savent déjà. Ceux-là, lorsqu'il s'en trouve, pour qui l'art ne se borne pas à un
exercice machinal des pratiques en usage, peuvent tirer
quelques fruits des observations recueillies en temps et
lieux différents ; et les plus anciennes, parmi ces observations, sont toujours précieuses (soit qu'elles contra-
rient ou confirment les maximes reçues), étant, pour
ainsi dire, le type des premières idées dégagées de beaucoup de préjugés. Voilà par où ces livres-ci doivent

intéresser. Ce sont presque les premiers qu'on ait écrits
sur cette matière. Des préceptes qu'ils contiennent, les
uns subsistent aujourd'hui, d'autres sont contestés, d'autres sont oubliés, ou même condamnés chez nous; mais
il n'en est point qu'on ne voie encore suivi quelque part,
comme je l'ai marqué dans mes notes, et je m'assure que,
si on voulait comparer soigneusement à ce qui se lit dans
Xénophon, non-seulement nos usages actuels, mais les
pratiques connues des peuples les plus adonnés aux exercices de la cavalerie, on y trouverait mille rapports dont
je n'ai pu m'aviser, et tous curieux à observer, ne fût-ce
que comme matière à réflexions.

A MADAME MARIANA DIONIGI,

A ROME.

Livourne, le 12 septembre 1808.

MADAME, pour m'empêcher de vous aller voir, il est venu exprès, je crois, un général inspecteur de l'artillerie. Ces inspecteurs sont des gens que l'on envoie examiner si nous faisons notre devoir. Le leur est de nous ennuyer, et celui-ci s'en acquitte parfaitement à mon égard. Quand il ne serait pas de sa personne un insupportable mortel, ce que vous nommez en votre langue *un soldataccio,* sa visite, tombant au travers de mes plus agréables projets, ne pouvait que m'assommer. Les malédictions ne remédient à rien; mais, Madame, ces jours destinés à vous voir, les passer avec l'animal le plus..... *Madonna mia,* donnez-moi patience! nous avons attendu deux mois son arrivée, et je ne sais combien encore nous attendrons son départ, douce espérance dont il nous flatte chaque jour. Je compte pourtant en être délivré cette semaine, et déjà mes pensées reprennent leur direction naturelle vers Rome. Mais avant de faire les démarches nécessaires pour pouvoir m'y rendre, il faut savoir si vous y êtes. N'est-ce pas dans cette saison que vous allez ordinairement à Ferentino? Venir de si loin et ne vous pas trouver, ce serait pis que l'inspecteur.

Je pars maintenant pour Florence ; maintenant, c'est-à-dire aussitôt que l'animal aura les talons tournés. J'en serai de retour dans quinze jours ; faites, Madame, que je trouve ici une lettre de vous qui m'apprenne où vous êtes, et je ferai en sorte, moi, qu'alors rien ne m'empêche de me rendre à Rome, si je suis assuré de vous y trouver.

Votre académie de Saint-Luc a donc enfin fait son devoir (1). Je l'en félicite. Elle ne fera pas souvent de pareilles acquisitions. Mademoiselle Henriette, dans son Arcadie, avait quelque chose d'un peu païen ; mais vous, Madame, sous la bannière de Saint-Luc, vous sanctifierez toute la famille par votre foi et par vos œuvres.

En vous écrivant ceci, Madame, d'une écriture qui n'a point de pareille au monde, j'ai le plaisir de penser que vous vous unirez tous pour tâcher de me lire, et qu'ainsi je vous occuperai tous au moins pendant quelques minutes ; il me semble vous voir les uns après les autres *aguzzar le ciglia* (2) sur ce griffonnage, sans en pouvoir rien déchiffrer. Croyez-moi, laissez cela. Aussi bien qu'y trouveriez-vous ? des assurances très-sincères de mes sentiments qui vous sont connus, et dont je me flatte que vous ne douterez jamais.

(1) Cette académie avait reçu madame Dionigi parmi ses membres
(2) Dante.

A M. LE GÉNÉRAL D'ARANCEY,

COMMANDANT L'ARTILLERIE EN TOSCANE.

Livourne, le 13 septembre 1808.

Mon général, il serait très à propos de concerter entre vous et le général Meunier le service des compagnies de garde-côtes. Vous les croyez comprises dans mon commandement, et m'en rendez responsable, tandis que tous les jours ces troupes reçoivent des ordres dont je n'ai connaissance que par la voix publique. On déplace les détachements et les officiers sans que j'en sois instruit ; en un mot, le général Meunier commande directement cette troupe, et ne la croit en aucune façon dépendante de l'artillerie ; le préfet s'en fait une espèce de gendarmerie. J'attends, comme vous, avec impatience leur organisation définitive.

Mon service ici est peu de chose, et cependant fort pénible. Il me manque tout ce qui rend aux autres la besogne facile. Pour le matériel, je n'ai point de garde ; pour le personnel, trois compagnies sans officiers (entre nous) ni sous-officiers, point d'écrivains ; on m'a ôté le seul qui sût faire quelque chose. Le général Sorbier a bien senti tout cela, et en est convenu, quelque peu disposé qu'il fût à me rendre justice. Il a paru fort aise de trouver prêt le travail que j'avais fait pour lui, et il m'en aurait tenu compte si son grade et l'usage actuel ne dispensaient de tout procédé. J'aurais pris beaucoup moins de peines, et peut-être m'eût-il ménagé davantage, si je l'eusse connu plus tôt; je ne puis, ou pour mieux dire, il ne me convient pas de vous expliquer d'où vient l'animosité qu'il a contre moi, mais elle a paru d'une manière singulière, et je crois malgré lui. Il me traita d'abord assez bien pour un homme de son caractère, et, durant les deux premiers jours qu'il passa ici, il me fit l'honneur de s'entretenir avec moi presque amicalement; mais, un soir, en présence de quelques officiers, j'eus le malheur de lui dire les propres mots que voici : *je crois, mon général, qu'un homme ne peut être à la fois canonnier et cavalier, non plus que cavalier et fantassin, et que par conséquent l'artillerie à cheval, les dragons, sont des armes bâtardes, des troupes organisées sous de faux principes.* Ce discours le jeta dans un accès de frénésie alarmant, et mon sang-froid achevant de le mettre hors de lui, il me dit beaucoup de choses que son état excusait, et comme, lorsqu'on a tort avec ses subalternes, on se garde surtout de se dédire, je crois bien qu'il vous aura répété une partie des invectives qu'il m'adressa directement, et que son rapport au ministre s'en sera ressenti. Quant au ministre, les notes du général Sorbier me nuiront assurément, et j'en suis fort affligé, mais c'est un mal sans remède. Pour vous, mon général, qui n'êtes pas ministre, votre jugement sur mon compte ne saurait dépendre des passions

du général Sorbier. Après avoir obtenu en Calabre les
éloges, la confiance, l'amitié de tous les généraux (hors
d'un seul que personne ne loue), vous savez de quelle
manière j'ai été traité. Je ne m'en plains pas, et je crois
ces dégoûts inévitables à quiconque est comme moi mauvais courtisan. Mais j'espère que ce défaut, dont je travaille à me corriger, me nuira peu auprès de vous, et je
vous connais trop juste pour juger un officier autrement
que sur sa conduite.

Sur l'invitation de M. Akerblad, Courier se rendit dans ce
temps-là à Florence pour y visiter des manuscrits grecs. Il vit
à ce sujet M. Chaban, commissaire du gouvernement français ;
mais son service le rappela bientôt à Livourne, où il était déjà
de retour le 20 septembre.

AL SIGNOR DEL FURIA,

CONSERVATORE DELLA BIBLIOTECA LAURENZIANA
IN FIRENZE.

...Le varianti del Sofocle sono ottime e del tutto ignote
al Brunck. Or su dunque preghi ella que' signori, a nome
mio e delle Muse, di terminare la collazione del Filottete. Finito tal lavoro, che poco può durare, dovranno
dar di piglio al Plutarco Riccardiano, e col qui aggiunto
tometto mandarmene un saggio. Non ci scrivano però in
margine le varianti, per non far vergogna col loro bel
carattere alle glasguensi stampe, ma si contentino di
farne un foglio o quinterno separato. Si compiacerà ella,
coll' usata gentilezza, di spedirmi quà tutto, per mezzo
del signor generale D'Arancey.

Mi creda, signor Furia, non usiamo fra noi cerimonie
de' tempi bassi, ma tutto all' uso del secolo d'oro. Ἔῤῥωσι

All' Aristippo suedese εὐπράττειν.

RÉPONSE.

Firenze, a' 7 ottobre 1808.

STIMATISSIMO SIGNOR COLONELLO,

ECCOLE la nota collazione del Filottete, eseguita con tutta la diligenza ed accuratezza da' signori Ab. Bencini e Selli. Ella la esaminerà e si compiacerà di avvisarci se deesi continuare tal lavoro per l'ordine e per la determinazione del quale starà a lei il definire, persuaso che ci faremo un pregio di cooperare alle sue dotte fatiche. Debbo altresì avvertirla che i versi dei cori di questa tragedia, nella loro divisione e metro, non combinano per lo più coll' edizione dello Stefano; ma si è creduto di non dover per ora attendere a una tal cosa, giacchè il suo preciso desiderio era per le parole, non per il metro. Se poi le piacerà che nella collazione debba avvertirsi ancora a questo, cene dia un avviso.

Frattanto mi creda, quale colla più distinta stima e rispetto passo all' onor di dichiararmi devoto,

Suo obbligatissimo servitore,

FRANCESCO DEL FURIA.

A M. CHABAN,

COMMISSAIRE DU GOUVERNEMENT A FLORENCE.

Livourne , le 30 septembre 1808.

MONSIEUR, les ordres que j'ai reçus m'ont obligé de partir si précipitamment que j'eus à peine le temps de porter chez vous vous ma carte, à une heure où je ne pouvais espérer de vous trouver, manière de prendre congé de vous bien contraire à mes projets; car, après les marques de bonté dont vous m'avez honoré, j'étais dans le dessein de vous faire ma cour et de profiter des dispositions favorables où je vous voyais, pour rassembler et sauver ce qui peut encore se trouver de précieux dans vos bibliothèques de moines. Mais, puisque mon service m'empêche de partager cette bonne œuvre, je veux au moins y contribuer par mes prières. Je vous conjure donc de vouloir bien ordonner que tous les manuscrits de la *Badia* soient transportés à la bibliothèque publique de Saint-Laurent, et que l'on cherche ceux qui manquent, d'après le catalogue existant. Je reconnus, il y a peu de temps, que déjà quelques-uns des plus importants avaient disparu; mais il sera facile d'en trouver des traces et d'empêcher que ces monuments ne passent à l'étranger, qui en est avide, ou même ne périssent dans les mains de ceux qui les recèlent, comme il est arrivé souvent.

C'est le zèle de l'antiquité qui m'engage, Monsieur, à vous présenter cette humble requête. Je souhaite fort, je l'avoue, attirer votre attention sur ces objets, que la multitude des affaires vous peut faire perdre de vue. Songez qu'avec deux lignes vous allez conserver les titres de noblesse des Grecs et des Romains, et vous attirer les bénédictions de tout ce qu'il y aura jamais d'antiquaires et d'érudits dans tous les siècles des siècles.

A M. D'AGINCOURT,

A ROME.

Livourne, le 15 octobre 1808.

Monsieur, je suis encore à Livourne, et les apparences sont que j'y passerai l'hiver. Je demandais, comme je crois vous l'avoir marqué, un congé pour aller en France; mais on *m'éconduit tout à plat.* J'en demande un pour Rome, ce sera, si je l'obtiens, un assez bon dédommagement de celui qu'on me refuse; car, en France j'ai des parents, à Rome j'ai des amis, et je mets l'amitié bien loin devant la parenté, ou, pour mieux dire, c'est la seule parenté que je connaisse. Sur ce pied-là, vous m'êtes bien proche; aussi, sans mes affaires, je vous jure que je ne penserais guère à Paris, et Rome serait encore pour moi la première ville du monde.

S'il faut vous expliquer maintenant comment le refus fait à ma première demande n'exclut pas la seconde, le voici : la permission d'aller en France dépendait du ministre, que je n'ai pu fléchir *precando;* l'autre dépend ici de quelqu'un que je gagnerai *donando.* Je viendrais aussi bien à bout du satrape ou de ses suppôts; mais il faudrait être là.

Pour vous dire ce que je fais ici, je mange, je bois,

je dors, je me baigne tous les jours dans la mer, je me
promène quand il fait beau; car nous n'avons pas votre
ciel de Rome. Je lis et relis mes anciens, et ne prends
souci de rien que d'avoir de vos nouvelles. Madame Dionigi m'a mandé quelquefois que vous vous portiez bien.
C'est tout ce que je vous souhaite, car c'est la moitié du
bonheur; et l'autre moitié, *mens sana*, vous est acquise
de tout temps. Dieu vous *doint* seulement, comme disaient nos pères, la santé du corps, et vous serez heureux
autant qu'on saurait l'être. Cela ne vous peut manquer,
avec votre tempérament et la vie que vous menez, et
dans le lieu que vous habitez. Votre habitation, Monsieur, est choisie selon toutes les règles que donne là-
dessus Hippocrate, et auxquelles je m'imagine que vous
n'avez guère pensé. Ce n'est pas non plus ce qui fait que
cette demeure me plaît tant, mais c'est qu'on vous y
trouve.

Je songe tout de bon à quitter mon vilain métier; mais,
ne sachant comment vont mes affaires en France, je ne
veux pas rompre, je veux me dégager tout doucement
et laisser là mon harnais, comme un papillon dépouille
peu à peu sa chrysalide et s'envole.

Permettez, Monsieur, que je vous embrasse en vous
suppliant de me conserver votre amitié, qui m'est plus
chère que chose au monde. En vérité, tout mon mérite,
si j'en ai, c'est de vous avoir plû, et de connaître ce que
vous valez.

A M. CORAÏ,

A PARIS.

Livourne, le 18 octobre 1808.

Monsieur, nul présent ne pouvait me flatter plus que celui dont je me vois honoré, je ne sais si je dois dire par vous, ou par messieurs Zosima, qui m'ont remis vos trois admirables volumes (1). De quelque part que me viennent ces livres, il faut assurément qu'on les ait faits pour moi. Tout de bon, monsieur, si votre projet eût été de me plaire et de faire une chose entièrement selon mes idées, vous n'auriez pu mieux rencontrer. Voilà justement ce que j'attendais de vous et de vous seul. Je souffrais trop à voir Isocrate, la plus nette perle du langage attique, entouré de latin d'Allemagne ou de Hollande. En lisant vos notes, du moins je ne sors pas de la Grèce, et j'entre beaucoup mieux dans le sens de l'auteur qu'avec une glose latine ou vulgaire. Chaque langue veut être expliquée par elle-même, parce que les mots ni les phrases ne se correspondent jamais d'une langue à une autre, et c'est la raison qui me fait dire que nous n'avons

(1) Un exemplaire d'Isocrate, publié par Coraï aux frais de MM. Zosima, Grecs de nation.

point de dictionnaire grec. Ce serait un beau travail;
mais qui osera l'entreprendre? Il faudrait pour cela, ce qui
ne se trouvera jamais , plusieurs hommes comme vous et
comme M. Zosima. En vérité, ceci leur fait grand honneur,
car ce n'est pas seulement leur nation qu'ils gratifient
d'un don si précieux , mais , chez toute nation , tous ceux
qui s'intéressent à la belle littérature. Ce qu'ils font pour
encourager ces études dans leur pays , n'est pas de ce
siècle-ci. Soyons de bonne foi , les rois nuisent aux lettres en les protégeant; leurs caresses étouffent les Muses.
Il y a bien eu quelquefois de grands talents , malgré les
pensions et les académies; mais on a toujours vu de simples particuliers favoriser les arts avec plus de sagesse et
de discernement que n'eût pu faire aucun prince; et
c'est de quoi ces messieurs donnent un nouvel exemple.

Courage donc , Monsieur! suivez votre belle entreprise,
et soyez persuadé que , même parmi nous , il se trouvera
des gens qui vous applaudiront comme vous le méritez.
Le nombre en sera petit, mais choisi. Vous aurez peu de
lecteurs , mais vous en aurez toujours; et comme ces
modèles que vous nous dévoilez seront étudiés tant qu'il
y aura des arts et du goût, votre nom, attaché à des
monuments si célèbres , passera sûrement à la postérité.

Courier a dû écrire la lettre ci-dessus très-peu de temps
après la réception du livre de M. Coraï, et ses félicitations

paraissent être le tribut payé à une première lecture. La lettre qui suit, et qui est adressée à M. Akerblad, exprime sur le livre de M. Coraï une opinion plus réfléchie et un peu différente. M. Akerblad ne fut point de l'avis de Courier : sa réponse, qu'on donne après la lettre de celui-ci, explique et défend la manière adoptée par M. Coraï dans ses notes.

A M. AKERBLAD,

A FLORENCE.

Livourne , le 2 novembre 1808.

Je lis l'Isocrate de Coraï et ses notes que vous n'avez pas. Entre nous c'est peu de chose, il pouvait faire beaucoup mieux que cela. Ce que j'y trouve de meilleur, c'est l'exemple qu'il donne d'expliquer le grec en grec, exemple qu'il faudrait suivre, et même dans les Lexiques. Mais je ne puis du tout approuver sa préface *mixtobarbare*. Ah! docteur Coraï! un frontispice gothique à un édifice grec! au temple de Miverve, le portrait de Notre-Dame! Pourquoi la préface et les notes, s'adressant aux mêmes lecteurs, ne sont-elles pas dans la même langue? Ce que j'en dis, n'est point par humeur, car je n'en perds pas un mot; seulement j'ai de la peine à croire que ce soit ainsi qu'on parle, et je pense qu'il fait un peu comme l'écolier de Rabelais : *nous transfretions la sequane pour viser les meretricules.* Celui-là latinisait, et Coraï hellénise.

Ses notes sont pleines de longueurs et d'inutilités. Ne comprendra-t-on jamais que des notes ne doivent point être des dissertations, que les plus courtes sont les meilleures, que l'explication des mots regarde les lexicographes, celle des phrases les grammairiens? N'est-ce point assez de travail pour un éditeur d'avoir à choisir entre les variantes, à découvrir et marquer les altérations du texte, les fautes des copistes qui sont de tant d'espèces, erreurs, omissions, additions, corrections, etc.? A chaque note trois mots suffisent, et les anciens critiques n'y employaient que des signes, d'où est venu le nom même de notes. Bref, dans tout ce qu'on nous donne, je ne vois que des matériaux pour les éditeurs futurs, s'il s'en trouve jamais de raisonnables. Pas un livre pour qui veut lire.

Notre ami se plaît à écrire son grec, et je le lui passerais si ce plaisir ne l'entraînait trop souvent loin de sa route. Tant de hors-d'œuvre, dans une œuvre où tout ce qui n'est pas nécessaire nuit! Tant d'étymologies de la langue moderne, curieuses si vous voulez, mais étrangères à Isocrate? Tout en se mêlant d'indiquer les beautés et les défauts, il est à mille lieues de ce qu'on appelle goût. M. Heyne, et quelques autres qui ont eu la même prétention, ne l'ont pas mieux justifiée. Après tout, est-ce là leur affaire? On ne leur demande point si Isocrate a bien écrit, mais ce qu'il a écrit, recherche que Coraï néglige un peu cette fois. Croiriez-vous qu'il n'a pas seulement vu les manuscrits de Paris? Voilà un péché d'omission, dont je ne sais si le pape même le pourrait absoudre. Il s'en rapporte aux variantes de l'abbé Auger, qui s'en était aussi rapporté à quelque autre, n'ayant garde de déchiffrer les manuscrits, lui qui ne lisait pas trop couramment la *lettre moulée*. D'après cela, je vous

4.   15

laisse à penser ce que c'est que ce travail, *robaccia.*
J'en suis fâché; car je m'attendais que nous aurions par
lui quelque chose de bon de ces manuscrits; mais il y
faut renoncer, car qui diable s'en occupera si Coraï les
néglige? C'est dommage; sur un texte si intéressant, il
pouvait se faire grand honneur et à nous grand plaisir.

Quel écrivain que cet Isocrate! nul n'a mieux su son
métier; et à quoi pensait Théopompe, lorsqu'il se vantait
d'être le premier qui eût su écrire en prose? Ce n'est pas
non plus peu de gloire pour Isocrate que de tels disciples.
Je lui trouve cela de commun avec votre grand Gustave,
que tous ceux qui, en même temps que lui, excellèrent
dans son art, l'avaient appris de lui. Voilà un étrange
parallèle, et dont il ne tiendrait qu'à vous de vous moquer, ou même de vous plaindre diplomatiquement.

Donnez-moi des nouvelles de M. Micali, de mes manuscrits et de vous. Trois points comme pour un sermon.
Mais celui-là ne peut m'ennuyer.

RÉPONSE

DE M. AKERBLAD.

Florence, le 16 novembre 1808.

...... Je suis enchanté de voir que ni vos occupations militaires, ni les alertes que vous donnent de temps en temps les Anglais, ni même les tremblements de terre, n'ont pu vous détourner de vos études chéries, et j'admire votre belle et constante passion pour les muses grecques; passion qui ne vous quitte pas, même dans la ville la plus indocte de l'Italie, et où l'on n'entend parler que de lettres-de-change et de marchandises coloniales.

Vous êtes donc bien fâché contre ce pauvre Coraï, pour vous avoir fait une préface en grec vulgaire à votre Isocrate! Mais de grâce en quelle langue fallait-il donc qu'il s'adressât aux jeunes gens de sa nation ? Rien ne me semble plus naturel que de leur parler dans leur propre idiome : aussi, lorsqu'il fait des éditions d'auteurs grecs pour vous autres messieurs les Français, il n'a pas manqué de faire les préfaces dans votre langue. Je conviens que le bonhomme est un peu long dans ses prolégomènes; mais vous avouerez aussi que son introduction grammaticale à la tête du premier volume contient des observa-

tions excellentes, des vues neuves, sinon pour les hellénistes de l'Europe, au moins pour ses compatriotes qui
ne connaissent de grammaires que celle de Lascaris et
Gaza, et qui ignorent absolument tout ce que la philolo-
gie moderne a perfectionné dans la méthode grammaticale. Quant aux notes de Coraï, je ne connais pas celles
de l'Isocrate; les autres, je les trouve parfois un peu
longues, mais toujours remplies de remarques excellentes. D'ailleurs un volume in-8° de notes pour tout
l'Isocrate ne me paraît pas trop. Eh! que diable direz-
vous donc des notes de feu notre ami Villoison sur
Longus, de celles d'Orville sur Chariton, d'Abresch sur
Aristénète, etc. Le baron de Locella lui-même, quoique
homme du monde, et qui devait avoir un peu plus de
goût que ses collègues, n'a-t-il pas fait un gros volume
in-4° de ce petit roman de Xénophon d'Éphèse, sans
vous parler de mille autres commentateurs encore plus
lourds que ceux que je viens de nommer. Ce qu'il y a de
plus plaisant, c'est que les motifs qui vous font prononcer contre le bon Coraï sont précisément ceux qui me
donnent envie de lire ses notes. Ses étymologies de la
langue moderne, ses explications de grec en grec, etc.,
me font vivement désirer de posséder cet ouvrage, et je
vous prie, mon aimable commandant, de vous informer
s'il se vend à Livourne, et à quel prix.

Si vous aviez lu la première partie des prolégomènes
de Coraï, vous n'auriez aucune crainte que la langue
vulgaire dont il se sert ne soit pas entendue de ses com-

patriotes, puisque lui-même désapprouve hautement la manière de quelques écrivains de sa nation de mêler l'ancien grec avec l'idiome usuel, manière qu'il appelle fort bien *macaronique*. Quant à une autre réprimande que vous lui faites d'avoir écrit sa préface dans une langue et les notes dans une autre, voici ma réponse :. La préface est pour les Grecs de toutes les classes, les notes uniquement pour ceux qui savent lire Isocrate dans sa propre langue. Enfin le dernier et le plus fort des reproches que vous lui faites, c'est de n'avoir pas examiné par lui-même les manuscrits de Paris. Voilà un péché bien grave selon vous ; quant à moi, je ne le regarde que comme une peccadille. On perd un temps bien précieux avec ces maudits manuscrits, qui le plus souvent ne vous donnent pas une seule leçon nouvelle qui soit bonne, et je regrette bien deux ou trois mois que j'ai passés dans la bibliothèque Laurentiana à confronter Orphée, et quelques autres vétilles grecques. Le manuscrit de Pausanias n'a fourni que deux ou trois variantes assez bonnes, encore avaient-elles été devinées d'avance par les éditeurs. Que cela ne vous décourage cependant pas de venir ici collationner le beau manuscrit de Sophocle, qui vous donnera, je l'espère ou du moins je le souhaite, une ample moisson de variantes.

Le comité dont nous devrions être membres vous et moi, n'a jusqu'à présent rien trouvé de fort intéressant dans les couvents supprimés, qu'un recueil de lettres inédites de Macchiavelli, de Guicciardino et d'autres

hommes célèbres. On n'a pas encore visité la bibliothèque *della Badia* ni celle de *San Marco.* Si je suis encore
ici lorsque cette visite se fera, je me mettrai à la queue
des commissaires pour voir à mon aise ces deux bibliothèques, qui étaient autrefois presque inaccessibles. Il
doit s'y trouver une ample collection de manuscrits, si
les moines ne les ont pas soustraits.

Furia et le gros abbé travaillent toujours à l'édition
d'Ésope qui les occupe depuis trois ans. Votre serviteur
a fait la sottise de lire tout d'une haleine les érotiques
grecs, ce qui a manqué de le brouiller avec cette littérature qui, depuis un an, faisait ses délices, tant il a
trouvé mauvais ces romanciers. C'est bien cela que vous
appelez *robaccia!* Quel écrivain, dites-vous, que cet
Isocrate! quels écrivailleurs, dis-je moi, que ce Xénophon d'Éphèse, cet Achille Tatius, etc.! Je veux me
remettre à lire Thucydide ou Démosthènes pour oublier
ces platitudes-là.

On dit qu'on ne veut pas de vous en Espagne, mais
qu'il pourrait vous arriver d'aller à Vérone : je voudrais
qu'on vous envoyât ici ou à Rome pour jouir de votre
aimable et savante société, et c'est avec ces vœux que
j'aime à finir ma longue lettre.

A M. D'AGINCOURT,

A ROME.

Livourne, le 17 novembre 1808.

J'AI reçu dans le temps, Monsieur, les belles gravures que vous m'avez adressées. Rien, je vous assure, ne pouvait me faire plus de plaisir. Tout le monde doit les trouver belles; mais pour ceux qui, comme moi, en connaissent les originaux, elles ont le mérite de les représenter avec une parfaite exactitude, mérite rare et peut-être unique dans ce genre de travail. En un mot, que peut-on dire de plus? elles sont belles et fidèles. Si je ne vous en ai pas fait plus tôt mes remerciements, c'est que j'espérais toujours aller à Rome vous revoir, vous, Monsieur, et votre pays que j'ai tant de raisons d'aimer; et, à vrai dire, je l'espère encore; mais, abusé tant de fois, je ne veux plus compter sur rien, et je me décide enfin à vous apprendre, autant que faire se peut dans une lettre, combien je suis sensible à de telles marques de votre souvenir et de votre amitié.

Je ne sais si vous avez dessein de publier tous vos vases : ce serait un beau présent à faire aux artistes et aux amateurs de l'antiquité, et pour ma part je vous y engage fort; mais si vous prenez ce parti, croyez-moi,

Monsieur, supprimez les commentaires infinis, les explications forcées, le luxe typographique et tout l'étalage
au moyen duquel ces sortes d'ouvrages se vendent plus
cher et valent moins. Quant aux explications, je vous
avoue pour moi, que si je ne trouve pas d'abord le sujet
de ces tableaux, je m'en passe fort bien, et j'aime mieux
cela que de contraindre mon esprit à y reconnaître quelques traits ou d'Homère ou d'Euripide. Vous pensez
comme moi, je crois, et vous vous contentez de voir,
dans la plupart des monuments qui nous restent de l'antiquité, la représentation toute simple de quelque scène
de la vie commune.

A M. DE SAINTE-CROIX,

A PARIS.

Livourne, le 27 novembre 1808.

MONSIEUR, suivant vos instructions, j'ai remis moi-même à M. Degérando mon Xénophon (1), qui se recommande fort à vos bontés. Vous me faites grand plaisir de ne pas dédaigner un hommage aussi obscur que le mien. Si j'ai quelque mérite, c'est d'avoir pu vous plaire, et c'est par là que je suis sûr de prévenir au moins le public en ma faveur.

Il m'importe, comme vous dites fort bien, que mon travail paraisse le plus tôt possible, non-seulement à cause de M. Gail, mais encore par d'autres raisons. Je vous prie donc de le livrer à quelque libraire, aux conditions que vous jugerez convenables, ou même sans conditions. Je voudrais bien être assez riche pour faire les frais de l'impression et pouvoir ainsi disposer de tous les exemplaires; ce serait une espèce de demi-publicité qui me conviendrait fort, mais je n'ai jamais un sou; et puis, ne se moquerait-on pas avec quelque raison d'un officier qui emploierait sa solde à se faire imprimer? Il

(1) Les deux livres sur la cavalerie, traduits à Naples.

faut donc trouver un libraire qui se charge de tout. Vanité d'auteur à part, je ne puis croire qu'il y perde : si le grec ne se vend guère (car entre nous les lecteurs sont cinq ou six en Europe), il se vend cher; il y a toujours un certain nombre d'amateurs sur lesquels on peut compter, et la traduction, qui se peut séparer du texte, aura plus de débit, ne fût-ce que comme ouvrage militaire. Au reste, Monsieur, en cela comme en tout le reste, vous savez beaucoup mieux que moi ce qui se peut faire et ce qui convient, et puisque mon Xénophon a le bonheur de vous intéresser, je ne suis pas inquiet de son entrée dans le monde.

Pour le grec, l'édition devrait être soignée par quelqu'un qui l'entendît et qui voulût prendre la peine d'y ajouter les accents. J'ai l'habitude très-condamnable de les omettre en écrivant. M. Boissonade, avec qui j'ai eu quelques liaisons, pourrait se charger de cet ennui, s'il voulait m'obliger aussi sensiblement que Grec puisse obliger Grec. J'hésite d'autant moins à l'en prier que je puis lui rendre la pareille, étant tout à son service pour quelque collation ou notice de manuscrits qu'il lui faille de Rome ou d'ici, je veux dire de Florence. Qu'il considère un peu de quelle conséquence il est pour les destinées futures de Xénophon que cette édition soit correcte, puisque, étant la quintessence de tous les manuscrits, sans addition ni suppression, changement ni correction aucune, fidélité rare et peut-être unique, elle servira de base à toutes celles qu'on fera jamais de ce texte. Ce n'est donc pas pour moi, mais pour Xénophon que je lui demande cette grâce; en un mot *pour l'amour du grec*.

Je n'ai point vu l'édition publiée en Allemagne il y a quatre ou cinq ans, et je ne la connais que par les lettres de feu M. de Villoison, qui m'en parlait fort avantageusement. Si l'éditeur, M. Weiske, a donné quelques soins au texte de ces deux traités, il ne se peut que nos conjectures ne se rencontrent souvent. Je ne sais même (car j'ai appris que j'étais nommé dans sa préface) s'il n'a point publié quelques-unes de mes notes que M. Villoison a pu lui communiquer.

Je crois sans peine, Monsieur, tout ce que vous me marquez de M. Larcher, quelque admirable que cela soit. Sa vie est comme ses ouvrages, fort au-dessus des forces communes. Je pense lui être plus redevable que personne, car tout mon grec me vient de lui. Si j'en sais peu, sans lui je n'en saurais point du tout. Ce fut son Hérodote qui m'ouvrit le chemin à ces études, auxquelles je dois les meilleurs moments de ma vie. Cela vous explique pourquoi je ne cite que lui dans mes notes. Malheureusement j'ai cité quelquefois Hérodote sans pouvoir consulter sa traduction, seulement d'après mes extraits. Je travaillais en courant la poste, et le plus souvent sans livres. Dieu veuille qu'il n'y paraisse pas trop! mais quoi? je faisais en soldat la besogne d'un soldat; car il fallait un homme du métier; et qui n'eût connu que les livres n'aurait pu entendre ceux-là. Je reviens à M. Larcher pour vous prier de lui présenter mon respect. En vérité, je ne sais par où je puis être digne de l'amitié de deux hommes comme vous et lui, si ce n'est par mon inviolable attachement.

Je comprends la perte que vous venez de faire (1), Monsieur, et j'ose à peine vous en parler. Je suis bien peu propre à vous consoler, moi qui, depuis dix ans, atteint d'une douleur pareille (2), la sens comme le premier jour. Je crois pourtant qu'il ne faut pas se plaire à son chagrin ni se nourrir d'une amertume qui affligerait, si elles nous voyaient, les personnes même que nous regrettons.

(1) M. de Sainte-Croix venait de perdre sa fille.
(2) La perte de son père et ensuite de sa mère.

LETTRE

DE M. AKERBLAD A M. COURIER.

Florence, le 2 décembre 1808.

HIER nous avons fait la fameuse descente domiciliaire chez les bénédictins pour nous emparer de leurs manuscrits ; mais ils nous ont prévenus, les gaillards ! Vingt-six des plus précieux de ces manuscrits ont disparu, et entre autres le beau Plutarque que nous avons vu ensemble, et que vous devez vous rappeler. Je n'en accuse pas l'abbé du couvent, mais le bibliothécaire ; ce petit père Bigi, au regard faux, est, à n'en pas douter, le voleur. Il dépend de nous deux de le faire pendre : nous n'avons qu'à attester avoir vu entre ses mains un seul des manuscrits qui manquent ; mais, je vous l'avoue, je suis bon chrétien, et je ne veux pas la mort du pécheur. D'ailleurs il me semble cruel de perdre un pauvre diable pour avoir volé une vingtaine de bouquins qui, eussent-ils même été transportés à la bibliothèque de Saint-Laurent, y seraient sans doute restés vierges et intacts, comme ils l'ont été depuis deux siècles dans celle des révérends pères. Au reste consolez-vous ; parmi les quatre-vingt-dix manuscrits grecs qui sont restés, il y en a plusieurs de fort précieux : deux ou trois Platons, autant de Sophocles, un Thucydide du douzième siècle, sans parler des Saint-Grégoire et Saint-Chrysostôme parfaitement beaux. Voyez si tout cela vous tente, et, dans ce cas, venez et vous aurez de quoi vous amuser. En attendant écrivez-nous au moins, et mandez-moi votre avis à l'égard du voleur et de sa punition. Quant à moi, je vote pour le carcan avec un énorme Saint-Chrysostôme au cou.

A M. D'AGINCOURT,

A ROME.

MONSIEUR, je profite tant que je puis de votre expérience et de vos lumières pour moi-même, et dans l'occasion j'en fais part à mes amis, comme vous allez voir. M. de Sainte-Croix, savant dont le mérite peut vous être connu, me mande qu'il souffre de la vessie. Aussitôt je lui écris ce que je vous ai vu faire en cas pareil, et comment la diète de Pythagore vous a sauvé de ce vilain mal; et puis (voyez si je compte sur votre complaisance), ne pouvant lui dire cela qu'en gros, je lui promets d'obtenir de vous une note plus circonstanciée de votre régime et de ses effets, et des causes qui vous obligèrent d'y recourir. C'est une bonne œuvre que vous ferez, Monsieur, de dicter pour moi et pour lui ces dix ou douze lignes. Notez dicter, non écrire; il ne faut pas, pour soulager la vessie de M. de Sainte-Croix, rendre vos yeux plus malades; mais au contraire il faudrait qu'il m'envoyât, lui, quelque recette éprouvée contre le mal d'yeux, et qu'ainsi je pusse vous guérir et vous conserver l'un par l'autre.

J'ai bien une autre demande à vous faire que celle-là, une commission importante, difficile, dont je ne sais

comment vous allez vous tirer. Voici ce que c'est : je voudrais avoir une bonne copie de l'empereur, de Canova;
quand je dis copie, vous m'entendez; c'est un abrégé qu'il
me faut, proportionné à ma bourse, de la grandeur à peu
près de cette figure de l'Antin qu'on dessine dans les écoles, de quoi orner un appartement. En voilà trop, et vous
voyez mieux que moi ce que je veux; c'est pour un grand
seigneur d'aujourd'hui ou d'hier, qui ne se connaît guère
à cela ni à rien, mais qui reçoit chez lui toute la France.
L'ouvrage serait en lieu d'être vu, et pourrait ainsi faire
quelque honneur à l'artiste; il faudrait donc qu'il fût bien
fait et tôt, pour paraître à Paris avant l'original, s'il se
pouvait : c'est là le point. Monsieur Marin, qui, je l'espère, ne m'aura point oublié, est, après vous, Monsieur,
le seul homme auquel je puisse me recommander pour le
succès de cette affaire. Je vous prie de vouloir bien, en
lui faisant mes compliments, l'intéresser un peu pour
moi, et l'assurer que toutes mes langues seront employées
à le louer d'un si grand bienfait.

J'étais tenté de faire encore cette guerre d'Espagne, et
je l'ai demandé; mais on m'a refusé. Une si belle occasion
de *m'aller faire estropier sur les pas des Césars* ne re-
viendra plus pour moi, car si Dieu ne change mes résolutions, je mettrai bientôt mon armure au croc. Je sais
à présent ce que c'est que la guerre et les guerriers; je
je m'en vais, et dis comme Athalie : *j'ai voulu voir,
j'ai vu.*

Vos lettres, vraiment, me font un grand plaisir, et la

dernière toujours plus que les autres ; mais je n'ose vous
en demander à cause de votre vue. Il m'en faut cependant ; écrivez-moi donc, mais peu, seulement pour me
prouver que vos yeux voient et que vos mains agissent.
Adressez à Milan , où je serai dans un mois.

———

A M. DE SAINTE-CROIX,

A PARIS.

Livourne, le 15 décembre 1808.

MONSIEUR, j'apprends avec bien du chagrin le cruel
mal qui vous tourmente, et quoique vous soyez en lieu
où nul bon conseil ne saurait vous manquer, quoiqu'il
y ait aussi une sorte d'indiscrétion à conseiller les malades, je veux pourtant vous dire ce que j'ai vu qui se rapporte à votre état, un fait dont la connaissance ne peut,
je crois, vous être qu'utile.

M. D'Agincourt, à Rome, est connu de tous ceux qui
ont voyagé en Italie, comme amateur très-distingué des
arts et de la littérature, et vous aurez pu aisément entendre parler de lui. Je le laissai, il y a dix ans, souffrant
peut-être plus que vous du même mal, et je viens de le
revoir à l'âge de soixante-douze ans, non-seulement sans
douleur, mais en tout, je vous assure, plus jeune qu'a-
lors, n'étaient ses yeux dont il se plaint. Voilà de quoi je
suis témoin, et voici le régime que commençait M. D'A-
gincourt quand je le quittai, il y a dix ans, et qu'il suit
encore. Il ne mange que des végétaux cuits à l'eau simple, sans aucun assaisonnement ni sel; mais sa principale nourriture est la *polenta* ou bouillie de farine de

maïs qu'on appelle én Languedoc *milusse*. D'ailleurs, abstinence totale de toute autre boisson que l'eau. Comme j'entretiens avec lui une correspondance fondée sur l'amitié dont il m'honore, je lui écris aujourd'hui pour avoir l'histoire de son mal et de sa guérison. Une pareille note, ou je me trompe fort, vous sera toujours bonne à quelque chose. Cette diète lui fut indiquée, à M. D'Agincourt, non par les médecins, mais par M. le chevalier Azara, qui l'avait vu en Espagne pratiquée avec succès, et s'en souvenait, dont bien prit, comme vous voyez, à son ami. Qui empêche que je sois pour vous le chevalier Azara? alors, vraiment, je me louerais de mes courses en Italie.

Je vous livre, Monsieur, sans réserve, mon œuvre (1), et mon nom, si on veut absolument le mettre en tête du volume. J'aimerais mieux, cependant, par des raisons particulières, que je puis appeler raisons d'état, n'être point nommé. Tâchez, je vous prie, de m'obtenir cela; du reste le plus tôt sera le mieux. Si je pouvais avoir une vingtaine d'exemplaires.... Mais tout est entre vos mains, et je suis trop heureux qu'une amitié qui m'est si honorable et si chère vous engage à prendre ce soin

Voici de quoi ajouter à mes notes (2), vous voyez comme je travaille : tout ce qu'on appelle décousu, bâton rompu, n'est rien en comparaison. Une ligne faite à

(1) Xénophon.
(2) Sur Xénophon.

Milan, l'autre à Tarente, l'autre ici; Dieu sait comme tout cela joindra.

———

Courier avait, depuis les premiers jours de novembre, reçu l'ordre de quitter Livourne et la Toscane, et de se rendre à Milan; il l'exécuta enfin, après l'arrivée de l'officier qui devait le remplacer, et partit de Florence le 4 février 1809.

———

A M. GRIOIS,

MAJOR DU 4ᵉ RÉGIMENT D'ARTILLERIE A CHEVAL,
A VÉRONE.

Milan , le 10 mars 1809.

Ma foi, mon major, je vous quitte, et c'est à regret.
En vérité, l'honnêteté n'entre pour rien dans ce que je
vous dis là. Je vous regrette, tous mes camarades; j'ai
passé avec vous des moments agréables. Cependant, pour
avoir du bon temps, je crois qu'il vaut mieux être libre.
Le diable s'était mis dans mes affaires en France. Je demande un congé pour aller voir ce que c'était; on me
le refuse. J'avais déjà demandé de passer en Espagne,
comptant bien que je pourrais, en allant ou en revenant,
faire un tour au pays. Ah! ah! on ne m'écouta seulement
pas. Aujourd'hui c'est ma démission dont je régale Son
Excellence, et pour cela je ne crois pas qu'il y ait de
difficultés (1). Vous me devez de l'argent : quand je dis
vous, c'est le régiment. On a reçu sans doute depuis un
an mon traitement de la légion-d'honneur; avisez, je
vous prie, aux moyens de me faire toucher cela ici,

(1) Sa démission fut acceptée le 15 mars.

vous m'obligerez. Adieu! major; adieu! tous mes camarades anciens et nouveaux, connus et inconnus; adieu!
mes amis; buvez frais, mangez chaud, faites l'amour
comme vous pourrez. Adieu!

A M. AKERBLAD,

Milan, le 12 mars 1809.

MA première lettre est pour vous; du moins n'ai-je
encore écrit à personne que je puisse appeler ami : et ceci
soit dit afin de vous faire sentir l'obligation où vous êtes
de me répondre, toute affaire ou toute paresse cessante.

En arrivant ici j'ai demandé un congé, on me l'a refusé; j'ai donné ma démission. J'ai fait, comme vous
voyez, ce que j'avais projeté : cela ne m'arrive guère. Je
projette maintenant d'aller à Paris; mais j'attendrai pour
partir que la neige soit un peu fondue sur les Alpes, et
je veux les repasser avant qu'il en vienne d'autre; car je
ne puis plus vivre que dans le beau pays *ove il si suona*.
Ma lettre, sans doute, vous trouvera encore à Florence
et au lit, je m'imagine; car voilà un retour de froid qui
va vous faire rentrer dans le duvet jusqu'au nez : *non
tibi svezia parens*.

Si vous étiez enfant du nord, vous ririez de nos frimas,
et tout vous semblerait zéphyr en Italie. Donnez-moi
bientôt de vos nouvelles; partez-vous toujours pour
Rome? j'y serai, je crois, avant vous, si Dieu nous
maintient l'un et l'autre dans les mêmes dispositions.

Lamberti a fini son Iliade, et il va la porter à l'empereur : c'est un homme heureux, Lamberti s'entend. Il a
du métier littéraire les agréments sans les peines; il vit

avec ses amis, il travaille seulement pour n'être pas dé-
sœuvré. Son chagrin (car il en faut bien), c'est cette
farine sur son visage ,

> Qui fait fuir à sa vue un sexe qu'il adore.

Aimez-vous les vers ? en voilà. Le pauvre Lamberti gémit
de n'oser se montrer aux belles après s'être vu leur idole ;
bon homme au demeurant, d'un caractère aimable ; il
sait assez de grec et beaucoup d'italien ; il a un frère
qu'on vient de faire sénateur du royaume : je ne doute
pas qu'il ne le mérite autant pour le moins que Roland ,
qui était sénateur romain , au dire d'Arioste. J'ai appris
à cette occasion que le royaume avait un sénat ; mais je
ne sais trop au vrai ce que c'est qu'un sénateur. A une
lecture de Monti (c'était encore Homère , traduit par lui
Monti ; et toujours de l'Homère ! je crois que j'en rêverai),
il a lu justement le livre où sont les deux comparaisons
de l'âne et du cochon, et j'ai été témoin d'une grave
discussion ; savoir si l'on peut dire en vers, et en vers
héroïques , *asino* et *porco :* l'affirmative a passé tout
d'une voix , sur l'autorité d'Homère appuyé de son traducteur et de son éditeur présents. Notifiez cet arrêt à
vos lettrés toscans , et à tous auxquels il appartiendra :
la chose intéresse beaucoup de gens qui ne pourraient
sans cela espérer de voir jamais leurs noms dans la haute
poésie.

A MADAME DIONIGI ,

A ROME.

Milan , le 22 mars 1809.

J'AI reçu, Madame, vos deux lettres adressées l'une à Livourne, l'autre ici, avec le programme du bel ouvrage que vous destinez au public. Je vous en demanderais pour moi un exemplaire, si je savais où le mettre, si j'avais un cabinet; mais j'habite les grands chemins, et ce qui ne peut entrer dans une valise n'est pas fait pour moi. Comptez cependant que je ne négligerai rien pour vous procurer de nouveaux souscripteurs; cela me serait difficile ici, où je ne connais personne; mais à Paris, où je suis un peu plus répandu; et je pourrai là, quand j'y serai, c'est-à-dire bientôt, vous servir d'autant mieux que j'y trouverai force gens à qui votre nom est connu. Vous avez bien sans doute ici des admirateurs, mais comment les rencontrerais-je, si je ne vois pas une ame? M. Lamberti, qui tient de vous la même mission, la prêchera beaucoup mieux, et annoncera aux Lombards les merveilles de vos œuvres, non pas avec plus de zèle, mais avec plus de succès que je ne pourrais faire.

Pour la traduction de votre Perspective (1), c'est mon

(1) Ouvrage de madame Dionigi sur la perspective , en italien.

affaire , et le titre de votre interprète me plaît et m'honore
également. J'y avais déjà mis la main , comme je crois
vous l'avoir marqué , mais je ne sais si je pourrai trouver
dans une foule de papiers ce que j'en avais ébauché. Si
cela s'est perdu , j'y ai peu de regrets; car à présent je suis
convaincu que pour faire cette version d'une manière
digne de vous , il faut que j'y travaille avec vous. C'est un
bonheur que j'aurai, si Dieu me fait vivre cet automne ;
car voici mon plan pour l'année courante , sauf les événements. Je vais en France donner un coup d'œil à mes
affaires ; je passerai là la saison des grandes chaleurs , et ,
au départ des hirondelles , le désir de vous voir et de
vous traduire , me fera repasser les monts *e non sentir
l'affanno.*

Je ne suis plus soldat. J'ai demandé d'abord , mais je
n'ai pu l'obtenir , qu'on m'envoyât en Espagne ; j'espérais voir en passant la fumée de ma chaumière. J'ai
voulu depuis avoir un congé pour des intérêts très-
pressants , on me l'a refusé de même , et je donne ma
démission. Je ne pouvais guère , ce me semble , quitter
de meilleure grâce , ni plus à propos , un métier dans
lequel il ne faut pas vieillir. Dès que les neiges des
Alpes seront un peu fondues , je partirai pour Paris.
Mais c'est bien à regret , je vous assure , que je tourne
le dos à l'Italie, et je ne resterai là-bas que le temps qu'il
faudra pour m'arranger de manière à n'y revenir de
sitôt. Car désormais, Madame , ce n'est qu'en Italie
que je trouve de la douceur à vivre. L'inclination, comme

vous savez, se moque de la nature, ou plutôt devient une seconde nature. La patrie est où l'on est bien, où on a des amis comme vous ; et si mon bonheur est à Rome, il est clair que je suis Romain. Ceci a un air de raisonnement ; mais soit raison ou autre chose, je ne puis plus vivre que dans le beau pays *ove il si suona.*

J'ai vu à Pise M. le professeur Santi, qui m'a fort prié de vous présenter son respect. Lamberti me donne la même commission : il achève un très-beau livre qui sera dédié et présenté à l'empereur. C'est un Homère savamment revu et corrigé par lui, Lamberti, et imprimé par Bodoni.

Il y a ici un peintre que vous connaissez, Madame, qui du moins se vante de vous connaître. Il se nomme M. Bossi, et copie maintenant pour le gouvernement la fameuse cène de Léonard, entreprise qui demandait un homme de talent. Ce Léonard ne se laisse pas copier à tout le monde ; mais pour comprendre le mérite de ce que fait Bossi, il faut voir comment il a su rétablir dans sa copie les parties de la fresque détruites par le temps, et elles sont considérables. Ma foi sans lui nous n'aurions qu'une idée bien imparfaite de ce beau tableau, dont il ne reste presque rien, et qui allait être dans peu totalement perdu. Mais comment retrouve-t-on une peinture effacée ? Voilà ce qui vous surprendrait : il a découvert, je ne sais où, les cartons et les études de Léonard même. Pour la couleur, il s'est aidé de certaines copies faites dans le temps que l'original était entier. Bref, c'est comme une nouvelle édition de la cène. N'aimez-vous pas mieux, Madame, cet ancien chef-d'œuvre ainsi reproduit que tant de nouveaux tableaux tout au plus médiocres? Quant à moi cela me plaît fort, et je voudrais quelque chose de semblable pour vos belles fresques de Rome, où l'on ne voit tantôt plus rien.

J'ai assisté à une grande lecture de poésie : c'était encore Homère et traduit par Monti. Je pensais vraiment en rendre compte à mademoiselle Henriette; mais à elle je ne puis lui parler que d'elle-même, au risque toutefois d'un peu de désordre dans mes idées. Si je m'embrouille, après tout je n'étonnerai personne, étant coutumier du fait, soit que je parle à elle ou d'elle; enfin je veux lui demander des nouvelles de ses mains, que je me figure à présent bien maltraitées par le froid. C'est un cruel mal que ces *geloni* (1), comme vous les appelez; ces tyrans de Sicile ne respectent rien. Voyez-vous, Madame? déjà je commence à déraisonner : le mieux sera, je crois, que je m'en tienne là, et que je finisse en vous assurant de mon très-humble respect.

(1) Engelures.

LETTRE

DE M. SYLVESTRE DE SACY.

Paris, le 3 mars 1809.

MONSIEUR, il n'est pas surprenant que vous n'ayez trouvé à Milan aucune lettre de M. de Sainte-Croix; malheureusement l'état d'infirmité dans lequel il était depuis long-temps s'est changé en une maladie putride qui aujourd'hui ne nous laisse presque aucun espoir de le conserver. Un des derniers objets dont il m'a parlé avant que la maladie eût pris tant de violence, c'est le manuscrit (1) que vous lui avez fait parvenir. J'ai vu, en son nom, M. Lenormant, qui consent volontiers à imprimer votre ouvrage, mais seulement au mois de juin. Je désire bien vivement que nous soyons trompés dans l'espèce de certitude que nous avons de l'issue fâcheuse de la maladie de notre respectable ami; mais si nous avons le malheur de le perdre, madame de Sainte-Croix me remettra votre manuscrit, et je le tiendrai à votre disposition.......

(1) Les deux livres de Xénophon sur la cavalerie, imprimés depuis chez Eberhart à la fin de 1809.

A M. DE SYLVESTRE DE SACY,

A PARIS.

Milan , le 13 mars 1809.

MONSIEUR , les tristes présages que me donnaient votre lettre du 3 du courant sur la maladie de M. de Sainte-Croix , ne se sont que trop vérifiés , comme on me le marque aujourd'hui de la part de madame de Sainte-Croix. Je n'ose encore lui écrire ; mais je vous supplie, Monsieur, de lui présenter mon respect et de lui dire , si cela se peut sans irriter sa douleur, toute la part que j'y prends. Je comprends la vôtre, Monsieur, sachant combien vous étiez lié avec un homme si respectable , et la haute estime qu'il avait pour vous. Quant à moi, il n'y avait personne dont l'amitié me fût ni mieux prouvée ni plus chère ; et même , depuis la mort de M. de Villoison, qui nous fut ravi aussi cruellement , c'était presque la seule liaison que j'eusse conservée en France parmi les gens de lettres. Il se plaisait à m'encourager dans ces études dont vous avez pu voir quelques essais, et c'était à lui que je confiais des amusements et des goûts qu'on ne peut avoir pour soi seul. Enfin , par mille raisons, je ne pouvais faire de perte qui me fût plus sensible. — C'est déjà un bonheur pour moi que mon manuscrit passe dans vos mains ; mais je

voudrais qu'avec cela, Monsieur, M. de Sainte-Croix vous
eût transmis une partie de l'amitié dont il m'honorait ;
pour avoir quelque droit à la vôtre, si ce peut m'être là
un titre, permettez-moi de le faire valoir, en y joignant
l'admiration que m'inspirent vos rares connaissances. Je
n'en puis juger par moi-même que très-imparfaitement.
Mais je voyage depuis long-temps, et partout je vous
entends louer par des gens que tout le monde loue. Ainsi
je suis sûr de votre mérite dans les choses mêmes qui passent ma portée. Voilà d'où me vient, Monsieur, le désir
de vous connaître plus particulièrement, et l'ambition de
vous plaire. Je compte être bientôt à Paris, où j'espère
vous faire ma cour un instant. En attendant, si vous
daignez jeter un coup d'œil sur mon travail et me donner
quelques avis, venant d'un homme comme vous, nulle
faveur ne me pourrait être plus précieuse. Je suis très
flatté de l'intérêt que vous y voulez bien prendre, et fort
aise que M. Lenormant, à votre considération, se charge
de l'impression. C'était assurément tout ce que je pouvais
souhaiter. Je me flatte peut-être, mais vous voilà, je crois,
un peu engagé à protéger mon Xénophon à son entrée
dans le monde. J'ose vous prier, Monsieur, de ne le point
perdre de vue ; car, plutôt que de le voir livrer à la barbarie des protes, j'aimerais mieux l'étouffer d'abord. Il
vous sera aisé, ce me semble, de trouver quelqu'un qui
se charge de surveiller l'impression, et de voir vous-même
d'un coup d'œil si tout est dans l'ordre. Comme mon
voyage à Paris est encore une chose incertaine, et que,

dans tous les cas, mon séjour y sera très-court, occupé d'ailleurs de soins fort différents, je ne pourrai même avoir une pensée qui se rapporte à de tels objets ; et, sans vos bontés, je renoncerais à rendre cet ouvrage public.

———

Courier, devenu libre, se mit bientôt en route pour Paris, où il arriva le 14 avril. Napoléon venait d'en partir pour aller soutenir une nouvelle guerre contre l'Autriche. Le bruit des victoires d'Abensberg et d'Eckmühl réveilla, dans le cœur de notre officier d'artillerie, le désir qu'il avait toujours nourri de faire une campagne dans une armée qu'il commandât. Il employa donc de nouveau ses amis et obtint, le 7 mai, l'ordre de se rendre en Allemagne pour y attendre que l'empereur eût prononcé sur sa rentrée au service. Il ne partit cependant pour Strasbourg que le 28, parce que ses affaires l'obligèrent à aller passer quelques jours à Luynes. Enfin, il arriva le 15 juin à Vienne, où le quartier-général était établi depuis un mois.

A M. ET MADAME CLAVIER,

A PARIS.

Strasbourg, le 2 juin 1809.

MONSIEUR et Madame, vous serez bien aises, je crois,
de savoir que j'arrivai ici hier. (Voilà un affreux hiatus
dont je vous demande pardon.) J'arrive sain, gaillard et
dispos, et je repars demain avec un aide-de-camp du
roi Joseph d'Espagne. C'est un jeune homme, à ce que
je puis voir, dont les aïeux ont fait la guerre, et qui
daigne être colonel. Il veut me protéger à toute force.
J'y consens, pourvu qu'il m'emmène. Vous ririez trop
si je vous comptais sa surprise à la vue de mon bagage.
Il faut dire la vérité, il n'y en eut jamais de plus mince.
J'y trouve pourtant du superflu, et j'en veux faire la
réforme.

Mille amitiés, mille respects. Je ne puis encore vous
donner d'adresse.

A Mme LA C^{sse} DE LARIBOISSIÈRE,

A PARIS.

Vienne en Autriche , le 19 juin 1809.

MADAME, vous approuverez sûrement la liberté que je prends de vous écrire, car j'ai à vous parler du général et de monsieur votre fils. Leur santé à tous deux est telle que vous la pouvez souhaiter. Monsieur votre fils m'a tout l'air d'être bientôt un des plus jolis officiers de l'armée. Il le serait par sa figure quand il n'aurait que cet avantage; mais j'ai causé avec lui, et je puis vous garantir qu'il raisonne de tout parfaitement. Où preniez-vous donc, s'il vous plaît, qu'il avait l'air un peu trop *page?* Je n'ai rien vu de plus sensé. En un mot, Madame, si son frère, comme on me l'assure, ne lui cède en rien pour le mérite, vous êtes heureuse entre toutes les mères. Je vous parle le langage de l'évangile; ainsi je pense que vous me croirez.

Quant au général, l'empereur sait l'occuper si bien, qu'il n'aura de long-temps le temps d'être malade. C'est une chose qui nous étonne tous, que sa tête et sa santé résistent à tant d'affaires. Cependant il trouve des forces pour tout. On ne sait vraiment quand il dort, et l'heure de ses repas n'est guère plus réglée que celle de son sommeil. Avec tout cela, Madame, il se porte mieux que jamais, et n'a sûrement rien à désirer, sinon d'être plus près de vous.

Ces renseignements authentiques, venant d'un témoin oculaire et digne de foi, ne vous déplairont pas, je crois; voilà par où je me flatte de vous faire agréer ce griffonnage. A mon arrivée ici je me suis d'abord mis fort bien avec le général, en lui donnant de vous, Madame, des nouvelles exactes, récentes et satisfaisantes, sans me vanter, puisque je vous ai vue bien mieux qu'il ne vous avait laissée. L'idée m'est venue de vous faire ma cour par le même moyen, en vous marquant fidèlement l'état où se trouvent deux personnes qui vous sont si chères.

A présent, votre bonté ordinaire fera que vous serez bien aise d'apprendre où en sont mes affaires. Vous savez, Madame, que le général Songis s'en est allé, que M. de Lariboissière le remplace dans le commandement de l'artillerie de l'armée. Je crois en vérité que c'est moi qui ai arrangé tout cela. L'empereur n'eût pas fait autrement s'il n'eût songé qu'à m'obliger. En arrivant je suis allé droit au général, sans même savoir que l'autre fût parti. Le lendemain mon affaire fut présentée à l'empereur, qui s'avisa de demander ce que c'était que ce chef d'escadron, et pourquoi il avait quitté. Le général répondit comme il fallait, sans blesser la vanité. Bref, la conclusion fut que je reprendrais sur-le-champ du service. Il n'y manque plus que je ne sais quel décret que doivent

faire ceux qui les font, et puis la signature, et me voilà
en pied. Vous dirai-je maintenant, Madame, ma pensée
tout naturellement ? J'aimais M. de Lariboissière par
une ancienne inclination, qui commença dès que je le
connus (outre l'estime que personne ne peut lui refuser).
Maintenant la reconnaissance s'y joint, et si cet attachement d'un officier à son chef fait quelque chose au service, il n'y aura point dans l'armée d'officier qui serve
mieux que moi.

Courier, qui s'était flatté de rester pendant toute la campagne attaché au général de Lariboissière, fut fort désappointé
en recevant l'ordre de passer au quatrième corps d'armée. Il
le joignit cependant dans l'île de Lobau, et fut employé aux
batteries qui tirèrent, le 4 juillet, pour protéger le passage
du Danube; il donne lui-même, dans une lettre du 5 septembre 1810 qu'on trouvera ci-après, le détail de ce qui lui arriva à cette occasion.

Après la victoire de Wagram il regarda la guerre comme
terminée; et ne se croyant pas de nouveau engagé au service
militaire par ce qui s'était passé depuis que sa démission avait
été acceptée, il quitta l'armée et arriva à Strasbourg le 15 juillet.

A MADAME DIONIGI,

A ROME.

Strasbourg, le 18 juillet 1809.

ÉCRIVEZ-MOI, Madame, dès que vous aurez reçu cette lettre, car voilà bien du temps que je n'ai eu de vos nouvelles. J'ai tant couru jusqu'à présent que je ne pouvais vous donner d'adresse certaine; maintenant, sans être plus stable, je dépends plus de moi-même, et puis mieux savoir ce que je deviendrai, sauf les hasards ordinaires de la vie. Adressez vos lettres à M. Courier, à Strasbourg, poste restante; elles me parviendront, quelque part que je sois, et je serai en Suisse, selon toute apparence. Je vais là pour fuir la rage de la canicule, en me rapprochant de vous. Je passerai dans ces montagnes tout le temps des chaleurs. J'en descendrai au mois d'octobre. Alors il fera bon chez vous, et j'irai vous voir, non pas seulement cet hiver, mais tous les hivers. C'était là mon ancien projet, mon plus beau château en Espagne, et le plus cher de mes rêves, que rien ne m'empêche aujourd'hui de réaliser.

Ma dernière lettre à vous était, je crois, de Milan. J'ai toujours voyagé depuis. J'ai traversé en plus d'un sens la France et l'Allemagne. J'arrive maintenant de

Vienne. J'ai vu de près les grands événements, et j'ai à vous faire des récits sans fin, quand nous nous reverrons, s'entend ; car de vous en écrire seulement la dixième partie, mille plumes n'y suffiraient pas.

S'il y avait quelque chose que je pusse espérer de M. Amati, je le prierais d'achever enfin le petit travail dont il s'est chargé pour moi (1), et de l'avoir prêt pour le temps de mon arrivée à Rome. Je sens bien qu'il me le promettra sans la moindre difficulté, mais je sais aussi le fonds qu'on peut faire sur ses promesses. Vous, Madame, qui devez avoir quelque crédit sur son esprit, mêlez-vous un peu de cette affaire, et obtenez de lui qu'il remplisse ses engagements, sans quoi je vois bien qu'il y faut renoncer.

Je finis comme j'ai commencé, en vous priant de m'écrire. C'est pour cela seul que je vous écris, moi ; car je suis sûrement le plus paresseux de tous vos correspondants, et vous n'auriez guère de mes nouvelles si je pouvais me passer des vôtres.

(1) L'Anabasis.

A M. D'AGINCOURT,

A ROME.

Zurich, le 25 juillet 1809.

Monsieur, je donnerais tout au monde pour avoir à
cette heure une ligne de vous qui m'assurât seulement
que vous vous portez bien. Voilà en vérité mille ans que
je n'ai eu de vos nouvelles. Vous allez dire que c'est ma
faute. Non. Quand je vous aurais écrit, jamais vos ré-
ponses ne m'eussent atteint dans les courses infinies que
j'ai faites après être parti de Livourne. C'est de là que
je vous adressai, ce me semble, ma dernière lettre. Le
seul récit de mes voyages depuis ce temps-là vous fati-
guerait. Figurez-vous que si j'ai eu un moment de repos,
si je me suis arrêté quelque part, ç'a toujours été sans
l'avoir prévu. Ne pouvant jamais dire un jour où je serai
le lendemain, quelle adresse vous aurais-je donnée ?
Maintenant je suis libre, ou je crois l'être, c'est tout un,
et je vais..... devinez où ? à Rome. Cela n'est-il pas tout
simple ? Débarrassé de mille sottises qui me tiraillaient
en tout sens, je reprends aussitôt ma tendance naturelle
vers le lieu où vous résidez. Voilà une phrase de physi-
cien que quelque jolie femme prendrait pour de la cajo-
lerie, mais vous, Monsieur, vous savez bien que c'est la

pure vérité. Il est heureux pour moi sans doute que vous habitiez justement le pays que je préfère à tout autre ; mais fussiez-vous en Sibérie, dès que je me sens libre, j'irais droit à vous.

J'ai dû vous marquer, si tant est que je vous aie écrit de Milan, comme arrivé là je quittai sagement mon vilain métier. Mais à Paris, un hasard, la rencontre d'un homme que je croyais mon ami,

> Et, je pense,
> Quelque diable aussi me poussant,

je partis pour l'armée d'Allemagne, dans le dessein extravagant de reprendre du service. La fortune m'a mieux traité que je ne méritais, et tout près d'être lié au banc m'a retiré de cette galère. Je vous conterai cela quelque jour. Ce n'est pas matière pour une lettre. Dès que les chaleurs cesseront, je descendrai de mes montagnes pour aller passer l'hiver avec vous. Cependant écrivez-moi, si peu que vous voudrez, mais écrivez-moi. Deux mots de votre main me seront un témoignage de l'état de vos yeux, et suffiront pour m'apprendre comment vous vous portez.

A M. ET MADAME THOMASSIN,

A STRASBOURG.

Lucerne, le 25 août 1809.

MONSIEUR et Madame, les marques d'amitié que j'ai
reçues de vous à mon passage par votre bonne ville, me
persuadent que vous serez bien aises d'avoir de mes nouvelles, et de savoir un peu ce que je deviens. En vous
quittant j'allai à Bâle; je n'y vis que la maison fort inté-
ressante de M. Haas, auquel j'étais adressé par M. Le-
vraut, l'occasion qui se présenta de me rendre à Zurich
d'une manière très-convenable à ma fortune (1), c'est-à-
dire presque gratis, me décida pour ce voyage. Ce fut là
que je commençai à me trouver en Suisse, pays vraiment
admirable dans cette saison. La beauté tant vantée des
sites fit sur moi l'effet ordinaire, me surprit et m'en-
chanta. Il y avait là un prince russe avec sa femme et ses
enfants, tous fort bonnes gens, quoique princes; parlant français mieux que les nôtres, ce que vous croirez
aisément. Leur connaissance que je fis me fut utile et
agréable. Nous vîmes le lac en bateau, les environs en
voiture (où les voitures pouvaient aller), le reste à pied;

(1) Avec un commis-voyageur de Sédan.

tout me convenait à cause de la compagnie; on mangeait à crever, on riait à n'en pouvoir plus, on causait gaiement. J'osai bien leur parler de leur vilain pays, dont je recueillis là en passant quelques notions assez curieuses. Je fus ainsi deux jours avec eux sans m'ennuyer; après quoi toute cette famille, prince, princesse, petits princes, valets et servantes fort jolies, tout cela partit en trois carrosses pour les eaux de Baden, et partira peut-être quelque jour en un seul tombereau pour la Sibérie. Ce fut la réflexion que je fis sans la leur communiquer.

Sur le lac, Dieu m'est témoin que je pensai à mes amis des bords du Rhin, vous compris et en tête, si vous le trouvez bon, et voici comment j'y pensai tout naturellement : je regardais les eaux de ce lac transparentes comme le cristal, celles de la Limate en sortent et vont se jeter dans le Rhin. Vous voyez, Monsieur et Madame, comme mes pensées, en suivant l'onde fugitive, arrivaient doucement à vous. Les vôtres n'auraient-elles pas pu remonter quelquefois le cours de l'eau? Cela n'est pas si naturel; aussi n'osai-je m'en flatter.

Après le départ de mes Russes, je ne fus pas longtemps sans trouver une autre occasion aussi peu coûteuse que la première pour venir à Lucerne, en reprenant ma direction vers l'Italie. Arrivé dans cette ville, je voulus, avant d'aller plus loin, reconnaître le pays, où je vis beaucoup d'ombrages, point de vignes, des sapins et du côté du midi un rempart de montagnes toujours couvertes de neiges. J'en conclus que c'était là un lieu très-propre à passer le mois d'août, et l'asile que je cherchais contre la rage de la canicule, comme parle Horace. Le hasard me fit connaître un jeune homme qui venait d'hériter d'une jolie maison de campagne sur le bord du lac, à demi-lieue de la ville; nous allâmes ensemble la voir, et sur l'assurance qu'il me donna de n'y jamais mettre le pied, j'y acceptai le logement d'où je vous écris, que j'occupe depuis un mois, et que je compte occuper jusqu'au mois de septembre, car je ne crois pas que l'Italie, dans la partie où je veux aller, soit habitable avant ce temps.

Ma demeure est à mi-côte, en plein midi, au dessus d'une vallée tapissée de vert, mais d'un vert inconnu à vous autres mondains, qui croyez être à la campagne auprès des grandes villes. J'ai en face une hauteur qu'on appellerait chez vous montagne, toute couverte de bois, et ces bois sont pleins de loups dont je reçois chaque matin les visites dans ma cour, comme M. de Champcenetz recevait ses créanciers; plus loin je vois dans les grandes Alpes l'hiver au-dessus du printemps, à droite d'autres montagnes entrecoupées de vallons, à gauche le lac et la ville, et puis encore des montagnes ceintes de feuillages et couronnées de neige. Ce sont là ces tableaux qu'on vient voir de si loin, mais auxquels nous autres Suisses nous ne faisons non plus d'attention qu'un mari aux traits de sa femme après quinze jours de ménage.

Quant à ma vie, j'en fais trois parts : l'une pour

manger et dormir, l'autre pour le bain et la promenade, la troisième pour mes vieilles études dont j'ai
apporté d'amples matériaux. Le jardinier et sa femme
qui me servent n'entendent pas un mot de français :
ainsi, j'observe strictement le silence de Pythagore et
à peu près son régime. Je ne vais jamais à la ville, où
je ne connais personne, et où je ne suis connu que des
femmes par une aventure assez drôle.

Je me baigne tous les jours dans le lac, et le plus
souvent dans un endroit qui est un port pour les ba-
teaux. Dimanche dernier, au soleil couchant, je m'étais
déshabillé pour me jeter à l'eau. Les eaux de ces lacs,
par parenthèse, sont soujours très-froides, et le baptême n'en est que plus salutaire. Mais on n'en use point
ici, et je crois même qu'il n'y a personne dans tout le
pays qui sache nager. Moi qui n'ai point d'autre plaisir,
je m'en donne du matin au soir, et je m'en trouve
très-bien ; j'avais donc défait ma toilette. Un bouquet
d'arbres, une espèce de lisière de taillis le long du rivage, m'empêcha de voir quelques barques qui venaient
côte à côte prendre terre où j'étais, et qui, survenant
tout à coup, me mirent au milieu de vingt femmes, dans
le costume d'Adam avant le péché. Ce fut, je vous assure, une scène, non pas une scène muette, mais des
cris, des éclats de rire ; je n'ouïs jamais rien de pareil ;
les échos s'en mêlant redoublèrent le vacarme. Ces
dames se sauvèrent où elles purent, et moi je m'enfuis
sous les ondes, comme les grenouilles de La Fontaine.

Je fus prier les Nymphes de me cacher dans leurs grottes profondes, mais en vain. Il me fallut bientôt remettre le nez hors de l'eau; bref, les Lucernoises me connaissent, et c'est peut-être ce qui m'empêche de leur faire ma cour.

Je corrige un Plutarque qu'on imprime à Paris. C'est un plaisant historien, et bien peu connu de ceux qui ne le lisent pas en sa langue; son mérite est tout dans le style. Il se moque des faits, et n'en prend que ce qui lui plaît, n'ayant souci que de paraître habile écrivain. Il ferait gagner à Pompée la bataille de Pharsale, si cela pouvait arrondir tant soit peu sa phrase. Il a raison. Toutes ces sottises qu'on appelle histoire ne peuvent valoir quelque chose qu'avec les ornements du goût.

Voilà, Monsieur et Madame, comme se passe mon temps, fort doucement, je vous assure, mais avec une rapidité qui m'effraierait, si j'y songeais. Je ne fais pas cette folie. Je ne songe qu'à vivre pour vous revoir un jour, et je m'y prends, ce me semble, assez bien. Ce qui rend mes heures si rapides, c'est que je ne suis guère oisif. Je puis dire comme Caton : Je ne fus jamais si occupé que depuis que je n'ai plus rien à faire. Enfin, si j'avais de vos nouvelles, je ne désirerais rien, et il y aurait au monde un homme content de son sort. Écrivez-moi donc bientôt.

Parlez-moi de ce bouton de rose que vous élevez sous le nom d'Hélène. Vous êtes là en vérité une trinité fort aimable et bien mieux arrangée que l'autre. Vous êtes aussi *consubstantiels* et indivisibles. Chacun de vous est nécessaire à l'existence de tous trois. Agréez, je vous en supplie, l'assurance très-sincère de mon respect et de mon attachement.

A M. ET MADAME CLAVIER,

A PARIS.

Lucerne, le 30 août 1809.

Monsieur et Madame, ne vous ai-je pas écrit deux ou trois fois au moins? N'ai-je pas mis moi-même mes lettres à la poste? Ne vous ai-je pas marqué mon adresse bien exacte? C'est à moi que je fais ces questions, car je suis moins sûr de moi que de vous, et je m'accuserais volontiers de votre silence. Le fait est que je ne reçois pas un mot. A toute force, il se pourrait que vous m'eussiez écrit, car dans mes longues erreurs j'ai perdu des lettres. Les vôtres sont, sans flatterie, celles que je regrette le plus, si tant est que vous m'ayez écrit, comme je tâche de le croire. Mandez-moi au moins ce qui en est, et si je dois m'en prendre à vous, à la poste ou à moi, qui, par quelque étourderie, *sicut meus est mos*, me serai privé du plaisir d'avoir de vos nouvelles. Quand je dis plaisir, c'est un besoin. Comptez que je ne puis m'en passer, et dépêchez-vous, s'il vous plaît, de m'adresser quelques lignes de la moins paresseuse de vos quatre mains. Ce sont quatre torts que vous avez si vous êtes restés tant de temps sans me donner signe de souvenir.

Quand j'aurai des preuves que vous recevez mes lettres,

je vous conterai par quelle chance je me trouve ici. Je m'y trouve bien, et j'espère me trouver encore mieux à Rome, où je passerai l'hiver. Je ne suis plus soldat, Dieu merci ; je suis ermite au bord du lac au pied du *Righi.* Je ne vois que bergers et troupeaux, je n'entends que les chalumeaux et le murmure des fontaines, et, dans l'innocence de ma vie, je ne regrette rien de cette Baby-lone impure que vous habitez ; s'entend, je n'en regrette que vous, qui êtes purs si vous m'avez écrit.

Vous ferez bien parvenir, je crois, mes respects à madame de Salm, quelque part qu'elle soit. Je lui écri-rais si j'osais, si je savais où adresser ma lettre. Je pensai fort à elle sur les bords du lac de Zurich, où j'étais il n'y a pas huit jours : je pensai à elle d'une façon toute pastorale. Je regardais les eaux du lac transparentes comme le cristal ; celles de la Limate en sortent et vont se jeter dans le Rhin : vous voyez comme mes pensées, en suivant le cours de l'onde fugitive, allaient par le Rhin à la Roër. Mais quel séjour pour une Muse que le Rhin et la Roër ! comment mettra-t-elle ces noms-là sur sa lyre ? cela est fâcheux pour ces pauvres fleuves, on ne les chantera point en beaux vers : on les abandonnera aux Buache et aux Pinkerton. Que ne s'appelaient-ils Céphise ou Asopus ?

N'avez-vous jamais ouï parler du marquis Tacconi, à Naples, grand-trésorier de la couronne, grand amateur de livres, et mon grand ami, que l'on vient de mettre aux galères ? Il avait 100,000 livres de rente, et il faisait de faux billets ; c'était pour acheter des livres, et il ne lisait jamais. Sa bibliothèque magnifique était plus à moi qu'à lui ; aussi suis-je fort fâché de son aventure. Tudieu, comme on traite la littérature en ce pays-là ! L'autre roi fit pendre un jour toute son académie ; celui-ci envoie au bagne le seul homme qui eût des livres dans tout le royaume. Mais, dites-moi, auriez-vous cru que la fureur bibliomaniaque pût aller jusque – là ? l'amour fait faire d'étranges choses ; ils aiment les livres charnellement, ils les caressent, les baisent.

Ce qui suit sera, s'il vous plaît, pour le docteur Coraï. M. Basili, à Vienne, m'a rendu mille services, dont je remercie de tout mon cœur M. Coraï, et dont le moindre a été de me donner de l'argent. Je devais remettre cet argent à son correspondant de Paris ; mais, comme je n'ai de mémoire que pour les choses inutiles, j'ai d'abord oublié le nom de ce correspondant, qui doit pourtant s'appeler M. Martin Pesch, ou Puech, ou Pioche ; bref, on ne le trouve point à Paris. M. Coraï peut et doit même savoir le nom et l'adresse de ce monsieur ; qu'il ait donc la bonté de me l'envoyer bien vite, non pas le monsieur, mais l'adresse. J'ai écrit maintes lettres à M. Basili, mais il y a un sort sur toute ma correspondance ; et puis je crains que dans ce temps-ci mes lettres ne lui parviennent pas. Enfin cela ne finira point, si Dieu et vous, gens charitables, n'y mettez la main ; et M. Basili, qui m'a obligé on ne peut pas plus galamment, aurait assurément droit d'être mécontent.

4.   18

Une idée qui me vient à présent; seriez-vous à Lyon par hasard ? mais non , vos lettres se sont perdues : car vous m'avez écrit , ou vous m'écrirez sitôt la présente reçue.

———

Courier quitta Lucerne le 27 septembre , après y avoir passé deux mois. Ce fut pendant ce séjour qu'il fit la traduction libre de la vie de Périclès par Plutarque. De Lucerne il se rendit à Altorf , traversa à pied le mont Saint-Gothard , et vint par Bellinzona et Lugano à Milan , où il arriva le 3 octobre.

A M. ET MADAME THOMASSIN,

A STRASBOURG.

Milan, le 12 octobre 1809.

MONSIEUR et Madame, je ne sépare point ce que Dieu a joint, et je réponds à vos deux lettres par une seule. Ces deux bonnes lettres me sont parvenues avec celles que vous avez retirées pour moi de la poste. Mais celles-là, en vous priant de me les renvoyer à Lucerne, je n'entendais point du tout vous en faire payer le port. La plupart des gens obligent peu, lors même qu'il ne leur en coûte rien, et beaucoup vendent cher de médiocres services ; vous, vous obligez et payez ; ma foi il y a plaisir d'être de vos amis. Je devrais au moins ne pas abuser de tant de bonté ; mais comment m'y prendre pour tirer encore de votre maudite poste deux ou trois lettres que j'y dois avoir d'ancienne date ? Écrire au directeur, comme j'avais fait avant de recourir à vous, je n'aurai ni lettre ni réponse. Il faut donc toujours vous importuner ; mais, cette fois, sans rien débourser. Envoyez, je vous prie, à ce bureau quelqu'un qui, fouillant dans le fatras des lettres *poste restante*, y déterre les miennes et fasse mettre au dos ; *chez messieurs*

Molini et Landi, *libraires à Florence*, puis vous joindrez à cette bonté celle de m'en donner avis. Les lettres de madame Thomassin sont ce que l'on m'avait dit, c'est-à-dire, après sa conversation, tout ce qu'il y a de plus aimable. Mais dussé-je être impertinent, je critiquerai celle que j'ai reçue; aussi bien n'y suis-je pas trop ménagé.

Ce que j'y trouve à dire d'abord, c'est qu'elle est trop courte; et puis c'est que madame n'y parle guère que de moi. Étais-je en droit d'espérer qu'elle parlât d'elle-même, et de ce qui l'entoure? Je ne sais, mais il me semble..... Enfin, pourquoi ne m'a-t-elle pas dit où en est son bâtiment? J'aurais bien pu avoir aussi des nouvelles de la vache, du jardin, et d'autres choses. Franchement, comme vieille connaissance, j'avais droit à ces détails, et tout ce qui eût allongé sa lettre la rendait d'autant meilleure. Vous voulez donc bien, Madame, vous intéresser à mes courses; je n'en ai fait jusqu'au 30 septembre qu'aux environs de mon ermitage. J'ai vu dans les hautes Alpes ces gens qui vivent de lait et ignorent l'usage du pain; ils paraissent heureux. Je vous dirai l'année prochaine ce qui en est; car je compte passer l'été avec eux, et descendre après en Alsace. J'ai fait sur mon lac de Lucerne des navigations infinies. Ses bords n'ont pas un rocher où je n'aie grimpé pour chercher quelque point de vue, pas un bois qui ne m'ait donné de l'ombre, pas un écho que je n'aie fait jaser mille fois; c'était ma seule conversation, et le lac mon unique promenade. Ce lac a aussi ses nymphes ; il n'y a si chétif ruisseau qui n'aît la sienne, comme vous savez ; j'en vis une un jour sur la rive ; je ne plaisante point. J'étais descendu pour examiner les ruines du fâmeux château de Hapsbourg ; mais je vis autre chose que des ruines. Une jeune fille jolie, comme elles sont là presque toutes, cueillait des petits pois dans un champ ; leur costume est charmant, leur air naïf et tendre, car en général elles sont blondes, leur teint un mélange de lis et de roses ; celle-là était bien du pays. J'approchai, je ne pouvais rien dire ne sachant pas un mot de leur langue ; elle me parla, je ne l'entendis point. Cependant, comme en Italie, où beaucoup d'affaires se traitent par signes, j'avais acquis quelque habitude de cette façon de s'exprimer, je réussis à lui faire comprendre que je la trouvais belle. En fait de pantomime, sans avoir été si loin l'étudier, elle en savait plus que moi, nous causâmes ; je sus bientôt qu'elle était du village voisin, qu'elle allait dans peu se marier, que son amant demeurait de l'autre côté du lac, qu'il était jeune et joli homme. Vous seriez-vous doutée, Madame, que tout cela se pût dire sans parler ? Pour moi, j'ignorais toute la grâce et l'esprit qu'on pouvait mettre dans une pareille conversation ; elle me l'apprit. Cependant je partageais son travail, je portais le panier, je cueillais des pois, et j'étais payé d'un sourire qui eût contenté les dieux mêmes ; mais je voulus davantage.

Toute cette histoire ne me fait guère d'honneur : me

voilà pourtant, je ne sais comment, engagé à vous la
conter, et vous, madame, à la lire. J'obtins de cette
belle assez facilement qu'elle ôtât un grand chapeau de
paille à la mode du pays ; ces chapeaux dans le fait sont
jolis ; mais il couvrait, il cachait..... et le fichu, c'était
bien pis ; à peine laissait-il voir le cou. Je m'en plaignis,
j'osai demander que du moins on l'entr'ouvrît. Ces
choses-là en Italie s'accordent sans difficulté ; en Suisse
c'est une autre affaire. Non-seulement je fus refusé,
mais on se disposa dès-lors à me quitter. Elle remit
son chapeau, remplit à la hâte son panier, et le posa
sur sa tête. Quoique la mienne ne fût pas fort calme,
j'avais pourtant très-bien remarqué que ce fichu auquel
on tenait tant ne tenait lui-même qu'à une épingle assez
négligemment placée ; et, profitant d'une attitude qui ne
permettait nulle défense, j'enlevai d'une main l'épingle
et de l'autre le fichu, comme si de ma vie je n'eusse fait
autre chose que déshabiller les femmes. Ce que je vis
alors, aucun voyageur ne l'a vu, et moi je ne profitai
guère de ma découverte, car la belle aussitôt s'enfuit,
laissant à mes pieds son panier et son chapeau qui tomba ;
et je restai le mouchoir à la main, quand elle s'arrêta et
tourna vers moi ses yeux indignés. J'eus beau la rappeler, prier, supplier, je ne pus lui persuader ni de revenir
ni de m'attendre. Voyant son parti pris, qu'y faire ? Je
mis le fichu sur le panier avec le chapeau, et je m'en
allai, mais lentement, trois pas en avant et deux en
arrière, comme les pèlerins de l'Inde. A mesure que je

m'éloignais elle revenait, et quand je revenais elle fuyait.
Enfin, je m'assis à quelque distance, et je lui laissai réparer le désordre de sa toilette, et puis je me levai, et
je sus encore lui inspirer assez de confiance pour me
laisser approcher. Je n'en abusai plus. Nous ramassâ-
mes ensemble la récolte éparse à terre, et je plaçai moi-
même sur sa tête le panier que ses doigts seuls soutenaient
de chaque côté ; alors figurez-vous ses deux mains occu-
pées, mêlées avec les miennes, sa tête immobile sous ce
panier, et moi si près... j'avais quelques droits, ce me
semble ; l'occasion même en est un. J'en usai discrète-
ment. Maintenant, Madame, si vous me demandez ce
que c'est que le château de Hapsbourg, en vérité je ne
l'ai point vu, non que je n'y sois revenu plus d'une fois.
Je revins souvent au pied de ces tours, mais sans jamais
voir ce que j'y cherchais.

Quand je m'aperçus que les feuilles se détachaient des
arbres, et que les hirondelles s'assemblaient pour partir,
je coupai un bâton d'aubépine que je fis durcir au feu,
et me mis en chemin vers l'Italie. Je fus deux jours dans
les neiges, mourant de froid, car je n'avais pris aucune
précaution ; et je ne dégelai qu'à Bellinzona. Dieu et les
chèvres de ces montagnes savent seuls par où j'ai passé.
Il ne faut pas parler là de route. Mon guide portait mon
bagage. Il n'y en eut jamais de plus léger, aussi pouvais-je
à peine le suivre. Ces montagnards ont des jambes qui
ne sont qu'à eux.

Mon dessein n'était pas de m'arrêter ici ; mais j'y ai

trouvé un ami (1), et cet ami-là est un homme qui a du savoir et du goût, deux choses rarement unies. Me voilà donc à Milan jusqu'à ce que le froid m'en chasse. Je compte être à Florence dans les premiers jours de novembre, à Rome bientôt après. Vous appelez cela courir, mais au vrai je ne sors pas de chez moi. Ma demeure s'étend de Naples à Paris. Je goûte avec délices les douceurs de l'indépendance. Quoique dans le vilain métier que j'ai fait si long-temps je fusse bien moins esclave qu'un autre, je ne connaissais point du tout la liberté. Si l'on savait ce que c'est, les rois descendraient du trône, et personne n'y voudrait monter.

Toutes ces ratures dans ma lettre vous prouveront, Monsieur et Madame, que je vous écris en conscience, comme disait Fontenelle, c'est-à-dire que je soigne mon style, et que je fais de mon mieux pour vous parler français. Ce long bavardage n'est pas de nature à se pouvoir transcrire. Que je vous fasse une autre lettre, il y aura d'autres sottises ; autant vaut vous envoyer ce griffonnage-ci tel qu'il est.

Faites, je vous en supplie, que je trouve de vos nouvelles à Florence, et de celles de votre ange. Sa charmante figure m'est bien présente à l'esprit, et je pourrai l'année prochaine vous dire exactement de combien elle sera embellie. C'est un grand bonheur pour vous et pour elle, qu'on soit délivré des horreurs de la petite-vérole :

(1) Lamberti.

ayant plus à perdre qu'une autre, elle eût eu et vous eût causé d'autant plus d'inquiétudes. Cette petite-vérole est pourtant bonne à quelque chose, c'est une excuse pour les laids. Moi, par exemple, ne puis-je pas dire que sans elle j'étais joli garçon?

———

LETTRE

DE M. AKERBLAD.

Rome, le 21 juin 1809.

J'AI enfin su, par une lettre de M. de Sacy, que vous avez fait une apparition à Paris, et je m'empresse de vous écrire ces lignes que je lui adresse. Il aura soin de vous déterrer dans la grande ville et de vous les faire tenir.

Sachez que depuis plus d'un mois j'ai dans ma maison une quarantaine de bouquins qui vous appartiennent, et que j'ai retirés de chez l'honnête D. Vincenzo, contre mon reçu. L'ouvrage que réclame Visconti l'antiquaire est du nombre, et j'ai déjà prévenu son frère le libraire que ce livre est chez moi à sa disposition.

Votre Amati est un peu mécontent de vous, n'ayant pas depuis long-temps palpé de votre argent. Le bonhomme prétend que les dix piastres que vous lui avez données, à votre dernier départ de Rome, n'étaient qu'une ancienne dette, pour certains soins qu'il avait donnés à votre *Cavalerie* de Xénophon. L'*Anabasis* est, selon lui, un marché à part, et d'une toute autre importance. En effet, j'ai vu son travail, et il faut avouer qu'il s'est surpassé lui-même, tout comme il a surpassé votre attente et vos désirs, car au lieu de variantes d'un seul manuscrit, vous en ávez de quatre, et le tout forme une énorme liasse grand in-folio. Vous trouverez des accents, des virgules, des lettres, des mots, des phrases, enfin des lignes et des périodes entières, qui, pour la première fois, vont prendre leur place dans l'édition que vous nous donnerez un jour de l'expédition de Cyrus. Cela vous fera une gloire immortelle, dit Amati, qui y renonce généreusement en votre faveur, à condition que vous lui donnerez force beaux sequins. Ne voulant pas m'en rapporter à son avis là-dessus, j'ai prié Marini d'estimer son travail, et il dit qu'en conscience vous ne pouvez lui donner moins de *vingt louis*. Voyez si ce prix vous convient; car s'il vous effraie trop, il aurait moyen de vendre ces variantes en Allemagne, où Amati jouit déjà d'une certaine réputation, à cause d'une découverte qu'il croit avoir faite, que le traité πρὶ ὕψους n'est pas de Longus, mais de Denis d'Halicarnasse. Ses preuves, qui me semblent assez faibles, ont cependant fait du bruit en Allemagne, et le pauvre Amati est tout glorieux d'avoir fait parler de lui et de sa découverte ces savantissimes professeurs. En attendant, si vous voulez garder son travail, envoyez au moins un à-compte à ce pauvre *graculus esuriens*, qui est plus maigre que jamais.

On dit ici que vous avez quitté le service : d'autres prétendent que vous méditez d'y rentrer. Je vous reconnais là. Quoi qu'il en soit, tâchez de venir dans notre ville, *libre* et impériale, où je désire bien de vous revoir.

A M. AKERBLAD,

Milan, le 14 octobre 1809.

Monsieur, j'ai trouvé ici votre lettre du 21 juin. Grand merci de vos soins obligeants pour mes livres, papiers, collations de manuscrits, etc. Mes affaires philologiques sont aussi bien entre vos mains que jadis les affaires politiques du roi votre maître. Je doutais que vous fussiez maintenant en Italie, et je vois avec grand plaisir que je puis encore espérer de vous retrouver à Rome, où, partant demain, j'arriverai un mois après cette lettre; car je m'arrêterai tout autant à Florence, comme chargé par M. Clavier de certaines recherches relatives à son Pausanias. Je fouillerai aussi pour mon compte dans les vénérables bouquins.

Amati est bon de se figurer que je vais l'enrichir; je ne puis ni ne veux dépenser un sou pour le grec, voici tout ce que je peux faire : le libraire qui imprimera, Dieu sait quand, cet *Anabasis*, paiera le travail d'Amati. Je ne donnerai le mien qu'à cette condition.

J'ai quelque souvenance d'avoir été soldat; mais cela est si loin de moi, qu'en vérité je le puis ranger parmi les choses oubliées. J'étais, comme on vous l'a dit, ren-

tré dans le tourbillon , comptant imprudemment sur l'a-
mitié d'un comte avec qui je me trouvai loin de compte.
Catherine de Navarre , dit-on , fut fille amoureuse et
drue, qui eut un mari débile ; et comme on lui demandait, le lendemain de ses noces, des nouvelles de la nuit,
elle répondit en soupirant : *ah! ce n'est pas mon comte.*
Elle entendait le comte de Soissons ; dont le mérite lui
était connu. Il m'est arrivé le contraire : je pensais trouver un ami, mais hélas ! c'était un comte. Vous saurez
tout quand je vous verrai.... Dites de moi, si vous voulez :

Il prit, quitta, reprit la cuirasse et la haire.

Pauvre hère, mais content, si jamais homme le fut.

LETTRE

DE M. CLAVIER.

Paris, le 3 septembre 1809.

Nous vous avons écrit quatre fois, mon cher Courier, et n'avons pas eu de réponse. Heureusement qu'Alexandre Basili, de Vienne, a écrit à M. Coraï, et lui a mandé que vous aviez quitté l'armée. Dites-nous donc comment il se fait qu'après avoir été si empressé de reprendre du service, après avoir même un peu rêvé ambition, vous l'ayez quitté de nouveau si brusquement : je crains bien que vous n'ayez fait encore quelque coup de tête.

Vous ne me demandez pas de nouvelles de votre Xénophon, et vous avez raison, car j'ai honte de vous dire que le texte grec n'est pas encore fini d'imprimer. Stone, avec beaucoup de bonne volonté, a très-peu de caractères grecs, et n'a point de compositeur pour cette langue : c'est donc son prote, homme très-intelligent, qui compose lui-même ; et comme il a d'autres occupations, cela ne va pas vite.

Vous voilà donc entièrement libre de parcourir l'Italie : si, en visitant les bibliothèques, vous trouvez quelque manuscrit de Pausanias qui vaille la peine d'être collationné, je vous prie de m'en donner avis. Je vous enverrai la liste des principales lacunes qui se trouvent dans cet auteur, et les manuscrits qui auront les mêmes ne méritent guère d'être collationnés, puisqu'ils seront sans doute semblables à ceux que j'ai ici. Je me suis remis à ce travail, quoique je ne prévoie guère quand je pourrai le finir. J'y fais tous les jours de nouvelles corrections; mais malheureusement il y a beaucoup plus de lacunes qu'on ne croit, et ce n'est que par le secours des manuscrits qu'on peut les remplir. J'ai vu à Paris un Grec qui a demeuré long-temps à Florence, et qui m'a dit y avoir vu, dans la bibliothèque de Saint-Victor, un manuscrit de Pausanias du neuvième siècle, plus ancien, par conséquent, que tous ceux que nous connaissons; comme vous y passerez sans doute, veuillez vous en informer...

A M. CLAVIER [1],

A PARIS.

Milan, le 16 octobre 1809.

VITE, Monsieur, envoyez-moi vos commissions grecques; je serai à Florence un mois, à Rome tout l'hiver,
et je vous rendrai bon compte de tous les manuscrits de
Pausanias; il n'y a bouquin en Italie où je ne veuille perdre la vue pour l'amour de vous et du grec. Laissez-moi
faire, je projette une fouille à l'abbaye de Florence, qui
nous produira quelque chose : il y avait là du bon pour
vous et pour moi dans une centaine de volumes du neuvième et du dixième siècle. Il en reste ce qui n'a pas été
vendu par les moines. Peut-être y trouverai-je votre affaire. Avec le *Chariton* de Dorville est un Longus que je
crois entier, du moins n'y ai-je point vu de lacune
quand je l'examinai; mais en vérité il faut être sorcier
pour le lire. J'espère pourtant en venir à bout à *grand
renfort de bésicles,* comme dit maître François. C'est
vraiment dommage que ce petit roman d'une si jolie invention, qui, traduit dans toutes les langues, plaît à

---

[1] Cette lettre est imprimée dans la lettre à M. Renouard qui précède les Pastorales de Longus, édition 1821.

toutes les nations, soit mutilé comme il l'est; si je pouvais vous l'offrir complet, je croirais mes courses bien
employées, et mon nom assez recommandé aux Grecs
présents et futurs. Il me faut peu de gloire; c'est assez
pour moi qu'on sache quelque jour que j'ai partagé vos
études, et que j'eus part aussi à votre amitié.

Le succès de votre Archéologie n'ajoute rien à l'idée
que j'en avais conçue :

Je ne prends point pour juge un peuple téméraire.

Ce que vous m'en avez lu me parut très-bon, et ce fut
dans ces termes que j'en dis ma pensée à madame Clavier d'abord, et depuis à d'autres personnes. Je ne suis
point de ces gens qui

Trépignent de joie ou pleurent de tendresse

à la lecture d'un ouvrage : cela est très-bon, fut mon
premier mot; le meilleur éloge est celui dont il n'y a
rien à rabattre.

Ce que vous appelez un autre coup de tête, est l'action la plus sensée que j'aie faite en ma vie. Je me suis
tiré heureusement d'un fort mauvais pas, d'une position
détestable, où je me trouvais par ma faute pour m'être
sottement figuré que j'avais un ami, ne me souvenant
pas que dès le temps d'Aristote il n'y avait plus d'amis :
οὐκ ἔτ' εἰσὶ φίλοι. Celui-là, suivant l'usage, me sacrifiait
pour une bagatelle, et me jetait dans un gouffre d'où je

4.   19

ne serais jamais sorti. Comme soldat je ne pouvais me
plaindre; mon sort même faisait des jaloux, et je m'en
serais contenté *si j'eusse été Parménion;* mais mon ambition était d'une espèce particulière, et ne tendait pas à
vieillir,

Dans les honneurs obscurs de quelque légion.

J'avais des projets dont le succès eût fait mon malheur.
La fortune m'a mieux traité que je ne méritais. Maintenant je suis heureux, nul homme vivant ne l'est davantage, et peut-être aucun n'est aussi content; je n'envie
pas même les paysans que j'ai vus dans la Suisse : j'ai
sur eux l'avantage de connaître mon bonheur. Ne me
venez point dire, *attendons la fin;* sauf le respect dû
aux anciens, rien n'est plus faux que cette règle : le mal
de demain ne m'ôtera jamais le bien d'aujourd'hui. Enfin,
si je n'atteins pas le *mentem sanam in corpore sano,* j'en
approche du moins depuis un temps.

Madame de Sévigné est donc aux Rochers, je veux
dire madame Clavier en Bretagne : je vous plains, son
absence est pire que celle de toute autre. Présentez-lui,
je vous prie, dans votre première lettre, mes très-hum-
bles respects.

J'irais voir madame Dumoret, appuyé de votre recommandation et d'un ancien souvenir qu'elle peut avoir de
moi, si j'étais homme à tenir table, à jouer, à prendre
enfin un rôle dans ce qu'on appelle société; mais Dieu

ne m'a point fait pour cela : les salons m'ennuient à mourir, et je les hais autant que les antichambres. Bref, je ne veux voir que des amis; car j'y crois encore en dépit de l'expérience et d'Aristote. Je n'en suis pas moins obligé à votre bonne intention de m'avoir voulu procurer une connaissance agréable.

A M. CLAVIER,

A PARIS.

Milan, le 21 octobre 1809.

Dans ma dernière lettre je ne vous ai point indiqué d'adresse pour me faire parvenir votre dernier ouvrage, que je suis fort impatient de lire, et de faire lire à ceux qui en sont dignes deçà des monts. Voici maintenant par quelle voie vous pourrez me l'envoyer. M. Bocchini, rue des filles-Saint-Thomas, n° 20, est le correspondant de notre ami Lamberti (lequel Lamberti, par parenthèse, vous ἀσπάζει φιλοφρόνως; car c'est sur sa table que je vous *fais ces lignes*, et il me charge expressément de vous *riverire caramente*). M. Bocchini se chargera de tout ce que vous voudrez me faire parvenir sous l'adresse de M. Lamberti. Tâchez, je vous en prie, de m'envoyer aussi les volumes de Plutarque de M. Coraï, à mesure qu'ils paraîtront, et de plus l'Eunapius de M. Boissonnade. J'ai fort envie d'avoir tout cela : le prix en sera payé chez madame Marchand en présentant cette lettre. —Notez, s'il vous plaît, que votre dernière lettre, la seule que j'aie reçue, ne me donne point l'adresse de je ne sais quel banquier correspondant de M. Basili, auquel banquier je dois payer.... Voyez, je vous supplie, mon

autre lettre datée de Lucerne , et aidez - moi par charité à payer mes dettes , avec les intérêts , qui courent
(notez encore ce point), à je ne sais combien pour cent.
Si Dieu n'y met ordre , il faudra que je me cache à la
triacade prochaine , comme les enfants de famille faisaient chez vos Athéniens. Je pars dans deux ou trois
jours pour Florence , et je vous embrasse. Mes très-
humbles respects à madame Clavier, quelque part qu'elle
soit : ἔῤῥωσο

Courier quitta Milan le 27 octobre , et arriva à Florence le
4 novembre. Dès le lendemain , il se rendit à la bibliothèque
de San-Lorenzo, pour examiner avec soin un manuscrit de
Longus, *Daphnis et Chloé*, qu'il y avait vu l'année précédente, et que faute de temps il n'avait pu que feuilleter. Il se
trouva complet, et les jours suivants il en copia la valeur d'environ dix pages du premier livre qu'il savait manquer dans
toutes les éditions existantes de cet ouvrage, et même dans
tous les manuscrits connus. La copie était terminée, lorsque ,
par malheur, il fit sur une des pages du morceau inédit une
tache d'encre qui couvrait une vingtaine de mots. Pour calmer autant qu'il était en lui le déplaisir que cet accident
causa à M. F. del Furia, bibliothécaire , il lui remit le certificat suivant , que l'on montre encore aujourd'hui avec le
manuscrit.

« Ce morceau de papier , posé par mégarde dans le manus-

» crit pour servir de marque , s'est trouvé taché d'encre : la
» faute en est toute à moi, qui ai fait cette étourderie : en foi
» de quoi j'ai signé.

« COURIER. »

« Florence , le 10 novembre 1809. »

Le surlendemain , M. Renouard , libraire de Paris, qui se
trouvait alors à Florence , et qui s'intéressait à la découverte
de ce fragment , comptant le publier lui-même , arriva dans
la bibliothèque. Les conservateurs lui présentèrent le manuscrit auquel la feuille souillée d'encre était encore attachée. Il
demanda la permission d'essayer de la décoller , et y réussit
assez heureusement. Il faut lire la notice de 16 pages qu'il
publia à ce sujet au mois de juillet 1810.

LETTRE

DE M. AKERBLAD.

Rome, le 25 novembre 1809.

MON TRÈS-CHER COMMANDANT,

Nous espérions à chaque instant vous voir arriver à Rome, mais votre retard me persuade que vous avez trouvé dans les bibliothèques de Florence de quoi vous occuper ; et en effet M. Landi dans sa dernière lettre me parle d'une découverte que vous avez faite de quelques morceaux inédits de Longus, et d'une entreprise littéraire formée entre vous et M. Renouard (1) sur cette découverte. Voilà ce qui s'appelle bien débuter au moins, et le pauvre Furia doit être furieux de voir un Welche venir pondre dans son nid. Si vous tardez de venir à Rome, faites-moi le plaisir de me dire ce que c'est que cette découverte? Dans Longus il n'y a qu'une seule lacune, si je me rappelle bien, et de la remplir ne serait pas d'une assez grande importance pour faire penser à une nouvelle édition.

Quand j'ai su que vous étiez rentré dans le tourbillon,

(1) Libraire de Paris, qui se trouvait à Florence lors de la découverte du fragment de Longus.

je m'attendais de vous revoir général ou au moins colonel, avec une jambe ou un bras de moins, n'importe :
jugez combien j'ai dû être surpris d'apprendre que vous
ne serez jamais rien, pas même baron de l'empire, et
que vous étiez revenu en Italie, sain et sauf, à la vérité,
mais sans les deux épaulettes à graines d'épinards. Je
vous gronderai d'importance quand vous serez ici; mais
venez, la bibliothèque du Vatican est bien plus riche, et
le dragon Cherini ne viendra pas cet hiver : le révérend
père Altieri est un bon enfant, qui vous laissera fouiller
dans les bouquins tant que vous voudrez.

A M. AKERBLAD,

A ROME.

Florence, le 5 décembre 1809.

Il est vrai, φίλων άριστι, que je ne suis point baron,
quoique je vienne d'où on les fait; je n'étais pas destiné à
décrasser ma famille, qui en aurait un peu besoin, soit
dit entre nous; il est vrai aussi que je n'allais à l'armée
d'Allemagne que pour voir ce que c'était; je me suis passé
cette fantaisie, et je puis dire comme Athalie, *j'ai voulu
voir, j'ai vu.* Je suivais un général que j'avais vu long-
temps bon homme et mon ami, et que je croyais tel pour
toujours; mais il devint comte. Quelle métamorphose !
le bon homme aussitôt disparut, et de l'ami plus de
nouvelles; ce fut à sa place un protecteur : je ne l'aurais
jamais cru, si je n'en eusse été témoin, qu'il y eût tant
de différence d'un homme à un comte. Je sus adroitement me soustraire à sa haute protection, et me voilà
libre et heureux à peu près autant qu'on peut l'être.

Que me parlez-vous, je vous prie, d'entreprise littéraire? Dieu me garde d'être jamais entrepreneur de
littérature; je donne mes griffonnages classiques aux
libraires qui les impriment à leurs périls et fortunes,

et tout ce que j'exige d'eux c'est de n'y pas mettre mon nom, parce que,

Je vous l'ai dit et veux bien le redire,

ma passion n'est point du tout de figurer dans la gazette; je méprise tout autant la trompette des journalistes que l'oripeau des courtisans. Si j'étais riche, je ferais imprimer les textes grecs pour moi et pour vous, et pour quelques gens comme vous *tutto per amore*. Mais hélas! je n'ai que de quoi vivre; et, pour informer cinq ou six personnes en Europe des trouvailles que je puis faire dans les bouquins d'Italie, il me faut mettre un libraire dans la confidence, et ce libraire fait *chiasso* pour vendre. Il n'est question, je vous assure, ni d'entreprise ni de début.

Corrigez, s'il vous plait, ces façons de parler;

je ne débute point, parce que je ne veux jouer aucun rôle. Je ne prends ni ne prendrai jamais masque, patente, ni livrée.

Au lieu de me quereller pour avoir jeté là le harnais, que ne me dites-vous au contraire, comme Diogène à Denis? *Méritais-tu, maraud, cet insigne bonheur de vivre avec nous en honnête homme,* et ne devais-tu pas plutôt être condamné toute ta vie aux visites et aux révérences;

> Faire la cour aux grands, et dans leurs antichambres,
> Le chapeau dans la main te tenir sur tes membres ? (1)

Voilà en effet ce qu'eût mérité ma dernière sottise d'être rentré sous le joug ; ce n'est ni humeur ni dépit qui m'a fait

> Quitter ce vil métier ; (2)

je ne pouvais me plaindre de rien, et j'avais assez d'appui, avec ou sans mon comte, pour être sûr de faire à peu près le même chemin que tous mes camarades. Mais mon ambition était d'une espèce particulière ; je n'avais pas plus d'envie d'être baron ou général que je n'en ai maintenant de devenir professeur ou membre de l'Institut. La vérité est aussi que comme j'avais fait la campagne de Calabre par amitié pour Reynier, qui me traitait en frère, je me mettais avec cet homme-ci pour une folie qui semblait devoir aller plus loin, *tutto per amore*. Je vous suivrais de même contre les Russes si on vous faisait maréchal de Suède, et je vous planterais là si vous vous avisiez de prendre avec moi des airs de comte.

On me dit que madame de Humboldt est encore à Rome, et que vous habitez tous deux la même maison. Présentez-lui, je vous prie, mon très-humble respect.

(1) Regnier , satire iv , vers 29.
(2) Racine.

M. de Humboldt n'est-il pas à présent en Prusse? Donnez-moi bientôt de leurs nouvelles et des vôtres.

N'allez pas retourner, avant que je vous voie, dans
votre pays, vilain pays d'aimables gens. Je ne sais bonnement pour moi quand je partirai d'ici; mais toujours ce
sera pour vous aller joindre. A dire vrai, j'ai cent projets
et je n'en ai pas un. Dieu seul sait ce que nous devien-
drons. Adieu.

A M. CLAVIER,

A PARIS.

Florence, le 8 février 1810.

Vous ne m'écrivez plus, Monsieur; je m'en prends à madame Clavier, et tout en lui présentant mon respect, c'est elle que je querellerai de votre silence. Au fait, quand elle était loin de vous j'avais de vos nouvelles; depuis son retour pas une ligne.

Je vous félicite de tout mon cœur sur votre entrée à l'Institut, qui, ce me semble, avait plus besoin de vous que vous de lui. Cela vous était dû depuis long-temps. Mais c'est beaucoup d'obtenir tôt ou tard justice.

Je ne me trompais pas quand je vous marquai, dans ma dernière lettre, que je trouverais ici un Longus complet. Monsieur Renouard, témoin de cette découverte, vous contera comme il m'en a vu copier environ dix pages qui manquent aux imprimés, plus des phrases par-ci par-là, et des variantes inestimables. Vous verrez tout cela imprimé dans peu et traduit selon mon petit pouvoir.

Si vous ne voulez ou ne pouvez m'écrire, gardez-moi au moins, je vous prie, un souvenir d'amitié. Je mets

aux pieds de madame Clavier mes hommages respec-
tueux.

P. S. C'est Renouard qui se charge de l'impression
du Longus. Il a, dit-il, des gens capables de cette besogne. Dieu le veuille! et s'il dit vrai, avril ne se passera
point que vous n'en ayez le premier exemplaire.

LETTRE

DE M. RENOUARD.

Paris, le 6 février 1810.

MONSIEUR, vous avez sans doute reçu la lettre que je vous ai écrite il y a quelques jours, et vous aurez vu que j'attends, non sans beaucoup d'impatience, le bienheureux fragment et tout ce qui s'ensuit : j'espère que vous allez m'envoyer bientôt tout cela, et je me repose sur votre activité et votre bonne amitié ; mais il est question de bien autre chose. Connaissez-vous le bel article mis par nos honnêtes Messieurs (1) dans le *Corriere Milanese?* en voici une copie pour votre édification. Comme ces excellentes personnes n'ont pas été jusqu'à signer leur petit libelle, il me semble que le remède est à côté du mal, et qu'on peut leur ménager un expédient pour chanter la palinodie, sans compromettre leur dignité et leur grande réputation de sincérité et probité. Il suffirait qu'ils voulussent bien (sur la demande que leur en ferait M. le préfet) signer une déclaration, portant que l'article inséré dans le journal est faux dans presque tous les détails, expliquant par quel accident la tache a été faite

(1) Les bibliothécaires de Florence Furia et Bencini.

au manuscrit, et par qui. Je suis persuadé qu'ils ne s'y refuseront pas, et ce sera une affaire terminée. Dans le cas contraire, j'ai tout prêt un factum moitié sérieux, moitié plaisant, dans lequel ces messieurs ne seront pas trop ménagés. Mais je vous avoue que cet expédient ne me plairait guère, et que je ne suis aucunement curieux de ce petit bruit qu'on fait en se querellant.....

EXTRAIT

DU CORRIERE MILANESE DU 23 JANVIER 1810.

Firenze, 14 gennajo 1810.

EBBE qui luogo non ha guari un tratto vandalico che prova fino a qual punto la cupidigia possa acciecare, su i veri interessi della letteratura, quegli uomini medesimi che professano di concorrere a' suoi progressi. Un librajo francese, che viaggiava in questi ultimi tempi in Italia, si recò a visitare la biblioteca Laurenziana; i conservatori di questo celebre stabilimento gli comunicarono parecchi manoscritti, e fra gli altri quello di Longo sofista. I giornali hanno annunziato, in quell'epoca, che nel percorrerlo, lo ritrovò più completo di quello sul quale erano state fatte le edizioni del leggiadro romanzo di Dafni e Cloe, tradotto dal nostro Annibal Caro. Questo librajo copiò adunque colla più gran cura il frammento che non era stato pubblicato per anche, e quindi restituì il manoscritto. I conservatori nel riaverlo s'accorsero che tutta la parte finora inedita era ricoperta d'inchiostro e sene lagnarono: il librajo si scusò col dire che sfortunatamente il suo calamajo eravisi rovesciato sopra. La sua scusa fu menata buona da' conservatori, che sperarono d'altronde di far isparire la macchia cogli

4.   20

esperimenti conosciuti ; ma , dopo parecchie prove , rico-
nobbero vani tutti i loro sforzi , poichè la macchia era
stata fatta con un inchiostro indelebile che non tro-
vasi nè alla biblioteca , nè in alcun uffizio.

In tal maniera questo avido librajo , per essere il solo
possessore del frammento di Longo non per anco pubblicato , si è privato d'ogni mezzo comprovante l'auten-
ticità dell' edizione che si propone di farne.

A M. RENOUARD,

A PARIS.

Florence, le 10 mars 1810.

J'AI reçu, Monsieur, vos deux lettres relatives à la tache d'encre. Je ne vois plus M. Fauchet (1); mais je doute fort qu'il voulût entrer pour rien dans cette affaire. Vous comprenez que chacun évite de se compromettre avec la canaille. C'est le seul nom qu'on puisse donner à l'espèce de gens qui aboient contre nous. Pour moi, je ne m'en aperçois même pas. Les gazettes d'Italie sont fort obscures, et ne peuvent vous faire grand bien, ni grand mal. Au reste, je ne souffrirai pas qu'on vous pende pour moi, et je suis toujours prêt à crier : *Me, me, adsum qui feci.* Je déclarerai quand vous voudrez que moi tout seul j'ai fait la fatale tache, et que je n'ai point eu de complices.

Je vous envoie par la poste la traduction complète imprimée ici (2). Cela ne se pourrait autrement. Notre

(1) Le préfet.

(2) Tandis que M. Renouard attendait le fragment inédit et sa traduction pour les publier à Paris, Courier avait changé d'avis et résolu de donner lui-même une édition complète du texte grec, et une autre de la traduction d'Amyot, retouchée et complétée. Celle-ci

première idée était folle. Le morceau déterré devait paraître à sa place., et je crois que vous en conviendrez.

On ne peut mettre assurément moins de génie dans
un ouvrage qu'il n'y en a dans cette version. Voulez-vous
avoir une idée de ma finesse comme traducteur? Vous
savez les vers de Guarini : *sentirsi morir*, se sentir
mourir, *e non poter dir*, et ne pouvoir dire, *morir mi
sento*, je me sens mourir. Voilà comme j'ai fait tout le
long du Longus. Si cette innocence ne désarme pas la
critique, il n'y a plus de quartier à espérer pour personne. Au reste ceci n'est pas public : c'est une pièce de
société qu'il n'est pas permis de siffler. Si cependant quelqu'un s'en moque, je dirai comme d'Aubigné, *attendez
ce loyer de la fidélité*.

se trouvant prête la première, il l'avait fait imprimer à Florence
chez Piatti, en février 1810, et tirer à soixante exemplaires seulement, in-8°. Voici la note qu'il avait mise en tête de cette édition :

« Le roman de Longus n'a encore paru complet en aucune langue.
On a conservé ici, de l'ancienne traduction d'Amyot, tout ce qui est
conforme au texte, et pour le reste on a suivi le manuscrit grec de
l'*Abbaye*, qui contient l'ouvrage entier. On s'est aidé aussi de la version de Caro dans les endroits où il exprime le sens de l'auteur. Le
texte complet de Longus paraîtra bientôt imprimé : alors quelqu'un
pourra en faire une traduction plus soignée, car ceci n'est presque
qu'une glose mot à mot, faite d'ailleurs pour être vue de peu de personnes. »

A M. FIRMIN DIDOT,

A PARIS.

Florence, le 3 mars 1810.

MONSIEUR, je mets à la poste une brochure qui sûrement vous fera plaisir. Vous ne serez pas fâché, je crois,
de savoir qu'il existe un Longus complet, et ma traduction, toute sèche et servile qu'elle est, vous donnera une
idée de ce qui manque dans les imprimés. Je pars pour
Rome, où je verrai d'autres manuscrits de Longus. En
les comparant avec la copie que j'emporte de celui-ci,
j'aurai un texte qui peut-être ne serait pas indigne de
vos presses. Vous pourriez même lui faire encore plus
d'honneur, si l'envie vous prend d'animer de quelques
couleurs ces traits que j'ai calqués sur l'original. Enfin,
mandez-moi ce que vous en penserez ; et, s'il vous *duit*,
nous pourrons donner au public un joli volume conte-
nant le texte et les variantes des manuscrits de Rome et de
Florence ; j'entends celles qui valent la peine d'être notées.

J'ai eu bien peu le plaisir de voir monsieur votre fils,
et personne cependant ne m'intéresse davantage. Toute
la Grèce en parle et fonde sur lui de grandes espérances.
Donnez-moi bientôt, je vous prie, de ses nouvelles et
des vôtres, et trouvez bon que je finisse, sans cérémonie,
en vous assurant de mon sincère attachement.

A M. BOISSONNADE,

A PARIS.

Florence, le 3 mars 1810.

MONSIEUR, on vous remettra une brochure avec ce billet : vous verrez d'abord ce que c'est. La trouvaille que j'ai faite est assurément jolie : vous aurez le texte dans peu, et vous vous étonnerez que cela ait pu échapper aux Dorville, Cocchi, Salvini et autres, qui ont publié différentes parties du manuscrit original; car c'est le même d'où ils ont tiré Chariton, Xénophon d'Éphèse, et en dernier lieu les fables d'Ésope, qu'on vient d'imprimer ici. Ne dites mot, je vous prie, de tout cela dans vos journaux. Ce n'est ici qu'une ébauche qui peut-être ne mérite pas d'être terminée; mais bonne ou mauvaise, elle n'est pas publique; car, de soixante exemplaires, il n'y en aura guère que vingt de distribués. C'est une pièce de société qu'il n'est pas permis de siffler. Une grande dame (1), de par le monde, qui est maintenant à Paris pour le mariage de son frère, me fit dire, étant ici, qu'elle en accepterait la dédicace : je m'en suis excusé sur l'indécence du sujet. M. Renouard pourra vous con—

---

(1) La princesse Élisa, sœur de Napoléon.

ter cela, il était présent quand on me fit cette flatteuse
invitation.

J'entends dire que votre Eunapius s'imprime bien lentement. Donnez–moi, je vous prie, Monsieur, de ses
nouvelles et des vôtres. Personne ne s'intéresse plus que
moi à vos travaux.

A MADAME CLAVIER,

A PARIS.

Florence, le 3 mars 1810.

MADAME, vous recevrez avec ce billet une brochure
où il y a quelques pages de ma façon, façon de traducteur
s'entend : c'est un roman (comme Oronte dit : *c'est un
sonnet*) non pas nouveau, mais au contraire fort antique
et vénérable. J'en ai déterré par hasard un morceau qui
s'était perdu : c'est là ce que j'ai traduit, et par occasion
j'ai corrigé la vieille version, qui, comme vous verrez,

Dans son vieux style encore a des grâces nouvelles.

Si cela vous amuse, ne faites aucun scrupule, pour quelques traits un peu naïfs, d'en continuer la lecture. Amyot,
évêque, et l'un des pères du concile de Trente, est le
véritable auteur de cette traduction, que j'ai seulement
complétée : vous ne sauriez pécher en lisant ce qu'il a
écrit.

Je vous supplie, Madame, de vous rappeler qu'il y a
delà les monts un Grec qui vous honore, pour ne rien dire
de plus ; et, si vous êtes paresseuse, comme je le crois,
ne vous déplaise, ordonnez à M. Clavier de me donner de
vos nouvelles.

LETTRE

DE M. CLAVIER.

Paris, le 19 janvier 1810.

.... Il a paru à Florence une nouvelle édition des fables d'Esope, d'après un manuscrit très-ancien ; je vous prie de me l'envoyer si vous en trouvez l'occasion. Les Molini de Florence me doivent le prix de douze exemplaires d'Apollodore ; veuillez leur en parler, je prendrai volontiers des livres pour cela.

Je vous félicite de votre découverte, et je ne doute pas que vous n'en fassiez d'autres si vous vous donnez la peine de fouiller dans les manuscrits de Florence et de Rome, où depuis long-temps il y a peu de gens habiles en grec.

Je travaille, dans ce moment, à un nouveau dictionnaire de grands hommes, où je me suis chargé de faire toute l'histoire ancienne, tant civile que littéraire, les Romains exceptés. Beaucoup de membres de l'Institut prennent part à cet ouvrage.

.... Vous aviez sans doute appris que Gail a été reçu de l'Institut avant moi : c'est une *excellente* acquisition ; il est le seul qui nous fasse rire. Il nous a lu une dissertation pour prouver que l'ironie règne dans le *banquet* de Xénophon, et il s'est fort offensé de ce que je lui ai

dit qu'on le contredirait d'autant moins là-dessus que
personne jusqu'ici ne s'était avisé de prendre cet ouvrage
au sérieux. Il nous a aussi prouvé que Xantippe était une
excellente femme, douce, pleine d'attentions pour son
mari, et que tous les bruits qui avaient couru sur son
compte étaient de pures calomnies. C'est bien généreux
de sa part que de faire l'apologie des méchantes femmes.
Ses sottises ont tellement déconcerté tous ses partisans,
qu'il se trouve maintenant que personne ne lui a donné
sa voix.

A M. ET MADAME CLAVIER,

A PARIS.

Florence, le 13 mars 1810.

Monsieur, voici ce que dit Molini. Il va vous envoyer les fables d'Ésope, qui, par parenthèse, sont tirées du même manuscrit que mon Longus. Il vous enverra en même temps le compte de ce qu'il a vendu de votre Apollodore. Vous êtes bien bon de vous occuper des grands hommes : j'en ai vu de près deux ou trois; c'étaient de sots personnages.

Lisez Daphnis et Chloé, Madame; c'est la meilleure pastorale qu'ait jamais écrite un évêque. Messire Jacques la traduisit, ne pouvant mieux, pour les fidèles de son diocèse; mais le bon homme eut dans ce travail d'étranges distractions, que j'attribue au sujet et à quelques détails d'une naïveté rare. Pour moi, on m'accuse, comme vous savez, de m'occuper des mots plus que des choses ; mais je vous assure qu'en cherchant des mots pour ces deux petits drôles, j'ai très-souvent pensé aux choses. Passez-moi cette *turlupinade*, comme dit madame de Sévigné, et ne doutez jamais de mon profond respect.

Il y a bien plus à vous dire. Amyot fut un des pères du concile de Trente; tout ce qu'il a écrit est article de

foi. Faites à présent des façons pour lire son Longus.
En vérité, il n'y a point de meilleure lecture ; c'est un
livre à mettre entre les mains de mesdemoiselles vos
filles tout de suite après le catéchisme.

———————

Courier quitta Florence le 24 mars, et vint à Rome. Il ne
resta en ville que peu de jours, et alla s'établir à Tivoli avec
ses livres pour travailler dans la solitude, et mettre la dernière
main au texte de Longus, qu'il se proposait de publier. Au mois
d'août il revint à Rome pour le faire imprimer : l'édition fut
faite à ses frais et l'ouvrage tiré à soixante exemplaires seulement, qu'il envoya à ses amis et aux hellénistes de sa connaissance, français, italiens et allemands.

A M. LAMBERTI,

A MILAN.

Rome, le 9 mai 1810.

Je ne m'étonne pas qu'on vous ait bien reçu à Paris, avec ce que vous y portiez, et connu comme vous l'êtes en ce pays-là, où l'on aime les gens tels que vous. Cet accueil vous doit engager à y retourner, et ainsi j'espère que nous pourrons nous y revoir quelque jour.

Si les Molini de Florence ne vous ont point envoyé la brochure (1) qu'ils m'ont promis de vous faire tenir, écrivez-leur, ou faites-la réclamer par M. Fusi. Il y a un exemplaire pour vous, un pour Bossi et un pour le sénateur Testi.

La tache d'encre au manuscrit est peu de chose, et les sottises qu'on a mises à ce sujet dans les journaux ne méritent pas que Renouard s'en inquiète si fort. Un papier qui me servait à marquer dans le volume l'endroit du supplément, s'est trouvé, je ne sais comment, barbouillé d'encre en dessous, et, s'étant collé au feuillet, en a effacé une vingtaine de mots dans presque autant de lignes : voilà le fait. Mais le bibliothécaire est un certain

_____

(1) La traduction de Daphnis et Chloé, imprimée à Florence.

Furia qui ne se peut consoler, ni me pardonner d'avoir fait cette petite découverte, dans un manuscrit qu'il a eu long-temps entre les mains, et dont il a même publié différents extraits : et voilà la rage.

Vos notes sur Homère sont assurément excellentes, et pour ma part je suis fort aise que vous les vouliez achever. Mais, de grace, après cela ne penserez-vous point tout de bon à ces Argonautes? Songez que quatre beaux vers tels que vous les savez faire valent mieux que quatre volumes de notes critiques. Assez de gens feront des notes, et même de bonnes notes; mais qui saura rendre dans nos langues modernes les beautés de l'antique? Il faut pour cela les sentir d'abord, c'est-à-dire avoir du goût, et puis entendre les textes, et puis savoir sa propre langue; trois choses rares séparément, mais qui ne se trouvent presque jamais unies. Et de fait, excepté votre OEdipe, avons-nous, je dis nous Français et Italiens, une bonne traduction d'un poème grec? Celui d'Apollonius intéresserait davantage le public, et aurait plus de lecteurs que la tragédie. Le sujet en est beau, les détails admirables, et l'étendue telle que vous en pouvez terminer avec soin toutes les parties, sans vous engager dans un travail infini. En un mot, c'est une très-belle chose à faire, et que vous seul pouvez faire. Ne me venez point dire : ce ne sera qu'une traduction. La toile et les principaux traits, voilà ce que vous empruntez; mais les couleurs seront de vous. Vous en avez une provision, de couleurs, et des plus belles; faites-en donc quelque chose.

Je vous dirai plus : j'aime mieux cela qu'un poëme sur un sujet neuf, entreprise que je ne conseillerais à personne.

Mon dessein est toujours de vous aller voir avant les grandes chaleurs ; mais n'y comptez pas ; car je change souvent d'idée ; n'en ayant de fixe que celle de vous aimer, et de vous faire traduire Apollonius. Adieu. Je vous recommande cette toison. Chantez-nous un peu de la toison. Si ce sujet-là ne vous anime, cher Lamberti , qu'êtes-vous devenu ?

A M. MILLINGEN,

A ROME.

Tivoli, le dimanche 13 mai 1810.

Mardi, mardi ; de grâce, Monsieur, accordez-moi jusqu'à mardi en faveur de la postérité. Madame, obtenez, je vous en prie, de M. Millingen que nous ne partions que mardi, c'est-à-dire mercredi ; car je ne puis être à Rome que mardi au soir.

Alexandre, sur le point de prendre je ne sais quelle ville, suspendit l'assaut jusqu'à ce qu'un peintre eût achevé son tableau. Alors apparemment on n'était pas pressé de toucher les contributions. Mais enfin ce grand homme se priva pendant huit jours du plaisir de massacrer. Passez-vous jusqu'à mardi du plaisir de courir la poste.

N. B. Il paraît que M. Millingen n'attendit pas, car ce voyage de Courier à Naples n'eut pas lieu.

A MADAME DE HUMBOLDT,

A ROME.

Tivoli , le 16 mai 1810.

Madame, ne sachant si j'aurai le plaisir de vous voir avant votre départ, je vous supplie de vouloir bien emporter à Vienne un petit volume qui vous sera remis avec ma lettre. C'est une vieille traduction d'un vieil auteur en vieux français, que j'ai complétée de quelques pages et réimprimée, non pour le public, mais pour mes amis amateurs de ces éruditions, et sans balancer j'en ai destiné le premier exemplaire à M. de Humboldt. J'ai cacheté le paquet, cet ouvrage n'étant pas de nature à être lu de tout le monde. Il n'y a rien contre l'État, pas le moindre mot que l'église puisse taxer d'hérésie ; mais une mère pourrait n'être pas bien aise que ce livre tombât dans les mains de sa fille, quoique l'auteur grec, dans sa préface, déclare avoir eu le dessein d'instruire les jeunes demoiselles, apparemment pour épargner cette peine aux maris.

Ne remarquez-vous point, Madame, comme je vous poursuis sans pouvoir vous atteindre? Je pensais vous trouver à Rome; mais, en y arrivant, j'apprends que vous êtes partie pour Naples, et quand je vais à Naples

vous revenez à Rome, d'où vous repartirez sans doute la
veille de mon retour. Ce guignon-là; j'espère, ne me
durera pas toujours, et si vous me fuyez ici, je vous
joindrai peut-être quelque jour à Berlin, car dans mes
rêves de voyages je veux aller partout, mais là surtout
où je puis espérer de vous voir, Madame, et de voir une
famille comme la vôtre.

A M. DE HUMBOLDT,

A VIENNE.

Tivoli, 16 mai 1810.

MADAME de Humboldt veut bien se charger, Monsieur, d'une petite brochure qui, en sortant de la presse, vous était destinée, mais que je n'ai pu, faute d'occasion, vous faire parvenir plus tôt. J'ai eu le bonheur de trouver un manuscrit complet de Longus, dont le roman, fort célèbre, et tant de fois imprimé dans toutes les langues, était défiguré par une grande lacune au milieu du premier livre; et en traduisant ce qui manquait dans les éditions, j'ai corrigé par occasion la vieille version d'Amyot. C'est là ce que je vous prie d'agréer, en attendant le texte que j'aurai l'honneur de vous offrir bientôt.

J'ai appris par la voix publique, avec une joie extrême, le bel emploi dont le roi vous a nouvellement honoré. Cette justice que vous rend Sa Majesté n'étonne point de la part d'un prince accoutumé à distinguer et récompenser le mérite. Tout le mal que j'y trouve, c'est que cela m'ôte l'espoir de vous revoir de sitôt en France ni en Italie; mais aussi, dans le vieux projet que je nourris depuis long-temps d'aller à Berlin, je me promets à présent un plaisir de plus, celui de vous y voir placé comme vous le méritez.

J'ai quitté le service, et, usant de ma liberté, je cours à peu près comme un cheval qui a rompu son lien, fort content de mon sort, je vous assure, et n'ayant guère à me plaindre que de Madame de Humboldt, qui part de Rome quand j'y arrive, et quitte Naples justement quand je me dispose à y aller. J'en suis de fort mauvaise humeur, et ne me console que par cette idée, dont je me flatte toujours, de vous revoir l'un et l'autre dans votre patrie.

Je n'ai pu faire usage à Paris de la lettre que j'avais de vous pour M. votre frère. Imaginez, Monsieur, que depuis que je vous laissai à Rome, il y a deux ans, j'ai entrevu Paris deux fois sans pour ainsi dire y poser le pied. Je n'y suis pas resté en tout plus de cinq ou six jours, et quelque empressé que je fusse de faire une si belle connaissance, je n'en pus trouver le moment : aussi n'était-ce pas un homme à voir en courant. J'ai donc mieux aimé garder votre lettre comme un titre qui m'autorise à espérer de lui quelque jour la même bonté dont vous m'honorez. C'est pour moi un droit bien précieux, et que je ne céderais en vérité à qui que ce fût.

A M. RENOUARD,

A ROME.

Tivoli, le 24 mai 1810.

Pour vous mettre l'esprit en repos sur la grande affaire de la tache d'encre, je ferai imprimer à Naples, où
je me rends dans peu de jours, le morceau inédit, en
forme de lettre à un de mes amis. Je marquerai d'un
caractère particulier les mots effacés par ma faute dans
le bouquin original, et j'y joindrai une note à peu près
en ces termes. *Les majuscules indiquent des mots qu'on
ne peut plus lire aujourd'hui dans le manuscrit, parce
qu'un papier qui servait de marque en cet endroit,
s'étant trouvé barbouillé d'encre, y fit en se collant au
feuillet une tache indélébile*, etc. Cela vaudra mieux
qu'une apologie dans les journaux. J'en reviens toujours
à vous dire qu'il ne faut jamais se prendre de bec avec
la canaille ; mais si vous voulez à toute force faire à ces
gredins l'honneur de leur répondre, attendez du moins
ma demi-feuille de Naples, qui vous donnera beau jeu.
Et sur ce je prie Dieu qu'il vous ait en sa sainte garde.

LETTRE

DE M. BOISSONNADE.

Paris , le 9 avril 1810.

MONSIEUR, j'ai reçu votre précieux cadeau (1), et je ne puis assez vous en remercier. J'ai tout de suite cherché la lacune, et j'ai été ravi en lisant cet agréable supplément dont la littérature vous doit la découverte, et que vous avez traduit d'un style si élégant. Jugez de l'impatience avec laquelle j'attends le texte ; le ferez-vous aussi imprimer en Italie ? Faites cet honneur à Paris, et donnez votre Longus à M. Stone, qui a votre Xénophon ; je vous applaudis bien de votre bonheur, et en vérité je ne reviens pas de ma surprise que M. del Furia, qui a eu si long-temps le manuscrit entre les mains pour son Ésope, n'ait pas songé à jeter les yeux sur Longus. Avez-vous aussi collationné Chariton ? j'ai quelque idée que ces lacunes fréquentes du commencement pourraient être en grande partie remplies : des yeux exercés sauraient bien, j'en suis sûr, lire la plupart des passages qui sont aujourd'hui indiqués dans les éditions par des points. Je vous recommande le Longus de M. Schœffer, et l'édition

(1) La traduction de Daphnis et Chloé imprimée à Florence.

d'Amyot donnée en 1731 par Falconnet ; vous savez sans doute qu'il y a une édition du texte par Coraï, et que M. Clavier a soigné une fort jolie réimpression d'Amyot faite il y a quelques années par M. Renouard....

———

A M. BOISSONNADE,

A PARIS.

Tivoli, le 25 mai 1810.

NE vous trompez-vous point, Monsieur? est-ce bien M. Coraï qui a donné un Longus? ou plutôt ne me nommez-vous point Coraï pour Visconti, qui en effet a soigné l'édition grecque de Didot? Marquez-moi, je vous prie, ce que j'en dois croire, et ce que c'est que ce Longus de Coraï, s'il existe.

Je sais bien que la préface du petit stéréotype donné par Renouard est de M. Clavier, mais je ne puis croire qu'il ait eu aucune part à l'édition, qui, en vérité, ne vaut rien. Ce n'est point là le texte d'Amyot; du moins n'est-ce pas celui que cite souvent Villoison, qui sans doute avait sous les yeux l'édition originale.

Comment voulez-vous que je connaisse celle de M. Falconnet? Hélas je ne songeai de ma vie à jeter un regard sur Longus, jusqu'à ce que ce manuscrit de Florence, me tombant sous la main, me donnât l'envie et le moyen de compléter la version d'Amyot. Je n'avais donc nulle provision; et, sans M. Renouard, qui me procura Schœffer et Villoison, j'aurais tout fait sur la seule édition de Dutems que je portais avec moi.

Vous avez bien raison de louer M. Schœffer; c'est
un fort habile homme. Aussi l'ai-je suivi en beaucoup
d'endroits où j'ai rapetassé Amyot. Au reste vous voyez,
Monsieur, ce que ce pouvait être qu'un pareil travail
fait absolument sans livres, et combien il doit y avoir
à limer et rebattre avant de le livrer tout-à-fait au public. J'y songerai quelque jour, si Dieu me prête vie,
et c'est alors qu'il faudra tout de bon m'aider de vos
lumières.

Je crois que vous-même ne pourriez lire les endroits de
Chariton effacés dans le manuscrit. Il y a bien aussi
quelques mots par-ci par-là qui ont disparu dans le supplément de Longus. Mais partout le sens s'aperçoit, et
les savants n'auront nulle peine à deviner ce qui manque.
Pour moi, je le donne tel qu'il est sans le moindre changement; car je tiens que les éditions doivent en tout représenter fidèlement les manuscrits. Cela s'imprimera à
Paris, s'il plaît à Dieu et à Didot.

Cette lettre critique de M. Bast à vous est toute pleine
d'excellentes choses. Je l'ai trouvée ici par hasard et lue
avec grand plaisir. Quelqu'un le pourra blâmer d'avoir
écrit en français sur de telles matières. Moi je goûte fort
cette méthode, qui me facilite la lecture, et je voudrais
qu'il continuât à vous faire ainsi part de ses observations.

Il me semble après tout que vous êtes content de *ma
petite drôlerie,* ou au moins du supplément, car vous
ne dites rien du reste.

Je ne reconnais point , pour moi , quand on se moque (1) ,

et je prends au pied de la lettre tout ce que vous me dites d'obligeant; vous êtes juge en ces matières. Je m'en tiens à votre opinion sans vouloir examiner s'il n'y entre point un peu de complaisance ou de prévention pour quelqu'un dont vous connaissez depuis long-temps l'estime et l'attachement.

Sur le temps où je pourrai être de retour à Paris, je ne sais en vérité que vous dire. Ce qui me retient ici, c'est un printemps dont on n'a où vous êtes nulle idée; vous croyez bonnement avoir de la verdure et quelque air de belle campagne aux environs de Paris ; vos bois de Boulogne, vos jardins, vos eaux de Saint-Cloud me font rire quand j'y pense ; c'est ici qu'il y a des bosquets et des eaux ! Mon dessein est d'y rester,

"Εἶτ' ἂν ὕδωρ τε πίῃ , καὶ δῖνδ ρια μακρὰ τεθήλῃ ,

c'est-à-dire jusqu'aux grandes chaleurs , car alors tout sera sec, verdure et ruisseaux, et alors je partirai, et m'en irai droit à Paris si je ne m'arrête en Suisse, comme je fis l'an passé pour fuir la rage de la canicule ; ainsi faites état de me voir arriver au départ des hirondelles. Je resterai le moins que je pourrai dans vos boues de Paris, et si vous étiez raisonnable, vous me suivriez à mon

(1) Molière , *École des Femmes.*

retour en Italie; nous passerions fort bien ici le printemps prochain sans nous ennuyer, je vous en réponds.
Les meilleures maisons du pays sont celles de Mécénas
et d'Horace où vous ne serez point étranger.

LETTRE

DE M. CLAVIER.

Paris, le 7 mai 1810.

.... J'AI reçu votre Longus pour moi et pour M. Coraï; nous attendons tous les deux avec impatience le texte grec, et nous espérons que votre séjour à Rome nous procurera quelque autre découverte. A propos de Longus, écrivez-moi donc précisément ce qui s'est passé au sujet du manuscrit qu'on prétend avoir été taché d'encre. Les Italiens qui abondent ici, et qui sont en général assez jaloux, ont fait beaucoup de bruit de cela, et ont prétendu que c'était une malice de votre part; j'ai pris votre défense très-chaudement, et j'ai dit que je vous connaissais bien capable d'une étourderie, mais non d'une méchanceté. Renouard, à qui j'en ai parlé, m'a dit que cette tache était peu de chose; mais comme ces criailleries propagées par la jalousie ont fait un certain bruit, il n'est pas mauvais qu'on y réponde. Je crois donc que vous ferez bien d'envoyer un exemplaire de votre Longus à Chardon de la Rochette, et un à Millin si vous ne l'avez déjà fait. Chardon fera pour le Magasin encyclopédique un article où il rétablira la vérité des faits telle que vous me l'aurez fait connaître. Dites-moi donc aussi ce que vous voulez faire pour votre Xénophon suspendu par vos ordres.

A M. ET MADAME CLAVIER,

A PARIS.

Tivoli , le 4 avril 1810.

MONSIEUR, c'est à présent que si j'avais votre histoire de la Grèce je la lirais à mon aise et avec plaisir. Jamais je ne fus en lieu ni mieux en humeur de goûter une bonne lecture; celle-ci m'arrivera au milieu de la poussière ou des boues de quelque grande ville. Mais quoi! rien ne vient à point dans cette misérable vie. Je songe comment vous pourrez m'envoyer cela sans me ruiner , et voici ce que j'imagine. Il y a ici, c'est-à-dire à Rome, M. de Gérando qui me connaît un peu et vous connaît beaucoup. Il est du gouvernement provisoire de ce pays-ci, et en relation comme tous ses collègues avec les ministres; ils s'envoient les uns aux autres de furieux paquets; la poste ne va que pour eux. Je ne lui ai point fait de visite, parce qu'il m'eût fallu pour cela une culotte et un chapeau d'une certaine façon; mais vous, ayant quelque ami chez la gent ministérielle, vous pourriez lui faire parvenir, à lui de Gérando, sous le contre-seing, votre ouvrage et celui de M. Coraï, qui valent bien assurément les dépê-ches de ces excellences. C'est ainsi qu'on m'a déjà adressé quelques volumes sous le couvert du général Miollis. Ce datif pluriel-là est aussi décemvir, et je ne le vois pas plus que le gérondif; tous ces noms de rudiment ne plaisent guère à ceux qui sont sous la férule.

Le bruit de de cette tache d'encre a donc été jusqu'à Paris ? Je ne reçois lettre qui n'en parle. Comment diable ? des envieux, des détracteurs, des calomnies ! Tout beau, mon cœur, soyons modeste; mais en vérité voilà des honneurs que personne avant moi n'avait obtenus en traduisant cinq à six pages.

Renouard a tout vu, il vous contera le fait qui se réduit à une vingtaine de mots effacés dans autant de phrases ; en sorte que, si j'eusse trouvé le manuscrit tel qu'il est, j'aurais aisément deviné ce qui ne se peut lire aujourd'hui. Un papier me servait à marquer dans le volume l'endroit du supplément; ce papier posé quelque part s'est barbouillé d'encre au-dessous, et remis dans le volume, vous voyez ce qui est arrivé. Eh bien ! voilà toute l'affaire. Mais le bibliothécaire est un certain Furia qui ne me peut pardonner d'avoir fait cette trouvaille, dans un manuscrit que lui-même a eu long-temps entre les mains, et dont il a publié différents extraits ; et voilà la rage. Tous les cuistres, ses camarades, comme vous pouvez croire font chorus, et toute la canaille littéraire d'Italie en haine du nom français. On appelle *letterati*, en Italie, tous ceux qui savent lire *la lettre moulée*, classe peu nombreuse et fort méprisée.

Au reste les gens de la bibliothèque, gardes, conservateurs, scribes et pharisiens, jusqu'aux balayeurs furent

présents; trois d'entre eux que j'ai bien payés, y compris
le bibliothécaire, m'ont constamment aidé à déchiffrer,
copier et revoir plusieurs fois tout le Longus; et ils ne
m'ont pas quitté. Les sottises des journaux italiens à ce
sujet ne méritent point de réponse. A dire vrai, quelques
coups de bâton seraient peut-être bien placés dans cette
occasion; mais c'est à Renouard d'y penser, car il est
plus piqué que moi. Pour un petit écu ces gens-là se
rosseront les uns les autres.

La calomnie, comme le mal de Naples, est infuse dans
les Italiens. Entre eux, elle est sans conséquence. Un
homme vous accuse d'avoir tué père et mère, on sait ce
que cela veut dire. C'est qu'il ne vous aime pas, et cela ne
vous fait nul tort, tous vos parents d'ailleurs vivant.

Dieu seul est juge des intentions, et Dieu voit mon
cœur, qui n'est pas coupable de cette noirceur; car certes
le trait serait noir, comme dit madame de Pimbêche.
Jugez, Monsieur, vous qui êtes juge, par la règle de
Cassius, *cui bono?* Je ne pouvais craindre qu'on m'ôtât
l'honneur de la découverte, puisque Renouard l'avait déjà
fait annoncer dans les journaux. Le profit? on ne s'avise
guère de spéculer sur du grec. J'imprime ici le texte, il
ne s'en vendra point. Je le donnerai à tous ceux qui sont
en état de le lire.

Ah! Madame, que la gloire est à charge!

Les envieux mourront, mais non jamais l'envie.

Je mérite l'envie, et plus même qu'on ne croit, non

pas pour les six pages traduites , mais c'est qu'en effet je suis heureux. N'en dites rien au moins. On crierait bien plus fort. Il est vrai que je m'en moque un peu. Il y avait une fois un homme qu'on soupçonnait d'être content de son sort, et chacun , comme de raison, travaillait à le faire enrager; il fit crier à son de trompe par tous les carrefours : *On fait à savoir à tous , etc. , qu'un tel n'est pas heureux.* Cette invention lui réussit. On le laissa en repos. Moi , j'use d'une autre recette que j'ai apprise dans mes livres. Je dis , mais tout bas, à part moi : *Messieurs, ne vous gênez point ; criez , aboyez tant qu'il vous plaira. Si la fièvre ne s'en mêle , vous ne m'empêcherez pas d'être heureux.*

Le Longus vous plaira, je crois ; car outre le manuscrit de Florence, j'en ai un ici qui vaut de l'or. Il est cousin de celui-là, et quand ils sont d'accord on ne peut les récuser.

Si Stone veut absolument achever mon Xénophon, qu'il l'achève, pourvu que vous ayez la patience de suivre cela de l'œil. Il m'a paru qu'on avait changé la ponctuation, et j'en suis fâché. Il faut bien se garder d'y mettre mon nom, ni rien qui me désigne.

M. Labey me demande : qu'est-ce que c'est donc que cette tache? Il en a entendu parler ; et à qui n'en parlet-on pas? on ne tait que la trouvaille. De lui copier ce griffonnage, ce serait pour en mourir; il servira pour vous deux. Tâchez de le lui faire tenir. Il demeure..... attendez..... c'est une rue qui donne dans celle des Cordeliers, vis–à–vis une autre rue qui mène dans la rue de la Harpe. Cela n'est-il pas clair ? Faites mieux, prenez l'Almanach Royal. M. Labey est professeur de mathématiques au Panthéon.

4.

A M. LE GÉNÉRAL GASSENDI,

A PARIS.

Tivoli, le 5 septembre 1810.

On m'assure, mon général, que vous ou le ministre demandez de mes nouvelles, et que vous voulez savoir ce que je suis devenu depuis que j'ai quitté le service.

Ma démission acceptée par Sa Majesté, je vins de Milan à Paris, où, après avoir mis quelque ordre à mes affaires, me trouvant avec des officiers de mes anciens amis qui passaient de l'armée d'Espagne à celle du Danube, je me décidai bientôt à reprendre du service. J'allai à Vienne avec une lettre du ministre de la guerre qui autorisait le général Lariboissière à m'employer provisoirement. Cette lettre fut confirmée par une autre du major-général de l'armée portant promesse d'un brevet, et on me plaça dans le quatorzième corps, toujours provisoirement.

Quelque argent que j'attendais m'ayant manqué pour me monter, j'eus recours au général Lariboissière, dont j'étais connu depuis long-temps. Il eut la bonté de me dire que je pouvais compter sur lui pour tout ce dont j'aurais besoin ; et, comptant effectivement sur cette promesse, j'achetai au prix qu'on voulut l'unique cheval qui se trouvât à vendre dans toute l'armée. Mais quand pour le payer je pensais profiter des dispositions favorables du général Lariboissière, elles étaient changées. Je gardai pourtant ce cheval, et m'en servis pendant quinze jours, attendant toujours de Paris l'argent qui me devait venir. Mais enfin mon vendeur, officier bavarois, me déclara nettement qu'il voulait être payé ou reprendre sa monture. C'était le 4 juillet, environ midi, quand tout se préparait pour l'action qui commença le soir. Personne ne voulut me prêter soixante louis, quoiqu'il y eût là des gens à qui j'avais rendu autrefois de ces services. Je me trouvai donc à pied quelques heures avant l'action. J'étais outre cela fort malade. L'air marécageux de ces îles m'avait donné la fièvre ainsi qu'à beaucoup d'autres, et, n'ayant mangé de plusieurs jours, ma faiblesse était extrême. Je me traînai cependant aux batteries de l'île Alexandre, où je restai tant qu'elles firent feu. Les généraux me virent et me donnèrent des ordres, et l'empereur me parla. Je passai le Danube en bateau avec les premières troupes. Quelques soldats, voyant que je ne me soutenais plus, me portèrent dans une barraque où vint se coucher près de moi le général Bertrand. Le matin, l'ennemi se retirait, et, loin de suivre à pied l'état-major, je n'étais pas même en état de me tenir debout. Le froid et la pluie affreuse de cette nuit avaient achevé de m'abattre. Sur les trois heures après midi, des gens, qui me parurent être les domestiques d'un général, me portèrent au village prochain, d'où l'on me conduisit à Vienne.

Je me rétablis en peu de jours, et, faisant réflexion qu'après avoir manqué une aussi belle affaire, je ne rentrerais plus au service de la manière que je l'avais souhaité, brouillé d'ailleurs avec le chef sous lequel j'avais voulu servir, je crus que, n'ayant reçu ni solde ni brevet, je n'étais point assez engagé pour ne me pouvoir dédire, et je revins à Strasbourg un mois environ après en être parti. J'écrivis de là au général Lariboissière pour le prier de me rayer de tous les états où l'on m'aurait pu porter; j'écrivis dans le même sens au général Aubry, qui m'avait toujours témoigné beaucoup d'amitié; et, quoique je n'aie reçu de réponse ni de l'un ni de l'autre, je n'ai jamais douté qu'ils n'eussent arrangé les choses de manière que ma rentrée momentanée dans le corps de l'artillerie fût regardée comme non avenue.

Depuis ce temps, mon général, je parcours la Suisse et l'Italie. Maintenant je suis sur le point de passer à Corfou, pour me rendre de là, si rien ne s'y oppose, aux îles de l'Archipel; et, après avoir vu l'Égypte et la Syrie, retourner à Paris par Constantinople et Vienne.

————

Pendant que Courier s'occupait à Rome à faire imprimer le texte de Longus, le ministre de l'Intérieur, sur le rapport du directeur-général de la librairie, faisait saisir à Florence les

vingt-sept exemplaires qui restaient de la traduction imprimée
chez Piatti. Averti par ses amis de Paris qu'on se proposait de
sévir contre lui-même, il sentit enfin la nécessité de se défendre, et composa pour cela dans le courant de septembre un
pamphlet en forme de lettre, adressé à M. Renouard, comme
à l'occasion de la notice que celui-ci avait publiée au mois de
juillet sur l'accident de la tache d'encre. Il faut lire tous les
détails de cette affaire dans l'avertissement que Paul-Louis a
mis en tête de l'édition des Pastorales de Longus, qui a paru à
Paris en 1821.

A M***.

OFFICIER D'ARTILLERIE.

Tivoli , le 12 septembre 1810.

Ah! mon cher ami, mes affaires sont bien plus mauvaises encore qu'on ne vous l'a dit. J'ai deux ministres à mes trousses, dont l'un veut me faire fusiller, comme déserteur; l'autre veut que je sois pendu pour avoir volé du grec. Je réponds au premier : Monseigneur, je ne suis point soldat, ni par conséquent déserteur.—Au second : Monseigneur, je me f... du grec, et je n'en vole point. Mais ils me répliquent, l'un : Vous êtes soldat; car il y a un an vous vous enivrâtes dans l'île de Lobau, avec L... et tels garnements qui vous appelaient camarade; vous suiviez l'empereur à cheval; ainsi vous serez fusillé. — L'autre : Vous serez pendu; car vous avez sali une page de grec, pour faire pièce à quelques pédants qui ne savent ni le grec ni aucune langue. — Là-dessus je me lamente et je dis : Serais-je donc fusillé pour avoir bu un coup à la santé de l'empereur? Faudra-t-il donc que je sois pendu pour un pâté d'encre?

Ce qu'on vous a conté de mes querelles avec cette pédantaille n'est pas loin de la vérité. Le ministre a pris parti pour eux; c'est, je crois, celui de l'Intérieur; et, dans les bureaux de Son Excellence , on me fait mon procès sans m'entendre : on m'expédiera sans me dire pourquoi, et le tout officiellement. L'autre Excellence de la Guerre, c'est-à-dire Gassendi, a écrit ci à Sorbieri, voulant savoir, dit-il, si c'est moi qui fais ce grec dont parle la gazette; que je suis à lui, et qu'il se propose de me faire arrêter par la gendarmerie. J'ai su cela de Vauxmoret (1), car je n'ai point vu Sorbier, et j'ignore ce qu'il a répondu. Au vrai je ne m'en soucie guère; je me crois en toute manière hors de la portée de ces messieurs, quitte de leur protection et de leur persécution.

Je ne me repens point d'avoir été à Vienne, quoique ce fût une folie ; mais cette folie m'a bien tourné. J'ai vu de près l'oripeau et les *mamamouchis ;* cela en valait la peine, et je ne les ai vus que le temps qu'il fallait pour m'en divertir et savoir ce que c'est.

Vous avez raison de me croire heureux; mais vous avez tort de vous croire à plaindre. Vous êtes esclave ; eh! et qui ne l'est pas? Votre ami Voltaire a dit qu'*heureux sont les esclaves inconnus à leur maître.* Ce bonheur-là vous est *hoc,* et c'est-là peut-être de quoi vous enragez. Allez, vous êtes fou de porter envie à qui que ce soit, à l'âge où vous êtes, fort et bien portant; vous ne méritez pas les bontés que la nature a eues pour vous.

Adieu ; vous m'avez fait grand plaisir de m'écrire, et j'en aurai toujours beaucoup à recevoir de vos nouvelles.

(1) Colonel d'artillerie.

A M. BOISSONNADE,

Tivoli, le 15 septembre 1810.

Il faut que vous croyiez mon affaire bien mauvaise pour me chercher des protecteurs. Quant à moi, je ne sais ce qui en arrivera, mais je ne ferai assurément aucune réclamation; j'ai peur, si je redemandais mon livre saisi, qu'on ne me saisît moi-même.

Pour votre ami, qui est si bon de s'intéresser à moi, je suis bien fâché de ne pouvoir vous envoyer un exemplaire. On m'en a pris vingt-sept, j'en avais distribué trente, il m'en reste donc trois; car, comme vous savez, il n'y en avait que soixante; et ces trois-là sont condamnés à toutes les ratures et biffures que j'y pourrai faire, si l'on réimprime quelque jour cette bagatelle corrigée. Au reste je ne veux point en donner du tout à Son Excellence, que je n'ai pas l'honneur de connaître. Remerciez, je vous prie, ce bon monsieur de sa bonne volonté; mais qu'il se garde de me nommer, ni de dire jamais en tels lieux un mot qui ait trait à moi. Je n'aime point que ces gens-là sachent que je suis au monde, parce qu'ils peuvent me faire du mal, et ne me sauraient faire de bien.

Quoi qu'il en soit, je vous admire d'avoir été songer à cela, et surtout d'avoir pu trouver quelqu'un qui voulût dire un mot en ma faveur, comme s'il n'était pas tout visible que jamais je ne serai bon à rien pour personne.

Adieu ; souvenez-vous de moi ; et gardez-moi toujours cette précieuse amitié.

———

A M. DE TOURNON,

PRÉFET A ROME.

Rome, le 18 septembre 1810.

Monsieur, voici ma réponse aux demandes de monsieur le directeur de la librairie.

J'ai trouvé dans un manuscrit à Florence un morceau inédit de Longus, et, en le copiant, j'ai fait à l'original une tache d'encre qui couvre environ une vingtaine de mots. J'ai donné au public d'abord ce fragment en trois langues, ensuite tout le texte de Longus revu sur les manuscrits de Rome et de Florence. On ne peut arrêter la vente de ce livre, parce qu'il ne se vend point. J'en ai fait tirer cinquante exemplaires, c'est-à-dire quatre fois plus qu'il n'y a de gens en état de le lire : je le donne aux savants et aux bibliothèques publiques. Je n'en ai point envoyé à la *Laurenziana* de Florence, parce que cette bibliothèque ne contient que des manuscrits.

Au reste je ne prétends, sur ce fragment trouvé par moi, ni sur aucun livre, aucun droit de propriété ; chacun peut le réimprimer. Il me reste vingt exemplaires de mon édition grecque qu'on peut saisir comme on a fait ma traduction à Florence ; je n'y aurai nul regret et n'en ferai nulle réclamation.

M. le directeur peut apprendre des libraires et des savants de Paris que je m'occupe de ces études uniquement pour mon plaisir ; que je n'y attache aucune importance, et n'en tire jamais le moindre profit. Ma coutume est de donner mes griffonnages aux libraires qui les impriment à leurs périls et fortunes ; et tout ce que j'exige d'eux, c'est de n'y pas mettre mon nom. Mais cette fois j'ai cru devoir faire moi-même les frais de l'impression, ayant appris que quelques gens, assez méprisables d'ailleurs, m'accusaient de spéculation dans l'affaire de la tache d'encre ; et je pensais qu'on pourrait bien se moquer de moi d'employer ainsi mon loisir et mon argent, mais non pas en faire un sujet de persécution.

A M. BOISSONNADE,

A PARIS.

Rome, le 7 octobre 1810.

MONSIEUR, je viens de lire votre article dans le Journal de l'Empire, où vous parlez beaucoup trop honorablement de moi et de ma trouvaille. Vous me traitez en ami, et je pense qu'ayant eu quelques nouvelles de la petite persécution qu'on m'a suscitée à cette occasion, vous avez voulu prévenir le public en ma faveur, action d'autant plus méritoire que probablement je ne serai jamais en état de vous en témoigner ma reconnaissance, si ce n'est par des paroles. J'avais souhaité, comme vous savez, qu'il ne fût point question de moi dans les journaux. Mais aujourd'hui qu'on me fait des chicanes qui, sans m'affliger beaucoup, ne laissent pas de m'importuner, je suis fort aise de me voir loué par un homme comme vous, à qui le public doit s'en rapporter sur ces sortes de choses. Cela pourra engager les satrapes de la littérature à me laisser en paix, et c'est tout ce que je désire.

A M. CLAVIER

A PARIS.

Rome, le 13 octobre 1810.

Monsieur, j'envoyai à Paris long-temps y a, comme dit Amyot, dix-huit exemplaires d'un beau Longus grec, dix-huit des cinquante-deux en tout que j'en ai fait tirer. C'est trop, me direz-vous. Où trouver autant de gens à qui faire ce cadeau? Vous avez raison; mais enfin il y en a, de ces dix-huit, un pour vous, et celui-là du moins sera bien placé; un pour M. Bosquillon, un pour le docteur Coraï; ceux-là encore sont en bonnes mains. J'ai adressé le tout à madame Marchand ma cousine, dont vous savez la demeure, et qui doit en être la distributrice. Voilà qui va bien jusque-là; mais le mal est que je n'ai de nouvelles ni de ma cousine ni de Longus. J'ai adressé directement à vous et à quelques personnes le morceau inédit imprimé à part. Mais je vois par votre lettre du 28 septembre, et par l'article de Boissonnade dans le Journal de l'Empire, que rien n'est parvenu à Paris ou n'a été remis à sa destination. Il faut assurément que les Italiens zélés pour la littérature aient tout fait saisir à la poste, comme ils ont fait saisir ma pauvre traduction par un ordre d'en haut. Pareil ordre est venu de confis-

quer tout de même le grec, c'est-à-dire vingt exemplaires
environ qui m'en étaient demeurés. Il y en a heureusement huit ou dix dans différentes mains, et voilà madame
de Humboldt qui en emporte un en Allemagne, où il
sera réimprimé. Ainsi la rage italienne, secondée de
toute l'iniquité des satrapes de l'intérieur, de la police
et autre engeance malfaisante, n'y saurait mordre à présent. Un de ces derniers, se disant directeur de la librairie, a écrit ici au préfet une lettre fort mystérieuse, qui
ne m'a été communiquée qu'en partie. J'ai répondu succinctement à ce qu'il demande; et pour conclusion je
le prie de se contenter de mon livre que je lui abandonne
volontiers, trop heureux si je sauve ma personne *de ses
mains redoutables*. Je l'assure que je ne ferai jamais aucune réclamation de mes griffonnages saisis par lui,
convaincu qu'il aurait pu me saisir moi-même, et me
faire pendre avec autant de justice. Je loue autant sa
clémence, et suis avec grand respect son très-humble
serviteur.

J'attends impatiemment votre archéologie. Cela me
viendra fort à propos. Bonne provision pour cet hiver
que je compte passer encore ici.

Gail me paraît trop sot pour être ridicule; en le mon-
trant au doigt vous lui ferez trop d'honneur, et à vous
peu; et puis la belle matière à remuer pour vous que son
dégobillage! Fi! laissez-le là. *Jam fœtet.*

Si j'avais su que quelqu'un songeât à répondre aux
Italiens sur la grande affaire de la tache d'encre, je n'au-

rais pas pris la peine d'écrire et d'imprimer une longue
diatribe (1) que je vous ai envoyée, mais que probablement vous ne recevrez point, vu l'embargo mis à la poste
sur tout ce qui vient de moi. Je suis tenté de croire,
comme Rousseau, que tout le genre humain conspire
contre moi. J'en rirais, si j'étais sûr qu'on ne touchât
qu'à mon grec. Boissonnade m'a trop bien traité dans
son journal. Je l'avais prié de ne dire mot de moi ni de
mes œuvres; mais sans doute il aura voulu secourir un
opprimé et me défendre un peu, voyant que je ne me
défendais pas moi-même.

Je passe ici mon temps assez bien avec quelques amis
et quelques livres. Je les prends comme je les trouve, car
si on était difficile, on ne lirait jamais, et on ne verrait
personne. Il y a plaisir avec les livres, quand on n'en fait
point, et avec des amis, tant qu'on n'a que faire d'eux.
J'ai renoncé aux manuscrits. C'est une étude trop péril-
leuse. Ceux du Vatican s'en vont tout doucement en
Allemagne et en Angleterre. Le pillage en fut commencé
par le révérend père Altieri, bibliothécaire. Il les vendait
cher, *cent dix sous le cent*, comme Sganarelle ses fagots.
Je crois qu'on les a maintenant à meilleur marché. Mais
notez ceci, je vous en prie. Altieri vend les manuscrits
dont il a la garde; il est pris sur le fait; on trouve cela
fort bon; personne n'en dit mot; on lui donne un meilleur emploi. Moi je fais un pâté d'encre, tout le monde

(1) La lettre à M. Renouard.

crie haro ! J'ai beau dépenser mon argent, traduire , imprimer à mes frais un texte nouveau, je n'en suis pas
moins pendable , *et rien que la mort n'est capable* , etc.
Je vous embrasse. Mille respects à Madame Clavier.

LETTRE

DE M. BOISSONNADE.

Paris, le 5 octobre 1810.

MONSIEUR, votre beau, votre rare, votre excellent volume m'est arrivé il y a peu de jours; je ne sais combien de remerciements il faut vous faire pour ce cadeau inestimable; je vous en envoie un million et encore ce n'est guère. Je n'ai lu encore que la préface très-élégante et les premières pages, et j'aurais attendu à vous en parler que je fusse plus avancé, s'il n'était de la plus haute importance que je vous instruise avant tout de ce que j'ai appris hier.

La Gazette de France ayant annoncé votre découverte il y a bien deux ou trois mois, M. Renouard ayant distribué une brochure que vous connaissez sans doute, M. Petit-Radel ayant traduit en vers latins votre fragment, j'ai cru ne pouvoir me dispenser, en rendant compte du Longus de ce médecin, de parler de votre traduction, et d'en citer quelques passages. Hier, j'ai été moi-même chercher à son bureau un des chefs de la direction de la librairie qui s'était plusieurs fois présenté chez moi sans me trouver; il m'a demandé de qui je tenais l'exemplaire de votre Longus; je lui ai dit que c'é-

4.   23

tait de vous. — Par quelle voie? — Que je n'en savais
rien. Et cela est vrai. Comme cet employé est un fort
galant homme que je connais un peu, nous avons causé
assez long-temps de ce qui vous concerne. Il m'a dit que
Renouard, d'après sa brochure, et M. Petit-Radel d'après
sa traduction, avaient été questionnés comme moi d'a-
près mon article; que vingt-sept exemplaires avaient été
arrêtés à Florence; que des ordres avaient été envoyés
à Rome pour saisir le grec.

Ma lettre arrivera-t-elle à temps? Vos exemplaires
sont-ils en sûreté? Il me tarde d'avoir de vos nouvelles.

A M. BOISSONNADE,

A PARIS.

Rome, le 22 octobre 1810.

GRAND merci, Monsieur, de vos bons avis; je suis enchanté que mon petit cadeau vous agrée. Je n'ai point eu d'autre dessein que de plaire aux gens comme vous. Il est sûr que les manuscrits m'ont fourni des choses très-précieuses; mais, à dire vrai, mon travail n'est rien. J'aurais fait quelque chose à Paris avec des livres et du temps; car il faut vous imaginer qu'on ne soup—çonne pas en Italie, qu'il ait rien paru depuis les Aldes en matière de grec ou de critique. M. Furia bibliothécaire n'aurait jamais su sans moi qu'il y eût d'autres éditions de Longus que celle de Jungermann; c'est ce que vous pou-vez voir dans la préface de son Ésope. Voilà dans quelle misère il m'a fallu travailler; logé à l'auberge, notez encore ce point, et dans les transes d'un homme qui voit les archers à ses trousses; car je savais à merveille ce qui se tramait contre moi. Pensez à tout cela, et puis querellez-moi sur les fautes d'impression; je vous répon-drai comme Brunet : *Tu veux de l'orthographe avec une méchante plume d'auberge !*

Le visir de la librairie a en effet donné un ordre de saisir tout mon grec, mais cet ordre n'a pas été exécuté. Je ne sais bonnement pourquoi. Le fait est qu'on s'est contenté de prendre quelques informations, auxquelles j'ai répondu d'assez mauvaise humeur; ma lettre a dû être envoyée à cette Excellence. Toutes ces chicanes m'ont déterminé à faire imprimer une complainte, diatribe, ou invective, comme il vous plaira l'appeler, en forme de lettre à M. Renouard. On trouve que dans cette brochure je ne parle pas assez civilement des gens qui veulent me faire pendre. Je vous l'ai envoyée; mais il se pourrait qu'on eût arrêté le paquet à la poste.

Si vous revoyez ce bon monsieur de la direction de la librairie, assurez-le bien, je vous prie, que je n'ai point la rage de me faire imprimer; que le hasard,

Et, je pense,

Quelque diable aussi me poussant,

m'a fait traduire ce fragment;

Que cent fois j'ai maudit cette innocente envie;

que je fais un vœu bien sincère, et un ferme propos de ne jamais rien écrire en quelque langue que ce soit pour le public; qu'enfin lui et son directeur, si j'échappe *de leurs mains redoutables*, peuvent compter qu'ils n'entendront jamais parler de moi.

A MME. LA PRINCESSE

DE SALM DICK.

Tivoli, 12 juin et 1er octobre 1810.

MADAME, vous deviez partir pour vos terres dans deux mois, lorsque vous me fîtes ces lignes très-aimables. Or, votre lettre est du 6 mai; la poste sera bien paresseuse, si celle-ci ne vous trouve encore à Paris.

Il y a quelques mots dans votre lettre qui pourraient faire croire que vous ne vous êtes pas toujours bien portée depuis la dernière fois que j'eus l'honneur de vous voir. Vous étiez alors fraîche et belle, si je m'y connais, et vous ne paraissiez pas pouvoir être jamais malade. Mais enfin, je vois bien qu'à l'heure où vous m'écriviez, votre santé était bonne; elle le serait toujours, s'il y avait quelque justice aux arrangements de ce monde.

Assurément, j'irai vous voir dans votre château, et plus tôt que plus tard, et voici comment. D'ici à Paris, quand je m'y rendrai, je passe à Strasbourg, je trouve de là le Rhin :

> Doutez-vous que le Rhin ne me porte en deux jours
> Aux lieux où la Roër y voit finir son cours ?

J'ai depuis long-temps, Madame, votre château dans

la tête, mais d'une construction toute romanesque. Il serait plaisant qu'il n'y eût à ce château ni tourelles, ni
donjon, ni pont-levis, et que ce fût une maison comme
aux environs de Paris. J'en serais fort déconcerté; car je
veux absolument que vous soyez logée comme la princesse
de Clèves ou la dame des Belles Cousines, et je tiens à cette
fantaisie. Sur vos environs, je crains moins d'être démenti par le fait; je vois vos prairies, vos bois, votre Rhin,
votre Roër, qui ne se fâcheront pas si je les compare au
Tibre et à l'Anio, à moins qu'ils ne soient fiers de couler
à vos pieds; mais, en bonne foi, rien ne peut se comparer
à ce pays-ci, où partout de grands souvenirs se joignent
aux beautés naturelles. C'est tout ensemble ce qu'il y a de
mieux dans le rêve et la réalité. Votre idée de laisser là
Paris tout cet hiver, si c'était pour venir ici, aurait quelque chose de raisonnable; mais là-bas, dans vos frimas,
bon Dieu! J'ai passé un hiver sur les bords du Rhin; j'y
pensai geler à vingt ans; je ne fus jamais si près d'une
crystallisation complète.

Que vous manderai-je d'ici? Les rossignols ne chan-
tent plus depuis quelques jours, dont bien me fâche. Si
les nouvelles de cette espèce vous peuvent intéresser, je
vous en ferai une gazette. Ma vie se passe à présent toute
entre Rome et Tivoli; mais j'aime mieux Tivoli. C'est
un assez vilain village à six lieues de Rome dans la montagne. Pour la description du pays, on a fait vingt volumes, et tout n'est pas dit. Si vous en voulez avoir une
idée, il y faut venir, Madame; vous ne sauriez faire, de

votre vie , un plus joli pèlerinage. Tout ce que j'ai d'éloquence sera employé quelque jour à vous prêcher sur ce
texte.

Vous avez l'air de parler froidement de mon Longus,
comme si j'y avais fait quelque petit ravaudage ; mais,
Madame, songez que je l'ai ressuscité. Cet auteur était
en pièces; depuis quinze cents ans, on n'en trouvait plus
que des lambeaux. J'arrive , je ramasse tous ces pauvres
membres, je les remets à leur place , et puis je le frotte
de mon baume, et l'envoie *jouer à la fossette;* que vous
semble de cette cure? la Grèce me doit des autels.

Je ne sais si dans votre château vous aurez plus qu'à
Paris le temps de penser à moi, et de *m'en bailler par-ci
par-là quelque petite signifiance,* comme dit le paysan
de Molière. Ne seriez-vous point de ces gens qui, moins
ils voient de monde, et plus ils sont occupés? Quoi qu'il
en soit, comme on se flatte, et moi surtout, plus que
personne, je compte bien avoir de vos nouvelles *à tout
le moins une fois l'an.*

J'ai lu avec un très-grand plaisir votre éloge de La-
lande ; cela donne envie d'être mort, quand on est de
vos amis. Je ne saurais prétendre aux honneurs de l'é-
loge ; mais pour mon épitaphe je me recommande à
vous : c'est une chose que vous pouvez faire sans beaucoup rêver. Il s'agit seulement de mettre en rimes que
je m'appelais Paul-Louis, de Saint-Eustache de Paris ,
et que je fus toute ma vie , Madame, votre très-humble, etc.

P. S. Ayant trouvé dans mes papiers ce griffonnage, que je croyais parti depuis six mois, je devine enfin, Madame, pourquoi vous n'y répondez pas ; je vous l'envoie, tout vieux qu'il est. Mon étourderie vous fera rire, et cela vaudra mieux que tout ce que je pourrais vous mander à présent.

Je vous ai adressé dernièrement, par la poste, quelques exemplaires d'une brochure, espèce de factum pédantesque qu'il m'a fallu faire imprimer pour répondre à d'autres sottises imprimées contre mon Longus. Tout cela est misérable, et je n'ai garde de penser que vous en puissiez lire deux lignes sans mourir ; mais quelqu'un de vos Grecs le lira et vous dira ce que c'est. Je doute, d'ailleurs, que ce paquet vous parvienne ; car, depuis quelque temps les ministres s'amusent à saisir tout ce que j'envoie à Paris ; c'est pour eux une pauvre prise : le grec ne se vend pas comme du sucre. Les bureaux en doivent être pleins, je veux dire de grec pris sur moi, et les dépêches vont s'en sentir pendant plus de huit jours.

A M. SYLVESTRE DE SACY,

A PARIS.

Rome, le 3 octobre 1810.

MONSIEUR, puisque mes lettres vous parviennent, j'espère qu'enfin vous recevrez l'espèce de factum littéraire, dont je vous adresse de nouveau trois exemplaires. Vous trouverez cela misérable, et si vous n'en riez, vous aurez pitié d'une telle querelle. Peut-être encore penserez-vous qu'il fallait se taire ou parler plus civilement. Mais songez, s'il vous plaît, qu'on tâchait à me faire pendre. Que voulez-vous, Monsieur? j'ai eu peur, non des cuistres, mais des satrapes de la littérature. Voyant à mes trousses chiens et gens, j'ai fait le moulinet avec mon bâton, sans trop regarder où je frappais.

Vous avez bien de la bonté de penser à mon Xénophon. Son malheur est d'être sorti de vos mains. Je ne sais bonnement où il est, ni ce qu'il deviendra. Un M. Stone l'avait imprimé à moitié, assez mal. Voilà tout ce que je puis vous dire. Je serais fâché seulement que le manuscrit se perdît, car c'est un travail que ni moi ni autre ne saurait refaire; et qui, à vrai dire, ne se pouvait faire que dans les casernes et les écuries où je vivais alors.

Oui, Monsieur, j'ai enfin quitté mon vilain métier,

un peu tard, c'est mon regret. Je n'y ai pas pourtant perdu tout mon temps. J'ai vu des choses dont les livres parlent à tort et à travers. Plutarque à présent me fait crever de rire. Je ne crois plus aux grands hommes.

Sur ce que vous me demandez si je reste en Italie, je puis bien vous dire, Monsieur, ce que je projette en ce moment ; mais ce qui en sera, Dieu le sait. Car, outre l'incertitude ordinaire de l'avenir, j'ai peu d'idées fixes, et je trouve même une espèce de servitude à dépendre trop de ses résolutions. Je veux maintenant aller à Naples, et de là, si je puis, à Corfou. Or, venu jusqu'à Corfou, ne suis-je pas aux portes d'Athènes ? Peut-être au reste n'irai-je ni à Naples, ni à Corfou, ni à Athènes, mais à Paris où je me promets le plaisir de vous voir. Peut-être aussi ne bougerai-je d'ici ; voilà comme ma volonté tourne à tous les points du compas. J'ai cependant un désir inné de visiter la Grèce. C'est pour moi, comme vous pouvez croire, le pèlerinage de la Mecque.

Si on ne vous a point remis une feuille servant de supplément à mes notes sur Longus, ayez la bonté de l'envoyer prendre chez madame Marchand. Sans cela votre exemplaire serait incomplet.

A M. BOSQUILLON,

A PARIS.

Rome, le 10 Novembre 1810.

Je ne saurais vous dire, Monsieur, combien vous me rendez aise par l'approbation que vous donnez à mon apologie (1). Il vous semble donc que j'ai dit à peu près ce qu'il fallait? Tout le monde n'en a pas jugé de même. M. Clavier pense comme vous, et m'assure que j'ai bien fait d'appeler un chat un chat; mais M. de Sacy ne peut me pardonner, et je vois bien, quoi qu'il en dise, que ma justification n'est à ses yeux qu'un crime de plus. Ici, en général, on est de cet avis, et tous ceux qui me condamnaient auparavant sur mon silence, depuis que j'ai ouvert la bouche me veulent écorcher vif. Je vous parle de gens que je vois tous les jours, de connaissances de vingt ans; pensez ce que disent les autres. Les plus modérés trouvent que je puis avoir au fond quelque espèce de raison, qu'à la rigueur je n'étais point tenu de me laisser opprimer par humilité chrétienne, sans faire entendre aucune plainte. Mais, selon eux, au lieu de dire, *vous mentez*, à mes calomniateurs, je devais dire : Mes-

(1) La lettre à Renouard du 20 septembre.

sieurs j'ose vous supplier de vouloir bien considérer que ce que disent Vos Seigneuries dans le dessein de me faire pendre, paraît s'écarter tant soit peu de la vérité. Voilà comme il fallait parler pour ne point choquer les honnêtes gens. Car on est sévère aujourd'hui sur les bienséances, et notez ceci, je vous prie. Deux articles paraissent contre moi et Renouard dans la gazette de Milan, remplis d'injures et d'impostures. Qui que ce soit n'y trouve à redire. M. Furia imprime que je lui ai *volé*, ce sont ses propres termes, ses papiers et sa découverte, *action atroce*, ajoute-t-il, *qui a fait frémir d'horreur toute la ville de Florence.* Ce petit mensonge, exprimé avec tant de délicatesse, ne scandalise personne. Moi je dis qu'il ne sait pas le grec; oh! cela est trop fort. Je m'amuse à le peindre au naturel, et il se trouve que c'est un sot. Ah! de tels emportements ne se peuvent excuser. Le seigneur Puzzini, que je ne connais point, se met dans la tête de me faire un mauvais parti. Il ameute sa clique, me dénonce au ministre, arme l'autorité pour me persécuter, parce que je suis Français, et qu'il me croit sans appui; cela est tout simple. J'insinue doucement qu'un petit chambellan qui vit de ses bassesses dans une petite cour, haïssant les Français, qu'il flatte pour avoir du pain, n'est pas un personnage à respecter beaucoup hors de son antichambre; voilà qui crie vengeance.

Pour moi, ces choses-là ne m'apprennent plus rien; ce n'est pas d'aujourd'hui que j'ai lieu d'admirer la haute

impertinence des jugements humains. Ma philosophie
là-dessus est toute d'expérience. Il y a peu de gens, mais
bien peu, dont je recherche le suffrage ; encore m'en
passerais-je au besoin.

La suite prouvera si j'ai bien ou mal fait. Qu'on me
laisse en repos, c'est tout ce que je désire ; et, *si la cour
me blâme* , je prendrai patience , comme le cocher de
fiacre. Gardez-vous bien de croire que j'aie voulu répondre aux sottises des gazettes. Je les ai laissées dix mois
entiers me huer , m'aboyer , sans seulement y faire at -
tention ; j'ai laissé confisquer , sans souffler , sans mot
dire , les bagatelles que j'imprimais pour quelques savants. Mais quand j'ai vu qu'après mes livres on allait
saisir ma personne, que le maire de Florence avait ordre
d'instruire mon procès , qu'il fallait une victime à la
haine nationale , et qu'on me livrait aux Italiens , me
voyant enfin la corde au cou, j'ai dit comme j'ai pu ce
que j'avais à dire pour qu'on me laissât aller.

L'ouvrage de M. Clavier nous est parvenu ici. Je ne
l'ai point lu encore; mais d'autres l'ont lu, qui connaissent mieux que moi ces matières. On le trouve fort savant. Quant à moi, ôtez-vous de l'esprit que je songe à
faire jamais rien. Je crois, pour vous dire ma pensée,
que ni moi ni autre aujourd'hui ne saurait faire œuvre
qui dure; non qu'il n'y ait d'excellents esprits, mais les
grands sujets qui pourraient intéresser le public et animer un écrivain , lui sont interdits. Il n'est pas même
sûr que le public s'intéresse à rien. Au vrai , je vois que

la grande affaire de ce siècle-ci, c'est le débotté et le petit coucher. L'éloquence vit de passions ; et quelles passions voulez-vous qu'il y ait chez un peuple de courtisans, dont la devise est nécessairement : *Sans humeur et sans honneur ?* Contentons-nous, Monsieur, de lire et d'admirer les anciens du bon temps. Essayons au plus quelquefois d'en tracer de faibles copies. Si ce n'est rien pour la gloire, c'est assez pour l'amusement. On ne se fait pas un nom par là, mais on passe doucement la vie ; prions Dieu seulement que ces études si nécessaires à tous ceux qui les ont une fois goûtées, ne fassent nul ombrage à la police.

A MADAME MARCHAND,

A PARIS.

Rome, le 12 novembre 1810.

Mais point du tout ; je n'ai point refusé la dédicace (1) , et on ne me l'a point demandée. Voilà comme de bouche en bouche tout se dénature, et par malice ; car soyez sûre que ceux qui sèment ces propos ne me veulent aucun bien.

Voici le fait. A table, chez le préfet de Florence (c'était dans le temps que je venais de trouver ce morceau de grec), on parlait de ce roman que j'allais traduire et que Renouard devait imprimer, lequel Renouard était là à table avec nous ; le préfet me dit : Il faut dédier cela à la princesse ; elle acceptera votre dédicace. Ce furent ses propres mots ; vous savez que j'ai bonne mémoire. Je répondis : Cela ne se peut, à une femme ! il y a dans ce livre des choses trop libres. Mais, dit Renouard, ces choses-là se réduisent à quelques lignes qu'on pourrait adoucir de manière à rendre l'ouvrage présentable. Je ne répondis rien, et il n'en fut plus question.

Contez la chose comme cela, car c'est le vrai, et mon—

(1) Du Longus imprimé à Florence, chez Piatti.

trez, s'il le faut, ma lettre à M. d'Al... et à d'autres, si besoin est.

Je meurs de peur que mes pauvres livres ne soient gâtés par les vers et par la poussière. Faites-les, je vous prie, non-seulement épousseter, mais ouvrir et feuilleter tous les deux ou trois mois.

A M. ET MADAME CLAVIER,

A PARIS.

Rome, le 28 janvier 1810.

MONSIEUR, je n'ai pu répondre plus tôt à votre lettre
du 10 novembre, ni vous envoyer le chiffon que demandait ce directeur de la librairie, ni vous remercier comme
j'aurais voulu de vos bons offices auprès de Son Excél-
lence; tout cela, parce que j'ai eu mal au doigt; mais un
mal qui me privait de mon bras, et m'a duré deux mois;
et pendant que j'attendais ma guérison pour vous écrire,
il a écrit, lui directeur, ici au préfet, disant, comme il a
dit à vous, qu'il voulait avoir cette copie du *Supplément
de Longus*, et qu'il lâcherait aussitôt mon livre bleu (1)
qu'il a saisi. J'ai vite donné toutes les copies dont je me
suis pu aviser, non pas pour ravoir ma brochure, car, à
vous dire vrai, je ne m'en soucie guère, mais pour me
tirer, moi, de la gueule du loup; et je pense que voilà
qui est fait.

Ne croyez pas pourtant, Madame, que je me sois fort
tourmenté des disgraces de ma Chloé. Je n'en ai pas perdu
un coup de dent ni une partie de volant quand j'ai trouvé

(1) La traduction imprimée à Florence, et couverte en papier
bleu.

4.   24

des joueuses comme mesdemoiselles vos filles. Cela est rare malheureusement, et surtout ici. Les demoiselles, en Italie, ne jouent guère au volant ; elles ont des pensées plus sérieuses, et *l'amour n'attend pas le nombre des années, aux filles bien nées,* s'entend, comme elles sont toutes en ce pays-ci.

Vraiment il y aurait du bon dans nos commentaires sur Racine, et je suis ravi, Madame, que vous vous en souveniez. Je ne l'entends bien, pour moi, que quand je le lis avec vous, je veux dire quand c'est vous qui me le lisez. Nul autre ne devrait s'en mêler. Je ne pense pas toutefois que vous l'ayez beaucoup étudié ; mais c'est qu'il a écrit pour vous et vos pareilles. Vous avez le sentiment inné de ses divines beautés, et cela vaut mieux que le feuilleton (1).

J'ai furieusement dans la tête le pèlerinage d'Athènes, et, si cette dévotion me dure, je pourrais bien partir au printemps. Le fait est que je veux, avant de mourir, voir la lanterne de Démosthènes, et boire de l'eau d'Ilissus, s'il y en a encore. Voilà ce que je rêve à présent ; ce qu'il en sera est écrit aux tablettes de Jupiter.

Piranesi est venu, et ne m'a point apporté votre ouvrage. J'ai fort cherché celui que vous m'avez demandé, *Symbolæ litterariæ* ; cela ne se trouve plus ici. Le fonds de Paglianis est passé à Naples.

---

(1) Feuilleton du Journal de l'Empire, rédigé par Geoffroy.

A MADAME PIGALLE,

A LILLE.

Rome, le 30 janvier 1811.

Aн! la bonne lettre, cousine, que je reçois de vous,
et que vous employez bien cette fois votre jolie écriture!
De tout mon cœur assurément je vous accuse la réception et vous remercie, non tant à cause des 1,200 francs;
j'en avais besoin, à vrai dire, mais ce n'est pas par là
que vous m'obligez le plus. Vous vous souvenez du pauvre cousin, et vous le défendez contre la médisance,
quoique d'ailleurs vous n'en ayez pas trop bonne opinion:
c'est cela, voyez-vous, qui me touche le cœur. Je ne vous
en saurais aucun gré, si vous eussiez pris ma défense
dans la pensée qu'on me faisait tort; j'aime bien mieux
des preuves de votre amitié que de votre équité. Pour
vous rendre la pareille, je voudrais trouver quelqu'un
qui dît du mal de vous. Cela se pourra rencontrer; vous
avez aussi des parents. *Messieurs et Mesdames*, leur
dirai-je, *je demeure d'accord avec vous que notre cousine..... sans doute..... tout ce qu'il vous plaira.....* Car
il ne me viendra jamais à l'esprit que ces bons parents
puissent ne pas vous rendre une justice exacte, en disant

de vous pis que pendre. *Mais, comme je l'aime*, ajoute-rai-je, *je soutiens qu'elle n'a point tant de torts*. N'est-ce pas comme cela, cousine, que vous plaidez ma cause aux assemblées de famille?

Ce que vous dites pour justifier vos éternelles grossesses prouve seulement que vous en avez honte. Si ce sont-là toutes vos raisons, franchement elles ne valent rien; car enfin, qui diantre vous pousse...? et puis ne pourriez-vous pas.....? Allons, cousine, n'en parlons plus; ce qui est fait est fait. Je vous pardonne vos cinq enfants; mais pour Dieu! tenez-vous-en là, et soyez d'une taille raisonnable quand nous nous verrons à Paris. Vous me décidez à y aller, et ce projet, entre une douzaine d'autres, est maintenant mon rêve favori. Je me trouvais bien ici; on m'appelait à Venise; j'ai quelque affaire à Naples; mais je vais à Paris, puisque vous y serez dans la saison des violettes. Voilà de mon langage pastoral. Que voulez-vous? je suis monté sur ce ton-là; il ne me manque qu'un flageolet et des rubans à mon chapeau.

C'était à quinze ans qu'il fallait lire Daphnis et Chloé. Que ne vous connaissais-je alors! mes lumières se joignant à votre pénétration naturelle, ce livre aurait eu, je crois, peu d'endroits obscurs pour vous; mais, après cinq enfants faits, que peut vous apprendre un pareil ouvrage? aussi l'exemplaire que je vous destine c'est pour l'éducation de vos filles. En vérité il n'y a point de meilleure lecture pour les jeunes demoiselles qui ne veulent pas être, en se mariant, de grandes ignorantes;

et je m'attends qu'on en fera quelque jolie édition à
l'usage des élèves de madame Campan.

Dieu permettra, je l'espère, que je me trouve à Paris
quand vous y serez, cousine; mais, s'il en allait autrement, sachez que parmi mes projets il y en a un, et
ce n'est pas celui auquel je tiens le moins, de me rendre
à Leyde, cette année, en passant par Lille. Je vous
reverrai alors avec tous vos marmots; ils doivent être
grands, ne vous déplaise; non pas tous, mais enfin le
général Braillard (vous souvient-il de cette folie?) doit
avoir bien près de dix ans : ce serait quelque chose si
c'était une fille; vous avez fini justement par où il fallait
commencer. Quand je dis fini, c'est que je suis loin et
ne sais guère de vos nouvelles; car peut-être, en lisant
ce mot, aurez-vous sujet d'en rire : grosse ou non, je
vous embrasse, vous et eux, j'entends la marmaille et
M. Pigalle.

A M. ET MADAME CLAVIER,

A PARIS.

Albano, le 29 avril 1811.

Monsieur, pour avoir votre ouvrage je vois bien qu'il faudra que je l'aille chercher; et cependant vous êtes cause qu'on se moque de moi. Je reçois avis l'autre jour qu'un monsieur venant de Paris m'apportait un paquet de la part de M. Clavier. Je cours où l'on m'indiquait; ce n'était pas là, c'était à l'autre bout de la ville; j'y vais, on se met à rire, et on me dit : *Poisson d'avril*. Or, imaginez que la veille j'expliquais à ces bonnes gens, à ceux mêmes qui m'ont joué ce tour-là, ce que c'est chez nous que *poisson d'avril*; et ils ne comprenaient pas qu'on y pût être attrapé, sachant d'avance le jour. Il faut, disaient-ils, *que vos Français soient bien étourdis.* Vous pouvez croire qu'on n'en doute plus après cette épreuve.

J'ai enfin quitté Rome; j'y vins pour quinze jours, il y a un an ou plus. Me voici en chemin pour Naples, je n'y veux être qu'un mois, si je puis; mais c'est un pays où je prends aisément racine : j'y trouve quelque chose de cette ancienne Antioche de Daphné, dont je m'accommode fort en dépit de Julien et de sa secte.

Donnez-moi, je vous prie, de vos nouvelles. Avez-vous

répondu à Gail, comme vous le projetiez? Où en est le
Plutarque de M. Coraï? votre Pausanias? M. de la Rochette nous donnera-t-il enfin cette anthologie?

J'ai écrit à madame de Salm, mais je ne sais si je sais
son adresse; j'ai mis rue du Bac; est-ce cela? En tout cas
je vous prie, Monsieur, de lui présenter mon respect,
comme aussi à madame Clavier, qui ne va plus, j'espère,
en Bretagne.

Si vous n'avez point reçu un supplément de notes à
joindre au Longus grec, envoyez-le prendre chez madame Marchand, rue des Bourdonnais, maison Combe,
sans quoi votre exemplaire ne sera pas complet.

J'ai passé ce dernier mois presque tout à la campagne,
mais quelle campagne, Madame! Si vous saviez ce que
c'est, vous m'enverriez. Comme je vous plains d'être con-
finée à Paris, ville de boue et de poussière! Ne me parlez
point de vos environs; voulez-vous comparer Albano et
Gonesse, Tivoli et Saint-Ouen? La différence est à la
vue comme dans les noms. Au vrai c'est ici le paradis.
Je vais pourtant trouver mieux; dans le pays où je vais,
est le véritable Éden. Mais que dites-vous de ma vie?
Toujours de bien en mieux : c'est vivre que cela !

———

FRAGMENT. [1]

A Rome , avril 1812.

..... CE matin , de grand matin , j'allais chez M. Dagincourt, et comme je montais les degrés de la Trinité-du-Mont, je le rencontrai qui descendait, et il me dit : Vous veniez me voir? Il est vrai, lui dis-je ; mais puisque vous voilà sorti.... Non, reprit-il, entrez chez moi, je suis à vous dans un moment. Je fus chez lui, et je l'attendis ; et comme il tardait un peu je descendis dans son jardin , et je m'amusai à regarder les plantes et les fleurs qui sont fort belles et nombreuses, et pour la plupart étrangères, à ce qu'il me parut, et aussi rangées d'une façon particulière et pittoresque ; car il y a beaucoup d'arbustes, dont les uns, plantés fort épais, sont comme une espèce de pépinière coupée par de jolies allées ; les autres tapissent les murs, et du pied de la maison montent en rampant jusqu'au faîte. La maison est dans un des angles du jardin ; de grands arbres grêles, qui sont, je crois, des acacias, s'élèvent à la hauteur du toit, et parent les rayons du soleil sans nuire à la vue ; tellement qu'on voit de là tout Rome au bas du Pincio,

_____

[1] Ce morceau ne paraît pas être tiré d'une lettre.

et les collines opposées de Saint-Pierre *in Montorio* et du Vatican. Au fond du jardin aux deux angles, il y a deux fontaines qui tombent dans des sarcophages, et dont l'eau coule le long du mur et des allées. En me promenant, j'aperçus parmi des touffes de plantes fort hautes une tombe antique de marbre avec une inscription. Je m'approchais pour la lire, écartant les plantes, cherchant à poser le pied sans rien fouler, quand M. Dagincourt, que je n'avais pas vu : C'est ici, me dit-il, l'Arcadie du Poussin, hors qu'il n'y a ni danses ni bergers; mais lisez, lisez l'inscription. Je lus; elle était en latin, et il y avait dans la première ligne : *Aux dieux mânes ;* un peu au dessous, *Fauna vécut quatorze ans trois mois et six jours ;* et plus bas, en petites lettres : *Que la terre te soit légère, fille pieuse et bien aimée.....*

A MADAME DE SALM,

A PARIS.

Albano, le 29 avril 1811.

MADAME, voici tantôt mille ans que vous n'avez ouï parler de moi. J'ai eu d'abord, trois mois durant, un mal diabolique à la main ; et depuis, d'autres accidents ayant dérangé mon système de vie, je ne sais, à dire vrai, combien de temps s'est écoulé pendant lequel je n'ai écrit à personne, pas même à vous de qui j'eusse voulu avoir des nouvelles. Selon ce que vous m'écriviez, long-temps y a, de votre château de Dyck, s'il vous en souvient, vous devriez être maintenant à Paris occupée de deux choses fort intéressantes : l'édition de vos ouvrages, et le mariage de mademoiselle votre fille. Voilà de grandes affaires pour vous, et comme mère et comme auteur. J'espère que vous me croirez digne, quand vous saurez que je suis au monde, d'être, en temps et lieu, informé du résultat de vos soins; mais quand même vous n'auriez point de ces grands événements à me marquer, ne laissez pas de m'apprendre au moins comment vous vous portez. Sur cet article votre lettre ne me rassure point assez, quoique vous vous disiez rétablie de votre dernière grosse maladie. C'est la seconde, à ma connaissance, depuis à peine deux ans que je vous ai quittée, sans parler d'une autre un peu plus ancienne dont je me souviens très-bien. Se peut-il que vous soyez si souvent malade? vous êtes forte, et la nature vous a donné ce qu'il fallait pour être exempte de tous maux. Ne seriez-vous point un peu livrée à la médecine? Donnez-vous-en de garde, et tenez pour sûr que cet art est un des fléaux de l'humanité. Molière s'en est moqué; mais rien n'est moins plaisant. Enfin, que vous dirai-je? cette idée m'est venue; ne sachant à qui m'en prendre des variations de votre santé, c'est eux que j'en accuse, je veux dire les médecins. Je n'ai pas peur de leur attribuer plus de mal qu'ils n'en font; mais pourvu qu'ils vous respectent, je leur pardonne tout le reste.

J'ai passé, contre mon dessein, cet hiver à Rome, fort doucement, je vous assure, sans feu, sans froid, sans ennui (j'étais à mille lieues de m'ennuyer), et Dieu merci sans amis. Oui, Madame, j'ai pris en grippe l'amitié comme la médecine, et le tout par expérience. Je n'en suis ni plus chagrin ni plus misanthrope pour cela; au contraire je veux vivre avec tout le monde; mais point d'amitié, s'il vous plaît; messieurs, point d'amis; je ne suis plus dupe. J'ai donc eu cet hiver à Rome six mois des meilleurs de ma vie, certes les meilleurs que je puisse avoir au point où me voilà. Maintenant je m'en vais à Naples, d'où je compte revenir à Paris.

Ce que je pourrai vous dire de mes voyages sera peu de chose, n'ayant ni remarques curieuses ni aventures à vous conter. Je vais doucement, non pour observer, car je n'ai nul dessein de vendre ma relation avec un atlas, mais pour jouir un peu des délices du climat et de la saison. Je m'arrête vraiment à tout bout de champ; ici, j'y suis depuis huit jours, et ne sais encore quand j'en partirai. Ce qui m'y retient c'est un printemps dont, ma foi, vous ne vous doutez pas; ce sont des bois, des eaux, un lac, des vues qu'on ne voit point ailleurs. Vous décrire tout cela, j'en aurais bien envie, et croyez qu'il y a de quoi se faire honneur dans le genre descriptif; mais vous poète, vous goûtez peu la prose poétique, et puis, vous n'êtes point *femme des champs,* moins encore des bois; mes ombrages frais, mes ruisseaux limpides vous feraient dormir debout; vous pensez qu'on ne vit qu'à Paris.

Paris, dans le fait, peut bien avoir aussi son mérite, surtout quand vous y êtes; et c'est pour cela que j'y veux arriver avant votre départ pour Dyck, où je vous vois en train d'aller passer vos étés; mais, pour vous trouver encore à Paris, pensez que je hâterai ma marche. Je m'en vais *musant* et *baguenaudant,* comme dit Rabelais, jusqu'à Naples; et de là ayant fait ce que j'ai à faire, vu ce que j'ai à voir (c'est l'affaire de peu de jours), je repars ventre à terre à bride abattue jusqu'à Paris, jusqu'à vous, Madame; je veux vous apparaître dans mon équipage de pèlerin. C'est une vision qui, je crois, vous divertira, étant prévenue de n'avoir pas peur.

Quand je dis point d'amitié, vous entendez très-bien

ce que cela veut dire. Je parle au genre humain, de qui j'ai à me plaindre; je parle à mon bonnet, comme le valet de Molière. Un ancien disait : *Mes amis, il n'y a plus d'amis.* Se trompait-il? ou si la race a reparu depuis? C'est à vous, Madame, à nous éclaircir ce point; car s'il y en a, des amis, ce doit être pour vous.

Puisqu'il me reste du papier, je veux vous tancer sur un mot de votre dernière lettre. Qu'est-ce, je vous prie, que ces portraits qui semblent vous dire: *Que fais-tu là?* rappelez-vous cette folie; folie s'il en fut jamais. Mettez-vous donc dans l'esprit que s'il y a quelque endroit où vous soyez déplacée, c'est tant pis pour cet endroit-là.

———

Courier partit enfin le 15 mai pour Naples : il y demeura un mois. Il revint ensuite près de Rome, et s'établit à Albano, puis à Frascati et à Rocca di Papa ; il allait de temps en temps voir ses amis à la ville, où il rentra tout-à-fait à la fin d'octobre.

Au milieu du mois de février 1812 il se rendit de nouveau à Naples, en compagnie de M. Millingen et de la comtesse d'Albany. Ce fut à cette époque qu'il eut avec la comtesse et avec le peintre Fabre, sur le mérite des artistes comparé à celui des guerriers ou des princes, une conversation, ou plutôt une discussion piquante, qu'il nous a laissée arrangée à sa façon.

Le 9 mars il était de retour à Frascati, et trois mois après il quitta Rome pour la dernière fois, passa deux jours seulement à Florence, et arriva à Paris le 3 juillet.

A M. BOISSONNADE,

A PARIS.

Frascati, le 23 mars 1812.

J'ai reçu, Monsieur, votre lettre que m'a remise M. Fauris de Saint-Vincent; c'est un homme de mérite, et je vous remercie de m'avoir voulu procurer une si belle connaissance. Mais malheureusement je ne suis plus de ce monde; je fuis un peu le genre humain, et je le donnerais ma foi de bon cœur à tous les diables, n'était quelques gens comme vous en faveur desquels je fais grace à tout le reste. Il me charge, M. Fauris, de recommander à votre souvenir un sien ouvrage de l'*Art de traduire*; apparemment vous êtes au fait, et vous saurez ce que cela veut dire.

Je lis toujours avec plaisir vos Ω, quand cette feuille me tombe sous la main. Vous êtes riche en citations de vos auteurs; Dieu me pardonne, votre sac est plein. Vous avez quelques projets; on ne fait pas pour rien de telles provisions. Courage, Monsieur! venez au secours de notre pauvre langue, qui reçoit tous les jours tant d'outrages. Mais je vous trouve trop circonspect; fiez-vous à votre propre sens; ne feignez point de dire en un besoin que tel bon écrivain a dit une sottise. Surtout

gardez-vous bien de croire que quelqu'un ait écrit en
français depuis le règne de Louis XIV ; la moindre fem-
melette de ce temps-là vaut mieux pour le langage que
les Jean-Jacques, Diderot, d'Alembert, contemporains
et postérieurs ; ceux-ci sont tous ânes bâtés , *sous le rapport* de la langue, pour user d'une de leurs phrases; vous
ne devez pas seulement savoir qu'ils ont existé. Voilà qui
est plaisant, je fais le docteur avec vous ! Je vous tien-
drais trop, à vous dire tout ce que j'ai rêvé là-dessus.

Ce n'est donc pas vous qui succédez à M. Ameilhon,
ni Coraï non plus ? Il y a en France quelqu'un plus habile que vous deux ? On me dit que c'est un commis de
la trésorerie. Croyez-vous qu'il eût été reçu si le caissier se fût présenté ?

Nous avons ici, vous le savez, le célèbre M. Millin ;
mais vous serez bien surpris quand vous apprendrez qu'il
est arrivé n'ayant que trois habits habillés. Il est clair
qu'il a cru que Rome n'en méritait pas davantage. Il reconnaît sa faute , et, pour la réparer, il écrit à Paris
qu'on lui envoie, ventre à terre , par une estafette, ses
autres habits habillés, et le plus habillé de tous , son
habit de membre de l'Institut. Rome verra sa broderie ;
son claque et sa dentelle ; c'était le moins qu'il dût aux
Césars et à l'impératrice Faustine , qui ne reçut jamais
de membre d'aucun corps que dans l'état convenable.
Il faut que cette science de l'étiquette et du savoir-vivre
ait fait à Paris de grands progrès , car il nous en vient
de temps en temps des modèles accomplis. M. Degérando

était ici naguère. Chaque fois qu'il parlait en public, il ne manquait point de saluer le Capitole, et les sept collines, et le Tibre, et la colonne Trajane. Il avait toujours quelque chose d'agréable à dire aux Scipions et aux Antonins ; sa civilité s'étendait à toute la nature et à tous les siècles. M. Millin projette d'aller jusqu'en Calabre , pays où l'on n'a jamais vu d'habits habillés ; à peine y habille-t-on les hommes.

Ne me parlez point des *papyri* (1), c'est le sujet de mes pleurs. Ils étaient bien mieux sous terre que dans les mains des barbares où le sort les a mis. Il y a là force scribes et académiciens payés pour les dérouler, déchiffrer, copier, publier. Ce sont autant de dragons qui en défendent l'approche à tout homme sachant lire, et qui n'en font, eux, nul usage. Monsignor Rosini s'en occupa jadis ; mais depuis qu'il est prélat de cour , il n'a plus dans la tête que le *baciamano* et le petit coucher. Si vous y allez jamais, on vous les montrera, mais de loin, comme la sainte ampoule ou l'épée de Charlemagne. Je n'ai pu seulement obtenir qu'on en copiât un alphabet de la plus belle écriture.

La mort de M. Bast m'a vraiment affligé , quoique je ne le connusse point ; mais j'espérais le connaître un jour, et tous ceux qui cultivent comme lui ces études me sont un peu parents : mais c'est vous, Monsieur, que je plains. Je ne vous dirai point que de telles pertes se puis-

---

(1) Les manuscrits antiques trouvés à Herculanum.

sent réparer : rien n'est si rare qu'un ami, et en trouver deux en sa vie, ce serait gagner deux fois le quine.

Je compte être bientôt à Paris, où je me promets le plaisir de causer avec vous.

NOTE

ÉCRITE EN TÊTE DU RECUEIL DES CENT LETTRES
QUI PRÉCÈDENT. (1804 - 1812.)

Rome, le 19 mars 1812.

Si quelqu'un voit ceci, on s'étonnera que j'aie voulu
conserver de pareilles misères; mais le fait est que ces
chiffons, qui ne signifient rien pour tout autre, me rap-
pellent à moi mille souvenirs, et qu'ayant déjà passé la
meilleure et la plus belle partie de ma vie, je me plais
désormais à regarder en arrière. J'ai regret seulement
que cette idée me soit venue si tard; et plût à Dieu que
j'eusse de semblables mémoires de mes premières années!

A Mᵐᵉ LA PRINCESSE DE SALM.

Paris, le 20 juillet 1812.

Me voilà, Madame, à Paris, et vous n'y êtes pas. Vous êtes dans vos terres, et quand vous en reviendrez j'irai dans les miennes, chétives, qui n'ont rien de commun avec les vôtres, que de me faire enrager si elles m'empêchent de vous voir. Vous serez de retour en octobre, et alors je m'en irai à Tours : on dirait que je prends mes mesures pour ne point vous rencontrer. A peine partez-vous que j'arrive; et si vous revenez je me sauve. Le fait est que je ne désire rien tant que de vous voir; mais Dieu ne le veut pas. Patience; ce guignon-là ne saurait durer toujours.

Je vous ai écrit de Rome, Madame, et, qui plus est, mes lettres sont parties. Je sais qu'il m'arrive de les garder en attendant la réponse; mais, cette fois, j'ai beau fouiller dans mes poches et dans mes papiers, je n'y trouve rien à votre adresse. Ainsi elles sont parties, et vous les avez, et vous n'avez point répondu...., ou j'aurai mal mis les adresses. Je vous cherche des excuses parce que je ne voudrais pas vous trouver coupable : vous le seriez beaucoup, Madame, si vous m'eussiez oublié pendant que j'étais là-bas; car je pensais souvent à vous. Tout le

monde ici m'assure que vous vous portez bien. Marquez-
moi, je vous prie, ce qu'il en est.

Le 23 octobre 1812, au moment même où la conspiration
dite Mallet éclatait, M. Courier partit pour Tours. Il passa à
Orléans le 24 ou le 25, et le lendemain il se rendit à Blois.
Les gendarmes de cette ville lui demandèrent son passe-port, et
comme il n'en avait pas, il fut arrêté et mis en prison. On lui
permit d'écrire à ses amis de Paris, et ceux-ci obtinrent aisément du préfet de police Réal les ordres nécessaires pour le
faire mettre en liberté. Après quatre jours entiers de détention, il continua son voyage vers Tours et Luynes.

A M. CLAVIER,

Tours, le 6 novembre 1812.

J'AI reçu votre paquet avec la feuille de l'imprimeur. Faites-lui savoir, je vous prie, que je serai à Paris dans le courant de la semaine prochaine, et que, par cette raison, je ne lui renvoie point sa feuille corrigée.

On s'est en effet remué plus que je n'aurais cru pour me faire effacer de la liste des conjurés. Je suis sorti des mains de messieurs de la police en payant cinq ou six louis, et je suis ravi d'en être quitte pour de l'argent.

J'ai trouvé tout mon bien en bel et bon état. Mes affaires seront terminées sous peu, et je reviendrai à Paris.

J'aurais pu rester long-temps dans les griffes des alguazils, si on n'eût pas parlé de moi, et Dieu sait comment cela pouvait finir. Cette conspiration étant toute d'officiers sans emploi, moi, officier démissionnaire, venu à Paris depuis peu, et parti le jour même de l'affaire, j'y pouvais figurer très-bien.

A M. CLAVIER,

A PARIS.

Paris, le 18 novembre 1812.

Monsieur, je vous envoie un Longus pour Réal, puisque vous croyez que cela lui fera plaisir. Entre nous,
c'est à vous que je suis tenu de ma délivrance, non à
lui ; et quand il aurait eu le dessein de m'obliger, ce
serait proprement *beneficium latronis*, comme dit Cicéron, *non occidere*. Mais soit fait comme vous souhaitez.
Mille respects à ces dames.

A MADAME PIGALLE,

A LILLE.

Paris , le 20 novembre 1812.

JE reçus à Rome, chère cousine, il y a six mois environ, une lettre de vous, et comme elle me fit grand plaisir, j'y répondis sur-le-champ. Mais je gardai ma lettre afin de vous la porter moi-même. Car alors j'avais résolu de partir pour Paris, où je comptais vous trouver. Cependant il arriva que je ne partis point. Ainsi cette réponse est restée dans ma poche. Que voulez-vous? l'homme propose et Dieu dispose. Vous qui deviez être ici au commencement d'avril, vous y venez à la fin de juillet, et vous y restez jusqu'au jour de mon arrivée. Cela avait tout l'air d'une chose arrangée, comme si nous fussions convenus de nous éviter. J'entrais par une porte, et vous sortiez par l'autre. Ne me demandez pas si j'enrageai. Ce fut le commencement de mon guignon; rien ne m'a réussi depuis.

Tout à l'heure encore deux gendarmes me gardaient à vue jour et nuit; le jour ils me couvaient des yeux, et la nuit, avec deux chandelles, ils m'éclairaient pour dormir, crainte qu'on ne m'enlevât par les airs. Je ne pouvais, sauf respect, faire mon grand tour sans l'assistance de ces deux messieurs. On vous aura conté cela. J'étais un conjuré, j'avais entrepris de faire passer la couronne dans une autre branche. Si l'on m'eût coupé la tête pour crime d'état, c'eût été pour vous un grand lustre : rien n'honore plus une famille, et tous mes parents auraient mis cela dans leurs papiers. Malheureusement on s'aperçut que j'étais un pauvre diable qui ne savait pas même qu'il y eût des conspirations, et on m'a laissé aller. Tout cela ne me serait point arrivé si je vous avais vue cette année, car un bonheur amène l'autre. Mais une fois en guignon, tout tombe sur un pauvre homme.

On dit que nous avons à Hasbourg, ou Hasbruck, ou Hasbroek, une cousine d'environ seize ans, dont la figure et le caractère ne font point du tout de déshonneur à la famille, une fort belle personne enfin, aussi sage que belle, et tout-à-fait aimable. Sur un pareil bruit, chère cousine, il y a dix ou douze ans, j'aurais été roder dans ce canton sans rien dire. Mais à présent je puis déclarer mon projet, et annoncer que j'irai là tout exprès pour voir cette merveille : car je ne puis croire tout ce qu'on dit, que je ne l'aie vue et touchée.

Je vois vos enfants le dimanche chez M. Marchand; ils sont jolis et dignes de vous; l'aîné surtout montre de l'esprit. Je ne laisse pas, tout diables qu'ils sont, de leur enseigner quelquefois des polissonneries de mon temps, inconnues dans ce siècle-ci, où tout dégénère. Alfred fera tout ce qu'il voudra, mais je suis fâché qu'on les désole pour des études assommantes, et dont l'utilité après tout est douteuse.

Ne comptez-vous pas, dites-moi, vous ou votre mari, venir bientôt à Paris? Si vous ne venez, j'irai vous voir. Je pensais d'abord devoir attendre la belle saison; mais depuis, réfléchissant sur l'incertitude de la vie, j'ai trouvé que c'était sottise de différer un plaisir, surtout quand on a comme moi quarante ans et des cheveux blancs : rien n'est plus vrai. J'en ai beaucoup, et je les garde précieusement pour vous les faire voir. Que direz-vous à cela? car enfin, ou le proverbe ment, ou ma tête n'est pas celle d'un fou, comme il vous a plu de le dire, sans reproches, en bien des rencontres. Je veux vous demander là-dessus une petite explication au coin du feu, nous deux, si je m'y trouve, comme je l'espère, avec vous cet hiver.

Répondez-moi bien vite. Vos lettres sont charmantes : j'aime fort à en recevoir, quoiqu'il n'y paraisse guère. J'en regrettai fort une que je devais avoir à Milan, et que je n'y trouvai point, sans doute par le retard de mon voyage. Vous avez un style naturel et fort agréable. Pour moi, je griffonne tout le jour des choses ennuyeuses, et je n'en puis plus quand il s'agit de faire une lettre qui m'amuserait.

LETTRE

DE M. AKERBLAD.

Rome, le 22 décembre 1812.

Mon cher ami, j'ai eu de vos nouvelles par M. de Sacy, qui m'a instruit de l'aventure qui vous était arrivée. Cette petite admonition vous était nécessaire pour vous apprendre à connaître le prix d'un passe-port, chose qu'on n'a jamais pu vous mettre dans la tête. Je voudrais qu'en même temps cela vous dégoûtât d'un pays où l'on coffre les gens pour si peu de chose, et vous décidât à revenir en Italie, où votre bout de ruban rouge vous a toujours servi de passe-port. D'ailleurs, avouez franchement que vous n'êtes pas si bien à Paris que vous l'étiez à Frascati ou à Rocca di Papa. Vous m'aviez promis de m'écrire de Paris; mais vos amis de Rome sont tout-à-fait oubliés. Que dis-je vos amis? ni la princesse (1), ni madame Millingen, ni même votre maîtresse, ne reçoivent de vos nouvelles. La pauvre Rose dépérit à vue d'œil, et si elle ne se pend pas, elle finira au moins par mourir de consomption; tout cela pour vos beaux yeux. Vous parlerai-je des fouilles? mais elles ne vous intéressent que

(1) Gaetani.

faiblement. Vous rendrai-je compte des disputes qui ont eu lieu entre les antiquaires sur la statue de Pompée et sur l'arène de l'amphithéâtre? Il faudrait des volumes, et les combattants en préparent qui seront bientôt imprimés. Une nouvelle de Naples, si vous ne la savez pas, c'est qu'on va publier tous les *papyri* déroulés, sans traduction, notes, ni commentaires. C'est une idée que votre serviteur a suggérée à Millin, qui en parla à la reine. Cela fait enrager les Napolitains, qui avaient spéculé sur ces *papyri*, dont la publication, à leur manière, demandait au moins trois ou quatre siècles!

Le roi d'Espagne, c'est-à-dire le ci-devant, voulut l'autre jour visiter la bibliothèque vaticane; là-dessus, grands préparatifs, avec ordre aux *scrittori* de se mettre en gala pour le jour fixé. Or, vous savez qu'Amati, qui se passe de chemise, n'a jamais eu d'autre habillement que la redingote que vous lui connaissez. Ses trois camarades, aussi philosophes que lui, ne sont pas plus élégants : ainsi, point de toilette extraordinaire. L'intendant qui devait accompagner le roi, fort choqué de l'accoutrement de *MM. les scrittori*, leur ordonna sévèrement de ne point paraître devant Sa Majesté, au grand chagrin de mes quatre philosophes.

Adieu, mon cher ami, j'attends avec impatience de vos nouvelles. Parlez-moi de vous, de votre Xénophon, de Coraï, de Clavier, et mille choses à ces messieurs et à l'aimable et savant Ω.

Courier, revenu à Paris à la fin d'octobre, y passa tout l'hiver et le printemps de 1813, partageant son temps entre l'étude et le jeu de paume, pour lequel son ancienne passion s'était réveillée. Au mois de juillet il alla s'établir à Saint-Prix, dans la vallée de Montmorency, pour y jouir de l'air de la campagne, et pour mettre la dernière main à une nouvelle traduction de Daphnis et Chloé, qui fut, à cette époque, imprimée chez Firmin Didot.

A M. LEDUC AÎNÉ,

A PARIS.

Saint-Prix , le 25 juillet 1813.

Puisque tu donnes des notices aux panégyristes des morts, tu m'apprendras peut-être quelque chose de la vie militaire de ✳✳✳, tué avec ✳✳✳. Je l'ai connu particuliérement avant qu'il se fît ingénieur; je lui ai donné des culottes, et, je crois, les premiéres bottes qu'il ait jamais portées. Maintenant j'en veux faire un héros; pourquoi non? Le voilà tué en bonne compagnie, c'est là l'essentiel; je ne te dis pas mon projet. Ramasse tout ce que tu pourras en entendre dire, et tu me conteras cela à notre première entrevue.

AU MÊME.

Saint-Prix , le 3o juillet 1813.

Tu as bien raison, mon héros était un franc animal.
J'ai là-dessus des notices (*puisque notice y a*) fort exactes
et sûres. Cela est vraiment fâcheux : j'en voulais faire
l'éloge d'une certaine façon , c'est-à-dire de façon à pouvoir insinuer ce que je pense du métier, en donnant
doucement à entendre que mon homme eût été capable
de quelque chose de mieux; mais ma foi c'est tout le
contraire. Voilà qui est fait, je n'y songe plus. Que ferai-
je de mon éloquence? Les éloges sont à la mode : il faut
hurler avec les loups, d'autres disent braire avec les ânes.
Je trouve ici dans mon voisinage un sujet de panégyri-
que admirable, une madame de Broc, ou du Broc, tombée dans un trou, à la suite de la reine de Hollande. Lis
un peu la gazette; on ne parle d'autre chose. Eh bien !
cette dame de Broc, on l'enterre à ma porte; elle vient
de plus de cent lieues s'offrir à ma plume. Lui refuserai-
je un compliment parce qu'elle est morte? Elle avait du
mérite; beaucoup même, si l'on m'a dit vrai. A vingt-
cinq ans, belle comme un ange, elle dépensait en au-
mônes la moitié de son revenu, ne voulait ni parures ni
diamants, veuve, depuis deux ans, c'était une Artémise;
nulle idée de se remarier, pas l'ombre d'un galant. On

l'adorait, jeune et vieux; tout le monde l'aimait. En un
instant la voilà morte, d'une mort horrible, imprévue!
Jeunesse, beauté, talents, tout s'engloutit dans le gouffre.

Je ne sais, de tout temps, quelle injuste puissance
Laisse le crime en paix et poursuit l'innocence.

Ceux que chacun maudit engraissent. S'il y a quelque
maraud qui fasse tout le mal qu'il peut, il vivra, sois-en
sûr. Le modèle des grâces, l'exemple des vertus, le refuge du pauvre et l'ornement du monde périt dans sa
fleur. Ou je me trompe, ou il y a là tout ce qu'il faut à
un orateur, hors les six mille francs.

A propos, je suis fâché de n'avoir pu me trouver
l'autre jour chez ton frère; il m'a fallu partir, ma voiture partait. Ce que c'est d'être gueux; on dépend du
coche! Si j'avais un carrosse…. N'importe; j'irai te voir
lundi avant la paume. Tu as l'air de te moquer de ma
paume? Jeu de grands seigneurs, dis-tu; non de ceux
d'aujourd'hui.

Faire la révérence et dans quelque antichambre,
Le chapeau dans la main, se tenir sur ses membres;

c'est tout ce que la nouvelle noblesse a retenu de l'ancienne. Adieu, je t'embrasse.

———

Au mois de mars 1814, Courier, vivement affecté des événements politiques auxquels il ne pouvait plus prendre part, proje-

tait de quitter Paris pour échapper à l'odieuse nécessité de voir partout chez lui des figures russes et allemandes ; mais le hasard l'ayant rapproché d'une famille qu'il aimait, celle de M. Clavier, il s'avisa de penser qu'il pourrait être heureux marié avec la fille aînée de son ami ; et cependant, un peu indécis de caractère, il voulait, parce qu'il était amoureux, puis ne voulait plus, crainte de perdre sa liberté. Dans ces alternatives, ses parents ayant fait beaucoup pour le détourner, le mariage fut rompu. Mais au bout de deux jours Courier revint suppliant, obtint grâce, et le mariage fut conclu le 12 mai, sans que Courier fût encore bien décidé sur ce qu'il voulait faire. La lettre qui suit est écrite pendant la rupture, et exprime le repentir auquel la famille Clavier céda.

M. Lemontey était camarade de collège de feu M. Clavier, et ami intime de la famille.

A MADAME CLAVIER.

Paris, le mercredi   avril 1814.

MADAME,

JE vous prie de vouloir bien me renvoyer par le porteur ma canne que j'ai laissée chez vous. J'ai un mouchoir à vous que je vous renverrai si vous me défendez de vous le porter moi-même.

Il y a quinze jours aujourd'hui que je vous dis ce mot dont vous vous souvenez : *tout ce que j'aime est ici;* cela était parfaitement vrai. Vous alors, Madame, vous voyiez en moi un homme destiné à faire le bonheur de votre fille, et par-là le vôtre et celui de toute votre famille. M. Clavier pensait comme vous. Sa sœur, me disait-il, *allait être contente.* M. Lemontey paraissait également satisfait. Tout le monde approuvait une union qui semblait de long-temps préparée et fondée sur mille rapports. Pour moi, je fus heureux ces huit jours que je me crus votre gendre. J'aimais, Dieu me pardonne, tout comme à vingt-cinq ans, et d'un amour que personne ne pourrait blâmer. Cette fois mon plaisir et mon devoir se trouvaient d'accord ; j'éprouvais dans cette passion qui a fait le tourment de ma vie un sentiment nouveau de calme et *d'innocence.* N'en riez pas, non ; c'est le mot,

4.   26

et je voyais s'offrir à moi un bonheur durable. Qui m'a
enlevé tout cela en si peu de temps? ce qui perdit la pauvre Psyché : conseils de parents.

Il est fort assuré que vous ne trouverez personne qui
vous soit aussi sincèrement attaché que je le suis, ni qui
vous estime avec la même connaissance de cause, personne qui vous convienne aussi bien à tous égards, hors
un point que vous ne regardez pas comme essentiel; et
pouvez-vous sacrifier tant de convenances à un petit ressentiment de vanité offensée, lorsque vous savez que
l'offense ne vient pas de moi, et que vous la voyez ré-
parée par un si prompt retour. Toutes les autres raisons
que vous et M. Clavier me donnâtes l'autre jour, franchement sont misérables; car tout se réduit à dire que
je l'aime trop, et que je suis trop facile à me laisser
conduire; fâcheuses dispositions dans un homme qui
doit l'épouser et vivre avec vous.

Je ne sais vraiment qu'imaginer pour vous faire changer de résolution. Dites à M. Clavier, Madame, je vous
prie, que je ferai pour lui toutes les traductions, recherches, notes, mémoires, qu'il lui plaira me commander. Je tâcherai d'être de l'Institut. Je ferai des visites
et des démarches pour avoir des places, comme ceux qui
s'en soucient. En un mot, je serai à lui, à ses ordres,
en tout et partout. Trop heureux s'il me rend ce qu'il
m'a déjà donné, et qui, à vrai dire, m'appartient. L'autre ne travailla que sept ans pour Rachel; moi je travail-
lerai aussi long-temps que M. Clavier voudra, et ce ne

sera pas trop de lui consacrer toute ma vie, s'il la rend heureuse.

———

L'irrésolution qui avait retardé le mariage de Courier dura quelques mois encore après. Son caractère indépendant se plia difficilement à l'idée d'être lié pour jamais. Un beau jour il partit, disait-il, pour la Touraine, et de fait il y fut. Mais de là revenant sans s'arrêter à Paris, il alla sur les côtes de Normandie. Il y oublia mariage et famille pour se livrer encore à cette vie aventureuse qu'il avait menée si long-temps ; et, tenté par l'occasion d'un vaisseau frété pour le Portugal, il allait s'embarquer. Le souvenir et les lettres de sa jeune femme l'ayant rappelé, il se contenta d'une course à Rouen, le Havre, Dieppe, Amiens, Honfleur, etc., et enfin, revenu à Paris, se fit à sa nouvelle situation. Il ne quittait plus sa femme qu'à regret, et pour des affaires indispensables.

Madame Montgolfier était la femme de Joseph Montgolfier, fils du célèbre Montgolfier des aérostats.

La lettre qui suit est datée de ce voyage.

A MADAME COURIER.

Au Hâvre , le 25 août 1814.

Je relis ta lettre du 14, car je n'en ai point d'autres
de toi. Tu m'en as sûrement écrit depuis, qui viendront,
j'espère ; mais je n'ai reçu que celle-là. Ton sermon
me fait grand plaisir. Tu me prêches sur la nécessité de
plaire aux gens que l'on voit, et de faire des frais pour
cela ; et, comme s'il ne tenait qu'à moi, tu m'y engages
fort sérieusement et le plus joliment du monde. Tu ne
peux rien dire qu'avec grace. Mais je te répondrai, moi,
ne forçons point notre talent, c'est Lafontaine qui l'a dit.
Si Dieu m'a créé bourru, bourru je dois vivre et mourir,
et tous les efforts que je ferais pour paraître aimable
ne seraient que des contorsions qui me rendraient plus
maussade. D'ailleurs, veux-tu que je te dise ? Je suis
vieux, maintenant, je ne puis plus changer ; c'est toi qui
pourrais te corriger si quelque chose te manquait pour
plaire. Et remarque encore, tu me compares à des gens... :
mais parlons d'autre chose.

Ma façon de vivre est assez douce, quoique je ne connaisse personne ici, ou peut-être est-ce par cette raison
que je m'y trouve bien. Je me promène, je griffonne
pour passer le temps ; mais surtout je nage deux fois par
jour avec un plaisir infini ; j'ai fait de grands progrès

dans cet art. Mon école de natation à Paris m'a bien profité; j'y ai fait de nouvelles études en regardant les grands nageurs, et me voilà un tout autre homme, comme Raphaël quand il eut vu les peintures de Michel-Ange. Il me faut maintenant si peu de mouvement pour me soutenir sur l'eau que j'y reste des heures entières sans me fatiguer ni penser seulement où je suis, et que j'ai sous moi un abîme; car je me fais conduire en pleine mer : là je suis bercé par les vagues; j'oublie... et mes chagrins et mes sottises, pires que tout le reste.

Mon bonheur dépend de toi.....: douces paroles dont peut-être à présent tu ne te souviens plus. C'est pourtant de ta dernière lettre. Ce ne sont pas seulement ces choses-là qui me les font aimer tes lettres; mais c'est que vraiment tu écris bien, et beaucoup mieux que ceux ou celles qui ont cette prétention. Ton expression est toujours juste, et tu as de certaines façons de dire.... Tu te peins toi-même dans ton style, et moi qui te connais, je vois dans chaque mot ton geste, ton regard, et ce parler si doux, et ces manières qui m'ont conduit au 12 mai. Il y a cependant quelque chose à dire à cette lettre; c'est que tu ne me parles guère de toi. Tu n'entres dans aucun détail. Tu ne me dis point ce que tu fais, ce que tu vois, et sans doute tu ne peux pas tout me dire. Me conterais-tu, par exemple, tout ce qui s'est passé depuis mon départ jusqu'au jour où vous partîtes pour la campagne ? Non, sûrement; et je n'ai garde d'exiger cela. J'imagine que quelque jour tu te tromperas d'a-

dresse , et que je recevrai une lettre écrite pour madame Montgolfier , ou pour quelque autre personne de
tes amies. Je le voudrais; mais non, toute réflexion faite,
j'aime mieux que cela n'arrive pas , et je te prie d'y
prendre garde.

Quand je dis que je reste ici, c'est une façon de parler; je vais bientôt retourner à Rouen , d'où je compte
aller à Amiens ; mais écris-moi toujours à Rouen poste
restante.

Les deux lettres qui suivent mêlent au récit d'un voyage
d'affaires une peinture rapide des désordres qui affligeaient la
Touraine , le Maine et l'Anjou pendant les *cent jours*. On y
voit que Courier prévoyait un mois d'avance la catastrophe de
Waterloo.

A MADAME COURIER.

Luynes, le 14 juin 1815.

Je vins ici avant-hier ; le bien de Bourgueil est vendu. On m'assure que c'eût été pour moi une mauvaise acquisition. Je le crois, et je me console ; c'est le meilleur parti, et puis, *ils sont trop verts*. Je demande à tout le monde de l'argent ; personne ne m'en veut donner. Bidaut se moque de moi ; quand je lui parle d'affaires, il me parle politique : c'est la scène de M. Dimanche. Je n'ose lui rompre en visière, parce que je suis dans ses griffes ; mais je tâche de m'en tirer tout doucement. Quel malheur de ne rien entendre à ce chien de grimoire ! Je voudrais, comme M. Jourdain, avoir le fouet devant tout le monde, et savoir non pas le latin, mais quelque peu de chicane, assez pour ma provision.

Je ne m'ennuie point ; Plutarque m'est d'un grand secours pour passer le temps ; je serais heureux si je t'avais ; mais en bonne foi, je ne crois pas que tu puisses, dans un pays tel que celui-ci, être une semaine sans mourir. Il est vrai que tu t'occuperais. Enfin nous verrons quelque jour. Je me promène, je vais courir au haut et au loin, je revois les endroits où j'ai joué à la fossette et au cerf-volant : ces souvenirs me font plaisir.

Je ne sais que te marquer encore : rien de ce que je

vois ne t'est connu. Quand je te dirai que la petite Bourdon mourut il y a quelques mois, n'en seras-tu pas bien
fâchée? C'était la fille du boulanger, jeune, fraîche et
gentille, petite blonde d'environ dix-neuf ans, mariée à
un homme de vingt-deux; cela devait être heureux. Point
du tout : au bout de cinq ou six mois de ménage il lui
prend un chagrin; la voilà qui ne dit mot et maigrit à
vue d'œil. Et mère de l'interroger, et voisines de la
tourmenter pour savoir où le mal la tient. Qu'a-t-elle?
rien. Que veut-elle? que lui manque-t-il? on ne sait.
Elle languit et meurt. Le mari n'en a cure; et c'est là,
dit-on, ce qui l'a tuée. Il est le seul qui ne la regrette
pas.

Mais M. de Ferrières regrette trop la sienne. C'est un
gentilhomme que tu connais comme Jean de Werth.
Elle était jeune, belle et bonne. Elle lui laisse deux enfants. Il l'a tant soignée, tant veillée dans sa dernière
maladie, et tant pleurée depuis, qu'il s'en va mourir,
le pauvre homme, à quarante-cinq ans. Ceci a l'air d'un
conte inventé à la gloire des *quadragénaires:* mais demande au petit Gasnault, quand tu le verras.

Veux-tu de la politique? Les chouans, les Vendéens,
les brigands, les insurgés, les royalistes, les bourbo-
nistes sont à douze lieues d'ici, au Lude. Quand ils y
entrèrent, un parent de M. Vaslin, qui demeure là,
patriote, jacobin, terroriste, républicain, bonapartiste,
comme tu voudras, fit feu sur eux, leur tua un homme.
Ils l'ont pris, lui, et ne l'ont pas tué; mais ils ont pillé

sa maison et quelques autres. Toute la gentilhommerie se sauve des campagnes, de peur des paysans. M. de la Béraudière s'est retiré à Tours avec sa famille; les petites en sont ravies, parce qu'elles s'amusent. Ce sont des gens qui de leur vie n'ont fait mal à qui que ce soit : ils font bien d'être sur leurs gardes.

> Je ne sais, de tout temps, quelle injuste puissance
> Laisse le crime en paix et poursuit l'innocence.

C'est Racine qui dit cela, et il dit bien vrai.

Tours, le mercredi.

Voilà tes lettres de samedi, dimanche, lundi, mardi, mercredi. Je les ai lues avec grand plaisir, et beaucoup plus de raison que je n'eusse imaginé. Continue, je t'en prie, ce journal, le seul qui me puisse intéresser. Je ne t'en écris pas davantage, parce que le temps me manque. Je ne suis pas non plus si bien ici qu'à Luynes pour causer avec toi. Une maudite auberge, des allants et venants, un vacarme d'enfer. Et puis, de quoi te parlerais-je? d'hypothèques, de contrat, de principal, d'intérêts et de cent autres misères auxquelles tu n'entends rien, et moi fort peu de chose. Que n'ai-je cent mille livres de rentes! J'en laisserais quatre-vingt-dix aux honnêtes gens qui me viennent dire :

> J'étais fort serviteur de monsieur votre père;

et je vivrais sans soins peut-être avec le reste. Mais quoi !
on me le volerait encore, et il faudrait livrer bataille
pour garder un morceau de pain. Je ne serais pas plus
tranquille.

A MADAME COURIER.

Tours, le 17 juin.

JE reçois ta lettre de mercredi soir et jeudi, bien bonne et bien longue. Que te dirai-je? Il faudrait t'adorer. Ta pauvre santé m'afflige bien. Je suis sûr que la campagne te rétablira. Mais ne songe point à venir ici par cent raisons. D'abord *le pays n'est pas tranquille,* et il y a *tel événement qui pourrait vous engouffrer dans une bagarre effroyable.* Moi seul je m'échappe aisément. Et puis tu me gênerais dans mes courses. Cette raison ne m'arrêterait pas si ta santé y devait gagner. Mais Luynes est un endroit malsain dans cette saison-ci; j'y reste le moins que je puis de peur de la fièvre, et je me sauve sur les hauteurs, où l'air est plus pur, mais où je ne pourrais me loger avec toi. Sitôt que je serai de retour, nous irons, si tu veux, nous établir quelque part, à Sceaux, à Saint-Germain. Au reste, attends quelques jours. Si l'empereur gagne la partie, ce pays-ci sera bientôt calme.

Je retourne à Luynes, et j'y achèverai mes affaires. Je visiterai mes biens, et ferai du tapage aux gens qui me doivent. Malheureusement ils me connaissent et ne s'effraient pas de mes menaces; ils finissent toujours par me payer quand ils veulent.

Le fragment qui suit appartient à une lettre assez longue et de peu d'intérêt. C'est un de ces croquis charmants dans lesquels Courier excellait, et dont il existe, sous le nom de *Livret de Paul-Louis*, un recueil connu de quelques personnes.

A MADAME COURIER.

Tours, novembre 1815.

J'ai dîné chez M. de Chavaignes en grande compagnie, avec des chouans, des Vendéens, etc., plus extravagants royalistes que tout ce que tu as jamais vu, mais du reste bonnes gens. On a porté ta santé avec enthousiasme. Tu as une grande réputation. Il y avait là deux curés qui se sont enivrés tous les deux. Un d'eux avait ce jour-là un enterrement à faire ; c'est la première chose qu'il a oubliée. A son retour il a trouvé à dix heures du soir le mort et sa sequelle qui l'attendaient depuis midi. Il s'est mis à les enterrer. Il chantait à tue-tête, il sonnait ses cloches ; c'était un vacarme d'enfer. L'autre curé, qui était le plus ivre des deux, voulait se battre avec moi. Ayant appris que j'avais une femme jeune et jolie, il fit là-dessus des commentaires à la housarde, qui réjouirent fort la compagnie.

————

Il est question dans les lettres qui suivent des affaires de Courier, *bûcheron et vigneron*, non comme il l'entendait devant M. le procureur du roi, mais sérieusement propriétaire et cultivateur. Véretz, Azay-sur-Cher, Montbazon, qui jouent un si grand rôle dans quelques-uns des opuscules condamnés, viennent ici, mais tout simplement pour leur part dans les intérêts domestiques de Courier. Dans la suite de cette correspondance on retrouvera souvent ces noms et toujours avec plaisir.

A MADAME COURIER.

Paris, 25 à 28 décembre 1815.

Ayant reçu la lettre de M. Lamaze, tu auras pensé, j'imagine, à envoyer les affiches au garde pour la coupe que nous voulons vendre cette année. Si tu ne l'as point fait, va voir Bidaut, et dis-lui de faire parvenir ces affiches dans les villages d'Azay-sur-Cher, Montbazon, Saint-Avertin, Véretz et Larçay. Les trois premiers sont les plus importants. Je ne puis te dire encore quand je partirai; je voudrais que ce fût après-demain ou au plus tard dimanche. Je dînai hier chez ta mère qui me fit dire le matin par Édouard de venir de bonne heure, parce qu'elle allait au spectacle, tout cela comme si elle m'eût invité et que j'eusse accepté; dans le fait il n'en avait pas été question. Je répondis qu'on ne m'attendît pas, et je vins à quatre heures et demie. J'y trouvai F., qui me paraît assez attentif auprès de Zaza. On les mit côte à côte à table. Ta mère le choie; Zaza ne le néglige pas. Il comprend à merveille ce que cela veut dire. On voit qu'ils pensent à quelque chose. Moi je n'y nuis pas non plus; je les fais causer ensemble tant que je puis. Je serais enchanté que cela réussît, et toi aussi, je crois. Zaza est bonne personne; je trouve qu'elle gagne beaucoup depuis quelque temps. Elle est bien faite, quoiqu'un peu forte : il y a de l'étoffe pour faire une belle et bonne femme, et le drôle ne serait pas malheureux. Il est aussi fort bon enfant et plus uni à ce qu'il me semble que la plupart des jeunes gens. Enfin, il en sera ce qui est écrit au ciel.

A MADAME COURIER.

Vendredi, 29 décembre 1815.

J'AI dîné hier avec ✳✳✳, chez un traiteur du Palais-Royal. J'y ai trouvé des gens de connaissance. Nous avons politiqué à perte d'haleine. Je ne suis d'aucun parti. Mais comme ils ont tous raison en un certain sens, je trouve toujours moyen de m'arranger avec eux. Cependant ils m'ont appelé royaliste, et m'ont assuré que je voyais mauvaise compagnie. Après dîné, nous sommes allés à je ne sais quel café, et puis nous nous sommes promenés. Ils ont voulu m'emmener au spectacle, mais je les ai plantés là, et je me suis sauvé chez Visconti.

Je compte aller voir demain Lucy. Ton père vient de m'apprendre la destitution de M. Daunou, qui ne s'attendait pas à perdre sa place, s'étant, dit-il, déclaré à la Convention pour le parti de Louis XVI.

Point de paume. Je tiens bon; je ne veux pas m'y remettre pour si peu de temps.

A MADAME COURIER.

Paris, le 3 janvier 1816.

On m'a dit hier à la poste que je pouvais avoir aujour-d'hui une place pour Tours dans le courrier de Nantes. Si cela est, je pars avec ou sans passe-port, et j'arriverai ce matin avec cette lettre. Je vais ce matin aux passe-ports, et j'espère en obtenir un; sinon, ma foi, j'y re-nonce. On ne m'en demandera qu'à Blois, et là, je suis assez connu depuis mon aventure pour qu'on me laisse aller cette fois. Si le courrier ne peut me prendre je partirai par la diligence.

A 10 heures et demie.

Je ne puis partir aujourd'hui quoiqu'il y ait une place au courrier; on me chicane sur mon passe-port; je croyais pouvoir partir sans cela, ou du moins en me servant du vieux; mais il en faut un neuf. Je suis allé au bureau, île du Palais, où on en donne. Ils me renvoient à un commissaire de police qui demande des répondants. C'est le diable. J'enrage. Mais que veux-tu?

La vente de notre coupe de bois doit se faire samedi chez Bidaut. Je n'y serai pas, comme tu vois.

Courier, resté seul en Touraine, s'occupa plus de ses affaires que de littérature, et, pour toute distraction, il écrivait à sa femme. Parmi les détails qu'il lui donne, se trouve dans la lettre du 26 ou 27 janvier 1816 l'histoire du curé et du mort de Luynes, et puis les défenses d'aller au cabaret le dimanche ; premières petites persécutions mentionnées dans la pétition aux chambres. Il revint à Paris, et là oublia Luynes et les autorités pour se remettre à son grec, et continua la traduction de l'Ane.

Enfin, à la suite d'un second voyage, cette même année 1815, la lettre du 7 novembre contient le récit de l'*infâme affaire*, ainsi la qualifie Courier, qui, excitant si vivement son indignation et son horreur pour l'arbitraire, le jeta dans l'opposition. Sa carrière politique fut alors décidée par le succès inattendu de la pétition qu'il écrivit à son retour vraiment *ab irato*, et pénétré d'une seule pensée, la délivrance des malheureux, victimes de ces persécutions. Tous ceux mentionnés dans la pétition, et d'autres encore, étaient en prison, et avec la presque certitude de mourir sur l'échafaud. Aubert fut relâché ; un nommé Milon, menuisier de son état, et René Supplice, qui depuis a été garde des bois de M. Courier à Luynes, au lieu d'être fusillés, ce à quoi tous deux s'attendaient, furent condamnés seulement, le premier, à six années de détention à Fontevrault, le second à six mois, et par là tous deux ruinés. Milon en est devenu fou.

A MADAME COURIER.

Tours, le 29 janvier 1816.

J'AI passé hier la soirée chez madame de la Beraudière. Il y avait une douzaine de femmes et quelques hommes, la plupart jeunes gens dont je serais le père. Cela ne m'a point empêché de faire beaucoup de folies avec eux. Deux tables de boston et un colin-maillard dans leur salon que tu connais, outre M. Raymond et une petite fille de son âge; tu peux t'imaginer comme on était à l'aise. Colin-maillard l'a emporté. Le boston a été culbuté, deux carreaux cassés dans le vacarme. M. d'Autichamp en était, sans uniforme et sans aucune décoration. Il est vraiment aimable, tout uni et fort à la main. Enfin, nous étions là huit ou dix *jeunes gens* en train de nous divertir. Je suis sorti à minuit; personne ne songeait encore à s'en aller. Ils ont joué vingt sortes de petits jeux fort drôles, qui la plupart m'étaient nouveaux. Cela n'était point ennuyeux comme sont d'ordinaire les petits jeux. Les jeunes personnes sont élevées on ne peut pas mieux, dans le ton à peu près des petites de la Beraudière. Celles-ci, ma foi, sont très-bien; d'une décence parfaite, sans nulle espèce de gêne. Point de politique, tout le monde en bottes; quel délice! Ce qui m'a le plus amusé, c'est l'histoire d'un bal donné ces jours passés. Il y a eu des

gens invités qui n'ont pas voulu y venir, aimant mieux
donner aux pauvres l'argent que cela leur eût coûté.
C'est l'épigramme qu'ils ont faite et qui a porté coup.
On la leur garde bonne. D'autres, au contraire, s'attendaient à être invités, et ne l'ont point été : ceux-là ne
sont pas les plus contents. Selon eux, c'est un bal d'*épu-
rés*. Tu entends ce que cela veut dire. D'autres invités y
sont venus, et s'en sont allés parce qu'ils n'ont pas trouvé
le bal assez épuré. Toute la capacité du gouverneur et des
principaux magistrats a été employée à arranger ce bal
qui, définitivement, n'a contenté personne. Si tu t'étais
trouvée ici, aurais-tu été assez pure? Tu es de race un
peu suspecte. On t'eût admise à cause de moi, qui suis
la pureté même; car j'ai été pur dans un temps où tout
était embrené. C'est une justice qu'on me rend. Madame
de la Beraudière ne tarit point là-dessus. La conclusion
que j'ai tirée de tout cela, c'est que, quand nous serons
nichés dans nos bois, sur les bords du Cher, il faudra
nous y tenir, et n'avoir de liaisons, d'amis ni de connaissances qu'à Paris. Tu sais là-dessus mon système, dans
lequel je me confirme par tout ce que j'observe ici.

A MADAME COURIER.

Tours, le   1816.

MES marchands de bois m'ont promis de m'apporter aujourd'hui les cinq mille francs, mais je n'ai garde d'y compter; il faudra en venir aux coups, c'est-à-dire aux assignations. Ils seront bien étonnés, car jamais je n'ai fait rien de pareil. Mais je vais les étonner bien plus en leur demandant en justice des dommages et intérêts pour l'exécrable massacre qu'ils ont fait de mon pauvre bois. Je comprends maintenant pourquoi mon père avait toujours quelques procès; c'était pour ne pas se laisser manger la laine sur le dos. Moi je suis tombé dans l'autre excès, et on me dévore depuis vingt-cinq ans. Croirais-tu bien que d'une pièce de quatorze arpents de bois il ne m'en reste plus que six? les huit autres sont passés du côté de mes voisins. Il y a des morceaux plus petits qui ont disparu entièrement; on sait seulement par tradition que je dois avoir là quelque chose. J'ai fait toutes ces découvertes dans l'énorme fatras des papiers de mon père. On ne me croyait pas homme à mettre le nez là-dedans. J'ai fait bien d'autres découvertes. Par exemple, je croyais mes fermes au même prix que du temps de mon père; cela me donnait de l'humeur. Le fait est qu'elles sont beaucoup plus bas. Il en est résulté cependant une sorte de bien, en ce que les fermiers, se regardant comme chez eux, ont beaucoup amélioré le fonds. Un seul m'a défriché, sans en être prié, six arpents de terre qui autrefois étaient incultes et inutiles ; un autre a rebâti une grange. Aussi me garderai-je bien de les dégoûter par des augmentations trop fortes. Je veux seulement les engager à me faire meilleure part de mon bien.

Voici la nouvelle de Luynes : le curé allait avec un mort, un homme venait sur son cheval. Le curé lui crie de s'arrêter ; il n'en a souci, et passe outre sans ôter son chapeau. Note bien : le prêtre se plaint ; six gendarmes s'emparent du paysan, l'emmènent lié et garotté entre deux voleurs de grand chemin. Il est au cachot depuis trois semaines, et depuis autant de temps sa famille se passe de pain.

Autre nouvelle du même pays. Le curé a défendu de boire pendant la messe ; tous les cabarets à cette heure doivent être fermés. Le maire y tient la main. L'autre jour mon ami Bourdon, honnête cabaretier, s'avise de donner à déjeuner à son beau-frère : or c'était un dimanche, et on disait la messe ; le maire arrive, les voit, et les met à l'amende, qu'ils ont très-bien payée. Mais voici bien pis. Le curé a défendu aux vignerons, qui voulaient célébrer la fête de saint Vincent leur patron, d'aller ce jour-là au cabaret. J'ai vu le curé, et je lui ai dit : Vous avez bien raison ; c'est une chose horrible d'aller au cabaret, un jour de fête surtout ; et vous faites très-bien, vous, monsieur le curé, de ne jamais vous griser qu'en bonne compagnie dans le courant de la semaine. Cependant raisonnons, s'il vous plaît; saint Vincent aime les vignerons, puisqu'il est leur patron. Aimant les vignerons, il doit aimer la vigne, et par conséquent le vin, et aussi le cabaret, car tout cela se suit; comment donc trouve-t-il mauvais que le jour de sa fête on aille au cabaret? Il n'a su que me répondre.

Je te conte des balivernes, l'heure de la poste arrive; adieu.

A MADAME COURIER.

Tours, le 30 janvier 1816.

Tes lettres me ravissent. Tu as bien raison de dire qu'il ne faut point d'économie sur cet article. Le plaisir qu'elles me font ne peut se comparer aux dix sous qu'elles me coûtent.

J'ai vu I..... Sa maison est bien ce qu'il nous faudrait. Elle est plus simple que je ne l'aurais cru en la voyant de loin. Il dit qu'il ne veut point la vendre. Cependant il me l'a fait voir dans le plus grand détail, et il me la vantait du ton d'un homme qui veut faire valoir sa marchandise. Moi je l'ai fort approuvé de ne point vouloir s'en défaire, et j'ai refusé de voir les appartements qu'il voulait aussi me montrer. C'est l'histoire de Vaslin. Il s'est mis en tête que je voulais avoir sa maison.

Demain je fais encore une course à Larçay, et puis une autre à Luynes pour mes marchands de bois, qui finalement se moquent de moi. Je m'en vais leur lâcher des huissiers, ce qui ne m'est jamais arrivé, sans compter un procès-verbal que je vais faire faire du dommage causé à mes bois. Je ne veux plus, ma foi, passer pour un benêt, et je vais leur montrer les dents. Je dis comme madame de Pimbêche : *Ces coquins viendront nous manger jusqu'à l'ame, et nous ne dirons mot !* Ils vont me

trouver bien changé. Ils t'attribueront ce changement ;
tu ne seras pas aimée *de tes vassaux*. Tu as pourtant
une grande réputation dans le pays. Tu passes pour une
beauté parfaite. Heureux ceux qui t'ont vue! A propos
de beauté, un de nos fermiers a un fils qui passe avec
raison pour le plus beau garçon du pays. Il est blond, et
a 18 ans. Ce ne sont point ces gros traits des Anglais et
des Allemands. Sa tête est toute grecque. Il est loin de
s'en douter, et cela lui donne une grâce et un naturel
que n'ont point vos messieurs de Paris. Avec sa blouse et
ses sabots, il a tout-à-fait l'air d'Apollon chez Admète.

Quand je serai revenu de Luynes, il faudra retourner
à Larçay pour mes impositions. Tu vois quelle vie. Je
me donne au diable, mais j'espère que cela finira. Le pis
est que je ne peux m'occuper d'aucune étude, et que j'ai
beaucoup de moments où je ne sais que faire. Alors je
meurs d'ennui. J'ai trop ou trop peu d'occupations.

Je t'entretiens de mes sottes affaires qui ne peuvent
que t'ennuyer. Il vaut mieux répondre à tes lettres. Je
suis bien aise que tu aies remarqué le monsieur en pan-
touffles. Rien n'est plus choquant, je t'assure.

> Je veux croire qu'au fond il ne se passe rien ;
> Mais enfin on en cause, et cela n'est pas bien.

Je trouve que tu fais trop d'avances à ces gens qui n'y
répondent pas. Il faut se garder d'être dupe en amitié,
c'est-à-dire d'y mettre trop du sien. On joue un mauvais
personnage.

Tu peins madame S. C'est une pauvre étude et un maigre sujet, mais cela vaut mieux que de ne rien faire. Je ne m'étonne pas que tu aies de la peine à te mettre au travail. J'éprouverais la même chose. Nous nous prêcherons l'un l'autre. J'ai des projets admirables, et je les exécuterai en dépit de la paume.

A MADAME COURIER.

Tours, le 1er février 1816.

J'ESPÈRE qu'enfin tu auras reçu de mes lettres ; je t'ai écrit il y a eu hier huit jours, c'est-à-dire un mercredi, et je vois que le dimanche d'après tu n'avais encore rien reçu. Cela est étrange ; mais tu t'es trop désolée, tu devrais être accoutumée aux sottises de la poste. Tu avais raison de m'attendre, j'étais à tout moment sur le point de partir, et c'est ce qui m'empêchait de t'écrire.

Tes lettres me font toujours un plaisir infini.

> Leur miel dans tous mes sens fait couler à longs traits
> Une suavité qu'on ne goûta jamais.

C'est du Tartuffe. Je suis bien aise que tu n'ailles pas chez les C. ; pour que nous pussions former quelque liaison avec eux, il faudrait qu'ils fussent bonnes gens, et rien n'est si rare. Tous tes détails sont bien aimables et valent de l'or pour moi. Les la Beraudière ne sont pour rien dans l'usurpation dont je t'ai parlé ; leur gentilhommerie à part, ce sont des gens fort estimables ; encore sont-ils sur leur noblesse plus supportables que les autres. Je voudrais être auprès de toi pour te faire travailler, tu auras de la peine à t'y remettre ; mais il faut tenir bon,

c'est l'affaire de quelques jours ; je te prêcherai d'exemple.
Tu ne m'as pas encore vu travailler tout de bon ; je veux
finir mon Ane tout d'un trait.

Je gèle et cependant je continue à t'écrire. Il y a ici
beaucoup de gens fort mécontents que j'aie osé acheter
cette forêt ; ce sont les gros du pays et B. à la tête. Il m'a-
vait dit d'abord avant l'acquisition : Cela ne convient
qu'aux gens riches de ce pays-ci. Un M. de Rhodes a eu
là-dessus une querelle avec sa femme ; c'est l'histoire de
M. et madame de Sottenville. Sa femme lui disait : Comment avez-vous pu ne pas acheter cela ? Il s'en justifie
de son mieux ; il dit que c'était trop cher. Moi je trouve
qu'il aurait bien pu , lui ou quelque autre Sottenville ,
faire un petit sacrifice pour empêcher que cette forêt ne
tombât en roture. Quel scandale , en effet , n'est-ce pas ,
qu'un si beau bien soit dans les mains de gens qui ne sont
ni maires , ni préfets , ni généraux , ni marquis , ni
négociants ! cela crie vengeance.

A MADAME COURIER.

Tours , le 6 février 1816.

JE me lève matin pour t'écrire. Il me faut aujourd'hui voir les gens du domaine pour réclamer la maison du garde, qui réellement nous appartient comme ayant de tout temps fait partie de la forêt. C'est une raillerie de prétendre avoir vendu le pot et non l'anse. J'aurai encore une course à faire pour revoir cette maison à vendre, et puis je partirai pour Paris ; je ne compte me reposer que dans la voiture.

Tu te rappelles ces gens qui ne veulent pas qu'un paysan mange, boive et porte une chemise. J'allai l'autre jour chez M. Précontais de la Renardière, qui est un de nos débiteurs ; je le trouvai en famille. Il n'avait point d'argent, me dit-il ; ce sont les paysans qui ont tout, et si cela continue la noblesse mourra de faim ou sera obligée de faire quelque chose : qu'il se vende un quartier de pré, c'est un paysan qui l'achète ; chacun a maintenant *sa goulée de benau.* Ces gens-là mangent de la viande, boivent du vin, ont des souliers : cela se peut-il souffrir ? J'abondai dans son sens, et je le fis frémir en lui racontant une chose dont je venais d'être témoin. Croiriez-vous bien, lui dis-je, que Jean Coudray le vigneron... ? Écoutez ceci, je vous prie. Je viens de chez Jean Coudray ;

il me devait quelque argent qu'il m'a payé sur-le-champ. La femme m'a voulu donner à déjeûner. Mais elle, que pensez-vous qu'elle prenne à déjeûner? du café à la crême. Cela leur fit dresser les cheveux à la tête. Du café à la crême! Tout le monde s'écria : Du café à la crême! Nous convînmes tous que les choses ne pouvaient durer ainsi; et je les quittai en faisant des vœux bien sincères pour le retour du bon temps; car ils me paieront, j'imagine, quand les paysans mourront de faim et seront couverts de haillons.

Je voulais t'en dire plus long, mais Bidaut m'a envoyé chercher dès huit heures du matin. Je suis comme Petit-Jean, je n'aime pas qu'on m'interrompe. Adieu.

A MADAME COURIER.

Tours, le 7 novembre 1816.

Je ne poursuis point les marchands de bois, parce que Doré a un fils qui va, dit-on, faire un mariage fort avantageux, et mes poursuites contre le père empêcheraient, dit-on, ce mariage, qui pourra aider au paiement de ce qu'on me doit. Je n'en crois rien ; mais pour ne pas empêcher ces gens de coucher ensemble, j'attends le lendemain de la noce pour lâcher contre eux les huissiers. J'ai la réputation d'un homme qu'on ne paie que quand on veut. Cela me fait donner au diable.

Je n'ai point vu les la Beraudière : la mère est malade. Ils se sont fort bien conduits dans une infame affaire qui a eu lieu dernièrement à Luynes. Dans ce village d'environ 1200 habitants, douze personnes ont été arrêtées pour propos séditieux ou conduite suspecte. C'étaient les ennemis du curé et du maire. Les uns sont restés en prison six mois, les autres y sont encore. Une jeune fille se meurt des suites de la peur qu'elle a eue en voyant arrêter son père. Or, dans cette affaire, il paraît que M. de la Beraudière s'est employé tant qu'il a pu en faveur de ces pauvres diables. Cela fait qu'on en dit beaucoup de bien dans le pays. Dans le fait ce sont des gens fort estimables.

Un curé me disait à Luynes qu'il ne voulait pas me *flustrer* du plaisir..... Mets cela avec le *dénaturer* du médecin (1).

———

(1) Un médecin consulté par Courier lui répondit un jour gravement : Monsieur, ce symptôme me *dénature* votre maladie ; voulant dire *dénote*.

A MADAME COURIER.

Tours, le 10 novembre 1816.

Je cours toujours pour ma chienne de vente; j'ai eu ce matin de bons renseignements : écouter tout le monde est ma règle. Je ne vendrai pas aujourd'hui, je crois. Il fait un temps affreux. Je vais être obligé de retourner demain à Luynes; c'est un rude métier que celui de ton intendant.

A 2 heures et demie.

On a porté les enchères à 11,500 fr.; c'était un prix raisonnable; car le bois est diminué depuis l'an passé : je n'ai pas voulu vendre. L'adjudication est remise à quinzaine; mais je crois que je ferai affaire avant ce temps; ils viendront me tourmenter comme l'an passé. On prétend cependant que j'ai mal fait de remettre la vente. J'entends monter l'escalier; ce sont de mes gens qui sont sur mon dos. Ils me parlent pendant que j'écris : je fais semblant de ne pas les écouter. Ils m'offrent 11,600 fr. moitié comptant. Je ne sais qui diable leur a dit que je voulais 12,000. Les voilà qui m'offrent 12,000 : je refuse : les voilà partis. Je vais dîner chez Bidaut.

A 10 heures du soir.

Ma foi c'est fait pour 12,250 fr., à Beaujean ou Bon-jean, dont tu dois te souvenir. Les paroles sont données, sans témoins à la vérité; mais foi de paysan vaut bien foi de gentilhomme : je ne crois pas avoir mal fait. Le marché s'est fait chez Desnœuds (qui par parenthèse est mort : c'est le gendre qui tient la maison); j'étais là à jouer aux échecs : mon homme entre et me prend à part. Nos débats commencèrent à sept heures, et vers les dix heures nous conclûmes. J'ai écouté pendant trois heures toujours la même antienne : *je suis connu, ce n'est pas pour dire, je vous paierai bien, demandez à M. un tel.* Enfin nous avons frappé dans la main; si je suis attrapé, ma foi..., que veux-tu? Les enchères n'ont été portées qu'à 11,500 fr. Tout le monde me conseillait d'adjuger à ce prix; on prétendait que, l'assemblée une fois rompue, je ne retrouverais plus les mêmes offres. J'ai tenu bon, et j'ai gagné 750 fr. Ai-je bien fait, maître?

Redemande un peu mon Longus à M. Méjean; il faut absolument ravoir ce livre : l'exemplaire m'est précieux à cause des notes que j'y ai mises.

Tout est fini, on m'approuve fort. Il est certain que le bois a diminué d'un quart depuis deux ans. Enfin, tout le monde trouve mon affaire bien faite. L'opinion du public varie sur mon habileté : on me prend tantôt pour un nigaud, tantôt pour un fin matois.

Adieu : je vais mettre ceci à la poste, et pars pour Luynes.

A MADAME COURIER.

13 novembre 1816.

Je suis allé dimanche à Luynes ; j'ai dîné et couché chez les la Béraudière. Ils sont bien fâchés que tu ne sois pas venue. Il y avait chez eux deux émigrés rentrés, habitants du voisinage, qui sont bien ce qu'on peut voir de plus drôle au monde ; deux figures à mettre aux Variétés. Ce ne sont que révérences, compliments, cérémonies ; tout tellement caricature, qu'il y a de quoi crever de rire. Nous en avons bien ri quand ils ont été partis. Bonnes gens au demeurant. De Luynes je suis venu avec Odoux chez ce monsieur qui marchande notre Filonière, et je crois l'achètera ; mais c'est une affaire qui n'est pas prête à se conclure. Nous avons dîné chez lui. C'est une maison charmante, à Saint-Cyr, sur le chemin de Luynes ; tu dois te rappeler cet endroit sur la colline à mi-côte. On voit Tours et toute la Loire. Tu verras cela quelque jour. Ils ont grande envie de te voir ; tu as une réputation dans tout le pays.

Ton projet de venir passer ici l'hiver ne peut s'exécuter ; d'ailleurs il faut que j'imprime mon Ane cet hiver. Ce n'est point une chose indifférente. Enfin tout s'arrangera. Figure-toi que les propriétaires de terres sont toujours gueux, mais jamais ruinés.

Ce monsieur qui épouse la vieille, ne m'étonne point
du tout. Il vient de mourir ici un homme appelé M. A. ;
il n'avait point d'autre état que d'épouser de vieilles
femmes, et de les enterrer. Il est mort veuf de la troisième, et riche ; car, comme il les traitait fort bien pendant leur vie, elles le récompensaient à leur mort. J'avais
prédit qu'il finirait par une fille de dix-huit ans qui l'en-
terrerait ; mais je me suis trompé.

———————

Courier, selon le projet dont il fait mention dans la lettre
précédente, s'occupa, sitôt son retour à Paris, de l'impression
de son Ane. En même temps il écrivit la pétition. Alors seulement il connut son talent, ou plutôt la sympathie du public
français avec ce talent. On sait assez quel effet produisit ce petit écrit de dix pages. Cependant il demeura fidèle à ses études
grecques, et ne fut arrêté dans la correction de son Ane que
par un nouveau crachement de sang, qui le prit au mois de février 1817, et le tint long-temps entre la vie et la mort. Obligé
d'aller aux eaux pour se rétablir, il ne put reprendre son travail qu'au mois de décembre suivant. La mort de son beau-
père, arrivée le 18 novembre de cette année, l'affecta si vivement, qu'il ne continua qu'avec découragement et de loin à
loin les études qui avaient été communes entre eux pendant
plusieurs années. Dans quelques lettres qui n'ont pu entrer ici,
il parle, avec la touchante simplicité qu'on lui connaît, de sa
douleur, quand il rentra dans le cabinet de son père, qu'il
toucha les livres tant de fois feuilletés avec lui, revit sa place

et son fauteuil vides. Ces regrets profonds et durables, comme toutes les impressions de l'ame de Courier, nous ont privés de plusieurs travaux qui sans cela eussent été achevés, et que le public ne connaîtra point : perte qu'on ne saurait trop vivement sentir.

En janvier 1818, Courier voulut, se voyant des forces, aller seul en Touraine. Il fut repris de son crachement de sang, et ramené mourant.

La lettre suivante est une de celles qu'il écrivit pendant sa convalescence à sa femme, qui terminait à Tours les affaires abandonnées par lui. Il marque là le peu de souci que lui donne l'Institut, où se trouvaient alors trois places vacantes. On sait l'histoire des nominations faites à ces places par l'Académie, après six mois employés à préparer ses choix. Les sollicitations de sa femme et de quelques amis avaient déterminé Courier, contre son gré et son caractère, à faire quelques démarches pour remplacer son beau-père. Il les fit, et s'en repentit, comme il l'a si plaisamment avoué, tout en se vengeant sur l'Académie du refus auquel il s'était exposé en prenant ses titres de savant pour des droits à une distinction de savant. La lettre qui vient ensuite est adressée à M. Raoul Rochette, après le refus de l'Académie.

A MADAME COURIER.

Le 9 février 1818.

Tu vois comme je t'écris. Je te parle de moi. C'est comme il faut que tu fasses. Tout ce que tu fais, ce que tu penses, tout ce qui te vient à l'esprit sans examen, il me le faut coucher par écrit. Visconti est mort; je viens de recevoir son billet d'enterrement. Voilà trois places à l'Institut. En aurai-je une? Je ne sais. S'ils me reçoivent, j'en serai bien aise; s'ils me refusent, j'en rirai : je ne vaudrai ni plus ni moins, et le public sera pour moi. Je crois que je serai reçu. Mon Ane va paraître, je crois, la semaine prochaine. Il semble que Bobée ait envie d'en finir.

Adieu. Je m'arrange avec Rosine on ne peut pas mieux. Elle jouit du bonheur de voir son fils ne rien faire du tout. J'ai voulu hier l'envoyer porter quelques livres chez ta mère. Rosine s'en est emparée, et les a portés elle-même. Il ne faut pas qu'un gentilhomme sache rien faire, dit Molière. Adieu.

A M. RAOUL DE ROCHETTE.

Paris, le 15 avril 1818.

Monsieur, je n'aurai point l'honneur de dîner demain avec vous, parce que je pars pour la campagne, à mon grand regret, je vous assure.

Ne croyez pas que je me plaigne de votre académie ; je reconnais au contraire qu'elle a eu toute sorte de raison de me refuser ; que je n'étais point fait pour être académicien, et que c'était à moi une insigne folie de me mettre sur les rangs. Seulement, je ne veux pas qu'on me croie plus sot encore que je ne suis ; et comme bien des gens s'imaginent que je me présente à chaque élection pour essuyer un refus, je ne dois pas négliger, ce me semble, de les désabuser. C'est là l'objet du petit mémoire que je vais publier, et dans lequel je ne prétends point justifier, mais atténuer ma sottise : je n'en ai jamais fait en ma vie que par le conseil de mes amis. Oh ! Visconti ! Visconti !

C'est au mois d'avril de cette année que Courier acheta sa maison de la Chavonnière. Il était à Paris pendant que sa femme

sollicitait à Tours au sujet du procès contre Claude Bourgeau ;
procès perdu par Courier, et dont l'objet est connu par le
Mémoire contre Claude Bourgeau. La lettre qui suit a trait
à cette affaire.

A M. ÉTIENNE,

DE LA MINERVE.

Paris, le 14 juin 1818.

MONSIEUR, j'ai prié M. Bobée, mon imprimeur, de vous faire tenir une feuille qu'il vient d'imprimer sous ce titre : *Procès de Pierre Clavier Blondeau*, *etc*. Lisez cela, Monsieur, si vous en avez le temps, et vous verrez ce que c'est pour nous, pauvres paysans, d'avoir affaire à un maire. Vous serez d'avis comme moi que ces faits sont bons à publier. Dites-en donc un mot, je vous prie, dans un de vos excellents articles, afin que Paris du moins sache comme on traite ceux qui le nourrissent; car vous ne vous doutez de rien, gens de Paris, dans vos salons; et comme vous sifflez les ministres s'il leur échappe à la tribune un mot impropre ou malsonnant, vous croyez que nous pouvons ici nous moquer d'un maire. Défaites-vous de cette idée ; *l'opposition* réussit mal dans les départements, et je puis vous en dire des nouvelles. Mon exemple est une leçon pour tous ceux qui seraient tentés de prendre, comme j'ai fait, le parti des vilains, non-seulement contre les nobles, mais contre les vilains qui pensent noblement. Il m'en coûte mon repos et mon bien : les juges veulent me ruiner, et ils y réussiront avec l'aide de Dieu et de M. le procureur du roi. Enfin, depuis quelque temps ma vie est un combat, comme disait Beaumarchais. Il était férailleur et souvent cherchait noise. Moi, je ne me défendrais même pas, tant je suis bonne créature, si on me battait modérément.

Votre *Minerve* s'est déjà déclarée pour moi d'une manière qui m'a fait beaucoup de plaisir et d'honneur. Souffrez, Monsieur, que je lui recommande à présent mon pauvre Blondeau, ainsi qu'à votre *Renommée*, qui, je l'espère, ne jugera pas de l'importance des faits par les noms des personnages. Une présentation à la cour ne lui fera pas oublier les doléances de Blondeau et de vingt millions de paysans opprimés, je veux dire *administrés* comme lui.

———

La lettre suivante exprime sur l'état de nos théâtres une opinion qui n'étonnera point dans un homme tel que Courier; mais elle émet en même temps sur le talent et le système de déclamation de Talma un jugement très-extraordinaire. Courier ne l'eût point hasardé en public sans en donner les motifs, ce qu'il ne fait point ici, et les lecteurs en seront fâchés comme nous. On peut concevoir qu'un homme nourri de l'antiquité, comme l'était Courier, ait pu être choqué de quelques inexactitudes dans cette imitation des costumes anciens, que Talma avait imposée à notre scène avec tant de peine. Mais que les intentions et le charme des beaux vers de Racine lui aient paru se perdre dans le débit si savant et si harmonieux de

Talma ; qu'il ait imaginé , pour faire arriver au cœur cette musique dont Racine est tout plein , d'autres inflexions , d'autres accents que ceux de la voix si profondément sympathique de Talma ; cela est fait pour surprendre.

A MADAME COURIER.

Saint-Germain, du 15 au 18 juillet 1818.

Je suis allé, comme je t'ai dit, aux Français avec ces jeunes gens ; je croyais qu'ils allaient au parterre ; point du tout, c'était aux galeries à quatre francs ; j'y ai eu grand regret. On donnait Andromaque. Je n'ai rien vu au monde de si pitoyable. Tout était révoltant : Andromaque avait dix-huit ans, et Oreste soixante. Tantôt il hurle, il beugle ; tantôt il parle tout bas, et semble dire : *Nicole, apporte-moi mes pantoufles*. Tout cela est entremêlé de coups de poing, et de gestes de laquais dans les endroits de la plus noble poésie. Je t'assure que celui de la Gaieté, qu'on nomme le Talma des Boulevards, vaut beaucoup mieux que son modèle. Talma était fagotté on ne peut pas plus mal ; des draperies si lourdes et si embarrassantes qu'il ne pouvait faire un pas : un gros ventre, un dos rond, une vieille figure ; c'était un amoureux à faire compassion. Tu sais que je n'ai point de prévention ; je ne demandais pas mieux que de m'amuser. Je crois d'ailleurs que le parterre, tout enthousiasmé qu'il était, ne s'amusait pas mieux que moi. Le crispin, c'était Monrose, ne m'a pas paru merveilleux. Le fait est, comme je l'ai toujours dit, que le Théâtre Français, et tous les vieux théâtres de Paris, à commencer par l'Opéra, sont excessivement ennuyeux.

A MADAME COURIER.

Paris, dimanche.

Je trouve ici tes deux premières lettres. Je vois que tu vas garder mon mémoire jusqu'à ce que la chose soit jugée, ou, ce qui est la même chose, jusqu'à la veille du jugement. Comment ne comprends-tu pas que cela est plutôt fait pour le public que pour les juges? Tu ne me marques point quand on doit juger. Aussitôt ma lettre reçue, distribue tout ce que tu as, mais avec discernement. N'en donne qu'à ceux qui peuvent trompetter cela, et qui n'ont point d'intérêt à ce que la chose n'éclate pas.

Avec l'établissement de Courier à la campagne commencèrent les vexations qu'il est au pouvoir d'un maire de village d'exercer contre ses *administrés*, et dont il est impossible de se faire idée quand on n'a vécu qu'à Paris ou dans les grandes villes. Elles furent plus fâcheuses contre lui que contre tout autre, d'abord en raison de son nom et de sa réputation, ensuite parce que, révolté de ces persécutions, il y résistait, et luttait de toutes ses forces. Son garde Blondeau, mal avec le maire, fut accusé par celui-ci de l'avoir insulté, assigné ensuite pour produire un port-d'arme, qu'il n'avait point comme ne

lui étant pas nécessaire., et enfin emprisonné par suite de l'a-
nimosité de ce maire. Lui-même ; Courier ; plaidait encore, et
perdait un second procès. On lui refusait l'appui nécessaire
pour poursuivre quelques mauvais sujets qui avaient coupé ses
bois. Enfin son existence était intolérable , et la lettre du 5 janvier 1819 peint faiblement toute l'exaspération qu'il éprouvait.

C'était en ce moment qu'il écrivait la lettre à l'Académie. Il
se reprocha souvent , même en l'écrivant , de la faire trop âpre,
trop virulente., et de laisser sentir trop fortement l'amertume
d'un esprit aigri. Il n'en voulait point du tout aux gens de l'Institut de ne l'avoir point reçu, disait-il. Les plaisanter avec
légèreté , voilà son intention, et non les assommer de ridicule.
S'il l'a fait , c'est emporté hors de sa modération habituelle par
le ressentiment des injustices auxquelles il était en butte.

A MADAME COURIER.

Je suis bien content de Félix et d'Émilie. Cela m'a fait grand plaisir. Voilà qui sera un joli ménage, bien assorti. C'est un petit roman que cette course en Amérique, et la souffrance de la belle ; je souhaite qu'elle soit heureuse. Je l'espère bien, et elle le mérite.

Ne te tourmente point, tout s'arrange avec le temps ; l'essentiel c'est la santé.

Ce qu'Hyacinthe t'a dit de ma réputation doit te rassurer pour l'avenir. La réputation à Paris vaut mieux que l'argent, et procure l'argent. Nous ne devons pas craindre d'être jamais embarrassés.

A MADAME COURIER.

La Chavonnière, le 5 janvier 1819.

BLONDEAU est assigné pour le port-d'arme ; il est comme un fou. Je crains que mon fagottage n'en souffre. Je prendrai patience pourvu que mon rhume guérisse. Mais viens bientôt, sans quoi je serais obligé de me sauver à Paris ; ce pays-ci est un enfer. Mais enfin, nous ne pouvons nous empêcher d'y demeurer au moins quelque temps. Ma vie est bien changée, j'ai perdu à la fois mon repos et ma santé.

J'ai été chez Delavergne. Notre procès contre Isambert a été jugé ; nous sommes condamnés à lui payer une indemnité, tous les frais, et deux cents francs par an pour se loger où il voudra. Tout le monde trouve cela ridicule, et tous les gens de loi en sont révoltés. Je m'en vais chez le procureur du roi, qui, à ce qu'on dit, est parent d'Isambert.

Je n'ai point trouvé chez lui ce procureur du roi. Je m'en retourne à la Chavonnière, et laisse tout aller. Si on persécute Blondeau, adieu mes coupes. Tu vois ce que c'est que ce pays.

La lettre à l'Académie terminée, Courier fit un voyage à

4.   29

Paris pour la faire imprimer. Il ne put, arrivé là, se taire à ses amis de tous les sujets de plaintes qu'il avait contre les autorités de son département. Quelques-uns de ces amis approchaient M. de Cazes, tout puissant en ce moment. On conseilla donc avec empressement à Courier de se plaindre au ministre ou au garde-des-sceaux, à tous n'importe ; chacun serait trop heureux de lui faire droit et lui procurer la paix. Courier, sans méfiance, les crut bonnement mus par l'amour de la justice et l'estime qu'on avait pour son mérite. Il alla donc où on le menait, et vit les salons ministériels d'alors. Pendant huit jours il fut en crédit. On écrivait au préfet de le laisser en repos. On allait destituer le maire, et même nommer Courier à sa place. Il ne fallait pour cela qu'une petite chose qu'il ne comprit pas. Il s'est souvent depuis creusé la tête avec une naïveté rare, pour deviner par quelle raison, après tant de prévenances et d'accueil qu'il ne demandait point, il avait vu tout de suite les puissants refroidis à son égard. Il attribua cette disgrace à la lettre à l'Académie, trop forte et trop violente selon lui ; il ne se trompait pas tout-à-fait.

Ce fut pendant ce séjour à Paris que Courier écrivit le placet aux ministres.

A MADAME COURIER.

Fin de mars 1819.

Ce qui nous aidera puissamment dans toutes nos affaires, c'est la lettre à l'Académie, dont le succès paraît certain. Il n'y a encore que trois où quatre exemplaires de distribués, et déjà les têtes s'échauffent. Faye était prévenu peu favorablement sur ce que je lui en avais débité de mémoire; mais après l'avoir lue et fait lire à d'autres, il en est enchanté. Haxo en est presque content.

J'allai voir Hyacinthe avant-hier; je le trouvai au lit. On l'avait saigné; on lui avait mis les sangsues; il avait eu comme un coup de sang. C'est tout le tempérament. Je lui recommande la fatigue et les exercices violents, pendant qu'il en est temps encore; il ne suivra pas mon conseil; il paraît un peu indolent; du reste le meilleur garçon, et bien aimable. Il veut absolument être sous-préfet, et il le sera. Son père et sa mère iront vivre avec lui, sottise selon moi. Il doit m'aboucher avec Villemain d'ici à quelques jours. Je crois que tout ira bien, et que nous aurons ici pleine satisfaction.

J'achèterai ici du sainfoin, qui est beaucoup meilleur marché que là-bas; j'en ai vu des tas à la halle, et je sais maintenant distinguer le bon du mauvais.

Fais toujours couper du mauvais bois. Si je n'arrivais

pas le 2 ou 3 avril , fais vendre les bourrées par Blondeau.
Tu en fixeras le prix avec lui ; ce doit être de seize à vingt-
deux ou vingt-trois.

Je suis bien aise que tu plantes des châtaignes ; il faut
les mettre loin du bois.

A MADAME COURIER.

Mars 1819.

J'ai vu hier M. Guizot. Il m'a promis solennellement la destitution que je ne lui demandais pas. Je dois le revoir mercredi au soir; ainsi je ne puis partir que jeudi. Je dois voir d'ici à ce temps le ministre de la Justice, dont j'espère beaucoup; ainsi j'espère que nous aurons raison de nos persécuteurs.

La lettre à l'Académie commence à faire sensation. B. m'a écrit une lettre d'une bêtise rare; tout le monde est content du style, excepté... M. Daunou, dont le suffrage n'est pas peu de chose, m'en a fait mille compliments; Villemain, Violet-le-Duc, il n'y a qu'une voix. Mais l'Académie est un peu sotte. Tout cela, je crois, me fera honneur. Villemain est enthousiasmé de mon Plutarque, et veut l'imprimer à tout prix.

Dis à Blondeau que ses affaires vont bien, que cependant je ne puis encore lui rien promettre.

A MADAME COURIER.

1819.

J'ai dîné hier avec Hyacinthe et Jules Bonnet chez Hardi. Jules est un peu pincé, mais du reste il m'a paru aimable. Après le dîner ils se sont mis à jouer au billard, et je suis rentré chez moi. Le matin j'allai voir Lemontey ; je croyais qu'il pourrait par ses connaissances me faire parler au ministre de la Justice. Je sais bien que ce ministre me donnera une audience quand je la demanderai ; mais je suis pressé, je veux m'en retourner là-bas. Au reste Lemontey ne peut ou ne veut rien faire.

Je dois voir Villemain aujourd'hui à deux heures. Il me lira la lettre du ministre au préfet. Je regarde la destitution de Debeaune comme certaine. On m'a proposé de me faire maire à sa place ; je n'ai pas voulu. Villemain a fort dans la tête l'impression de mon Plutarque, comme une chose qui pourrait faire honneur au ministre actuel. Nous parlerons de cela aujourd'hui ; si la chose se fait, je reviendrai ici dans cinq ou six semaines.

Je vois que mes premières lettres t'ont inquiétée, tu verras par les lettres suivantes que tout s'arrange. Quand on saura à Tours que nous avons à Paris des gens qui pensent à nous, on nous laissera tranquilles ; et je crois que... regrettera plus d'une fois d'avoir pris parti contre nous. Si je puis rester ici seulement quelques jours, le procureur du roi aura aussi sa semonce ; et enfin nous serons en repos. Je vois qu'on se fait ici un honneur et une gloire de me protéger. Cependant il y a encore une chose qui pourrait changer tout, c'est ma lettre à l'Académie que Villemain n'a pas encore lue, et qui paraît à tout le monde trop âpre et trop violente. Il se pourrait que cette lecture le fît changer, non de sentiments, mais de conduite avec moi ; ainsi ne comptons encore sur rien.

Regarde toujours le cachet de tes lettres.

————

Dans l'intervalle compris entre mars et décembre 1819, Courier écrivait d'abord le plaidoyer pour Pierre Clavier Blondeau, son garde, que peu après il défendit lui-même au tribunal de Blois (ce qui n'empêcha point que le pauvre homme ne perdît son procès) ; ensuite il écrivait pour le Censeur, tout cela en soignant ses sainfoins, ses bois, ses vignes. Ce fut sa femme qu'il envoya en décembre à Paris pour y terminer quelques affaires, dont il paraît, aux lettres qu'il lui adresse, bien moins occupé que de savoir l'opinion de ses amis sur ses articles du Censeur.

A MADAME COURIER.

Tours, le 24 décembre 1819.

Tu me marques que tu as versé, et qu'il t'en coûtera soixante francs : voilà tout. Il paraît que tu n'es point blessée ; cependant ta tête est fêlée. Qu'est-ce que tout cela veut dire ? et pourquoi ne t'expliques-tu pas ?

Informe-toi doucement si l'on trouve que je fais bien d'écrire pour ce journal. Haxo pourra te donner son avis là-dessus. Demande-le-lui de ma part. Tu peux aussi interroger, mais moins directement, Duménil, si tu le vois. Il me semble que ce journal est bien peu répandu. Au reste, quand j'aurai mes livres, je pourrai m'occuper d'autres choses.

Courier passa peu de mois sans aller à Paris, chacune de ses brochures étant imprimée sous ses yeux, à quelques exceptions près ; mais les lettres qu'il écrit à ces petits voyages n'ont de prix que pour sa famille, jusqu'au mois d'avril 1821.

De cette année 1820 sont datées :

Les deux dernières lettres au Censeur ;

A MM. du conseil de préfecture à Tours ;

Les deux lettres particulières.

Au commencement de 1821, comme on parlait de donner

Chambord au duc de Bordeaux, Courier conçut *le Simple discours*. Le peu d'amis auxquels il en parla l'engageaient à se presser pour saisir l'à-propos ; mais il résista à leurs sollicitations, et l'écrivit lentement avec ce soin achevé qui fait de ses moindres pamphlets des modèles de style en même temps que des ouvrages si piquants.

Suivent après dans les lettres postérieures tous les détails de ses succès, sa mise en jugement, le procès, etc.

A MADAME COURIER.

Paris, avril 1821.

Je suis arrivé hier à neuf heures du soir. On m'a logé, quoique avec peine, à l'hôtel de Vauban. Tout est plein à cause du baptême du duc de Bordeaux. J'ai vu hier ✱✱✱; j'y dîne aujourd'hui. J'ai vu Bobée : il va imprimer mon Chambord. Cela viendra on ne peut pas plus à propos; car on délibère actuellement si on poursuivra ce projet.

A MADAME COURIER.

Paris, le 1ᵉʳ mai 1821.

J'AI vu le maréchal et sa femme. Grandes caresses et grandes amitiés ! Mon Chambord a grand succès ; il s'en vend beaucoup. M. d'Argenson en a fait acheter je ne sais combien d'exemplaires, outre ceux que je lui ai donnés. Bobée ne me dit pas tout, mais je sais que des libraires lui en ont demandé. Cela arrive bien à propos.

Tout Paris est en l'air pour le baptême. Je m'en vais à la campagne chez madame Viguier, qui fuit avec raison les fêtes et les embarras.

Demarçay m'a enseigné le moyen de défricher sans qu'on puisse m'en empêcher, et je crois que je ferai comme il me dit.

Je sèche ici, je meurs d'ennui. Mon impression étant finie, il me tarde d'être auprès de toi et de notre enfant.

A MADAME COURIER.

Paris,   juin 1822.

MA grande affaire du pamphlet marche ; mais je ne sais encore si je serai mis en jugement. Cela sera décidé demain. On m'a beaucoup pressé, et même importuné, pour voir les juges ; je m'y suis refusé, et je crois que je fais bien, et on finit par en convenir. Je suis sûr de n'avoir point de tort. J'ai le public pour moi, et c'est ce que je voulais. On m'approuve généralement, et ceux même qui blâment la chose en elle-même conviennent de la beauté de l'exécution. Deux personnes qui n'ont entre elles aucun rapport, car c'est M. Dubost et Étienne, m'ont dit que cette pièce est ce qu'on a fait de mieux depuis la révolution. Ainsi j'ai atteint le but que je me proposais, qui était d'emporter le prix. Plus on me persécutera, plus j'aurai l'estime publique.

———

A MADAME COURIER.

Paris, 6 juin 1821.

JE ne puis absolument t'écrire. Je n'ai pas un moment à moi. Et d'ailleurs je crains que mes lettres ne soient décachetées. Rien encore de décidé sur l'affaire du pamphlet. Il y a encore beaucoup de formalités à remplir. Je ne puis m'expliquer là-dessus. Mais sois tranquille : j'ai pour moi tout le monde. Ton parent me sert bien, du moins par les informations qu'il me donne; car du reste il a une peur extrême de se compromettre. Je suis logé chez le philosophe dont tu as reçu la lettre après mon départ, et qui était d'avis que je ne bougeasse de là-bas. Je suis bien aise d'être venu, pour plusieurs raisons que je ne puis te marquer. Je ne sors presque point de ma chambre, qui est un grenier ayant vue sur le Luxembourg. Je travaille du matin au soir à mon Longus et à d'autres choses. Les invitations me pleuvent de tous les côtés. Je n'en accepte aucune, et fuis les cliques de toute espèce, non-seulement par une aversion naturelle, mais aussi parce que je ne veux point perdre de temps. Je n'ai point encore vu le maréchal. Ils sont à la campagne. Je ne vois plus ni ta mère ni...... Je suis enterré pour tout le monde.

A MADAME COURIER.

Paris, 10 juin 1821.

Il est décidé que je serai jugé par la cour d'assises.
On te signifiera je ne sais quel grimoire qu'il faut me
renvoyer. Ne t'inquiète point. On croit non-seulement
possible, mais probable, que je m'en tirerai. Au reste,
tu sais comme je pense. Mon but était de faire quelque
chose qui fût bien, et il paraît que j'ai parfaitement
réussi. Le reste s'arrangera.

J'ai vu aujourd'hui Hyacinthe, qui m'a reçu merveilleusement. Il a voulu absolument me mener chez son
beau-frère. Autre réception, accueil, enthousiasme, etc.
Sa mère se porte bien. Cassé était chez lui, qui est un
peu maigri; assez spirituel. Ta mère et Amelin m'ont
servi de toute leur puissance, et se sont mis en quatre.

Tu me renverras, poste restante, ce que tu recevras
relatif aux assises.

J'ai pris un avocat que tu connais peut-être. Il se
nomme Berville. Il venait chez ta mère autrefois. C'est
un jeune homme de beaucoup d'esprit et fort aimable.

Adieu, chère femme; ménage surtout ta santé; garde-
toi de te rendre malade, car nous serions perdus tous.
Toute l'existence de la famille roule sur toi seule à présent.

Entre la mise en accusation et l'époque du jugement pour le Simple Discours, Courier revint à la Chavonnière, et prépara sa défense, morceau admirable, qu'il voulait prononcer lui-même, essayant ainsi de la tribune, et de l'effet qu'il pouvait produire sur une assemblée. Mais il ne se décida pas à parler, détourné un peu par son avocat, et beaucoup par une certaine indolence naturelle et la crainte de ne pas réussir à son gré (1).

Au mois d'août il retourne à Paris. Du commencement du mois est daté son pamphlet *Aux ames dévotes*. Il le fit, celui-là, à Paris, contre son usage assez constant; car ordinairement il travaillait à la campagne, ne venant à Paris que pour faire imprimer.

(1) Il achevait en même temps sa traduction du fragment d'Hérodote, et sa préface de ce même fragment. On voit dans la lettre suivante qu'il songe à le faire imprimer. Ce fut par Bobée et sans en tirer profit, mais seulement en 1822.

A MADAME COURIER.

Paris, août 1821.

J'AI parlé à Cotelle, qui m'offre de l'argent; mais je ne puis me faire à l'idée de vendre ce que j'écris. C'est une sotte idée avec laquelle je suis né, et qui m'empêche de pouvoir faire un marché avec ces libraires, quoique je sente la duperie de donner et la nécessité de quitter cette méthode. Enfin je verrai. Je lui refuse mon fragment : il veut l'avoir absolument. Corréard aussi veut l'avoir. Au milieu de tout cela je ferai quelque sottise.

Je travaille tout le jour à mon Longus, et me prépare pour le 28. Tout le monde croit que je m'en tirerai.

J'occupe tout seul l'appartement de Cousin; sa conduite avec moi est fort aimable, et en le voyant je suis tenté de croire qu'il y a des caractères francs et généreux; mais que penser de ceux qui dès la jeunesse sont avares, fourbes et de mauvaise foi?

Adieu, cher ange.

A MADAME COURIER.

Paris, août 1821.

Je viens de voir dans les gazettes que l'affaire de Cauchois-Lemaire sera jugée avant la mienne. Je crois cela fâcheux pour moi; je ne me repens point néanmoins de n'être pas venu le mois passé.

J'espère comme toi que notre Paul sera bon; mais il faut qu'il vive avec nous, ou du moins avec toi. Ainsi, soigne ta santé, d'où dépend la vie de nous trois.

Je vais voir aujourd'hui Bobée et Berville : nos jurés doivent être nommés. Je suis tout occupé à méditer ma harangue, que peut-être à la fin je ne prononcerai pas. Tous les avocats sont d'avis que je ne dise mot : le public s'attend que je parlerai. Nous verrons.

A MADAME COURIER.

Paris, août 1821.

MON jury est abominable, et il y a peu d'espérance.

Quel bonheur que j'aie pu avoir cet appartement de Cousin ! Sans cela, je ne sais ce que je serais devenu : la chaleur est affreuse et Paris inhabitable. Tu es bien heureuse d'être à la Chavonnière.

Je dois demain aller voir Berville à la campagne, chez son père, pour concerter ensemble toute notre défense : il faut que je me prépare.

Dimanche.

J'ai fait hier un dîner d'avocats où je me suis assez diverti, chez Berville, à la campagne, aux carrières de Charenton. J'ai pensé mourir de chaud en allant. On a beaucoup parlé de moi et de mon affaire : je te conterai tout cela. On croit généralement qu'ils n'oseront pas me condamner. Il y a des circonstances favorables que je ne puis t'écrire. On est fort curieux de savoir comment je me tirerai de ma harangue : les avocats croient et espèrent que je ne réussirai pas. Je suis à peu près sûr du succès, si je me décide à parler ; mais peut-être trouverai-je plus à propos de me taire.

Quoi qu'il arrive, je vais sûrement te rejoindre bientôt ; car, quand même on me condamnerait, j'aurais
selon toute apparence, du temps pour mettre ordre à
mes affaires. Je ne m'arrêterai ici que pour faire imprimer le plaidoyer de Berville et mon discours, ce qui sera
bientôt expédié. Je meurs d'impatience de me revoir auprès de toi et de notre cher enfant ; sans vous deux je
n'existe pas.

A MADAME COURIER.

Paris, 29 août 1821.

DEUX mois de prison, et deux cents francs d'amende, voilà le résultat d'hier.

Je ne puis absolument t'écrire. Je vais travailler à publier ma défense, et les plaidoyers pour et contre ; je ne sais si on me donnera du temps.

Tes lettres me font un plaisir que tu ne peux imaginer, et c'est mon seul bien ici où tout m'ennuie et m'excède. On me recherche, on veut me voir ; mais, ma foi, je ne suis pas assez content de mes vieux amis pour en vouloir de nouveaux. Toute ma parentaille est venue à mon jugement. J'ai manqué tomber en syncope.

Je devrais être ivre de louanges et de compliments ; j'en ai reçu hier à foison de toute part. Je m'étonne moi-même du peu de plaisir que cela me fait.

Si tu veux lire un rapport à peu près exact sur mon jugement de la cour d'assises, prends le Courrier d'aujourd'hui 29.

Après son jugement Courier resta quelque peu pour achever son *Procès de Paul-Louis Courier*. Mais tout empressé de revoir sa femme et son enfant, il revint en Touraine sans se donner le temps de le faire imprimer. Il mit ordre à ses affaires, et retourna à Paris en septembre, il n'était pas encore bien décidé à se mettre en prison ; mais on verra, dans les lettres suivantes, les motifs qui le déterminèrent malgré sa répugnance.

A MADAME COURIER.

Paris, septembre ou octobre 1821.

TOUTE réflexion faite, je crois que je ferai mieux de surveiller ici l'impression de mon Longus que l'on va commencer, et pour cela je me mettrai à Sainte-Pélagie. J'emploierai mon temps utilement; et ce temps passé, j'en serai quitte. Cependant je ne puis encore prendre aucune résolution. Mon Jean de Br. paraît demain. On y travaille le dimanche; je crois qu'il aura du succès, et achèvera de me mettre bien avec le public.

La censure a rayé dans le Miroir l'annonce de mon Jean de Br...; on ne sait si les autres feuilles pourront l'annoncer. C'est à présent le temps des élections.

Il faut que tu me copies deux passages de Brantôme; c'est dans le tome 3ᵉ, page 171 et page 333. Dans chacune de ces deux pages tu trouveras ces quatre mots : *quand tout est dit*. Copie, et envoie-moi les deux passages où se trouvent ces mots.

A MADAME COURIER.

Paris, jeudi matin, juin 1821.

MA brochure a un succès fou ; tu ne peux pas imaginer cela ; c'est de l'admiration, de l'enthousiasme, etc. Quelques personnes voudraient que je fusse député, et y travaillent de tout leur pouvoir. Je serais fort fâché que cela réussît, par bien des raisons que tu devines. Je n'oserais refuser ; mais je suis convaincu que ce serait pour moi un malheur. Cela ne me convient point du tout. Au reste il y a peu d'apparence, car je crois que je ne conviens à aucun parti.

Tu trouveras quatre exemplaires de la brochure avec tes souliers qui doivent être partis aujourd'hui.

Vendredi.

Je n'ai point mis ma lettre, et j'ai mal fait, tu l'aurais reçue demain samedi. Tous les gens que je vois sont dans l'enthousiasme de ma brochure. On l'a lue avant-hier *au parquet* du procureur du roi ; je ne sais ce que c'est que ce parquet. On la lisait tout haut, et il y avait foule. Tout cela ne peut manquer, je crois, de bien tourner pour nous. Tu m'entends.

A MADAME COURIER.

Paris, mardi matin, octobre 1821.

JE vais décidément me loger où tu sais aujourd'hui ou demain.

J'étais hier chez Delaunay le libraire. Je trouvai là un homme qui voulut me mener chez le père de l'enfant que je protége. Je m'y suis refusé, et j'ai bien fait; je ne veux me fourrer dans aucune cabale.

Cherche dans Bonaventure Desperries, nouvelle 74, vers la fin; tu trouveras ces mots: *le plus du temps*, c'est-à-dire la plupart du temps. Copie cette phrase, et me l'envoie dans ta première lettre.

A MADAME COURIER.

Paris, jeudi matin, 11 octobre 1821.

Ce soir je m'établis à Sainte-Pélagie, non sans beaucoup de répugnance. On y est fort bien; on ne manque de rien; on voit du monde; on reçoit des visites de dehors plus que je n'en voudrais. Cependant.... Tu sais ce que je pense sur la sottise de ceux qui se mettent en prison. Dieu veuille que je ne m'en repente pas!

Le mari de Z. est furieux contre moi à cause de ma dernière brochure. Il prétend que cela le compromet beaucoup. Tu vois ce que c'est qu'une place. Tout le monde est pour moi; je peux dire que je suis bien avec le public. L'homme qui fait de jolies chansons disait l'autre jour : A la place de M. Courier, je ne donnerais pas ces deux mois de prison pour cent mille francs. Ne me plains donc pas trop, chère femme, si ce n'est d'être séparé de toi.

Un vieux président que tu as vu chez ta tante a dit qu'il était fâcheux que cet arrêt ne pût être cassé; qu'il était ridicule. Il paraît que ce n'est pas seulement son opinion. Il ne parle jamais, dit-on, que d'après d'autres.

Ne réponds pas à tout ceci, et ne mets rien dans tes lettres qui ne puisse être vu de tout le monde.

J'allai hier voir le local qu'on me destine : il me paraît

bien exposé, au midi, sec, en bon air. Tous ces gens-là ont la mine de se bien porter ; ils reçoivent des visites sans fin jusqu'à six heures du soir. Il y avait là trois jeunes femmes ou filles très-jolies.

A MADAME COURIER.

Paris, dimanche, 14 octobre 1821.

Je suis entré ici le 11; c'était, je crois, jeudi dernier.
Je suis étonné de n'avoir point de lettres de toi depuis
ce temps. J'ai peur qu'il ne s'en soit perdu quelqu'une;
j'en serais bien fâché. J'attends de toi des nouvelles importantes. Sois tranquille sur mon compte; je suis aussi
bien qu'on peut être en prison : bien logé, bien nourri;
du monde quand j'en veux, et des gens fort aimables;
logement sain, air excellent. J'espère n'être point malade;
c'était tout ce que je craignais.

Te rappelles-tu deux volumes que nous avait prêtés la
Homo sur l'histoire de la peinture en Italie? l'auteur vient
de me les envoyer avec cette adresse : hommage au peintre
de Jean de Broé. Je reçois le Constitutionnel sans y être
abonné. Je ne sais à qui je dois cette galanterie.

Je suis dans une chambre grande comme ta chambre
jaune, exposée au midi; point de cheminée; en hiver on
met un poële; couché sur un lit de sangle et un matelas
de crin que j'ai apporté; une petite table pour écrire; une
autre pour manger. Je mange chez moi; on m'apporte
de chez un restaurateur assez passable, aux prix ordinaires. Ma chambre donne comme les autres sur un long
corridor. On m'enferme, le soir à neuf heures, à double

tour; cela me contrarie extrêmement, quoique je n'aie
nulle envie de sortir. On m'ouvre le matin à la pointe
du jour. Nous avons une promenade grande comme le
quartier de terre d'Isambert : nous n'en jouissons qu'à
certaines heures. Le reste du jour elle appartient aux
prisonniers pour dettes, qui sont séparés de nous. On
vient nous voir de dehors; mais il faut aller demander
à la police une permission qui ne se refuse pas; cependant c'est un ennui. Il y en a qui aiment mieux être
ici qu'en pays étranger, et je crois qu'ils ont raison;
cependant je maintiens toujours que c'est une grande
sottise de se mettre en prison. Il y a ici un homme qui
l'a faite cette sottise-là, et s'en repent cruellement. Cauchois-Lemaire voit sa femme tous les jours, et beaucoup
d'autres gens; il me paraît tellement accoutumé à ceci
qu'il n'y pense seulement pas. Pour moi, cinq jours
depuis que je suis enfermé m'ont paru longs, et les
cinquante-cinq qui me restent me paraissent aussi bien
longs.

Adieu! trésor. Embrasse le cher Paul.

A MADAME COURIER.

Sainte-Pélagie, mardi, octobre 1821.

J'ai eu des nouvelles d'Émilie par Béranger, avec qui j'ai dîné hier. Elle va partir pour l'Amérique avec son mari, qui la vient chercher. Béranger la dit fort aimable et très-spirituelle. Elle se vante de nous connaître, et d'être liée avec toi; c'est depuis qu'on parle de nous. On en parle beaucoup, et chaque jour j'ai des preuves du grand effet de ma drogue.

Vendredi.

J'ai encore dîné hier avec le chansonnier : il imprime le recueil de ses chansons, qui paraît aujourd'hui. C'est une grande affaire, et il pourrait bien avoir querelle avec maître Jean de Broë. Il y a de ces chansons qui sont vraiment bien faites : il me les donne.

Samedi.

Je rêve souvent de Paul et de toi, et sans dormir je m'imagine souvent que je vous tiens dans mes bras l'un et l'autre. Le temps me paraît long, quoique je sois fort occupé. Ce n'est pas vivre pour moi que d'être sans vous deux.

A MADAME COURIER.

Sainte-Pélagie, octobre.

La description de Paul à table m'enchante. Que ne suis-je avec vous deux! Cependant mon absence aura cela de bon, que tu t'accoutumeras à te passer de moi pour toutes les affaires.

Je reçois des visites qui me font perdre un temps bien précieux. C'est à présent surtout que mes journées sont chères. Ta tante m'a fait demander si je tenais beaucoup à la voir.

Les chansons de Béranger, tirées à dix mille exemplaires, ont été vendues en huit jours. On en fait une autre édition. On lui a ôté sa place; il s'en moque; il en trouvera d'autres chez des banquiers ou négociants, ou dans des administrations particulières. Il était là simple copiste expéditionnaire. On ne sait s'il sera inquiété; je ne le crois pas. Il a pourtant chanté des choses qui ne se peuvent dire en prose.

Mes drogues se vendent aussi très-bien, et le marchand est venu ici m'annoncer que nous pourrions bientôt compter ensemble. Je crois que j'ai bien fait de m'en tenir au marché à moitié. On le dit honnête homme; et c'est pour commencer. Je le tiens par l'espérance.

A MADAME COURIER.

Le 3 ou 4 novembre 1821.

Violet-le-Duc m'est venu voir avec Bobée. Il veut avoir mes notes sur Boileau. Je serai obligé de leur donner quelque chose qui me fera perdre un temps infiniment précieux.

B. vient aussi me tourmenter : il m'a tenu trois heures aujourd'hui. La perte de ces heures est irréparable pour moi et pour mon Longus qui s'imprime. Il est probable que jamais je n'aurai le temps d'y retoucher après cette édition, qui n'est cependant pas telle que je la voudrais. J'ai heureusement donné quelques touches imperceptibles à ma lettre à Renouard, qui, sans y rien changer, raniment quelques endroits, mettent des liaisons qui manquaient. Je suis assez content de cela.

Je relis ton excellente lettre. Toute réflexion faite, je suis bien aise que tu sois jeune, pour moi et pour notre fils. Je lui parlais hier tout haut sans y penser. Tes détails me ravissent.

Il fait un bien beau temps. Que je serais heureux avec toi et notre cher Paul! Il faut lui garder toutes nos lettres, afin qu'il voie quelque jour combien il a été aimé. Je ne puis me consoler d'avoir perdu celles de mon père.

A MADAME COURIER.

Le 31 octobre 1821.

J'ai reçu tes divines lettres dont la dernière est du 26. J'en ai eu trois à la fois qui m'ont rendu bien heureux. Je t'avoue que l'endroit où tu me parles de tes talents enfouis, perdus, m'a fait pleurer. J'ai eu bien peur que quelqu'un n'entrât chez moi, car on n'aurait su ce que c'était. Pourquoi n'ai-je pas eu seulement ton portrait? Tu as bien fait de ne pas aller au déjeûner. Il est sûr que tu as bien fait; car ne voyant personne ordinairement, il eût été mal de voir du monde en mon absence. Cela aurait fait croire que je te tenais malgré toi dans la solitude. Je comprends à merveille comment tu as accepté sans le vouloir. Cela m'est arrivé mille fois.

La lettre que je t'envoie est du frère de Dupin le fameux avocat. Ce frère est lui-même fameux par de fort bons ouvrages sur l'Angleterre. Je t'envoie cela, parce que tu aimes à voir les succès de ton mari.

A MADAME COURIER.

Sainte-Pélagie, jeudi 8 novembre 1821.

ON a donné ma dernière brochure à éplucher à un substitut, pour voir s'il n'y aurait pas moyen de me faire un second procès. On prétend qu'elle ne sera point attaquée, et je l'espère. Je ne conçois même pas qu'on y puisse rien attaquer. Tout se réduit à dire que de B. est un sot. Ainsi je suis fort tranquille, et tu ne dois point t'inquiéter.

J'ai vu d'autres personnes que tu ne connais pas. Cousin est très-malade de la poitrine. Quoique je sois fort occupé, mon temps passe bien lentement. Je suis moins patient que ceux qui ont cinq ans à demeurer ici. Une prolongation ne me plairait nullement. Mais cela n'est pas à craindre.

A MADAME COURIER.

Le 16 novembre 1821.

ME voici levé à quatre heures, et l'homme qui tousse toujours m'empêche de travailler. Je l'écoute, et il me semble que j'ai mal à la poitrine.

Je quitte à l'instant Béranger, qui va être jugé et sans doute condamné. J'ai vu le député qui se nomme comme ton charretier de Saint-Avertin. C'est un brave homme ; il est de mon âge, et il a une jeune femme. Mais cette femme n'est pas une Minette ; elle aime la dépense et le plaisir.

Madame Shœnée est venue ici voir un prisonnier son parent. Elle a fait un éloge de toi qui a charmé toutes ces bonnes gens. Ils sont venus me le redire, et je suis convenu avec eux qu'il en était quelque chose.

Samedi.

J'ai reçu tout à l'heure un colonel fameux (1) dont je te dirai le nom. Je le crois homme de mérite, et je ne m'étonne pas qu'il ait l'ambition de se distinguer.

(1) Fabvier.

A MADAME COURIER.

Le 23 novembre 1821.

Hier un de nos camarades prisonniers s'est évadé fort adroitement. Tu verras cela dans les journaux.

Je n'ai eu personne hier, et ma journée s'est passé merveilleusement. Les visites m'ont fait un tort immense. Sans cela ma vie serait *très - supportable ici*. C'est une vie de moine, mais *sans nulle*..... beaucoup *meilleure* que celle des moines. Il est vrai que je suis *bien chanceux d'avoir* cette chambre-ci. J'entends tousser ceux qui habitent du côté du nord. J'ai rayé.

Éloïse doit m'apporter ton portrait que j'attends avec impatience. Il y a dans cela un peu de vanité. On verra l'ange dans la prison ou du moins son image. Un de mes compagnons me disait l'autre jour : J'aime les hommes qui aiment leurs femmes.

———

Courier, rendu à sa famille, se trouva si heureux de la tranquillité de ses champs et de la paix dont il jouissait, qu'il jura bien de ne plus se brouiller avec les procureurs du roi, et pour cela faire, il composa peu, quoiqu'il demeurât plusieurs mois sans aller à Paris. A cette époque seulement, il termina complètement le fragment premier publié d'Hérodote, et corrigea son Daphnis et Chloé (dont alors il fixa le texte), pour la collection des romans grecs de Merlin ; il revit aussi le Théagène et Chariclée de cette même collection.

Il assemblait des matériaux pour une édition des Cent Nouvelles nouvelles. Elle aurait été fort précieuse. Ce travail est tout informe, et rien malheureusement n'en peut être profitable au public.

Cependant, entraîné par son penchant, il ne put se tenir de fronder *un petit*, et il là fit la pétition pour les villageois qu'on empêche de danser. Il s'imaginait assurément n'être pas inquiété pour ce pamphlet-là, et continua en toute sécurité ses études habituelles. La chose n'alla point ainsi que Courier l'avait espéré. Pendant son absence momentanée, une saisie de cette pétition fut faite à la Chavonnière, et Courier lui-même, après une courte apparition en Touraine, reçut du juge d'instruction un mandat pour être interrogé à Paris. On connaît l'issue de ce procès ; il fut acquitté, mais on garda l'ouvrage saisi.

Le jugement eût peut-être été plus sévère, si on n'eût su que, malgré les embarras où il était actuellement plongé, Courier, en se rendant à Paris pour cette nouvelle affaire, avait dans sa poche la Première Réponse aux Anonymes. Mais, devenu prudent à ses dépens, il cacha son nom, et la laissa imprimer au *premier venu*, revoyant néanmoins les épreuves avec un soin extrême.

Les deux premières lettres suivantes rendent compte de ses démarches.

A MADAME COURIER.

Paris, mercredi 1822.

J'AI vu hier madame Arnoult ; je suis allé chez elle comptant apprendre des choses qui auraient pu m'être utiles ; mais je n'ai rien appris. Je l'ai trouvée changée ; elle a été surprise, au contraire, de me voir si peu vieilli. Ils m'ont fait de grands compliments sur ma réputation. J'ai été étonné de la trouver si bien informée ; car ils sont à mille lieues de la littérature ; enfin je me suis amusé une heure.

Un M. Henin, chez la veuve, s'est vanté de te connaître. Le connais-tu ? Je ne t'en ai jamais entendu parler. Il est antiquaire ; je l'ai vu jadis je ne sais où. Il parle très-bien l'italien ; il dit que tu es belle, que tu vaux un trésor. Cela prouve qu'il a du moins vu des gens qui te connaissaient.

On m'a envoyé gratis un cours d'agriculture-pratique en sept ou huit cahiers. Cela est trop scientifique.

Je trouve ici, en rentrant chez moi, un mandat du juge d'instruction pour être interrogé demain.

A MADAME COURIER.

Mardi, 1822.

ME voici dans mon nouveau logement, où je vois de mon lit la moitié de Paris et une belle campagne. La jardinière me fait mon manger. Je suis à peu près, pour vivre, comme à la Filonnière.

Je m'occupe de la Réponse aux Anonymes. On imprime l'Hérodote. Tu peux croire que je suis occupé, mais je serai ici à merveille pour tout.

Il faut que je te quitte; il est dix heures, je vais à mon jugement.

Jeudi.

Mon affaire est remise à mardi; je compte faire défaut. J'ai dîné hier chez Cauchois-Lemaire avec Manuel, Béranger et des femmes. Béranger me conte qu'Émilie est en Amérique. Elle est allée d'abord aux États-Unis, où elle s'ennuyait fort; puis la fièvre jaune étant venue, je ne sais où Émilie s'en est allée. Son mari va à Saint-Domingue sans elle.

Je lis un livre saisi, défendu, qui est fort curieux; ce sont les mémoires nouvellement imprimés de Madame, duchesse d'Orléans, mère du duc d'Orléans régent. On voit bien là ce que c'est que la cour ; il n'y est question que d'empoisonnement, de débauche de toute espèce, de prostitution. Ils vivaient vraiment pêle-mêle.

———

Des lettres que Courier écrivit fort régulièrement à sa femme, pendant ses fréquents voyages cette année 1823, très-peu auraient de l'agrément pour le public. Entendu à demi-mot par son correspondant, il n'a besoin souvent que d'une ligne ou d'une phrase pour le tenir au courant de leurs affaires les plus intimes ; n'employant d'ailleurs nulle circonlocution pour exprimer l'éloge ou le blâme des objets dont il est frappé. Il continua, selon sa coutume, de composer à la campagne, et retournait à Paris pour chaque nouvelle brochure, ne se fiant à personne du soin de les faire imprimer. Il y porta, au mois de février, la Seconde Réponse aux Anonymes. Selon toute apparence, cette lettre, ou pour mieux dire les recherches qu'elles nécessita sur des choses très-délicates et très-cachées, eurent pour Courier de graves conséquences.

Suivent, en ordre de date, *le Livret de Paul-Louis* ;

La Gazette de village, toute de faits véritables, et qui peut-être quelque jour sera annotée ;

Puis *la Pièce diplomatique*, laquelle fut composée à Paris ;

Enfin *les petits articles*, publiés en leur temps dans plusieurs journaux, et auxquels deux ou trois lettres ci-jointes pourront former un utile complément.

A MME. LA COMTESSE D'ALBANY,

A FLORENCE.

Paris, le 12 novembre 1822.

Madame, puis-je espérer avoir de vos nouvelles par madame Clavier, ma belle-mère, qui vous remettra la présente? Vous n'avez point oublié, je pense, un helléniste qui eut l'honneur de vous accompagner avec M. Fabre dans votre voyage de Naples, et se rappelle toujours avec un grand plaisir cette époque de sa vie. Vous ne savez pas, Madame, que j'écrivis alors une relation de ce voyage et de toutes nos conversations, dans lesquelles nous n'avions point du tout l'air de nous ennuyer. J'ai tout cela en manuscrit, et quelque jour j'aurai l'honneur de vous le faire voir, si Dieu permet que je retourne dans ce beau pays où votre séjour est fixé. Un des motifs les plus puissants pour me ramener en Italie, ce serait, Madame, l'espérance de vous y revoir et de jouir encore de votre conversation, aussi instructive qu'agréable. En attendant, permettez, je vous prie, que madame Clavier ait l'honneur de vous voir, et me puisse apprendre à son retour comment vous vous portez. Cette occasion de me rappeler à votre souvenir m'est trop précieuse pour que je la laisse échapper, et j'en profite en vous priant, Madame, de me croire toute la vie, etc.

A MADAME COURIER.

Lundi , novembre 1823.

Un libraire sort d'ici, qui a entendu parler de toi chez madame Dumenis.

Ce libraire veut avoir mon portrait pour le faire li-thographier. Je l'ai envoyé promener. Il dit qu'il l'aura malgré moi.

L*** s'est fait agent de change. C'était bien la peine d'épouser une marquise.

J'ai vu hier M. de La Fayette. Tu as pu voir dans les journaux que le gouvernement des États-Unis envoie un vaisseau pour le prendre et le conduire là-bas. Il me propose de l'accompagner , et j'en serais presque tenté. Il ne sera que huit ou dix mois à aller et revenir.

———

Au mois de mars 1824, Courier retourna à Paris emportant son Pamphlet des Pamphlets achevé. Occupé d'un grand pro-jet pour lequel il jugeait le secret nécessaire , il lui parut favo-rable à son dessein de publier quelque chose où la politique n'entrât pour rien, et qui pût sembler inoffensif à Messieurs les procureurs du roi. La troisième des lettres suivantes contient son propre jugement sur le Pamphlet..

A MADAME COURIER.

Mercredi des cendres 1824.

Si tu lisais les journaux, tu y verrais l'annonce de ma brochure, qui n'est pas encore imprimée, et déjà excite vivement la curiosité.

L***, ancien aide-de-camp de Bonaparte, vient de marier sa fille avec 500,000 fr. à M. de B***, qui n'a rien que son nom. A l'église le curé a fait un beau discours, où il n'a parlé que du marié, de sa noblesse et de son nom et de son illustre famille, sans dire un mot de la mariée ni de ses parents. Il a deux ans de moins que sa femme. L'autre jour j'ai dîné chez madame C***, et je lui ai dit : Ne donnez point votre fille à un homme de cour. J'ai vu que cela ne lui plaisait pas. Ils feront comme L***. J'oubliais de te dire que toute la famille de M. de B*** est indignée de ce mariage.

A MADAME COURIER.

Jeudi matin, mars 1824.

On m'envoie ici le feuilleton. Je ne sais pourquoi ni comment ils m'ont pu découvrir et savoir mon adresse. J'en suis fâché. Cette lecture aurait pu t'amuser là-bas.

J'ai dîné lundi chez Hersent, et de là on m'a mené chez madame Gay, auteur, où j'ai entendu la lecture d'une comédie. Il y avait là beaucoup de monde. Madame Regnault de Saint-Jean-d'Angely m'a fait de grandes amitiés; elle est encore belle. Lemontey y était; Elleviou, tellement vieilli que je ne l'ai pas reconnu; madame Dugazon, qui m'a parlé aussi, et d'autres; mademoiselle Delphine Gay, qui fait des vers assez beaux à dix-sept ans; mais je crois qu'elle en a bien vingt. Tout cela ne m'amuse point.

On imprime ma drogue qui, je crois, ne sera point saisie. J'en ai débité quelques morceaux de mémoire. Ils font plaisir à tout le monde. On est furieusement prévenu en ma faveur.

Je dîne aujourd'hui chez Gasnaut, demain chez madame***. Tout cela m'ennuie. J'aime mieux Hersent et sa femme. Ils ont une maison agréable. Ils gagnent beaucoup tous deux, et ils maudissent le métier. Leur santé est mauvaise.

A MADAME COURIER.

J'ai reçu ta lettre dimanche. Mais voici du nouveau qui ne te déplaira pas. C'est madame Shœnée qui achète notre Filonnière. Mon homme barguignait un peu ; elle ne savait point ce marché. Je craignais des difficultés. Sur quelques mots que je lui dis, elle me fit des offres. J'acceptai. Nous conclûmes, et nous avons signé hier une promesse de contrat. Ainsi l'affaire est faite. J'ai broché un sous-seing comme j'ai pu ; il fallait bien signer quelque chose. Voici notre marché avec madame Shœnée : je lui vends le fonds 50,000 fr., les bois sur pied 21,875 ; en tout 71,875. Tu me demandes pourquoi ce compte biscornu : elle ne veut me payer que 75,000.

On imprime ma drogue (1), qui n'en vaut guère la peine, ce me semble.

Pour achever cette notice abrégée quelques mots suffiront. Paul-Louis revint à la campagne en mai. Il ébaucha les deux nouveaux fragments d'Hérodote qu'on publie et qu'il n'acheva

(1) Le Pamphlet des Pamphlets.

que plus tard, sans néanmoins y avoir mis la dernière main. Mais occupé d'affaires d'intérêt assez importantes, il suspendit momentanément ses études littéraires. Il fit quatre fois le voyage de Touraine en peu de mois, et passa à Paris janvier 1825 et la moitié de février. Rendu au repos, Paul-Louis retourna le 17 février à la Chavonnière, ayant, de concert avec sa femme qu'il laissait à Paris, formé le projet de revenir sous peu l'y retrouver, et peut-être pour n'en plus quitter. En achevant de couper son bois, il s'occupait à revoir le recueil des cent lettres auquel il attachait beaucoup de prix; il se préparait en même temps à un travail de plus longue haleine que tout ce qu'il avait fait jus-qu'alors, quand il fut assassiné le 10 avril 1825.

FIN.

TABLE

DES LETTRES CONTENUES DANS CE VOLUME.

FIN DE LA TABLE.